この世をば　上●目次

男とは　9
首よりも　57
今宵来る人　94
深泥《みぞろ》が淵《ふち》　124
風の精　160
影絵　217
あしのうら　244
離洛帖《りらくじょう》　301
花と地獄の季節　357

後宮明暗 413
腥風《せいふう》の荒野 446
「一声《イッセイ》ノ山鳥《サンチョウ》」 509

図版作成　谷口正孝

カバー図版　岩佐派「源氏物語図屛風」全図

この世をば　上

藤原道長と平安王朝の時代

男とは

それは遥《はる》かかなたから、かすかに伝わってくる海鳴りに似ていた。

はじめは、あるかなきかの、気づかなければうっかり聞き洩《も》らしてしまいそうな小さなささやき……。気まぐれに梢《こずえ》に触れてゆくそよ風にも近い。が、一時の気まぐれではないことは、やがてはっきりしてくる。

かすかではあるが、そのささやきはやまない。遥かな沖から岸辺をめざす波のように、確実に、ゆるやかな波動を伝えながら、少しずつ、倫子《りんし》の身に近づいてくる。

そうなったとき、ここ土御門《つちみかど》の邸《やしき》では、侍女たちの衣《きぬ》ずれの音が少し高くなる。廊を渡る彼女たちは何となく足早になるのだ。邸の中に一種の活気がみちはじめる。

ひそひそ話。

しのび笑い。

倫子にはさとられまいとしているその気配が、しだいに昂《たか》まってくると同時に、父と母の間に、何やら曰《いわ》くありげな内緒話が、しきりに交わされるようになる。

日頃温厚な父の雅信《まさのぶ》の声音が思わず高くなって、

「いや、そりゃあそうだが」

言いかけるのを、

「しいっ」

いつになく強い調子でたしなめる母の穆子《ぼくし》。

しかし、邸の中には悩みごとをかかえた暗さはない。どこか華やかで、そわそわしていて、邸にただよう秘密めかした雰囲気を楽しんでいる趣きでもある。

その中で唯一の例外は倫子だ。

彼女はその秘密の輪の中に入るのを許されない。侍女たちは、いつもと違った眼付で彼女を見るくせに、

「あの、ちょっと」

その秘密のもとを尋ねようとすると、一瞬早く、するりと身をかわして、倫子のそばから逃げてしまう。

しかし、その間も海鳴りに似たどよめきはやまない。やまないどころか、いよいよ倫子の身近に迫って波頭を躍らせ、いまにも白いしぶきをあげて、ざざっ、と足許《あしもと》に飛びこんできそうになったとき！

瞬間、ぴたりと波動は止《や》む。

掻《か》き消えたように邸内のどよめきは失せ、邸は日頃の静かさに戻る。

何度、このどよめきと不自然な静止を倫子は経験したことか。

そして、二十四歳のいまは、そのどよめきの正体も知っている。

「恋文でございますよ、姫様あての……」

忠義顔した乳母《めのと》の丹波《たんば》に打ち明けられるまでもないことだった。何回か、しかるべき男からの恋文が届くのだが、倫子の手許に届けられるより前に、父と母の相談の末「おことわり」されてしまうのだ。

奇妙な肩すかしをくわされたような、みたされない思いもないではない。

そして、また、いま……。

海鳴りはかすかに聞えはじめている。

二十四歳という年齢はもう決して若くはない。早ければ十二、三歳、少なくとも十五、六になれば女は婿を迎える。それも、そのころは女が嫁ぐのではなくて、婿を迎えるのがふつうなのだが、そういえば、例の海鳴りに似たどよめきが、倫子の身辺にはじめて近づいたのも十四、五のころだったろうか。

――だから格別私が女として劣っているというわけじゃないのだわ。

そのころのことを思いだして、ひそかに心を慰める思いがある。が、その第一回目の恋文などは、父母の手で、あっさり握りつぶされた。

「まだ、姫に婿をとるのは早すぎる、と殿さまが仰《おお》せられましてねえ」

とは幼いときから付添って世話をしてくれている丹波の語ったところである。

「殿さまは、まあ、姫さまを、七、八つの幼な子のように思っていらっしゃるんですよ」

このときは母も同意見で、求婚者はそっけなく見送られた。だから、倫子はその恋文の主がどんな男か全く知らない。

その後、二度、三度、と恋文さわぎはくりかえされたが、そのつど父母の意見があわず話は立ち消えになった。

父の不承諾の主な理由は相手の家柄である。

「あいつの家筋はよくない」

出世の見込《みこみ》が少ないというのである。

母の理由は男の素行にかかっている。

「あの方は色好みだから……。倫子が泣きを見ることになるのじゃないかしら」

当時の結婚の形態は不安定なもので、婿入りをしたからといって、男はその家の妻ひとりと結ばれるわけではない。それ以前から通っていた女性も同様に「妻」であり、またその後に好きな女性ができて、そこに入りびたり、めったに前の家に寄りつかないこともしばしばある。それが母には気がかりなのだ。

げんに父の雅信にも何人かの妻がいることを倫子は知っている。それでもいま、父はほとんど母の許で過すことが多いのだが……。

――お父さまとお母さまは二十一も年が違う。お父さまはお母さまをかわいく思っていらっしゃるのだ。

年頃がくればそのくらいのことは察しがつく。それに雅信のほかの妻たちには女の子がいない。女の子は穆子の産んだ倫子とその妹だけなので、晩年の子である二人に対して、雅信はむしろ盲愛に近い溺《おぼ》れこみ方を見せた。倫子はそれをときにはわずらわしく思うこともある。

「よい家柄の家の男を」

という気持はわかるが、父の目にかなう男はなかなかいない。何しろ、父は宇多《うだ》天皇の孫。臣籍に降《くだ》って源《みなもと》を名のって以来、官位はすでに従一位左大臣。

――お父さまが偉すぎるのだわ。

わが家より家柄のよさそうな家はありそうもない、と倫子はうんざりする。

ところで――。

この秋、例の海鳴りがひびいてきたとき、丹波はそっと言ったのだ。

「姫さま、今度はきっと……」

例によって、侍女たちの足音が高くなる。

緊張をはらんだささやき。

声をひそめての含み笑い。

父と母との額をあつめての密談。

波はいよいよ倫子に近づいてきたようだ。

そうだ、こんどこそ！

倫子は息をつめた。が、波頭が白くくだけて、ざざっと押しよせる前に、一段と高まったのは、父と母との声であった。

「ならん。断じてならん」

父雅信六十八歳。年をとって気短かになっているのだろう。少し離れた局《つぼね》でひそかに話しあっている声が几帳《きちょう》越しにすっかり聞えてしまうくらい高くなった。

「そんなことおっしゃったって、あなた」

母の穆子の声は、まだ落着きを失ってはいない。

「何といったって、倫子も二十四ですからね」

「二十四？　それがどうした」

「私はその年にはもう倫子を産んでおりました」

「う、う」

雅信は反撃の言葉を捜す。

「倫子は小柄だし……。顔だちも愛くるしい。そなたの二十四のときより、ずっと若く見える。うん、十七、八といってもいい」

穆子はさらりとうけながす。

「いくら若く見えたって、年は年。婿どののをきめないでおくのはかわいそうです」

「そうかといって、ろくでもない男を迎えるわけにはゆかん。いや、ここまで待ったからには、何としても家柄のよい、見込のある男を見つけぬことには」

「だから、この方なら」

穆子は膝《ひざ》をすすめる。

「お家柄だって悪くはないじゃありませんか」

これまで恋文を届けてきた中では、一番いいはずだ。なのに、夫が今度の話になぜ反対するのか。

「それに……」

穆子は最後の切札を持ちだす。

「あの方の父君は摂政になられたことだし」

摂政といえば天皇の後見、いや天皇代行といってもいい。人臣の辿《たど》りつける最高位である。それに不服顔する夫の方がどうかしている。

ところが、その話を持ちだしたとたん、雅信はひどく不愉快な表情になった。

「とにかくあの家の息子はいかん」

「どうして」

「虫が好かん」

「そんなことおっしゃったって……」

「それに摂政の息子といったって、あの男は末っ子だ。出世の見込はまずないな」

がんとして諾《き》かない夫の前で、穆子は戦術転換をはかるよりほかはない。

「ともかく、倫子にお文を見せてみましょう」

「な、なんと」

ぎょっとして立ちあがる雅信より、年若な穆子の方が行動はすばやかった。さらさらと廊をすべるように走って倫子の許に急いだ。

「姫、姫……」

恋文というものを、目の前につきつければ、どんなに驚き、気もそぞろになることか。もうそれだけで娘の心はきまってしまうのではないか。

穆子の作戦はそれだった。

「姫、ちょっとこれをごらん」

辛うじて夫より一足先に倫子の局に飛びこんだ彼女は、手にした白い紙片を、娘の前にちらつかせた。

「お文ですよ」

「お文？　どなたの」

倫子の反応は思いのほかに冷静だった。

「まあ読んでごらん」

白い小さな手が静かにさしだされる。白い文が開かれる。首をかしげるようにして紙面をみつめる……。しかし、穆子が期待するほどの変化は、倫子の上には起らなかった。

とりわけ頬をあからめもせず、じっと紙面を見守っている。

――まあ、この子ったら……。

いささか拍子抜けする思いである。

――男の方からの文をいただいても、うれしくないのかしら。

それは穆子の思い違いであった。何度か邸のどよめきに感づき、胸をときめかせ、そのつど、厳重にさわぎから隔離され続けていれば、いまさら驚けというほうが無理であろう。しかし母親は娘の心には気づかない。いつの世にも親というものはそんなものであるが。

――これが恋文というものなの。

「なかなか御返事がいただけない」というような文章があるところを見ると、これを書いた男性は前にも自分に文を届けたことがあるらしい。

――どういう方なのかしら……。

いまひとつ心がときめかないのは、倫子には、文をよこした男のおもかげがどうしても想像できないからである。

狩衣《かりぎぬ》は香染《こうぞめ》か？　いや若い方だからもっと華やかな青朽葉《あおくちば》か、それとも秋の初めにふさわしいおみなえしか……。それに烏帽子《えぼし》をかぶせてみても、かんじんの男の顔が浮かんでこない。

はて、男とはどういうものか？

目も口もないのっぺらぼうの顔しか思い描けないこのもどかしさ。ぼんやりしていると、ふいに手の中の白い文が、ふわふわと飛びたった。

「あら……」

いや、羽根がはえたのではなかった。近づいてきた父が、するりと取りあげたのだ。

「ふん、大した紙も使っておらんな」

わざと倫子に聞えるように不機嫌に言う。

「でも、御字はなかなかおみごとですよ」

穆子があわてて脇から口をはさむ。

「御存じですか、あの方のお父さま、今の摂政どのが藤原倫寧《ふじわらともやす》どのの娘御にお文を寄せられたときのは、もっと悪い紙で、御字もひどいものだったとか。それにくらべりゃあ……」

「あそこの家の連中は学問はだめだからな」

にべもなく言いながら、手紙の末尾にふと眼をとめて、雅信は言った。

「みだれて咲ける……か」

みだれて咲ける……。

最後にそんな言葉もあった、と、父の雅信に文を取りあげられてから倫子は、やっと気づく。

「古今《こきん》だな」

父は呟《つぶや》いている。

「秋の野にみだれて咲ける花の色のちぐさに物を思ふころかな。貫之《つらゆき》の歌だ」

おもしろくもなさそうに言う傍らで、穆子は大げさに感嘆する。

「まあ、なんて季節にふさわしい歌でしょう。それでみだれて咲ける、ってお書きになったのですね」

「驚くには及ばんさ。このくらい、気のきいた分には入らない。ちょっとした思わせぶりよ。なあに古今集くらいは常識だ。村上帝のおきさき、宣耀殿《せんようでん》の女御《にょうご》は、古今集の千百余首を全部そらんじておられた」

否応《いやおう》なしに、倫子は両親の意見の違いに気づかされる羽目になったわけだが、

「でもあなた……」

言いつのろうとする母の袖をおさえると、おっとりと口を開いた。

「お母さま」

「え？」

「そのお文、どなたからのですの？」

「あ、そうでした」

穆子は頬をほころばせた。

「それを姫に言いたくてきたのです」

身をすりよせ、頬にほうっとささやいた。

「摂政殿下の御令息、道長《みちなが》さまという方よ」

「道長さま？」

「摂政兼家《かねいえ》どのの末っ子でな。若僧よ」

父が吐きだすように言うのを母がさえぎる。

「お年は二十二、姫より二つ年下だけれど、お似合いですよ、きっと」

「しかしだな、姫、年はともかく、あの男はまだ四位少将《しいのしょうしょう》だ。左大臣のわしの婿などとはとんでもない」

当時、四位と三位との間には大きな格差があった。現在の社員と取締役との開きというところであろうか。それに、ついこの間まで道長は少納言だった、と雅信は言った。

少納言は全くの事務官にすぎず、左大臣の目から見れば、とるに足りない小役人だ。

「でも姫、お父さまだって生れたときから左大臣でいらっしたわけじゃないのですからね」

「しかし、道長は末っ子だ。いくら摂政の息子でも出世の見込はまずないな。きれものという評判もないし。いやそれどころか鈍才らしいぞ。大体あの家の男どもは柄が悪い。ずるくて、何をやらかすかわからん。そういうのをわしは好かん」

雅信は胸を張った。

「わしが望むのは高貴な家だ」

「たとえば？」

穆子が尋ねるとすかさず彼は言った。

「わしの望みは、姫を帝《みかど》にさしあげることだった。姫には、きさきになってもはずかしくない気品がある。だからこそ、今まで姫を……」

「まあおきさきですって、おほほほ」

今度は穆子が笑いころげる番であった。

「まあ、この子を帝のおきさきにですって？　おほほ、ふふふ、はあっほっほ」

不機嫌そうな夫の顔など見もやらず、穆子は不謹慎と思えるほどの笑い声をたてた。胸を抑え、体をくねらせ、気のすむまで腹の中のものを吐きだしてから、やっと少しま

じめな顔付になって、

「まあ、考えてもごらんなさいませ。帝はいくつだと思っていらっしゃいますの?」

大げさに手をふってみせた。

「だめだめ、たったのお八つですよ。お年がちがいすぎます。御元服までまだ五年や六年かかります。そのうちに倫子は三十になってしまいますよ。いくら何でも……」

「いや、それは」

雅信は鼻の頭に皺《しわ》を寄せて言った。

「もののたとえだ。いくらわしでも、いまの帝に倫子を、と思っているわけではない。が、ともあれ、つまらん家の小倅《こせがれ》を婿にとろうなどとは考えていない、ということよ。歴代の帝にお仕えして、わしはひそかに、そのことを考え続けてきた。が、何というか、運がないというか……」

「あら、運がなくて幸いでございました」

穆子はあっさりと夫の話をさえぎった。

「な、なにをいう」

「おきさきになれなくてよかった、ということでございますよ」

「しかし、女の最高の位だぞ」

「そうかもしれませんけれど、私は倫子をおきさきにしたいなんて、一度も考えたことありませんでしたわ」

「女には、そういうことがわからんのだ」

「そうではありません」

顔付がしだいにまじめになってきた。

「そりゃあ、仰せのとおり、帝のお家柄はこの国で一番。そこに倫子が入れれば光栄ですけれど、でもあなた、お家柄がよければ、それですべてよろしいってわけのものじゃございませんでしょ」

「む、む、む……」

雅信もこれにはたじたじである。

「三代前の冷泉《れいぜい》の帝、おそろしいもののけがついておいででした」

もののけ、すなわち一種の精神異常である。

「おきさきの昌子《しょうし》内親王さまは、こわくて一生あまりおそばにおいでにならなかったとか。倫子をそんな目にあわせるわけにはいきませんわ」

冷泉の狂疾は別に暴力を振うというようなものではなかったらしい。日ごろは歌が大好きで、催馬楽《さいばら》を昼となく夜となく歌う癖があったが、ときには、三種の神器の蓋《ふた》をあけようとしたり、ちょっと書くのをはばかるような狂態を演じたりしたこともあって二年ばかりで退位した。

「それでも、帝のおそばなら、と娘をさしあげる方もおありだったけれど、私にはとてもそんなことはできませんわ。それに、倫子が六つのときに、もう位を降りてしまわれたのですもの、運がないもあるも……」

冷泉時代にきさきになるチャンスのなかったことを、まるで厄のがれでもしたように穆子は言った。

「つぎの円融《えんゆう》の帝はごりっぱでしたけれど、それだけに競争者が多くて、倫子なんかの割りこむ隙《すき》はなかったじゃありませんか。それにあなただって、倫子を入れることに、それほど御熱心じゃありませんでしたわ」

「む、む、む……。そりゃそうだった。何しろあのときは時期が悪かった」

円融が即位したころ、廟堂《びょうどう》には藤原氏がずらりと顔を並べていた。雅信も大納言、つまり閣僚級ではあったが、当時はまだ源氏の公卿《くぎょう》の筆頭ではなかったから発言力も弱かった。

「いや、大体わしは、人を押しのけて、娘をぜひとも、などというような強引なことは好まぬたちでな」

「そりゃそうですとも」

穆子は理解をしめす。とにかく天皇の血をひくおっとり型の夫には、こっそり天皇に、

——娘をぜひとも。

と頼みこむ芸当などは期待できなかった。

「それに帝もお小さかったから、まだおきさきの何のというお年頃ではございませんでしたものね」

娘を天皇のそばに入れる入内《じゅだい》争いが始まるのは、数年後、円融の元服が行われてからだが、この競争は熾烈《しれつ》だった。そのときのことを思いだして穆子は言う。

「でも、なまじその中に割りこみ、倫子が帝の皇子《みこ》を産みでもしたら、あなたさまは憎まれてどうなったことやら。いまごろまで御無事でいらっしゃったかどうかも、わかったものじゃございませんよ」

またもや、おきさきになれなかったことが幸いした、という言い方をしたが、この言葉には真実味があった。じじつそれに似た事件はこのころよくあったからである。

当時の貴族たちは娘を入内させることにまず血道をあげるが、これは第一関門であって、次々難関が控えている。すなわち、その娘が何が何でも男の子を産むこと、そしてその子が皇太子の地位に就《つ》くこと……。だから娘を入内させた男たちは、

「それ産め、やれ産め、まだか、まだか」

と目の色をかえる。妊娠という男女の秘事が、このくらいあらわに語られた時代もないし、しかも生れた子が男か女かという偶然の結果に、これほど一喜一憂した滑稽《こっけい》な時代もないであろう。

ところでこの円融帝をめぐる深刻、熾烈、かつ滑稽な戦いで勝利を得たのは藤原道長の父、兼家だった。娘の詮子《せんし》が、競争者をおしのけて第一皇子を産んだのだ。兄に憎まれて一時冷飯を食ったこともある兼家であったが、以後彼の前途は明るくなる。兼家ときに五十二歳、右大臣。雅信は上座の左大臣だった。もっとも円融の皇子がすぐ父の後をつげるわけではない。すでに皇太子はきまっていた。冷泉の皇子、師貞《もろさだ》、のちの花山《かざん》天皇である。

「でも、あの帝もねえ」

穆子は首を振った。

父の狂疾の遺伝があったのか、花山にもいささか常軌を逸したところがあった。

「やはりあのようなお方ではねえ。長く御位にいらっしゃれなかったのも当然ですわ。入内などのお話がなかったのは幸いでした。倫子は運がよかったのです」

しょせん、天皇のおきさきなどというのは夢ものがたりだ、といわぬばかりに穆子はうなずく。遠くから見れば憧《あこが》れの地位だが、現実はこのとおり、と一一証拠をあげて夫の言い分を突き崩した、と見えたそのとき、

「おい、おい」

気がついてみると雅信の表情が少し変っていた。唇に力をいれ、得たりとばかりに、穆子に顔を近づけた。

「花山の帝がなぜ位を降りられたか、知らぬそなたでもあるまい」

穆子は、はっとしたようだ。

「つい一年ばかり前のことだからな。よもや忘れはすまいよ」

「……」

「譎詐《きつさ》だ。帝をだまして御位から引きずり降ろしてしまったのだ」

「……」

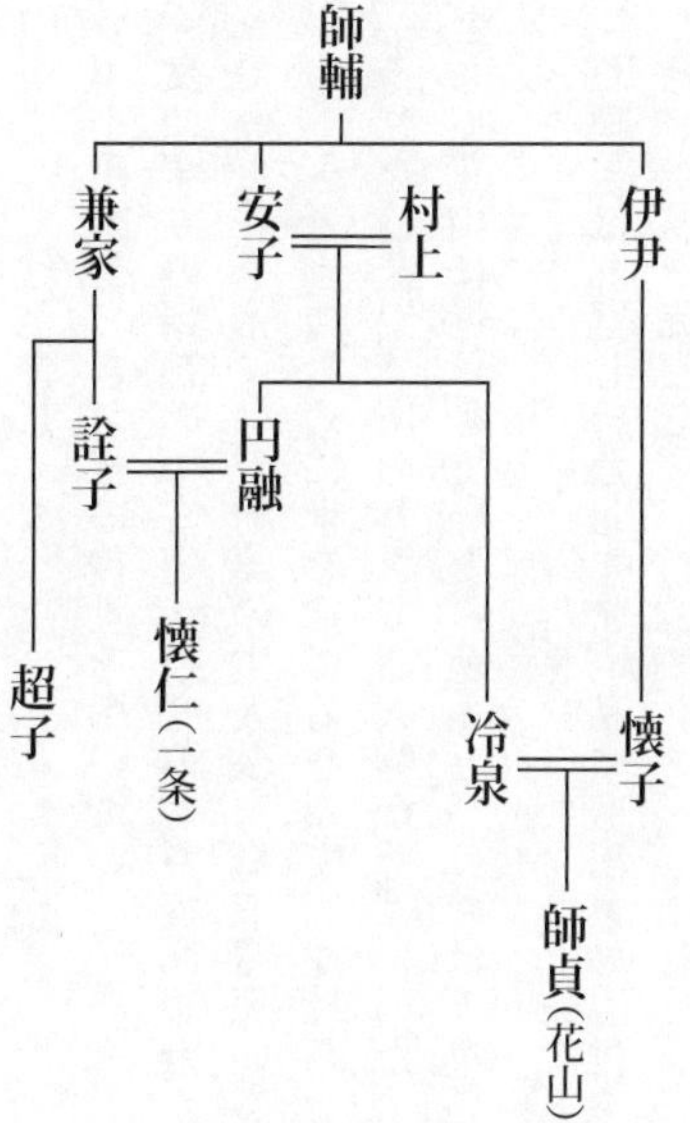

「それをやったのは誰だ？　あの兼家の一家だぞ。ああいう一家は、わしは好かん」
穆子は沈黙するよりほかはなかった。
花山は十七歳で即位している。その一年後に、日頃寵愛《ちょうあい》していたきさきの一人がみごもったまま病没した。たった十八歳の天皇花山にとっては、生れてはじめての衝撃であった。以後世の中がすべてうとましくなった。

——出家してきさきの後世《ごせ》を弔いたい。

父ゆずりの精神の不安定がなせるわざであったかもしれない。風雅の感覚だけはすぐれていた若き帝には、物語の主人公を気取る思いもあったのではないか。

——きさきのために世を捨てるなんて、すばらしいことじゃないか。

それをひそかにあおりたてる人物がそばにいた。兼家の次男、道兼《みちかね》である。彼は蔵人《くろうど》として花山に近侍《きんじ》していた。蔵人というのは天皇の側近に侍する秘書役のようなものである。

「お嘆きはお察しいたします。私にも出家のお供をさせてくださいまし」

と、空涙《そらなみだ》を流した。

出家は翌寛和《かんな》二年、六月二十二日ときめた。廟堂の誰にも知らせない、道兼との密約であった。その夜ふけ、思いのほかの月の明るさに、

「もしや見咎《みとが》められでもせぬか」

とためらう帝を、早く早く、と道兼はせきたてた。亡ききさきの形見の手紙を忘れたことに気づいた帝がとって返そうとするのもおしとどめて道を急がせた。かくて辿りついたのが花山寺。ここで出家した帝は十九歳、花山院の名はこれからきている。

倫子の前でここまで語って、雅信はじろりと穆子を見つめた。

「さて、その先よ。知ってもおろう、道兼の悪辣《あくらつ》さを……」

道兼はどたん場で花山を裏切ったのである。

「剃髪《ていはつ》いたします前に、今の姿をもう一度父に見せ、別れをつげてまいります」

しらじらしくもそう言い、逃げるように姿を消した。

——さては、たばかられたか。

花山が気づいたときはすでにおそかった。

道兼は、はじめから父の兼家とぐるになって事をすすめていたのである。花山が皇居を出るか出ないかのうちに、帝位の象徴である神璽《しんじ》と宝剣は、すでに皇太子のところに渡されていた。そしてその皇太子こそ兼家の娘の詮子の産んだ円融の皇子懐仁《やすひと》なのだ。即日皇太子は帝位につく。これが一条天皇である。泣いても叫んでも間にあわない。しかも、

——いや、一時の迷いだった、帰る。

花山が言いだしたときに備えて、途中に源氏の武者をひそませた。力ずくででも翻意を阻《はば》もうとしたのだ、これは明らかにクーデターである。史上これほど恥しらずな皇位交替劇はないであろう。兼家は、わが娘の産んだ皇子の即位が待ちきれなくていらしていたのだ。それにつけこんだ道兼もしたたかなものだった。

「おそろしい奴だ」

雅信は事のてんまつを語ってから、舌打ちまじりに言った。

「兼家も悪《わる》だが、息子は一枚上手《うわて》よ」

道兼は次男だから、おっとり構えていれば、なかなか出世の順が廻ってこない。

——ここ、一番！

大芝居を打って、父親に恩を売ったのだ。

「まったく油断のならない一家だ。もっとも」

雅信の頬に薄い嗤《わら》いが浮かんだ。

「道長の方はそれほど役には立たんらしい。あれが割りあてられた役目は、事が終ってから、関白頼忠《よりただ》どののところへ報告にゆくことだったというからな」

道兼のあくどい主役ぶりに比べて、全くの端役出演。それであの男の力量の程もわかろうというもの、とでも言いたげであった。と、このときまで黙っていた穆子が、ひょいと顔をあげた。

「でも、それでは道長どのは、このおたくらみに深くかかわっていないということですね」

「う？　うむ、む」

雅信は不意を衝《つ》かれたようである。

「なら、あのお家の中では、それほど悪い方ではないことになります」

「いや、そういってはおらん。あの家は悪人一家だ」

「でも道長さまは別に……」

穆子も負けずに切りかえす。

「そうではない。その中で、あれは出来の悪い、役立たずだ、と言っておるのだ」

雅信はまじまじと穆子をみつめた。

「なのに何でそなたはあの男をひいきにする」

「ひいきなんて別に」

「ひいきだ」

不愉快そうに言いすてて雅信が座を起《た》ったあと、ゆっくりと倫子は口を開いた。

「お母さま……」

瞳《ひとみ》は薄茶色を帯びている。切れ長というよりは丸い。それが二十四という年より彼女を幼く見せていることはたしかである。その瞳を、倫子はまっすぐ穆子に向けた。

「とても御機嫌が悪かったみたい、お父さまは……」

「いいの、心配しなくても」

穆子はうって変ってやさしい声になった。

「でも、何だかいつものお父さまとは違っていましたわ」

倫子には今日の雅信のふるまいが何ともふしぎでならなかった。父はいつもは言葉少なで、悠々としていた。宇多天皇の皇孫、醍醐天皇の甥という出自にふさわしく、優雅で、いつも母親にはやさしかった。むきになって母と争うところなどは一度も見なかったといってもいい。

もっとも、母は、倫子ほどには雅信のふるまいを気にしていないらしく、

「男というものは、そんなものなのよ」

その言葉は、自身に言いきかせる、というより、娘の前に夫をとりなすような響きさえ含んでいた。そしてまだ不審そうな薄茶色の瞳をむけている倫子に、

「お父さまはね、姫が惜しいのよ」

「惜しい？」

「お婿さまにとられてしまうのが惜しいの」

「……」

「それで、いろいろ文句をおつけになるの。いえね、これまでだっていつもそうでした。いつかはお婿さまをきめなければならないのにね、これまでもこういうお話がくると、とても気むずかしくおなりになるの。姫には言わなかったけれど」

母は馴《な》れっこだったのである。打ち明けてからは、むしろ朗らかな口調になった。

「それにしてもおかしかったわね。兼家さまの御一家は悪人だといったり、あのとき道長さまは何もしていない、というと役に立たん男だと言ったり……」

たしかにおかしい。倫子が考えても父の言葉は筋が通らない。

それにしても――

はじめて耳にした道長という名をもつ男の顔は、まだ倫子の瞳の底で像を結んでくれてはいない。

男とは？

いったい何だろう。目の前に浮かぶのは、狩衣と烏帽子の立ち姿だが、その先の、かんじんな目鼻立ちも声も、倫子の想像の中に入ってこない。依然として、男はのっぺらぼうの目なし、口なしなのである。男はそんなものとひどく確信ありげにいう穆子の声が、妙に遠いものに思える。それを知ってか知らずにか、

「悪くはない御縁だとは思うけれど」

穆子はためいきまじりに言う。

「まあ、ここしばらくはだめね。少し時期を待ちましょう」

それにしても、と穆子は首をかしげた。

「たしかに四位少将では少し軽すぎるわね」

もっとも、左大臣雅信家にそんな騒ぎを巻きおこしていることを当の道長は知るよしもない。

道長、二十二歳。倫子がしきりに思い描こうとしている目鼻立ちだが、残念ながら人

並以上の出来ではない。眼がやや大ぶりのほかは取りたてた特徴もなく、美貌《びぼう》には程遠い。その顔立ちにふさわしく、性格的にもまさに平凡児——。才気走ったところがあるわけではない。末っ子だけにおっとりしているのが取り柄だが、それだけに、油断も隙もない公家社会を泳ぎきる意欲があるかどうか……。

その道長が、この日、東三条の父の邸に戻ってきたのは暁方《あけがた》近くだった。

男の夜遊びはとがめだてされることではない。いやむしろ、年頃の男が、夜遊びに通うところさえもなかったら、それこそ名折れになるそのころのことだ。倫子との間がはかばかしく行かないからといって、家でごろ寝するほど不器用な男ではないのである。たずねれば喜んで迎えてくれる女たちの二、三人はないわけではないが、婿入りするほどの相手でもないから、適当にあしらっては、こうして帰ってくる。しかし、いつまでも実家を離れられないのも男にとって、あまり名誉なことではない。婿入り先も見つけられない甲斐性《かいしょう》なしと思われるからである。

——うん、俺もそろそろ……。

あごを撫《な》でながらうなずく。目に浮かぶのは倫子の顔——と言いたいところだが、残念ながら、まだそこまでは行っていない。

——どんな顔立ちなのかな。小柄で年より若く見えるっていう話だが……。

返事がこないのは心許ないが、しかしまるきり脈がない、と諦《あきら》めてしまうのは早いかもしれない。

――まあ、気長にやってみることだな。

口の中で呟きながら、廊を渡ってゆくと、行手にぼんやり黒い人影が浮かんだ。

――誰か？

立ち止まるより早く、向うから聞き覚えのある声が呼びかけてきた。

「道長か」

「おや、兄上ですか」

すぐ上の兄の道兼だった。道兼はすでに定まる妻があって二条に住み、男の子を一人儲《もう》けている。だから日頃はここにいない。

「久しぶりですね」

道長がそう言ったのには、しかしいささかわけがある。道兼はこのところ、ぷっつりと父の家に姿を見せなかったのだ。

「うん、まあな、邸が新しくなったというから来てみたのよ」

道兼は口の中でもぞもぞと言った。子供のころ彼ら兄妹はこの邸で育っている。その後火事にも遭った邸を、最近になって父は大がかりに新築しなおした。工事中、別の邸にいた道長が父とももども移ってきたのはつい先ごろのことだ。木の香も新しい柱を撫でて、道兼は、

「ふん、たいした造りだ」

おもしろくもなさそうに言う。

「父上に会われましたか」

道長がたずねるのには黙っているところを見ると、おおかた父には内緒で、侍女の誰かの所へもぐりこんでいたのだろう。

「それより、そなたのいる所を見せてくれ」

道長に案内させて中に入ると、道兼は燭《しょく》を近づけて室内を仔細《しさい》に眺め廻し、たいした造りだ、とくりかえしてから、ひょいと嫌味な笑いを浮かべた。

「馬内侍《うまのないし》の所へでもいってたのか?」

道兼は髭《ひげ》の濃いたちだ。若いころ口のまわりにうっすら生えた髭は、やがて遠慮会釈なく、あご、もみあげ、頰を這《は》いずりまわり、いまや毛の中に眼や鼻や口が埋まっている、という趣きである。その髭の中の口は歯をむきだして笑っているが、眼は笑っていない。鼻がピクピクうごめいて、道長の身近にまつわりついている女の匂いを嗅《か》ぎわけようとしている。

「馬内侍? 冗談じゃない。あれはとっくにやめましたよ」

道長は大げさに手を振ったが、兄はその言葉をあまり信用していない様子である。

「そうか、大分御執心だったじゃないか」

「あれは若気のあやまちでした。宮づかえをしているような女は口が軽くていけない。おかげで、いい恥をかきました」

二、三年前、道長がやっと宮廷生活のいろはを呑《の》みこんだころのことだ。儀式や事務の手続を覚え、余裕が出てくると、宮中の女房のあれこれに眼が行くようになる。仲間が集まれば、すぐその話である。

「あの女につけ文したら」

とか、

「あれは袖を引けばすぐ寝るぞ」

と半ばは自慢話に花が咲く。宮中での宿直《とのい》は、絶好の機会である。若い道長が、

――俺もひとつ。

と思ったのも無理はない。馬内侍というのは、中でも恋上手という評判の女であった。筆を舐《な》め舐め、一首をひねり出して贈ってみた。

ほととぎす声をばきけど花の枝にまだふみなれぬ物をこそ思へ

打てば響くように、気のきいた返歌が戻ってきたが、そのうち、まもなく道長は、馬内侍が、誰彼に道長からの歌を見せびらかし、彼との情事を吹聴しているのを知った。

「まったく、あれには弱った。今考えてみても、ひどい歌だからなあ」

道長は首筋を撫でながら苦笑した。たしかに名歌とはいえない。どこかで聞いたような文句をつぎはぎして、やっと作りあげたしろものである。さらに悪いことには、そのとき馬内侍の許には、宮中きっての貴公子からも歌が届けられていたのだった。

貴公子の名は藤原公任《きんとう》。系図を辿れば道長とも一族ではあるが別系に属する。くわしく言えば祖父どうしが兄弟だが、藤原一族で廟堂の座の多くを占めていた当時にあっては、親子兄弟以外は、一族意識より対抗意識が先に立つ。

公任は、漢詩、和歌、音楽、すべてにすぐれた才子だった。馬内侍に贈った歌は、

ほととぎすいつかと待ちしあやめぐさけふはいかなる音にか啼《な》くべき

「あれじゃあ、こっちの歌は見劣りしますよ」

あっさりと言う道長の前で、道兼は坐りなおした。

「おいおい、それじゃ話が違うようだぜ」

「話が違う？　なぜです」

眼をあげた道長の前で道兼は、にやりと笑った。顔中の髭がもぞもぞと動く。

「そなたは、公任の歌の才などは、てんで気にかけていないのかと思ったよ」

「そんなことはありませんよ。彼の才学はやはりたいしたものです。とにかくあのときは完全に負けでしたね」

馬内侍をめぐっての歌合戦の敗北を、道長は正直に認めた。いや、歌だけではなかった。同い年ながら、すでにそのころ、公任と道長の官位はかなり差がついていた。そして、公任といえば、

「いかなる幸運の星の下に生れたのか」

と人々が耳をそばだてるような存在だったのだ。そもそも十五で元服するにあたっては、ときの天皇、円融帝の前で儀式が取り行われた。これも異例中の異例だが、しかも即日正五位下という位が与えられた。貴族の子弟がはじめて位をもらう場合は二階級下の従五位下がふつうなのに、彼は人の羨《うらや》むような幸運のスタートを切ったのだ。

これに比べると、半年ほど遅れて官界入りした道長のもらったのは従五位下、まずは平々凡々の出発である。その後も公任はとんとん拍子に出世して、馬内侍をめぐっての鞘当《さやあ》てのころは、左近衛権中将《さこんえのごんのちゆうじよう》――。若き中将といえば女房たちの憧《あこが》れの的だった。当時の道長は中将どころか少将にもなっていない。これではどう頑張っても公任のひきたて役に廻らざるを得ない。

――相手が悪かったなあ、あれは。

というのが、いつわらざる感想である。

当時公任一族は栄華の頂点にあった。父の頼忠が関白太政大臣。つまり権力第一の座に着き、しかも円融帝の中宮（正后）遵子《じゅんし》は公任の姉だった。

円融はこのきさきを愛していたせいもあって、頼忠、公任一族には好意的だった。じつはこのとき、道長の父の兼家も、円融のもとに娘を送りこんでいる。この娘——つまり道長の姉の詮子はすでに第一皇子を産んでいたのだが、円融は子供のない遵子をあえて中宮に選んだ。なみなみならぬ好意であり、娘の立后《りつごう》を強く望んでいた兼家は腹を立てて出仕もしなかった。そして両者の溝は、花山が譲位し、円融の皇子——すなわち詮子の産んだ皇子懐仁が即位したいまも決して埋められてはいない。

こうした政治状況は別としても、公任は円融と通じあう風雅の才の持主である。

「ああいう奴にはかないませんよ」

道長はあっさりと兜《かぶと》を脱ぐ。

「馬内侍の一件だけじゃない。去年もみごとにやられましたからね」

「ああ、秋の大井川の船遊びのときのことだろう」

道兼はうなずき、

「いや、俺が言いたいのは、そのときのことよ」

あぐらを組みなおした。

それは去年の十月十日——。

今を盛りの嵐山《あらしやま》の紅葉を背景に行われた大井川での船遊びは、発案者の円融法皇の好みで、風流な趣向がこらされていた。
まず、美しく艤装《ぎそう》された三艘《そう》の船が用意された。
一艘は和歌の船――。和歌に自信のある者はこの船に乗って競作する。
一艘は漢詩の船――。同じく漢詩に長じた者が乗船を許される。
残る一艘は管絃《かんげん》の船――。音楽や舞を得意とする者が乗る。
和歌や漢詩を競作させる間に、管絃の船では音楽を奏し、舞を舞いながら漕《こ》ぎまわるという華やかな試みである。

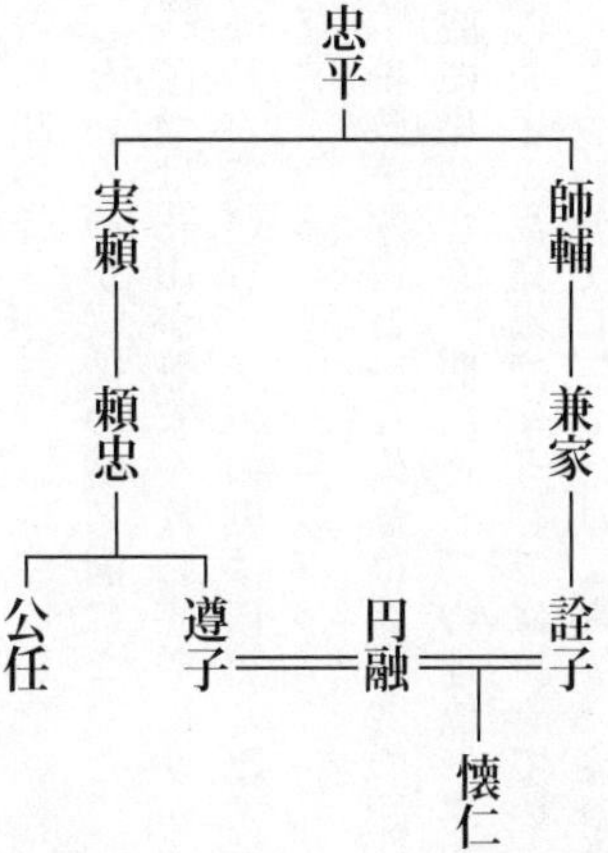

――さて、どの船に乗るべきか。
才能のない者はおじけづく。対照的に注目を集めたのは公任である。
――さて、どの船に乗るべきか。
同じ思案でも他人のそれとは違う。和歌、漢詩、管絃、どれひとつをとっても抜群の才のあった彼は選択に迷ったのだ。結局和歌の船に乗って名歌をものして喝采《かっさい》をあびたが、どの船にも乗れるというので、

「三船《さんせん》の誉《ほまれ》」

というのが、彼の代名詞になった。

じつは花山が兼家一族の謀計にかかって退位して以来、公任たちの栄華には翳《かげ》りが出はじめている。父の頼忠は依然太政大臣ではあるが花山の退位によって関白をやめたのだ。

摂政・関白という地位は天皇との姻戚《いんせき》関係がものをいう。もともと頼忠は花山との姻戚関係がなく、関白としての地位にあやふやなところがあったのだが、円融法皇の中宮の父という立場で辛うじて保持していたそれが、新帝の即位で完全に終止符をうたれた。代って摂政になったのは新帝一条の生母の父、つまり押しも押されもせぬ外祖父の兼家だ。花山ひきおろしは、すなわち兼家の摂政奪取作戦でもあったのだ。右大臣をやめて摂政になった兼家に、頼忠はうまうま頭の上を飛びこされた形になった。

そのさなか、はからずも公任が人々の賞賛をほしいままにしたのは何とも皮肉である。兼家にとって愉快であるはずがない。

大井川の船遊びは円融の発案ではあるが、兼家自身にも、これで花山事件の暗い印象をぬぐいさろうという思惑もあったはずである。とすれば、ここで活躍してほしいのは公任ではなくて、わが息子たちではなかったか。

ところが――。

残念ながら息子たちは、さっぱり評判をとらなかった。自然彼らの前で文句も出ようというものだ。邸《やしき》に帰ると、

「ふん、揃《そろ》いも揃って能なしめが」

正室の子、道隆《みちたか》、道兼、道長をじろりと睨《にら》んでそう言った。ほかに別の妻二人に道綱《みちつな》、道義《みちよし》という子がいるが、これは水準以下の人間だから仕方がないとしても、この三人にはもうすこし頑張ってほしかった。

叱りとばされて、しばらく三兄弟は黙っていた。その沈黙がよけいに兼家をいらだたせたのか、

「まったく、今日のざまは何だ。公任などに名をなさしめて。お前たちは無学でいかん。それじゃあ、公任の影も踏めまいよ」

ふたたび続いた沈黙の後、最初に顔をあげたのは道長だった。

「父上……」

兼家はやや意外だったらしい。まず反応を見せるのは長男の道隆だと思っていたからだ。怒りはしたものの、彼は三十四歳の長男に期待を寄せている。第一、人間が大きい。酒を呑みすぎるのが玉に疵《きず》だが、しかし呑まれることはない。こんなときも、

「ま、これからしっかりいたしますから」

ぐらいは言えるはずの男である。

中の道兼は負けずぎらいだ。ひと癖あって扱いにくいところもあるが、それだけに自尊心を逆撫でされれば、反撥《はんぱつ》しそうなものだ。

ところが予期に反して、一番先に口を開いたのは道長だった。

「何だ、道長」

正直のところ兼家はこの息子にあまり注目していない。男の兄弟の中ではとかく霞《かす》んでしまいがちの存在なのだ。末っ子のせいか、道兼のように物に食いついてゆく闘志がない。せいいっぱいやる、というより、

——ま、どうでもいいや。

と人の後をのこのこついてゆくようなたちなのだ。

——この末っ子め、何を言うつもりか。

兼家がそののんびりした顔をみつめたとき、道長はゆっくり口を開いた。

「ま、私は公任の影は踏みませんがね。そのうち、面《つら》でも踏んでやりますよ」

とぼけた口調で、しかし、顔だけは大まじめで言ってのけた。

「うふっ、こいつめ」

思わず兼家は苦笑する。

「口だけは大口をたたく」

闘志満々と言いたいところだが、道長の口にかかると、何となく間のびがしてしまう。

一座の空気は少しやわらいだ……。

道兼が話題にしたのはそのことなのだ。

「だから、そなたは公任の才など、てんで気にかけてないのかと思ったのさ」

道長はけろりとして首を振った。

「いや、そうじゃないんです。あれはまあ、もののはずみというか……」

「ほう」

「だって、あのとき兄上がたは黙っておられた。それじゃ父上の御機嫌もなかなかなおるまい、と思ったもので」

「ふうん、そりゃあ殊勝な」

道兼の髭の中に薄い嗤いが浮かんだ。

「だがな、道長、知っているか。なぜ俺が黙っていたかというわけを……」

道長がみつめている間に、道兼の髭の中の笑いに凄味《すごみ》が加わってきた。

「馬鹿馬鹿しいじゃないか」

吐き出すように言う。

「俺たちには公任の影も踏めまい、だって？　笑わせないでくれ、と言いたいね。そりゃあ俺の歌や漢詩は公任ほどではないさ。舞も上手じゃない。でも、それが何だってんだ。

たいのかね」

公任みたいなまねをして、ちゃらちゃら褒められれば御満足、とでも父上はおっしゃり

声はあくまでも低い。が、あたかも父そのひとが前にいるかのように、道兼は眼をぎろつかせる。

「公任？　ありゃ運のいいだけの男だ。それでここまで出世したが、肝ったまひとつ持ってはおらん。ふん、これまで奴が何をしたというんだ」

「そ、そりゃまあ、そうですが」

辛うじて道長は口をはさむ。

「そうだろうが、なあ道長。公任に何ができるかっていうのよ。え？　花山の帝のひきおろし——。あんな大業《おおわざ》を一度でもやったことがあるか」

「いや、そういうことは一度も……」

「そうとも、あいつにできるはずはない」

「それはみんな兄上の——」

道兼は大きくうなずいた。

「俺が体を張ってやってのけたことだ。なのに父上は、その事を忘れておられる」

「そんなことはないでしょう」

「いやそうだ。そうでなければ、あんなことを言われるはずがない。俺はあの時、体を

張って父上のために働いた。花山の帝に御退位願わなくては、今の帝は御即位にもなれないし、父上は摂政にもおなりになれまい。なのにどうだ。今じゃ御自分一人で摂政になられたような顔をしておいでじゃないか」

興奮してくると道兼は狩衣《かりぎぬ》の袖口をまくりあげた。にゅっと覗《のぞ》いた腕は顔に劣らず毛深い。行儀悪く、頬杖《ほおづえ》をつきながら、陰にこもった声で続ける。

「父上は俺のあの日の働きをお忘れよ」

「そんなことはないでしょう。げんに……」

道長はなだめる口調になった。

「あれ以来の兄上の御出世はめざましい。参議から権中納言へ。位も正三位になられた」

「おいおい」

道兼はじろりと道長を見やった。

「それで俺が喜んでいるとでも思っているのかね。じゃあ聞くが、兄貴はどうだ」

「道隆兄上は、正二位権大納言」

「上位の五人を追いこして俺以上の大出世だぞ」

「でもそれはお年の順で」

「何をいう。兄貴はあのとき何もしておらん。それであの出世とは許せん」

道兼は毛むくじゃらな手で鼻の下をこすった。道長は、それを見ながら、何か言いかけて、口をつぐんだ。

道兼は道長の視線に気づいていない。

——俺は親父《おやじ》のために危ない橋を渡りもした。なのにそれを全く評価してくれない。

そのことをぶちまけることしか頭にないようだ。そして道長が知ったのは、父への恨みにまして、道兼の心に根深く巣くっているのは、長兄道隆への競争意識だということであった。年の順での出世などは、全く認めていない口ぶりである。

「兄貴は何もしていない」

道兼はしつこく、くりかえした。

「それで出世の分け前にだけあずかるというのは虫がよすぎる」

「じゃあ、兄上は、当然道隆兄上よりも上位になるべきだと——」

道長が言いかけると、当然だ、というふうに彼はうなずいた。

「権大納言は俺が先でもいいはずだ」

「でも年も八つも違うことだし」

「出世に年の順はないさ。げんに兄貴を追いこした弟はざらにいる」

「ほう、なるほど」

眼をぱちぱちさせる道長の前で、半ばあわれむように道兼は薄く笑った。

——末っ子の甘ちゃんだからな、こいつは。出世競争のきびしさを知らんのよ。

とでも言っている趣きである。道兼の話はなおもしつこく続いた。つきるところは、父と兄が共謀して、自分の出世を阻んでいる、というようなことだ。

「いや、そうでもないと思いますがねえ」

道長の声には、一種の真実味があった。

「そうではない？　証拠でもあるのか」

はっとしたように道長は首を振った。

「いや、その別に……皇太后が」

「皇太后がどうしたのか」

急に道長は話題をかえた。

「いや、皇太后が近くこの邸へ里下りなさいます」

「そのくらいなことは俺だって知っているさ」

二人が皇太后と言っているのは、道兼には妹、道長には姉にあたる詮子のことだ。円融との間に儲けた皇子が即位し、彼女は皇太后の地位に上った。兼家が東三条の邸を豪《ごう》奢《しゃ》に新築したのも、彼女の里邸にするためであった。兄の権大納言道隆が目下その皇太后宮の大夫《だいぶ》（長官）を兼任している。

「だからちょっと見にきたのよ」

それでもなければ、父の所へ寄りつくものか、というような言い方を道兼はしてから、

「さて、行くとするか」

やっと腰をあげた。深い闇《やみ》はすでに遠のき、秋霧の中に木立が薄墨色の輪郭をにじませはじめている。その霧の中に消えてゆく道兼の足どりはゆるやかだ。まるで、それまでのすさまじい怨念《おんねん》が嘘《うそ》でもあるような、それは絵巻に似た風景であった。その後姿を見送りながら、道長は、遂に兄の前で口にできなかったことを、胸の中で反芻《はんすう》している。

「皇太后が……」

と言いかけたとき、じつはまるきり違うことを口にしようとしていたのだ。はっと気づいて、

「皇太后が里下りなさる」

と、道兼が知らないはずもないことに話題を変えてしまったが、どうやら兄にはそのことを気取られずにすんだらしい。

——危ないところだったな、全く。俺はどうもうかつでいけない。

思いかえしてひやりとしている。道長はうっかり、こう言おうとしていたのだ。

「皇太后が、仰《おお》せられましたよ。兄上を嫌っているのは父上や兄上じゃないって……」

詮子は、兄弟の中でも一番仲よしの道長に、こっそり打ち明けていたのである。

「あの毛、あの毛むくじゃらがいけないのよ」

ここだけの話だけれど、と詮子は声を低くして言ったのだ。

「帝《みかど》がおっしゃるの。道兼はいやだ。こわいよ、気味が悪いって……」

帝といっても、一条はまだ七、八歳の幼児にすぎない。はじめて道兼がその側近くに這いよったとき、恐怖のあまり、思わず声をあげそうになった。以来、道兼に会うことを一条はひどく嫌がった。

「あの道兼が母君の兄上なんて、嘘でしょ」

頑としてきかないのだ。いくら元服前の幼帝といっても天皇は天皇である。その天皇に忌まれては出世はおぼつかない。皮肉にも道兼はわが手で帝位への花道を作ってやった幼い人から手ひどい拒絶に会うのだ。むしろ成人の天皇だったら理性を働かせて、嫌な人間にもそれなりのあしらいをするのだろうが、幼児はその点遠慮会釈がない。

——あの毛ではなあ。

燭の下にさらけだした腕のあたりを思いだすと、道長も苦笑せざるを得ない。

——あれじゃ全身これげじげじってところだものな。

同じ母親から生れたのに道兼だけ、なぜこうも違うのか。長兄の道隆は気品ある美男である。長姉は冷泉天皇の後宮に入り、三男一女を産んだ後早死したが、優雅な美女だった。妹の詮子の器量はそれほどではないが、なかなか愛嬌《あいきょう》があり、一種の魅力の持主だ。

道長自身はまず人並、が、道兼はむしろ醜怪だった。したがって女にはもてない。若いころ一条の乳母《めのと》の藤原繁子《はんし》と内密な関係を持ち、一女を儲けたが、じつは繁子は父兼家の異母妹である。そういう間柄の結婚もないわけではないが、その後うまくゆかなくて、道兼は実の娘の顔を見ようともしない。その後妻となったのは、これも親戚筋の娘で、その当時としては珍しく、それ以外は浮いた話もなかった。

——あれでは女には好かれないな。

道長はふと思う。

——女に夢中になれない分だけ、出世に夢中になるというわけか。

父親への怨念。長兄への激しい対抗意識。

兄の執念が、道長には少し異常にも思える。出世と権謀こそが男の生きがいだ、といわぬばかりの言い方を道兼はしたが、はたしてそうだろうか。

——男とはそんなものか。

父や兄のそばにいると、話題はいつもそればかりだが、さしあたって出世の圏外にある自分には、それほど現実感をもって迫ってこない。ただ言えるのは、自分は道兼のように、その世界にのめりこめない、ということだ。

——それよりも女にもてたい。

本音はそんなところである。

——まず、いい相手を見つけることだな。

道兼が聞いたら軽蔑《けいべつ》するだろうが、いい女、やさしい女を見つけることも、男の生涯の大事業ではあるまいか。少なくとも、道兼兄貴より、もう少し楽しげな人生が望みなのだ。

といって、あれこれ女が多すぎるのも考えものだ。これは父の兼家の例を見ても察しがつく。父には道長たちの母のほかにかなり多くの女性がいた。しかし結局妻として頼りがいのあったのは早く死んだ道長たちの母だけではなかったか。ほかにも美貌で才女のほまれ高い女性と交渉があり、道綱という子供もできたが、誇り高く嫉妬《しっと》ぶかいその女は、いつも、すねるやら、出家するとおどすやらで、そのつど父は御機嫌とりに忙しかった。

道長たちの母は摂津守《せっつのかみ》をしていた藤原中正《なかただ》の娘、時姫《ときひめ》である。道綱の母も同じように国の守の娘だし、比較的この階層の娘との交渉が多かったが、中には村上天皇の姫宮の保子内親王なども いた。しかし結局あまり長つづきせず、道長たちの母が死ぬと、

「もう女はこりごりだ」

と正式の北の方は迎えず、亡き長女に仕えていた大輔《たいふ》という女房に身のまわりの世話をさせていた。半ば愛人、半ば侍女という扱いであろうか。つまるところ兼家にとっては、道長たちの母以上の女性はなかったわけだ。

長兄の道隆は父に似て女にはうるさい方だ。正妻になっている貴子《きし》は当代きっての才

女である。父の高階成忠《たかしなのしげただ》は大和守《やまとのかみ》などをつとめた男だが、もともとは学者で、かつ有能な官僚であった。貴子は、宮仕えをしていたころは高内侍《こうのないし》と呼ばれ、父ゆずりの学才をきらめかせて、女ながらもみごとな漢詩も作った。従って道隆との間に生れた三男四女の教育にはそつがない。

――兄上はよい結婚をされた。

できれば、あのくらいの女性を、いや、それよりさらにいい女性を、と道長は思う。道兼のように官界で兄を追いぬこうという気はないが、女性のこととなれば、兄を追いこしても失礼にはあたるまい……。

考えると行きつく先は倫子のことになる。倫子は左大臣の娘である。うまく結婚が成立すれば彼が一番家柄の高い女性を妻とすることになるわけだ。

――いや、しかし、待てよ。

道兼との話からふと心に浮かぶことがあった。

大井川の船遊びのとき、やんやの喝采をあびたのは、じつは公任だけではなかった。いや、実質的には、この日栄光に輝いたのは、この人物の方だったといってもいい。

彼の名は源時中《みなもとのときなか》――。倫子の異母兄である。時中は舞の天才だった。だからこのときも、三船の中の管絃の船をためらいなく選んだ。そして、興がまさにたけなわに達したとき、円融法皇から、特別に、

「時中、舞え」

という命が下ったのである。

彼はしずしずと船ばたに進んだ。楽の音が昂《たか》まったとき、ひらりと袖がかえった。波に揺られる船の上でも彼の足さばきには、みじんの狂いもない。おまけに冠にはひときわあざやかな紅葉の小枝を挿した心憎さ。折からの夕陽に茜色《あかねいろ》に染まりながら舞うその姿は、紅葉の精そのものかとも思われた。

――舞い終ったら、そのまま時中は紅葉の中に吸いこまれてしまうのではないか……。

彼が舞いおさめても、まだ人々が静まりかえっていたのは、そんな心の震えを感じたからだ。やっとひとときの陶酔から醒《さ》めたとき、人々は摂政兼家が、円融法皇にさしまねかれて、御座に近づくのを見た。

円融と兼家はかなり長い間ささやき交わしていた。遠くから見ていると押問答しているようでもあったが、やがて大きくうなずいて席に戻った兼家は、時中を近くに呼びよせた。

「源時中を参議に任じる。法皇の思召《おぼしめ》しであるぞ」

あまりにも唐突な発表だったが、人々は閣僚クラスの地位を得た時中にさらに喝采を贈った。

――さもあろう。破格の恩賞も当然だ。

そして道長も、すなおにそう思った一人である。しかし、すさまじい出世競争に血道をあげている道兼の話を聞いた後では、

――はて、あれは……。

ちょっと仕掛けの内側を覗いてみたくなる。あのとき長兄の道隆は、すでに権大納言になっている。道兼の権中納言昇進も、発表を数日後に控え、内定ずみであった。とすれば、あれはにわかに兼家色を強めはじめた廟堂《びょうどう》に、時中を割りこませようとする一芝居ではなかったか。仕掛けの張本は、円融自身か、これに劣らず兼家一族に好意をいだいていない源雅信側の巻返しか、それともそれらの雰囲気を逸早《いちはや》く察した兼家が手まわしよく演じてみせた妥協劇か……。

――ここは判断のむずかしいところだ。

経験不足の道長にはなかなか真相が摑《つか》みにくいが、単純な芸術美談でなかったことだけは察しがつく。しかも、雅信一家に近づこうとしはじめた今、これはなかなか気になる事件である。それにもう一つ、道長を冴《さ》えない思いにさせるのは、時中の舞であった。

――親父の左大臣どのは笛の名手ときている。

そういう一族の中に割りこむにしては道長の舞も管絃も格段に見劣りがする。

――はて、婿入りもなかなか骨が折れるわ。

倫子への道はかなり遠そうである。

首よりも

名月を過ぎてまもなく、都はにわかに冷えこんだ。それまで順調だった季節の運行が一転して狂いだし、連日しんとした曇り空が続いた。都全体が、ふいに凍《い》てついた灰色の壺の中におしこめられた感じで、人々を、

――十三夜の月を見る前に雪でも降るのでは……。

とあわてさせた。土御門の源雅信邸もその例外ではない。

「火桶《ひおけ》を持て、火桶を」

夜おそく宮中から退出すると、手をこすりながら、老いたる左大臣は侍女たちに催促する。

「姫の御局《つぼね》にも火桶を運んだろうな」

侍女の返事を待たずに、倫子《りんし》のところに足早にやってきたのは、老いの気の短かさであろうか。

「姫、姫、戻ったぞ」

「まあ、お帰りでいらっしゃいましたか」

妻の穆子《ぼくし》もそばにいて、新しい褥《しとね》めいたものが取り散らされてあった。穆子が眼顔で侍女たちにそれを持って退《さが》らせるのを眺めて、

「冬の支度か……」

雅信が聞くと、

「ええ、左様でございます」

にこやかに笑って穆子は夫の座を作り、

「冷えますこと、今夜は」

火桶をすすめた。

「冬が早いかもしれぬな、ところで」

本当に冬がこないうちに、今年こそ倫子の婚儀をとりきめたい、と雅信は膝《ひざ》を乗りだした。

「じつは今日、内裏《うち》にいる時、思いついたのだ。いい相手がいる。そのことを、わしとしたことが気づかなかった」

この間の道長の恋文など、すっかり忘れてしまったのか、それとも、わざと忘れたふりをしているのか、妻に口をはさませない強引さで、彼はたてつづけに喋《しゃべ》った。

「家柄もいい、押しだしもまず随一、姫の婿として恥ずかしくない男だ。位も正二位、

大納言、左大将、どうだ」

　これで文句のつけようがあるか、といわぬばかりに並べたてた。

「まあ……」

　穆子はきょとんとしている。

「そんなお方が、いらっしゃいまして？」

「いる、いる。わしも、はたと手を打った。明日にでも、わしから話をしてみようと思うが、どうか」

「ま、そんなに急に仰せられても……」

「善はいそげということがある」

「ま、ちょっとお待ちくださいい」

　穆子は首をかしげた。

「正二位、大納言ねえ。そんな方で姫にふさわしい方がおいででしたかしらねえ」

「いるとも、聞かせてやろうか」

　胸を反らせて、その名を口にしたかしないかのうちに、

「なんですって、あなたはまあ……」

　穆子の顔色が変った。

「だめです、あの方はだめです」

夫の持ちだした娘婿の候補を、穆子は一言のもとにはねつけた。

「何をいう、何がだめなんだ」

当の娘の目の前で、二人の間は、たちまちけわしい雲行きとなった。雅信は声を大きくして、ふたたび候補者の名を口にした。

大納言、藤原朝光《ともみつ》——。男ぶりもいい。家柄もいい。左大臣の自分を含めて、上席の五人はみな四十すぎだが、それら中年男をのぞけば、朝光は最上位。年も三十七だから、自分と穆子ほどの開きもない。

たしかに、朝光は宮中の注目をあびる貴公子の一人だった。父は藤原兼通《かねみち》——。道長の父である兼家には兄にあたる人物だが、母は皇族の血をひく女性で、すでに官界入りしたそのときから特別待遇をうけて昇進した。異母兄の顕光《あきみつ》が凡庸だったこともあって、まもなくその官位を追いこしたが、それもむしろ当然なこととして、周囲の反感も買わなかったのは、持って生れた性格の明るさによるものだろう。

なかなかのはで好みで感覚も抜群だ。矢筈《やはず》に水晶を使うことを考えだしたのも彼で、それを矢を挿す胡籙《やなぐい》に並べて晴れの行列に従うと、陽をうけた水晶の矢筈がきらきら輝いて人々を唸《うな》らせた。

——まさに、水晶の貴公子よ。

その彼が、はじめて妻としたのは、これも皇族の血をひく美しい女性だったが、どういうわけか仲が疎遠になってしまった。

「だから――」

と雅信はいうのである。

「あの朝光どのを迎えてはどうか」

が、穆子は頑として首を振る。

「あの方はだめです」

問題でない、というふうに言いすてる。

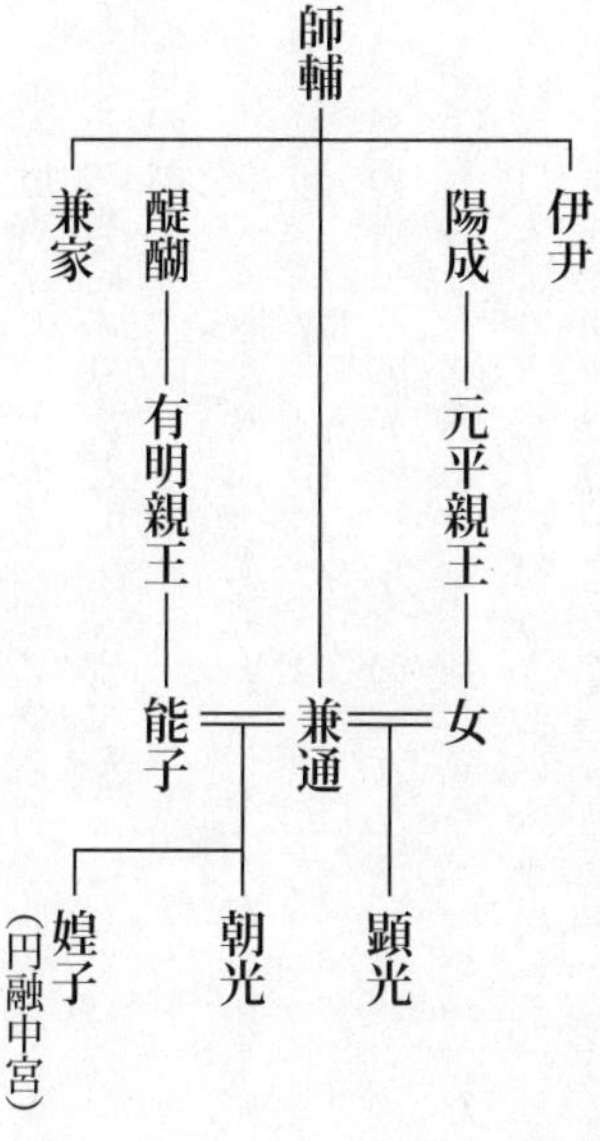

「どうしてだ」

「御存じでしょ。あの北の方と疎遠になられてからのことを」

「ああ、大納言源延光《のぶみつ》卿の未亡人のところへ入りびたっていることだろう」

こともなげに雅信は言う。

「あんなのは大したこともない。ひどく年上だし、それにみっともない女だそうだ」

離婚歴もあり、とかくの噂《うわさ》のある男が娘の婿として話題に上るのはふしぎなようだが、しかし、当時の常識としては別に驚くことではない。にもかかわらず、穆子はきっぱりと拒否する。

「そうじゃありません。ああいう年上の女を相手にしておられるかたは禁物。あなた、あの方々のお噂、御存じないのですか」

水晶の貴公子朝光と、年上の醜女《しこめ》——。

その珍妙なとりあわせは、都じゅうの噂の種になっていた。そして、こういう話題にかけては夫よりも穆子のほうが微に入り細にわたって詳しい。

「そりゃ、今朝光どのが通っていらっしゃるお方は、色も黒くて縮れっ毛。朝光どのとは似ても似つかぬおばあさんだってことは有名ですわ。あの女のどこがよくて、と皆が噂していますわね。中にはあの未亡人の財産目当てだ、朝光さまもお心がいやしい、という人もいるけれど、それだけではないんです」

「ほう」

「何しろ、おあしらいがずばぬけているんです。未亡人は御自分の年やお姿を心得ていらしって、その足りない分だけ、朝光さまにお尽しになるんです。たとえば、こんな寒い夜、内裏からお帰りになるとね。手をとらんばかりにして、さ、お帰りなさいませ、ってお召しかえのものをお出しになるの。それがほっこり温められていて、しかもいい匂い」

「……」

「お帰りになる前から、炭火をたくさんおこして香をたき、その上に伏籠《ふせご》をおいてお召しものをかけておくんですって」

「ほう」

「その上、いろりには銀の提子《ひさげ》をたくさんいれて、お薬を煎《せん》じて、さ、お寒うございましたでしょ、これを召しあがってお暖まり遊ばしませ、って……」

「……」

「いよいよお寝《やす》みになろうという段取りになると、これまた、お床の中がほっかり……」

「ふうむ、そんなことができるのか？」

雅信はふしぎそうな顔をする。

「ええ、お床の上敷《うわしき》には、たくさん綿が入ってるんです」

「でも、それだけじゃ、温かいというところまではゆくまい」

「それがふしぎと温かいというのは、わけがありますの。お休みになるまで、侍女たちが代りあって火熨斗《ひのし》をかけているんです」

「なあるほど」

「ね、下へもおかないとはこのことでしょ。これじゃ倫子などかないっこありませんわ」

言い負かされた感じの雅信は、なるほど、と、くりかえしながら、穆子の顔をまじまじと見て、

「そりゃあみごとなものだ。わしはこの年になるまで、そなたに、そのような扱いをしてもらった覚えは一度もないな」

聞えよがしに大きなくしゃみをした。

「あら、あら、もっと、お火桶を、お火桶を」

雅信の顔には言い負かされたくやしさよりも、朝光への羨望《せんぼう》がただよっている。ともかく、この勝負は明らかに妻の勝利であろう。勢に乗じて彼女は言いかけた。

「それに、あの方は大の床上手……」

雅信の顔が渋くなる。

「これこれ、口をつつしみなさい」

子供を産めない年頃になった女が、若い男をひきとめようとするとき、どんな大胆なことをやってのけるものか——。いやこれは、娘の前の話題としては、つつしみを欠いたものであろう。

穆子は首を縮めるようにして、話題をかえた。

「ま、とにかく、女は顔のよしあしじゃないんです。朝光さまをあの方から引き離すこ

とは無理というものですわ」

軽くとどめを刺す。

「わかった、わかった」

雅信は自分の思いつきを撤回せざるを得ない。しかし、そうなればなったで、倫子の婿さがしはふたたび壁につきあたってしまう。

——どうかして、三位以上のよい家柄の男を。

というのが、雅信の固執する条件である。三位以上は公卿《くぎょう》と呼ばれて、これだけが貴族中の貴族である。ところが、その中には、なかなか候補者がいない。最高位に近い大臣クラスは雅信はじめ老年に近い連中だし、若くて公卿の仲間入りした名門の子弟はたいてい定まる妻を持っている。その残りといえば、長年官吏をつとめあげて、やっと末席にもぐりこんだ年寄り組だ。

——ふうむ、どれもこれも……。

つい、ためいきも出ようというものだ。

——少し選《え》り好みしすぎたな。十五、六のときに婿をきめてしまうべきだった。

悔いが雅信の胸をかすめたとき、穆子がひょいと顔をあげた。

「あの、御存じですか、道長さまのこと」

「な、なんと」

「近く左京大夫《さきようのだいぶ》におなりになるとか」

「ふうむ、そなた、何でそんなこと知っている。よもや——」

雅信は不機嫌に眉を寄せた。

「よもや、あの若造を近づけているのではあるまいな？」

「……」

「あいつはならん。あいつとの話は打切りだ、と固く申し渡したはずだぞ。なのに、まだ発表もされていないことを、なぜ知っているのだ」

「あの、それは……」

穆子は口ごもった。形勢はにわかに逆転した。たしかに、まだ発令されていない内定の人事を、穆子が知っているのは不自然である。その後も道長との交渉があることを、言わず語らずのうちに暴露してしまったようなものだ。

「もう、はっきり断ってしまえ。よもや姫に会わせるようなことはしておらんだろうな」

「それはもう……」

「この際固く申しつけるぞ。文も取りいれてはならん。そうだ。たしかに近く左京大夫にはなるはずだ。ふん。それがどういう役か、そなた知っているのか」

雅信の口許《くちもと》に嘲《あざけ》りに近い笑いが浮かんだ。

左京大夫。

道長の目前にぶらさがっているそのポストは、表向きは都の長官――。都が左京と右京に分れていたそのころ、その半分を管理する役所の長官ということになる。が、その役職について、雅信は、さも軽蔑したように言う。

「そなたたちは知るまいが、あれは全くの閑職だ。名ばかりで何の力も持たぬ」

昔は都の長官としてそれなり力もあったが、そのころは、実際の権力を持たない、出世街道からはずれた役どころにすぎなくなっていた。中級官僚をつとめた連中に与えられることが多い。

「つまり、年寄り役よ。たった二十二やそこらで左京大夫とはじじむさい。摂政もどうやらあの息子には期待をかけてないと見える」

そのとき、黙っていた倫子が、静かに口をはさんだ。

「お父さま」

「何かな、姫」

父の眼は、にわかにやさしくなる。

「では、どういうお役目の方ならよろしいのかしら」

「そうさな、近衛《このえ》中将あたりかなあ。若い男にふさわしいのは。姫もこういうことはよく覚えておきなさい」

武官が儀仗兵《ぎじょうへい》化してしまっていたそのころ、中将といっても、軍隊の指揮をするわけではない。ただ、服装だけは武官のそれだから、きりっとして、若々しいのである。

「それにもなれない奴はだめだ。あの男はやっと少将だったな」

雅信は道長をくさすのを忘れない。あのように、くちばしの黄色い男を姫の婿にしようとは思わない、と語勢を強めてくりかえす。

もっとも、倫子は父の言葉に、さほど衝撃はうけていない。彼女にとって道長は、まだ眼も鼻もさだかでない一人の「男」にすぎないのだから。彼がこれ以上近づこうと近づくまいと、心を波立たせるほどのこともないのである。父が頭ごなしにくさし、母がやたらに肩を持ちたがるのが、むしろふしぎでならない。両親がやきもきするほど、結婚を真剣に考えていないともいえる。

少なくとも、そのころの道長よりも、倫子が、おっとりと構えていたのは事実である。そして、土御門の邸《やしき》の騒ぎは知るよしもなかったけれど、当の道長もいささかこの結婚作戦に自信を失いかけていたのだった。

その夜彼は、里下りをしてきた姉の詮子《せんし》のもとにいた。一条帝の生母、皇太后という肩書きは仰々しいが、一皮むけば、彼にとってはなつかしい姉君、詮子である。とりわけ末っ子の道長は、十五歳で母に別れて以来、四つ年上のこの姉を何かにつけて頼りにしてきた。

「まだ、おやすみではありませんか」

声をひそめて、几帳《きちょう》のそばにいざり寄ると、奥からかすかな応《いら》えがあった。

四人の兄姉のうち、道長が一番仲がいいのは詮子である。十三も年上の長兄の道隆は、彼が物心つくころはすでに大人だったし、例の次兄道兼はひと癖ある性格である。長姉の超子《ちょうし》はこの世を去っていたし、結局子供のころから思い出を分けあってきたのは詮子だけということになる。

「おさしつかえなければ……」

さらに几帳に近づくと、

「こちらへ」

なつかしい姉の声がした。

「新しい御殿のお住い心地はいかがで？」

「たいそう結構です」

「皇太后さまのお里として恥ずかしくないようにと、父上は大変気を使っておられました」

「それはそれは。私が今の帝をお産み申し上げるときに退《さが》ってきたころとは見違えるようです」

はじめは皇太后と臣下の堅苦しいやりとりだったのが、女房たちが気をきかせてそばを離れると、昔の姉弟の語らいになった。

「この間、父上から話がありましてね。近く左京大夫になることになりました」

「そうですか……それは、それは」

詮子は何か奥歯にもののはさまったような口調で言いかけたが、道長はそれに気づかなかったらしく、ぼそぼそと先を続ける。

「父上は、自分も以前に勤めた役だからとおっしゃいましてね。それから、亡き母君の父上もなさったことがあるそうですな」

「それで？」

「は？」

「そなた、何とお答えしたの？」

「ありがとうございます、と」

「それだけ？」

「はい」

詮子はじっと弟の顔をみつめたが、思いついたように話題をかえた。

「そろそろ、そなたも身を固めねばなりませんね。もう二十二でしょう」

「は、まあ、そういうことになりますな」

照れたように首に手をやる。

「私もそのことを考えていたのですよ。母のないそなたに、誰かよいお相手を見つけてあげるのも、私の役目かもしれないって」

「ありがとうございます」

どうやら姉には具体的に心当りがあるらしい。いったい、どういう娘なのか、好奇心が動く。

――うん、土御門が駄目なら、そっちでもいいわけだ。

簡単に諦《あきら》めをつけかけたとき、

「でも、聞いておきますけれど――」

姉は念を押す口調になった。

「そなた、いま、どなたかとお話はないのですか？」

「え？　そのう、それが……」

「いい年をして、まったくお目あてがないわけでもないのでしょう」

灯影を背にして、詮子はまじまじと道長の顔をみつめている。子供のころからの癖でどうもこの姉の前では嘘がつけない。

「たしかに、ちょっと目をつけている人はいるんですがね。なかなかうまくゆきそうもないんです。ですからもし、姉君がお世話くださるというのでしたら……」

まだ詮子は道長をみつめ続けている。ややあって、少し強い口調でたずねた。

「道長」

「そのお方というのはどなた」

「いや、そのう」

「言いにくいかもしれないけれど、私にだけは言ってごらん」

ちょっと決心のいるところである。道長は倫子のことは父にもまだ打ち明けてはいないからだ。しかし姉に問いつめられると、何となく拒みきれなくなってしまうのが末っ子らしい気のいいところであろう。

「左大臣雅信の娘、倫子――」

と、小さな声でその名を告げたとき、

姉は考え深い眼付になって遠くをみつめ、ややあって、大きくうなずいた。

「左大臣どののね……」

「よろしいでしょう。いい御縁です、道長」

「は？」

「いい方に目をつけているのに、なぜ私の世話する人があるなら、なんて言うんです」

「いや、それが、正直のところ、うまくゆきそうもないもので……」

「諦めが早すぎるのよ、そなたは。粘りがないのねえ。人の考えでついふらふらと動く。子供のときからの悪い癖ですよ」

昔と同じ遠慮のなさで、詮子はびしびし言う。子供のときも、よくこんなふうに意見をされたものである。

「あなたも男でしょう。しっかりなさい」

「は、しかし、なかなか文ももらえませんので」

「反対しておられるのはあちらの父上ですね」

これも図星であった。道長がうなずくと、少しやさしい口調になった。

「弱気を出してはだめ。じつは私も心当りがあったけれど、その話はなかったことにしましょう。左大臣どのの姫君のほうがあなたにはお似合いです」

「でも、そのお心当りの方というのは？」

「だめ、だめ。気を散らしちゃいけません」

首を振って、その名を明かさない。

「それより、とにかく、粘ってごらんなさい。こんなことですぐ引きさがってしまうようじゃあ、これから先、宮中での競争で踏みにじられてしまいますよ。ほんとうに、宮中というところはこわいところなのだから」

私だって——と詮子は声をひそめた。円融法皇との間に生れたわが子が即位して皇太后となったものの、それまでは茨《いばら》の道だった。

「げんに、今の帝の御即位の折にもね……」

どんなにか詮子はその日を待ちこがれていたことだろう。ところが、円融帝との間に生れたわが子懐仁《やすひと》の即位の行われる当日、前代未聞の事件が突発したのだ。

場所は晴れの儀式の行われる大極殿《だいごくでん》――。つまり宮中で最も大切な儀式を行う神聖な殿舎においてである。古来のしきたりにしたがって、人々が殿内の飾りつけに余念のないそのとき、

「ぎゃっ！」

ただならぬ悲鳴が聞えた。ふりむいた人々は、新帝の着席すべき高御座《たかみくら》の脇に、顔面蒼白《そうはく》になって立ちすくむ男を見た。

「どうした、どうした」

同僚が駆けよると、男は声も出ずに、ふるえる指先で高御座の中をさししめす。

「な、なんだ、どうしたんだ」

何気なく、その中を覗《のぞ》きこんだ人々も、

「あ！」

男に劣らず、棒立ちになって声も出ない。帳《とばり》をおろした神聖な高御座の中に、血まみれの頭がひとつ、転がっていたのである。猿か、犬か。いや見たこともない怪物のそれには、人間さながらの長い髪がまつわりついていた。

不祥事出来《しゅったい》！

穢《けが》れを忌むこと甚だしかったそのころ、これでは晴れの儀式は行えない。それにして

も、天皇即位の儀の行われる当日、選《よ》りに選って、高御座の中にこのような変事が起るのは未曽有のことだ。

使は早速、別室で待機している摂政兼家のもとに飛ばされた。

「実はかくかく……」

胸の動悸《どうき》に使の声もとぎれがちだった……。

道長にとっては、初めて聞く話である。

「へええ、そんなこと、あったんですか」

正直に眼を丸くしている彼の前で、詮子はうなずく。

「きびしく口どめをなさいましたからね、お父さまが。ところで、その後、お父さまはどうなさったと思う？」

「さあ……」

「そなたならどうする？」

「さあ……」

とっさには知恵もうかぶまい。公卿たちはもう集まっている。すべての手配は完了だ。しかし、不吉な穢れを知っては新帝の晴れの儀式を行うことはできない。強行すれば明日にも禍《わざわ》いをうけて死んでしまうかもしれない。

「ところがね、そのとき」

詮子はかすかに微笑した。

「お父さまは空眠りをなさったの」

「空眠り？」

「そう、円座《わろうだ》に腰を落ちつけて、使の声など耳にも入らないふりをして」

「ほう……」

いぶかしんだ使は二度、三度兼家の袖をひいた。

「殿下、摂政殿下……」

それでもしばらく黙然としていた兼家であったが、ややあって眼を開いた。すがやかな面持であった。目の前にうずくまる男を見ようともせず、すっくと立つと、何事もなかったように、呟《つぶや》いた。

「どれ、御準備もととのったようだな」

悪意にみちた嫌がらせを、兼家は全く無視したのである。それと察した男たちが手早く血まみれの首を片づける。そして何事もなかったように、即位の礼は堂々と行われた。まさに大胆不敵な切りかえしだった。動物の屍体《したい》が邸にあっただけでも触穢《しょくえ》といって、宮中への出仕を見合わせるほど迷信ぶかいそのころ、この一件は、すさまじい怨念《おんねん》を秘めた即位阻止事件だったのだ。そのしきたりにどっぷりつかっている男なら、卒倒しかねまじき天下の椿事《ちんじ》を、兼家はこともなげに踏みつぶす。このあたりに、王朝の枠をは

みだしたこの一家のおもしろさがある。そしていま、

「ふうん、なるほど」

姉の話にうなずく末っ子道長も、否応《いやおう》なしにその一家に組みこまれようとしている自分に、少しは気づきはじめたらしい。

「宮中というところは、こういうところよ」

微笑する詮子も、長い黒髪と裾長《すそなが》にひいた優美な衣裳《いしょう》をまとったその姿に似ず、肝の太いところがありそうだ。彼女は続ける。

「私だって父上と同じようにしたでしょうね。あの日は、私の復讐《ふくしゅう》の日なんですもの」

「復讐の日？」

「そうですとも、煮え湯をのまされ、恥をしのんできた私の、あれは復讐の日」

天皇のおきさきになるのは最高の女の栄光だと人は言いもするだろう。が、栄光は詮子にとってそのまま屈辱の日々でしかなかった。

詮子は十七歳で円融天皇のもとに入ったが、すでにこのとき、円融の後宮には二人の女性が入っていた。一人は兼家の兄の兼通の娘、媓子《こうし》。すでに中宮の座についている。もう一人は、別系の藤原氏である頼忠の娘、遵子《じゅんし》。どちらもまだみごもっていなかった。

「私はね、だから、何が何でも、一番先に帝《みかど》の皇子を産んでやろうと思って入内《じゅだい》したの」

「ほう、それはそれは」

たった十七の小娘だった姉の、すさまじい闘志が道長には少しまぶしい。

「復讐よ、復讐してやるつもりだったのよ」

なるほど、そうかもしれない。そもそも因縁のまつわる後宮入りだった。そのころ父の兼家とその兄の兼通は犬猿の仲だった。ともすれば兄を凌《しの》ごうとする兼家を辛うじて押えて関白の座についた兼通は、弟を宮中に寄せつけもしなかった。これみよがしに娘を円融の後宮に入れ、たちまち中宮にしたのも、勢力誇示にほかならない。

しかも重病になって再起不能とわかると、弟を左遷し、わざわざ従兄《いとこ》の頼忠に関白を譲って死んでいった。詮子の後宮入りはその直後のことだ。兄の死後の、兼家側の巻返し第一弾である。

——何が何でも男の子を。

十七の小娘にしてはいい度胸である。

「乳母《めのと》にね、いろいろ教わったの。どうしたら男の方が喜ぶかって」

当時の乳母は幼時だけでなく、生涯つき従い、ときには性教育の指導者ともなる。裸におなりなさいませ。恥ずかしいと思うことを、すべておやりなさいまし……。中年すぎの女の秘事の指導は恥しらずだった。その成果があらわれたのは二年後、詮子はみごと第一皇子を産みおとす。幸運にもその前年、故兼通の娘、中宮媓子は死んでいた。

——勝ったぞ、勝ったぞ。

兼家父子が手をとりあって、中宮の座につくのもすぐだ、と勇みたったにもかかわらず、その後円融が、

「立后《りつごう》を」

と促したのは、あろうことか子のない頼忠の娘、遵子だった！

何という屈辱……。詮子は皇子を抱きしめて恨みを呑《の》む。たしかに遵子の父は関白だが、子供のある自分をさしおいて立后するとは何事か。

——恥をかかされたのだ。私は女として愛されていなかったのだ。帝はそのことを天下に公表された。くやしい、憎らしい！

兼家も腹を立てて宮中に出仕もしなかった。こうして怨念の歳月の流れること数年、やっと迎えたわが子の即位である。血だらけの頭などにかまっているわけにはゆかなかった。

「そりゃあ、そのくらいの邪魔は入るわよ」

女の戦さに勝ちぬいた今は、笑ってそう言える二十六歳の詮子である。

「私たちは勝ちすぎるくらい勝ったのよ」

そうかもしれない。このときの兼家の勝利は完璧《かんぺき》だった。王朝はじまって以来、よそめには藤原氏の権勢が変らず続いているように見えるが、実態は決してそうではない。権力の条件はなかなか厳しいものだったのである。すなわち、

娘を天皇の後宮に入れる。

その娘が男の子を産む。

その男の子が即位し、外祖父たる自分が摂政・関白になる。

そのどれを欠いても権力は完璧ではないのである。だからさきに兼家を押しのけた兼通にしても娘が皇子を産まなかったから、その権力は万全なものではなかった。そしてこれまでの歴代の権力者といわれる人々の多くは、たいていこの完璧な「権力」を手にし得ないで恨みを懐《いだ》いて世を去っている。

娘を後宮に入れても男の子が生れなかったり、生れた男の子が死んだり、その子の即位前に自分の方がポックリ死んでしまったり……まさに当時の歴史は怨念の髑髏《どくろ》の累積だった。

彼らの闘いは政策を賭《か》けてのそれではない。そんなものは初めからありはしないからこそ葛藤《かっとう》はいよいよ露骨になるのである。長期安定政権の宿命であろうか。勝利を手にしたいま、詮子は言う。

「だから、勝つことは、それだけ人の恨みをうけることなのよ」

それは今の社会でも同じことだ。会社でも役所でも、一番先に係長になれば、同期十数人、いや数十人の怨念を背負いこむことになる。部長、社長、あるいは局長、次官ともなれば、それぞれ数十人、数百人の怨念を背負った相手との潰《つぶ》しあいだ。襲いかかる恨みは幾何級数的に増加しよう。

ましてこの時代は一種の同族会社である。血のつながりが反作用として働くときは、どんなにすさまじいことになるか……。

「お父さまが勝ちすぎるほど勝っておしまいになったいまは、そのことを考えなければね」

詮子の見るところでは、兼家の勝利はこの先、七、八年、いや兼家の生命しだいでは、十数年続くかもしれない。

「なにしろ帝はまだお八つだから、先はお長いし、その後の東宮さまも、超子お姉さまのお産みになった皇子だし……」

奇妙なことだが、後継者、居貞《おきさだ》は一条より四歳年上である。当時の複雑な皇位継承が生んだ現象だが、一条には従兄にあたる。父は精神に異常のあった冷泉で、兼家はあえてこれに長女の超子を入れて居貞を産ませた。

超子はすでに世を去っているが、この居貞が皇位についても、兼家が外祖父であることには変りはない。

「それに、お父さまは居貞さまのおきさきとして、私たちの異母妹《いもうと》を考えていらっしゃるらしいのよ」

「なるほど、ふうん」

この異母妹が、自分の姉たちにはない妖艶《ようえん》な雰囲気を持つ美女であることを道長は知っている。

――ああいうのを色っぽいというんだろうな。何しろ、母親が母親だから……。

姉にはないしょだが、この異母妹綏子《すいし》の吸いつくような餅肌の感触を、彼は知っている。末っ子の気やすさで、幼いころから、この異母妹の家にはよく遊びにいっていたからだ。その母親がさばけた人で、正妻ともいうべき道長たちの母親をやたらに敵視せず、むしろ彼の来ることを喜び、

「妹と思ってかわいがってくださいね」

と、とりわけ二人を近づけるようにした。

――それに俺も悪乗りして……。

わざと子供っぽく振舞い、数年前までいっしょの部屋でよく遊んだものだ。相手が一人前の女になりかけているのを知りながら、ひょいと手を握ったり、胸にさわったりした。ふつう実の妹でも年頃がくると親たちは兄弟との間を離そうとするものだが、綏子の母親は見て見ぬふりをしていた気配がある。母親自身、男あしらいがうまいという噂のある女性だったから、あるいは男に近づけておくことが、女の魅力を濃密にする秘訣《ひけつ》と思っていたのかもしれない。

そういえば、綏子も道長の指にまかせて、されるなりにしていた……思い出し笑いが

唇に上ったとき、詮子の声が飛んできた。

「道長、きいているの？」

「は、はい」

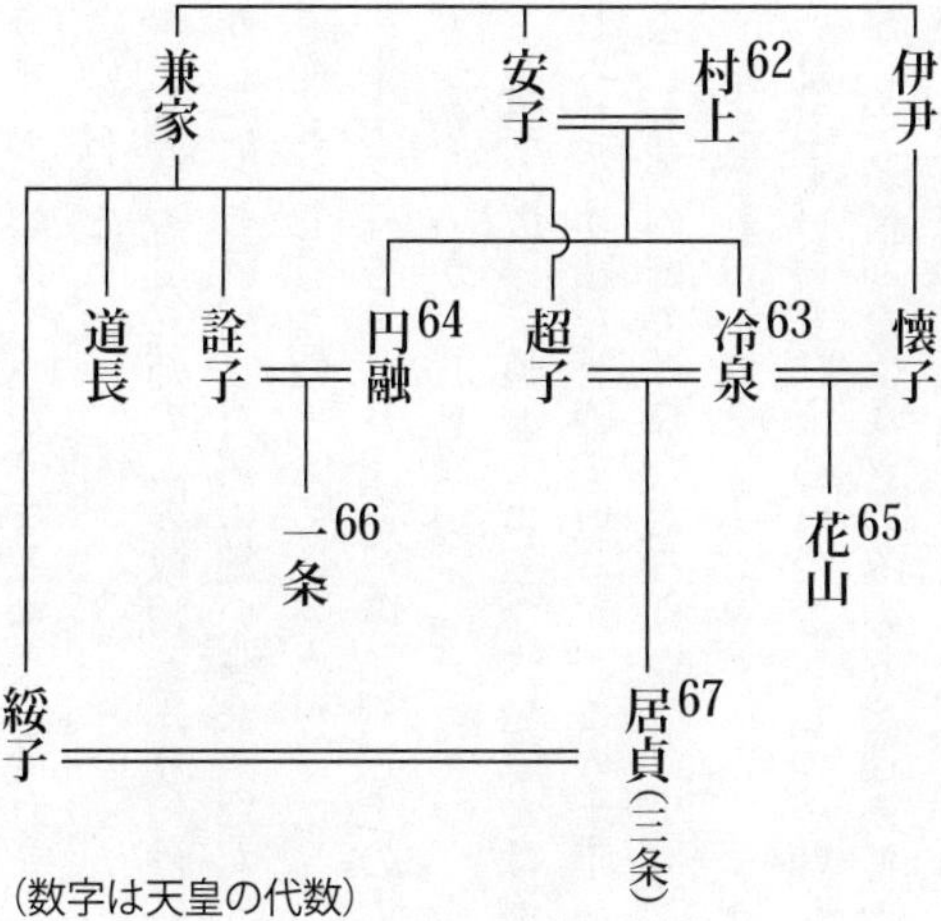

(数字は天皇の代数)

　道長は我にかえる。

「ええと、綏子どのを東宮のおそばに
――」

「そうです。そうなれば、東宮さまの時代になっても、お父さまは御安泰ですからね」

「そういうことになりますな」

　つまり、兼家の長期安定政権はずっと続くであろうというわけだ。

「ええ、だからこそ、私たちはしっかりしなくてはいけないの」

　攻めより守りのむずかしさを詮子は強調する。

「私たちに嫉妬《しっと》する人はいよいよ多くな

ります。恨みも重なりましょう。それをどうするか、いろいろ考えているんです」

「なるほど」

正直いって、姉のこの政治家ぶりには舌を巻く思いである。十七歳で円融帝の後宮入りしたときは、まだ頸《くび》の細い少女めいた面影を残していたのに、十年に近い歳月が彼女を変えてしまった。

——ふうむ。こりゃあ道隆兄貴以上の大物だ。ひょっとすると策士の道兼兄貴も及びもつかないかもしれない。

視野が広い。道兼のような一発屋とは違った粘り強さがある。道兼は花山帝ひきずりおろしの功績を誇っているが、この十年、父が同志として二人三脚を続けてきた相手は、むしろこの姉ではないだろうか。

——それにしても……。

姉君もいい女になられたな、とつい顎《あご》を撫《な》でたくなる。後宮で苦労した、とは言いながら、結構ゆたかな女のみのりを迎えているではないか。そこへ行くと、道兼兄貴は、とくいくら策謀の腕を振ったところで、毛むくじゃらはなおりっこない。その点女は、とくなものだ。苦労しながらも自分はちゃんと美しくなって、もう押しも押されもしない母后の貫禄を身につけているのだから。

——二十六か、女も盛りだな。

と思ったとたん、ふっと頭をかすめるものがあった。

――あの、左大臣家の倫子どのは二十四。えっ、そうすると、このでんと構えた姉君と二つしか違わないってことか……。

これは一大事だ。俺の相手にしようとしている女性は、こんなしたたかな坐り方をし、こんな落ちつき払ったもの言いをするのか。

――こりゃ、かなわん。

やっぱり、やめた方が無難かもしれない。異母妹だから手は出せないが、あの綏子のような、かわいい女の方がいい。ところが、その道長の頭の中を見すかしたように、詮子は言ったのだ。

「その左大臣の姫君のことですけれど」

道長はぎょっとする。

「よい御縁だと思いますよ。それはあなたにとってだけでなく、私たちにも」

やれやれ、少し面倒になってきた。

恋、あるいは結婚というものは、むしろそれを阻む何かがあったほうがいいらしい。反対されれば燃えあがる。拒まれればファイトが出る。逆にけしかけられると、かえってしぼんでしまう。

「左大臣雅信の姫ならけっこう」

と、姉に激励されて、道長がいよいよ意気消沈したのはそのせいかもしれない。それに、

「この結婚は、私たちにとってもいいことだ」

とはなにごとか。それではまるで、自分は父や姉のために結婚するようなものではないか。ややうんざり気味の道長の前で、詮子はさらに言う。

「敵は一人でも少なく、味方は一人でも多く。今のお父さまにとっては、それが大切なの。だからもし左大臣家と御縁ができれば、この上もないことです」

たとえ同族の藤原氏の嫉視《しっし》反撥《はんぱつ》が強くとも、左大臣である源雅信と同盟できれば、政界の運営はずっとらくになるだろう。

「だから、道長、そなたもしっかりなさいよ」

「は、はい、しかし難問ですな」

「わかります、それは。そなたは末っ子だし、位も低い。左大臣家の婿君にしては、ちょっと役不足なんでしょうね」

「仰せのとおりです」

「そういうときこそ、そなた、ちょっと気働きさせることね」

「は？」

「お父さまが、左京大夫にしてやる、とおっしゃったとき、何でいまひとつ、おねだり

をしなかったの？」

「おねだり？」

「そう。ありがとうございますって言ったそうだけれど、そういうときこそ、いい機会《おり》なんですよ」

「と言いますと？」

「一応お礼は申しあげて、父上も勤められたお役目をいただきますことは光栄です。できれば私も、もっと父上の御出世にあやかりたいと思っております。ついては——とか何とか……」

「ほ、ほう、なあるほど」

眼をぱちぱちさせて道長は姉をみつめる。

——こりゃ、たいへんな大物だ。

さらに姉を見直す思いである。

「ありがとうございます。よいことを教えていただきました。でも姉上、今から父上にそう申しあげては遅いでしょうか」

正直な質問に詮子は噴きだす。

「時機というものがあるんですよ、おねだりには。そこへゆくと道隆兄さまはとてもお上手。おねだりとはわからないようにうまくなさるの。今度もね、兄さまは、うまく手を廻しておられるの。そなた知っていて？」

「は？」

「近く従一位の御沙汰があるとか……」

「えっ、従一位に？」

従一位はもうこの上がないという最高位である。正一位という位は規定としてはあるが、現実の叙位は行われなくなっているのだ。道長は呆然《ぼうぜん》として姉をみつめた。

――従一位、従一位……。

道長は呪文《じゆもん》のように口の中でくりかえす。兄は三十四、五の若さで、その位につこうというのか。ほかの従一位といえば父の兼家と、太政大臣の頼忠。そして倫子の父の雅信さえついこの間やっと許されたばかりである。

――なのに俺はまだ従四位上。その差はますます開くばかりだ。

その耳許に、姉はさらにささやく。

「じつは、この話には先があるの」

「え？」

「お兄さまは、うまくそこへ話を持っていっておきながら、分に過ぎた光栄だから、と辞退なさったの」

「そりゃそうでしょう」

「ま、黙ってお聞きなさい。そう言って一応辞退しておいて、その代りに、息子の伊周《これちか》に正五位下を、とお願いしたのよ」

「ふうむ」

思わず唸《うな》った。道隆の次男の伊周はまだ十四歳の少年にすぎない。が、道隆は謙譲の美徳を発揮した、と見せかけて、ぬかりなく息子の昇進をはかったのだ。

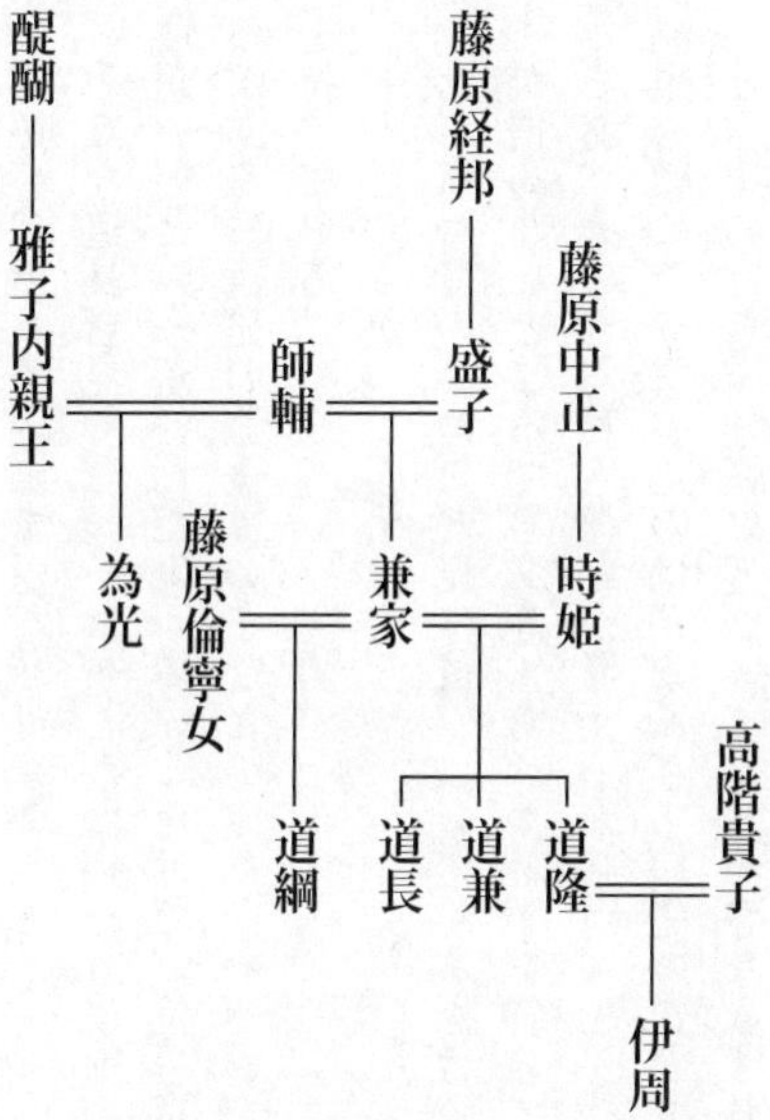

「道長、そなた、うかうかしていると、伊周に追いぬかれますよ」

たしかに正五位下と従四位上の差はほんの少しだ。しかも伊周は少年のくせに頭もいい。

——あいつ、母親仕込みで漢詩などもうまいからな。俺も少し頑張らねば。

後に最大のライバルになるこの年少者の存在を、道長がはっきりと認識したのはこのときだったかもしれない。さすがにのんびりやの道長も、少々考えこまざるを得ない。

そんな道長を見て、詮子は少しかわいそうになったらしい。兄の道隆は人徳というか、運がいいというか、ただ坐っているだけで、位も官職も身に吸いついてくるようなところがある。次兄の道兼はいまひとつ足りないそれを、力ずくでももぎとろうとする意地を持っている。

——ところが、この弟は……。

ただ黙ってのこのこと兄の後についてくるだけで、どこか頼りない。しかし、それがまた憎めないところでもあり、ちょっと手を貸してやりたくもなる。

「まあ、そのうち私も何とか考えるから」

慰め顔にそう言ったのは、まんざら口先のことではなかった。

と、そのとき、几帳に近づいてくる小さな衣《きぬ》ずれの音があった。

「宮さま」

呼びかけたのは、少女の声だった。それは道長にこれまでの話のすべてを忘れさせるような、あどけない、甘い、透きとおるような声音だった。

——宮さま、いや宮ちゃまと言ったのかな。

几帳の蔭《かげ》をのぞこうとするより一瞬早く、詮子は声の方へいざり寄って、小さく何かささやいた。

——はて、いったい誰なのか？

　声の主は十歳そこそこの童女と思われた。しかし姉の身辺にかしずく女童《めわらわ》にしては、ものの言い方が馴《な》れ馴れしい。いってみれば親娘《おやこ》のような趣きがある。

　しかし詮子の子供は帝位についている一条ひとり、女の子がいるはずはない。はて、どういう子か、と好奇心が動いたが、短くささやきかわしただけで用事は済んだのか、少女は早くも立ちあがる気配である。衣ずれの音はひそやかに遠ざかって、やがてその後に、かすかに樹々を渡る風のそよぎを道長は聞いた。

　――まるで風の精のようだ。

　柄にもなくうっとりして、

「いまのは誰です」

　尋ねたが、詮子は、

「いいえ、ちょっと――」

　まともには答えず、それよりも、と倫子のことに話題を戻した。

「左大臣どのが、いつくしんでおられる姫君だそうですね。しっかりおやりなさいよ。私も及ばずながら力になりましょう」

　その夜はそれで別れたが、詮子の言葉は嘘《うそ》ではなかった。まもなく彼女は道長に大きな贈物をしてくれたのだ。

左京大夫に任じられた半月ほど後の九月二十日に辞令が出た。この日詮子は東三条の兼家邸から内裏へ戻っている。こうした私邸への滞在が終ったときは、

「御苦労さま」

という意味で、家主に対して褒賞がある。これを詮子は道長に贈ったのだ。それにしても一挙に従三位への昇進は大飛躍だ。四位と三位の間には天と地ほどのひらきがある。これでやっと彼は「公卿《くぎょう》」というエリート集団の尻尾《しっぽ》にすがりついたことになる。もっともそれを機に少将は辞し、帯びている役といえば依然として閑職の左京大夫だけだから、閣僚クラスというには程遠い有様ではあったが……。

その後まもなく、今度は一条帝が兼家の東三条邸に来臨し、詩宴が催された。こうした機会に叙位が行われるのもこのころのしきたりだが、詮子の言ったとおり、この日道隆は従一位昇進を辞退し、息子の伊周が正五位下に進んだ。同時に、政治的な配慮から、兼家の異母弟の右大臣為光《ためみつ》を従一位に。続いて一月ほど後には、例の髭面《ひげづら》の道兼は従二位になって兄との差を縮め、それを追いかけて、少し人間の甘い異母兄弟の道綱も従三位に叙された。

「道長を従三位に――」

景気よい大盤振舞だったから道長だけいい気になるわけにもいかないが、ともかく、

――それゆけ、道長！

と姉に肩を叩かれた趣きである。かといってそれほど奮い立つ気にもなれないのだが、後から響いてくる姉の声を道長は聞く。

——お父さまのように血だらけの首をつきつけられるよりも、ずっとらくじゃありませんか。

その声に追い立てられるように道長は起《た》ちあがる。

——たしかに首よりもまし、さらば行くとするか。

今宵来る人

政治の世界の、生ぐさい、切った、はったよりも、女性獲得戦はずっと気らく、とはいうものの、

——しかし、あの親父《おやじ》どのは難物だな。

詮子《せんし》の後押しがあってはいまさら退《ひ》きもならず、道長はふたたび恋文書きにせいを出す。使にやった家来から、土御門の雅信邸のたたずまいや、雰囲気をくわしく聞いて頭に叩きこむ。いずれひそかに訪れる夜に備えての準備である。自分自身も闇《やみ》にまぎれて、さりげなく邸《やしき》のあたりを馬で通って見当もつけた。

そのうち、相手から返事もくるようになった。といっても、

「お目にかかりとうはございますが、後のお心変りが案じられまして……」

とか、

「一時のあだめいたお心では？」

といった意味の、ありきたりの歌にすぎない。筆跡も若い女にしては枯れすぎていて、

――代筆だな、こりゃ。

と、道長をがっかりさせた。容易に男に返事を書かせないような、堅苦しいしつけをしているとすれば、攻略には暇もかかる。代筆でも返事がきたということは、つまり、周囲は彼を拒んでいない証拠である。しかし、さらば、と道長は倫子《りんし》の乳母である丹波に目標を絞った。歯の浮くような手紙をやったり、絹や薫物《たきもの》を届けてみた。そのうちに手応えは少しずつたしかになってきた。

ふしぎなものである。

道長はどうやら、倫子そのひとよりも、この手応えの変化がおもしろくなってしまった。いわば釣糸を垂れて魚のかかるのを待つ心境であろうか。はじめは小手調べに、ちょいと竿《さお》をのばしてみたのだが、そのうち河岸をかえたり、餌《えさ》のくふうをしてみたり……。

「大きいのを釣らなければだめよ」

と詮子のような応援団に声をかけられたときは、やる気をなくしても、そのうち、魚そのものより、釣れるかどうか、自分のくふうがうまくゆくかどうかに夢中になってしまう。もっとも世の中の恋する男たちの多くは、まずそんなものらしいのだが……。

当の倫子はもちろん、道長の心の中を知るよしもない。身のまわりで昂《たか》まりはじめた海鳴りは、こんどはなかなかやみそうもないのだが、どうしたものか、一向に身近に迫ってはこないのだ。父はあれ以来、道長の名は一切口にしないし、母も父の前では意識してそのことを話題にするのを避けている様子である。

そのくせ、母は乳母の丹波と二人きりになると、しきりに密談を重ね、何かの準備に忙しい。そしてある夜のこと、物蔭でひそひそ話していたかと思うと、

「まあ、私におまかせなさいまし」

言いきる声が聞えて、丹波が倫子の前に姿を現わした。

「姫さま、姫さま」

丹波は頰を紅潮させている。

「今夜、お客さまがおいでになられます」

坐るなり唐突にそう言った。

「お客さま?」

「はい。姫さまの御局《つぼね》に」

「まあ……」

「少しお髪《ぐし》をおなおしいたしましょう」

かいがいしく後に廻りながら、その耳にささやきかける。

「いらっしゃるのですよ、道長さまが……」

熱い息吹きが耳にかかって、倫子を驚かせる。

——まあ、丹波ったら……何だか自分が恋人を迎えるみたい。

そうなのだ。倫子に代って恋文のやりとりをしているうちに、いつのまにか、道長同様丹波も、恋のたわむれのおもしろさにうかされはじめていたのだった。

が、倫子は何とも奇妙な感じがしてならない。物語で読んだ恋とは、二人の若い男女が、まだ見ぬ恋とやらに憧《あこが》れ、恋文をたくさんとりかわし、あれこれの紆余曲折《うよきょくせつ》があって、やっと結ばれることになっている。けれども今度の場合、父が反対していたはずのその人物が、突然、今夜自分の前に現われるのだという。

――こんなことでいいのかしら？　恋というにしては、ちぐはぐな感じ……。

黙っている倫子を、丹波は処女の恥じらいと見たらしい。

「ええ、何も、御心配なことはございませんですよ、姫さま」

心得顔にうなずき、手早く倫子の顔に白粉《おしろい》や紅を塗ってゆく。

「もうちっとこちらをお向き遊ばせ。なにしろ、あの方は姫さまに夢中ですの」

「まあ」

これも合点のいかないことだ。が、丹波は浮き浮きと言う。

「しつっこいくらいお文が来ましてね、ま、私の方でいいように御返事をしておきました。けれど、姫さまがお断りになれば今にも死んでしまいそうだ、なんて、おほほほほ」

――おやおや、まるで丹波がそう言われたような喜びようじゃないの。

「で、お父さまは、そのこと御存じ？」

「いえいえ」

大げさに丹波は手を振る。

「気むずかしいお方ですからね。申しあげてはおりませんの」

「でも、道長さまのおいでがわかったら……」

「御心配なく。殿さまは今夜は内裏に管絃《かんげん》の御遊びがあって、お戻りになられるのは、遅くなってからでございますから」

「お母さまは？」

「北の方さまは、万事御承知です。なにしろ……」

丹波の言葉によれば——。

そもそも道長から最初の恋文が来たときから、母の穆子《ぼくし》は乗り気だったという。母は道長を見知っていた。賀茂《かも》の祭などの折には、彼女たち上級貴族の妻子も、こぞって美しい女車で見物に出かけるが、それは簾越《すだれご》しに若い貴公子達の品定めをする好機でもあった。

「まだ兼家公御一家があまり羽振りのよくなかったころのことですけれど、でも道長さまはお若いのに、とても落着いておられ、お姿も御立派だったので、心にとめておいでだったのですって」

女として、あるいは母親としての勘のようなものだったかもしれない。そこへ兼家一族に運が向いてきた。夫のように政治の裏を知らないだけに、この一族なら悪くなさそうだ、と簡単に思いこんだ。

「でも、この母君のお気持は大事でございますよ」

丹波の言うとおり、こと結婚に関するかぎり、母親の意見はたしかに重大だ。夫が通ってくる妻訪《ど》い婚時代、女親が一家の柱だった名残りであろうか。婿入り婚の時代がきて、夫が共住みするようになった当時でも、やはり娘の結婚に一番影響力を持つのは母なのだ。

——それはそうなのだけれど。

倫子の心のどこかには、それについてゆけない思いがある。自分をぬきにして事が進められている感じだからだ。母は大乗り気だというし、丹波にいたっては代って恋愛をしているような意気ごみだが、彼女自身は燃焼には程遠い。

——結婚とはこうしたものなのか。

これはしかし、いつの世の女も同じことなのではないだろうか。身も心も燃えあがらせての恋の果ての結婚でもないかぎり、

——これでいいのか。

何やら隠されている運を引き出せぬまま、人生に踏みだしてしまったような思いは、必ずつきまとう。さりとて強く反対する理由もなく、ぐずぐずしているうちに、事はと

んとん運んでしまう……倫子のそのときの思いは、ちょうどそれであった。

おっとり型の倫子は、ためらいながら、母の言葉を頼りに、道長の姿を思い描く。

落着いた方。

お姿の立派な方。

そう言うからには、背が高く、物腰が静かで、眼は細く切れ長で、口もとが優雅で
……絵巻の中の貴公子の姿を想像しながら、目鼻立ちを考えてみる。少しずつ相手の姿がまとまりかけたそのとき、廂《ひさし》の外に人の気配がして、あわてて丹波は座を起ちかけた。

「姫さま……」

眼くばせしながら小声で言う。

「今夜は北の方さまは、わざとお渡りになりませんからね。万事私におまかせを。そして……何が起ろうと、お驚きなさいますな。大きい声をお出しになってはいけませせぬ」

倫子は少し心細い。

そのころの上流貴族の娘は、結婚前に若い男と二人きりで語りあう機会など全くといっていいくらいなかったからだ。物詣《ものもう》でのほかにはめったに邸から出ないし、家の中にいても縁近くに出るとたしなめられる。

「もっと中に入っていらっしゃい」

召使の男にも姿を見せないようにするのがたしなみとされた。その男の口から、

「あそこの姫君はこういう方で……」

などと世の中に噂《うわさ》が流れるのを嫌うのだ。

なのに、今夜の乳母は、道長と会え、と言う。母も介添にはこないと言う。何が起っても大きな声を出すな、と言う。とまどっているうちに、早くも人の気配が近づいてきた。

「こちらでございます」

小さな声でそう言うのは丹波である。戸口まで案内してきて、そのまま彼女は遠ざかってゆく。

「失礼させていただきます」

几帳《きちょう》ごしに初めて聞く男の声は若々しかった。

灯影を遠ざけ、なるべく相手から見えないように袖で顔を蔽《おお》って、倫子は脇息《きょうそく》にもたれる。

「この夜のくるのを私は心待ちにしておりました」

「……」

「お許しがなければ、いつまでも待つつもりでおりました」

「……」

「はじめはお文もいただけず、望みは全くないのかと思いましたが」

倫子が黙り続けていたのは、このようなとき、何と言ったらよいかわからなかったからだ。

「しかし、お文をいただけるようになりまして、このようにうれしいことはございません」

「……」

「お歌も、お筆のあとも、見とれるばかりでございました」

「あの」

小さく倫子は言った。

「は？」

「それ、私が書いたのではございません」

不意を衝《つ》かれて道長は沈黙した。

「どのような歌が書かれておりましたか、存じませんの、私」

とっさに答える言葉がなかった。世なれた女ならこうではあるまい。もっと思わせぶりなことを言うとか、わざと初心《うぶ》を装って逃げかくれようとするとか……。

――正直な人なのだな。

育ちのよさとはこういうものか、と思ったら、少し気がらくになって笑いが浮かんだ。

「いや、じつは私も姫のお歌とは思っておりませんでしたのでね」

――正直な方なのだわ。

今度は倫子がそう思う番であった。

王朝の公達《きんだち》と姫君の出逢《であ》いにしては、いささか夢に欠けるきらいはあったが、しかし二人の間のぎごちなさは、思いのほかに早くとれたようだった。

「いや、私の歌もお恥ずかしいようなもので」

言いながら几帳のそばに道長はいざり寄った。

「ここからではお話が伺いにくい。中に入れていただけませんか」

倫子はさすがに許しはしなかったが、構わずに几帳の中に体をさし入れた。もし、そのとき、二人を見ていた人間がいたとしたら、双方の顔に、同じように、

――あっ！

という表情が浮かんだのに気づいたことだろう。

道長のそれは、

――二十四？　そうは見えん。若いな、むしろかわいい感じだ。

という思いだった。姉の詮子と二つ違いだとはとうてい見えない。あたたかく、上流の家庭で育てられた稚《おさな》さ、汚れのついていない白瑠璃《るり》の玉というところだろうか。

一方の倫子の、あっ、という思いは、つい先思い描いた道長像と、現実の彼の姿のあ

まりの違いからであった。

背は高くない。むしろずんぐりしている。気さくに眼《ま》ばたきをする屈託のない大きな眼だった。

つまり、優雅な貴公子には程遠い青年で、

──こういう顔なら、どこにでもあるような。

という感じなのだ。

それでいて、ふしぎなことに、失望感はなかった。その平凡な容貌《ようぼう》に、どこかほっとしている自分を、倫子は感じていた。その容貌にふさわしく、率直な口調で道長は語る。

「私は左大臣どののような笛の名手でもありません。そういえば、今夜は内裏で管絃の宴がありましたな」

「はい、父はそれに参っております」

「私は失礼しました。左大臣どののお笛も聞かせていただきたかったのですが、それよりも何とか姫さまにお目にかかりたくて──」

「……」

「若輩でございますので、左大臣どのにお願いしてもなかなかお許しはいただけまい、という気がしますが、ひとこと胸のうちを申しあげたくて」

「……」

「いえ、今すぐの御返事でなくともけっこうです。私も従三位になりはいたしましたが、まだ左京大夫です。いずれもう少し立身する折まで待つと約束してくだされば」

「あの」

倫子は口をはさんだ。

「近衛《このえ》中将などにおなりになるお話はございませんか」

「近衛中将？」

まじまじと道長は倫子の顔を見た。世間知らずと思った彼女の口から思いがけない言葉を聞いたからだ。

倫子はむしろ助け舟を出すつもりだったのだ。左大臣である父との地位の開きを、しきりに気にしているらしいこの青年の言葉を聞いているうちに、ふと、いつぞや父が言ったことを思いだしたのである。

「まあ、近衛中将あたりならいい。姫もこういうことは覚えておきなさい」

婿にふさわしい人間の地位として、父はそう言ったはずだ。

――もし、あなたさまが近衛中将にでもおなりになったら、父も喜んでお迎えすると思いますわ。

そう言いたかったのだが、それを婉曲《えんきょく》に言うすべを彼女は知らなかった。

父と娘のあの夜の会話を知る由もない道長は、きょとんとしている。

「え？　近衛中将と申しますと……。いや、今のところ、そういう話はございません。姫君は、何か御存じで？　私が中将になれるというような噂でも？」

思い違いに、倫子はとまどった。

「いえ、そうではございませんの」

「それでは？」

「ただ、あの……父は、婿においでくださる方としては、そのような方が望ましいと……」

「なあるほど」

左京大夫では、やはり役不足か、とがっかりすると同時に、姉の言葉が頭に浮かんだ。

――おねだり、おねだり……。姉君の言われたのは、ここのところだな。うん、あのとき、近衛中将にでも、と父上に申しあげるべきだったたなあ。今ごろそれに気づくなんて、俺の要領の悪さよ。ああ、何たること……。

思わず首筋に手が行く。しかし、さしあたって中将の座は塞《ふさ》がっていて、当分、自分の所へ廻ってきそうな見込はない。

「――近衛中将」

口に出して呟《つぶや》き、ためいきを洩《も》らした。

「そうでしょうな。御当家の婿としては、そうでなくてはなりますまい」

これは退却するよりほかはない、と簡単に諦《あきら》めかけたそのとき、

「あの」

遠慮がちに、倫子は口を開いた。

「そうなられるまで、お待ちしてもよろしうございます」

「え？　なんですって」

道長は思わず倫子のそばにいざり寄った。

——そうか、近衛中将でなければ駄目だ、と言っているのではなかったのだな。

またもや姉の言葉を思いだす。

「諦めが早すぎるのよ。粘りがないのねえ、そなた」

——いや、まったくそのとおりで、姉君。

目の前の女性は明らかに自分に好意を持ってくれている、と知ると急に元気が出た。

「姫君」

気がつくと、倫子の手は彼の掌の中にあった。黒髪が、生きもののように彼の胸にしなだれかかってくる。

——なんとかぐわしい香りか……。

倫子がただよわせる香《こう》の匂いに、道長は酔った。

「姫君」

小柄な体をそっと抱きしめて彼はささやく。

「近衛中将に今すぐなるのは、むずかしいと思います。しかし、私は何としてでも、それくらいの、いや、それ以上の出世をいたします。まちがいなく！」

――言いすぎたかな、これは。

心の隅を、そんな思いがかすめる。しかし、いまさら後には退けない。胸の中に顔を埋めたこの人は、このとおり、小さくうなずいているではないか。

さて、ここまで来た以上――。

唇を求め、胸に指を這《は》わせ、というのが順序である。げんに、丹波はここに案内したとき、小さくささやいてくれた。

「姫さまのおいでの後に、もう一つ御几帳がございまして、その奥に、お褥《しとね》がのべてございますから」

しかし、そこまでいってよいものやらどうやら……。いつになく道長はためらう。

――ほかの女なら、こんなに手間どってはいないんだが。

この人だけは、あまり驚かせたくないような気がする。こんなに体を固くしているのだから。

たしかに……。倫子はこのとき、必死で驚くまいとつとめていた。

「驚きなさいますな。大きな声をお出しになってはいけませぬ」

と言った乳母《めのと》の丹波の言葉を、しきりに思い浮かべながら。

ややあって、道長は口を開いた。

「姫君」

「……」

「お約束をさせていただいてもよろしいか」

「……」

抗《あらが》いはしなかった。その小さな体を軽々と抱きあげ、道長は褥へ近づいた。枕辺に灯《とも》された燭《しょく》はいよいよ暗い。その中にあざやかに浮き出た白絹の褥の上に、そっと倫子をおろした。

倫子は眼を閉じている。

――驚きなさいますな。大きな声をお出しになってはいけませぬ。

乳母の言葉を、呪文のように口の中で唱えてみる。そして、男の指が胸元にかかったとき……。

にわかに慌《あわただ》しげな衣《きぬ》ずれの音が近づいてきた。

「姫さま、姫さま」

押し殺した声は丹波である。

「殿さまが……殿さまがお帰りになられました」

とっさに道長は燭を吹き消した。

脱ぎかけた狩衣《かりぎぬ》をひっさらって、几帳をすりぬけ、縁から飛びおりる。渡殿《わたどの》の方からこちらへ向ってくる人影が見えたような気もする。構わず横っ飛びに庭をかすめ、足音をしのばせ、築地《ついじ》にへばりつきながら、裏門を出た。門の外のとある樹蔭《こかげ》には乗ってきた馬がひそませてある。

土御門の雅信邸から、東三条のわが家までは何ほどの距離もない。雅信邸は都の東北、その裏門から近衛大路はすぐだし、これを西に走り、西洞院大路を南に折れれば、やがては東三条邸だ。

道長はしかし、わざと大路小路を折れまがり、とんでもない方向へ馬を走らせた。万一雅信が後を追いかけさせたときのことを考えたからでもあったが、それより、なぜか彼は無性に初冬の深夜、馬を飛ばせてみたかったのだ。

——またもや、どじを踏んだ、俺は。

父の帰りと聞いて、あわてて逃げだすなどは何たること。もたもたせずに事を運べば、今ごろは優雅に別れを惜しんで、するりとあの邸を脱けだしていたはずなのに……。

これからは見張りも厳重になるだろう。乳母の丹波との連絡もとりにくくなるに違いない。明らかに失敗だった、と思いながらも、ふしぎなことに、道長の心は弾んでいる。

──いいひとだったな。

初冬の大路に、かつかつと蹄《ひづめ》の音を響かせながら、倫子のことを思い浮かべる。嘘のつけない、さわやかな心の持主であるらしい。育ちのよさなのだろうか、薄茶色の丸い瞳《ひとみ》は、あたたかさを湛《たた》えていた……。

──それにしても親父どの、何であんなに早く帰ってきたんだろう。うん、娘のこととなると、親父はやたらに勘が働くものらしいからな。

ところで──。

道長が逃げだした後の土御門邸では、当の雅信は、今夜にかぎって狂ってしまった自分の勘に、ひどくいらだっていたのだった。

何しろ、帰ってきたときから、邸の中の様子がおかしかった。

「おや、お帰りで？」

誰もが奇妙な顔をして迎えた。一条帝が風邪気味で、管絃の宴が早めに切りあげられたのはたしかだが、自分を迎える顔付がどこかちぐはぐなのだ。その上、邸の中が何となくざわつき、それを無理にとりつくろおうとしている感じである。

──何かあったな。

直感的に倫子のことが頭にひらめき、ものも言わずに、その局に足を早めた。そして廊を渡りかけたそのとき……。庭の隅をかすめて飛んでゆく黒い影を見たように、彼には思えた。

――さては。

悪い予感がして、倫子の局に踏みこんだが、娘のおっとりした表情は日頃と変らなかった。

「お帰り遊ばしませ」

丸い薄茶色の瞳がおだやかに見あげる。その頭の先から、衣裳《いしよう》の裾《すそ》に余って流れる黒髪のうねりまで仔細《しさい》に眺めて、彼は眼で娘にたずねる。

――何かあったな。

――いえ、何も。

――嘘をつけ。

雅信の手が震えてきた。

――うむ、わしの留守を狙って……。

唇を嚙《か》みつつ思いうかべるのは道長の顔だった。

――そうだ、あの若造め、今夜の宴には姿を見せなかったな。

庭先を走った影は、あの男に違いない。

「姫！」

彼は言葉をきびしくした。

「いったい、誰と会っていたのだ」

「いえ、誰とも……」

何としらじらしい。いつのまにわが娘はこうもしぶとくなったのか。眼をこらして倫子の顔を見すえた。が、おっとりした顔立ちには、これまでと変った翳《かげ》りは見られない。

——う、う、う……。

雅信は胸の中で唸《うな》った。娘の顔がこれまでと同じにしか映らないわが眼がいまいましかった。親としての勘が鈍ってしまったのか。無念だ、口惜《くや》しい。いや、しかし……。

——わしとこの娘の母が結ばれたときも。

翌朝ひそかにその顔を覗《うかが》ったが、情ないほどその顔には何の変化もなかった。

——女はやはり魔物よ。

娘もまた、魔物の仲間入りをしてしまったのか。

「かくしだてはやめなさい、姫」

「私は、何も」

几帳を押しのけるようにして、さらに奥に入ると、のべられた褥に、いささかの乱れがあった。

「これはどうしたことだっ」

思わず声が高くなる。

「あの、それは、私、ちょっと風邪気味で臥《ふせ》っておりましたので」

嘘だ。あの若造め、図々しくも……。

逆上して、その褥を踏みにじろうとしたとき、雅信は気づいたのだ。

――あっ、あの日の褥だ。

秋の半ばに急に冷えこんだ夜、この局で妻と娘が語りあい、そのそばに新しいこの褥があった。

「冬の支度か」

とたずねたとき、妻は、にこやかに、

「そうでございます」

と言ったはずだ。してみると、妻はあのときからすでにこの夜のための準備をしていたのか……。

――うむ、揃《そろ》いも揃って、俺にないしょで。

そうだ、家中がぐるになっている。俺だけがのけものにされていたのだ。孤独に身を嚙まれながら、彼は褥の上にへたりこむ。もう事は終った。たとえ娘とあの男が事実上結ばれていようとなかろうと、「時」はすでに彼の手から娘を奪いとったのだ。雅信は娘の顔に変化の跡を探りだすのをやめた。

――この恨み、どうして晴らしてくれよう。

ところがである。

数日後、雅信の身辺にある変化が起った。

その日、内裏での会議は、順調に終った。平安朝の貴族といえば、政治には全く無関心で、管絃や詩歌の宴に遊びくらしていたような印象があるが、彼らは彼らなりに、けっこう忙しいのである。

たとえば、少し前、兵器を入れておいた兵庫寮《ひょうご》が焼失し、歴代伝えられた武具のほとんどが失われた。では兵庫寮の再建はどうするか？　武器の補充は？　犯人の捜索は？　かと思うと、近く一条帝が賀茂社に参拝することが決定された。そのときの儀式の次第、お供の顔ぶれ、神社への奉納品は？　おもしろいことに、兵庫寮焼失の対策として「大赦《たいしゃ》」が決められている。いま考えると焼失と何の関係があるのか、と思われるが、しかし「大赦」などというものは、いつの世にも、そんなものなのである。

もっと滑稽《こっけい》なのは、貨幣が流通しなくなったからといって、それを督促させていることだ。命じられたのは検非違使庁《けびいしのちょう》――警察や民生の仕事にあたる役所で、いわば、警察官が、

「おいこら、銭を使え」

というようなものだ。さらに噴きだしたくなるのは、銭貨の流通の祈禱《きとう》を、多くの寺に依頼していることだ。貨幣経済が実情にあわなくなり、米や絹を基準にした物々交換

が主流になってきたのは経済的状況によるもので、強権で督促したり、仏に祈ったりしても、何の役にも立たないはずなのに……。

ところで、こうした会議の主宰者は左大臣源雅信である。上席に太政大臣藤原頼忠がいるが、必ずしも会議には出席しない。実質上の首相として閣議を運営するのは雅信だ。そこでしかつめらしく決定された事項は一条帝の許《もと》に届けられる。一条はまだ少年だから天皇代理として裁許するのは摂政藤原兼家だ。一年前まで右大臣として次席にあった兼家が、大きな面をして裁決することは、雅信にとって愉快なことではない。その日もなるべく事務的に事を運んで退出しようとしていると、蔵人《くろうど》が、

「摂政殿下が、ぜひ左府にお会いしたいとのことで」

と伝えてきた。

雅信が招じ入れられたのは直廬《ちょくろ》——すなわち摂政兼家の執務する個室である。かつては上席にあり、九つも年上の雅信に対して、兼家はかなり気を使っているが、この日は特別へりくだってみせた。

しかし、雅信としては気は許せない。と、兼家は、

「まず、まずこちらへ」

鄭重《ていちょう》に円座《わろうだ》をすすめた。表向きは摂政と左大臣だが、この直廬の中では、年長者と後輩にすぎないのだ、というふうに、わざとらしく一礼してから、凄味《すごみ》のある声で切りだ

した。

「愚息、道長のことでありますが……」

雅信は顔をこわばらせた。思いがけないことを言いだされたからだ。

倫子と道長のことを兼家の前で話題とするのを彼は避けてきた。本来なら、

「わが娘に手出しは無用」

と言ってやりたいところだが、それでは角が立つ。向うが知らぬふりをしている以上、こちらもうかつなことは言えぬ、と思っていたのだが、兼家は遂にそれを口にし、さらに驚いたことに、凄味のある瞳に、奇妙な笑みを浮かべたのである。

「愚息が、御厚情をいただいておりますそうな」

「う……」

とっさに返事につまった。が、雅信の狼狽《ろうばい》に気づかないふりをして、兼家は続ける。

「男の子というものは仕方のないもので、自分の行状を何一つ親に申しませぬ。いや、私なども若いころはそうでしたが……」

「……」

「左府どのの姫君をお慕い申しあげていることも、昨夜はじめて知ったわけでして。なぜ早く申さなかったか、と文句を言ってやりました」

どうやら事は意外な方向に進みそうだ。雅信は拳《こぶし》をふりおろすどころか、その拳を作

る機会さえ失ったようである。兼家はさらにずばりと言った。

「愚息は、従三位にはなりましたものの、まだ左京大夫。左府どのの婿にしては軽輩にすぎる。なあ、そうではありませぬか」

胸の中を言いあてられて、うなずきもならず、雅信は沈黙する。

「にもかかわらず、左府どのに御厚情をいただいたとは、運のよい奴で」

——いや、俺はまだ許すとは言ってないぞ。

「これは私からもお礼を申しあげなければなりませんな」

——む、む、む、狸《たぬき》め。

道長が父親に嘘《うそ》をついているのか。あるいは兼家が大芝居をやっているのか、見当がつかない。

「ついては」

兼家は、さらに膝《ひざ》をにじり寄せて声を低めた。

「まことにふつつか者ではありますが、左府の婿がねとして、恥ずかしくないだけの立場を与えてやりたい。左様に存じますが、お胸のうちはいかがで……」

「……と、申されると」

兼家の声は、ささやくように小さくなった。そして、その言葉を聞いたとき、雅信の顔に明らかな変化が起った。彼もまた宮廷政治の渦の中に生きてきた人間である。

――悪くない話だ。

とっさに損得の計算が働いた。

「ま、この話はしばらく御内聞に」

兼家がそう言ったとき、雅信は大きくうなずいていた。

さて、道長と倫子の婚儀の行われたのは十二月十六日。師走の夜を照らす十六夜《いざよい》の月の下に、道長は土御門邸を訪れる。この前のように裏門からではなく、堂々と表門からである。

しきたりによって、このときは雅信も穆子も姿をあらわさない。ひめごとめかして彼は倫子の局に、そっと姿を現わす。が、あくまでもこれは儀式としての「ひめごと」である。感興はその分だけ薄れている。あの夜のような胸のときめきはない。

これは倫子にとっても同じことだ。

――これが恋なのか？

あの夜、ふといぶかしんだつかのまの逢瀬《おうせ》は、やはり、彼女にとっては、恋と名づくべきものであったのかもしれない。そして彼女の身には、生涯二度とあの夜のような経験は訪れないだろう。

いや、それは嘆くに及ばないことかもしれない。女は一様に恋をし、結婚をし、母となると思っていることこそ錯覚なのだ。ある女にとって恋は豊かでも結婚は貧しいときもある。あるいは恋は貧しく、母としてのみのりが豊かなときもある。そして、どの部分も豊かだということはほとんどあり得ず、またその豊かさ貧しさは、ある意味で幸、不幸とも無縁でさえある。

では倫子はどうなのか。それは神のみの知ることであろう。いま確実にいえるのは、この小柄な姫君は、無垢《むく》の心のままに、従順に運命の一歩を踏みだそうとしているということだけだ。

道長は夜が明けるより早く東三条邸に戻った。冬靄《ふゆもや》が去りやらぬうちに、もっともらしい文と歌を倫子の許に送りとどける。後朝《きぬぎぬ》といって、これも重大な儀式である。これを三日続けて、晴れて倫子の父母と対面する。露顕《ところあらわし》といって、ここで三日夜餅《みかよもち》を食べる。これで婚儀成立である。これ以後、婿どのは婚家に迎えられる。道長はいよいよ、土御門の源雅信邸の人となったのである。

この婚儀は、とりたてて華やかなものではなかった。上流の貴族ならまずほどよい程度のものとして、格別人の噂にもならなかった。むしろ、それに先立って行われた兼家の娘、綏子《すいし》の東宮入りに、人々は眼を奪われていたからである。

綏子は、一応、尚侍《ないしのかみ》という高級女官の資格で宮中に入った。が、実質的には東宮のきさきであることには変りはなかったし、じじつ、その衣裳・調度は東宮妃のそれにふさわしい豪奢《ごうしゃ》きわまりないものだった。兼家は現帝一条の外祖父であるだけでなく、次に帝位につくべき人の後宮にも、真先に娘を送りこんだことになる。

これに比べれば、道長の婿入りは、人の話題になるほどのことではなかった。ただ人々の中には、

「ほ、あの家柄自慢の左大臣が、よくも左京大夫づれを婿に」

という声もあったが、しかし、そうささやきあった人々は、やがて、あっ、と驚きの叫び声をあげるはずである。

年が明けたとき、道長は妻の母親の穆子から、豪奢《ごうしゃ》な衣料の一揃いが贈られた。妻の母が年ごとに婿に着るものを贈る、というのは、そのころのしきたりであったようだ。それは義務というよりも、女親が一家の大黒柱であることをしめすためのものだが、穆子は道長が出世した後までも律儀に毎年衣料を贈りつづけ、

「もういいのに……」

と彼を苦笑させている。

ところで、束帯《そくたい》とか衣冠《いかん》などの男子の礼装は、もし現在新調すれば、一揃い数百万、あるいは一千万もするらしい。穆子の財力は推して知るべしで、当時の女性の力の背後にあるこの経済力も見落してはならないだろう。そういえば、道長の婿入りした土御門邸も、もとはといえば穆子のもの。雅信もつまりは穆子の家に婿入りしたのである。

もっとも、世間が驚いたのは、この穆子の贈物のみごとさではない。

正月二十九日、なんと道長は一躍権中納言《ごんちゅうなごん》に昇進したのだ!

ふつうなら、閣僚クラスの末席である参議をつとめること数年の後、やっと辿《たど》りつけるその位置に、数人の先輩をさしおいて悠々と坐りこむ道長の姿に人々は息を呑《の》む。

――おっ、道長が権中納言とは……。

そうなのだ。あの日、兼家が雅信の耳にささやいたのは、このことだったのだ。

詮子に知恵をさずけられた道長の、おねだりが効を奏したのか、詮子自身の奮闘か、それとも……。

真相は誰も知らない。ただ、たしかに言えるのは、もし道長が倫子と結婚しなかったら、この昇進はあり得なかったろうということだ。娘婿が権中納言になったことは、雅信のプライドを快くくすぐる。いやそれだけではない。彼が内心ほくほくしているのは、兼家とうまく手を握れたことである。

このところの兼家の権勢を快く思わなかったとはいえ、正面切って勝負するほどの度胸はもともとない。向うが餌《えさ》を投げてくれれば、喜んで飛びつく。当時の貴族の根性は、まずそんなものだ。

兼家も雅信との提携は望むところだった。ともすれば小うるさい批判をしたがる別系の藤原氏を押えこむためにも、首班格の左大臣を味方にひきつけたのは成功だ。遠交近攻というところであろうか。しかも雅信に恩を売ると見せかけて、息子を三人までも閣僚クラスに押しこんでしまったあざやかさ。人事作戦の妙というべきだろう。

しかし、彼らよりも何よりも、稀有《けう》の幸運を手に入れたのは道長そのひとだ。それは、権中納言という目先の地位について言うのではない。幸運は、早くも倫子の胎内に根づきはじめている。もっともそのみのりを手にするのはずっと先のことだが……。

深《み》泥《ぞろ》が淵《ふち》

新中納言どの——道長は、肩で風を切って歩いている。思いがけない幸運がめぐってきて、二十三歳の若さで閣僚クラスになったのだから、むりもない。

「いや、このたびはおめでとうございます」

「たいへんな御出世で」

誰もが口々にそう言ってくれる。昇進にともなう晴れがましいしきたりに、

「慶申《よろこびもうし》」

というのがある。文字どおり、昇進のよろこびを報告するために、天皇や東宮、上皇などの所を廻るのである。もちろん、皇太后である姉の詮子《せんし》の許《もと》へも行った。ともかく、周辺でふたことめに聞かされるのは、

「参議を経ずして権中納言とは……御令兄道隆どのを除いては、このところ例のないことですな」

という言葉である。

褒められて悪い気はしない。いよいよ内裏での会議に顔を出せば、舅《しゅうと》である左大臣はもちろん、次席の右大臣以下も、にこやかに迎えてくれる。中でも、

「いや、お若いのが加わられると、何やら席に活気が出ますな」

右大臣為光はそう言ってくれた。これが生きる張りあいというのだろうか。土御門邸に帰れば楽しい新婚生活が待っている。姑《しゅうとめ》の穆子《ぼくし》はもちろん下へも置かないもてなしぶりだ。ついいい気持になって、しぜん父の兼家への御機嫌伺いがおろそかになった。

永延《えいえん》二年のその年、兼家は六十歳になった。その祝も間近になって、東三条を訪れると、

「来たか」

父はひどく不機嫌な顔付をしている。

――しまった。たしかに、このところ父上には御無沙汰してしまったからな。ついうっかりと……これが俺の悪い癖よ。

がば、とひれふし、

「父上にはお障りもなく何よりで……いや、その、何かと雑用にとりまぎれまして」

陳弁これつとめたが、一向に機嫌はなおらない。

「いや、無沙汰を咎《とが》めているのではない」

「は？」

「そなたのことでは、ひどいめにあっておる」

「は、何とも申しわけがございませぬ」

わけもわからず謝ると、父は意地悪く、にやりと笑った。

「申しわけがない？　というと、そなたそのわけを知っているのか？」

「いや、その……」

「そなたを権中納言にしてやったおかげで、恨まれてな」

「どなたに」

「右大臣、為光によ。文句をいうやら、ごてるやら、たまったものではない」

はて、右大臣為光は、むしろにこやかに会議の座に迎えてくれたはずではないか。が、兼家は言う。

「気づかなかったのか、そなた」

人事の恨みはおそろしい。

道長がそのことを身をもって感じたのは、多分このときがはじめてではなかったか。右大臣為光は、道長の昇進に不満たらたらなのだという。彼には誠信《さねのぶ》という息子がいる。道長より二つ年上で、つい最近まで道長より一歩先んじて出世していた。官房長官ともいうべき蔵人頭《くろうどのとう》を勤めているし、近衛中将でもある。どこから見ても道長よりエリートコースを歩いているが、まだ参議にはなっていない。

なのに、道長は蔵人頭の経験もなしに、突然従三位になったと思うと、権中納言にのしあがった。為光は、道長にかわいいわが子の頭を蹴《け》とばされたような屈辱を味わされたのである。

――いくら左大臣の婿になったからといって、この人事はあまりにも露骨すぎる。

為光は兼家に直談判《じかだんぱん》を試みた。

「何とか誠信を参議にしてくれ」

兼家はそれに難色をしめした。と、為光は眼に涙をうかべて、

「わしは右大臣をやめたい」

と言いだした。右大臣をやめるかわりに誠信を参議にしてくれ、というのである。

――ちっ！　本気でやめる気もないくせに。

嫌がらせ半分とは知っていても、まあまあ、となだめて帰すよりほかはなかった、と兼家は、苦りきって語った。

「なるほど」

道長はうなずくよりほかはない。自分のために、思いがけない渦が巻きおこっていたのだ。それにしても宮中で会ったときの為光の、あのにこやかな笑みはどうしたことか。政界の人間はあてにならないものだ。肚《はら》と言葉が全く違うのだから……。

「で、父上、どうなさるおつもりで」

「うん、いまいましいが、何とかせにゃなるまいよ、そなたのためにもな」

いよいよ不機嫌に恩着せがましく言う。

「申しわけございませぬ」

「そなたがあやまっても何の足しにもならぬ。しかし、よく覚えておくのだな。この年まで、俺が一番気を使ってきたのはこのことよ」

将棋の一駒一駒を動かすように、人事異動はすなわち一手一手が真剣勝負なのだ。しかも兼家とて絶対権力者ではないのである。さまざまな人脈が入りくんでいるだけに処理はめんどうだ。

「ま、ここがむずかしいところよ」

為光は執拗《しつよう》だった。最後には夜中というより暁方《あけがた》近く、兼家の東三条邸に乗りこんできて、

「誠信を参議にしてくださらぬならここは動かん」

とまで言いだした。兼家も根負けした形で遂に誠信の参議就任を承諾する。その後で、兼家は渋い顔で道長に洩らしたものだ。

「しかしこういうことは必ず他に響くからな」

まさしくそのころ、今度の人事を憎み、兼家、為光らに毒づき、不満を日記にぶちまけている人物がいた。

「二月二十八日、誠信が参議になった」

日記の筆者はくやしそうに書いている。

「花山・一条二代の帝《みかど》の蔵人頭四か年、近衛中将三年の功績によるものだそうな。しかし、私はすでに三代の帝の蔵人頭をつとめること八年、中将も六年もやっている。なのに彼は自分を追いぬいて参議になった」

「右大臣は自分の息子の出世について、摂政の私邸に出かけていって泣きおとしをしたのだそうだ。許しを得ると拝舞《はいぶ》までしたという」

拝舞というのは感謝のしるしに舞のまねごとをする当時の作法である。「手の舞い、足の踏むところを知らず」の表現であろう。

「私邸でこういう裏口人事が行われるとは、まさに政道も地に堕《お》ちた。しかも右大臣は摂政の前で、さんざん私の悪口を言ったそうな」

この怨念《おんねん》の日記を書き綴《つづ》るのは、藤原実資《さねすけ》、三十二歳。客観的な記事が羅列する当時の貴族の日記の中で、この記録は珍しく個性的だ。前後約五十年書き続けられた日記を、いまは『小右記《しょうゆうき》』と呼ぶ。彼が小野宮《おののみや》に住み、のちに右大臣になったことからそう呼ぶのだが、中でひときわ眼につくのは道長に対する露骨な敵意である。

男の嫉妬《しっと》というか、組織社会の恨みつらみをむきだしにしたこの日記のおかげで、我々は千年も前の道長や実資の人間像を、生き生きと感じとることができるのだが、しかし、これは、単に彼のかたくなな性格によるものではない。

ここで見るように、彼は摂政兼家も右大臣為光も大嫌いである。では政治の裏取引が嫌いな正義派か？

いや、さにあらず。それにはわけがある。実資の家は小野宮流《おののみやりゅう》と呼ばれている。祖父の実頼《さねより》は、かつて藤原氏の嫡流として、摂政・関白に任じられた。実資はその孫だが、養子の扱いをうけ、祖父の住んだ豪奢な小野宮邸をはじめ、多くの財産をうけついだ。だから、

——俺は正統中の正統だ。

と彼は固く信じこんでいる。

しかし、実をいうと彼の家はすでに落ち目なのだ。実頼の息子の頼忠《よりただ》は、たしかに現在の太政大臣だが、円融帝に入れた娘に皇子が生れなかったために、実力はない。つまりお飾りもの、いってみれば、先代社長の一族で、代表権のない、取締役会長なのである。

政治派閥の交替は、今も昔もめまぐるしい。実頼の死後、実権は弟師輔《もろすけ》（既に死亡）の息子の伊尹《これただ》・兼通へと移り、目下の新興主流派は彼らの弟にあたる兼家一族である。つまり、嫡流をもって任じる実資たち小野宮流は、今主流から遠ざかりつつある。

実資はそれが無念でならない。

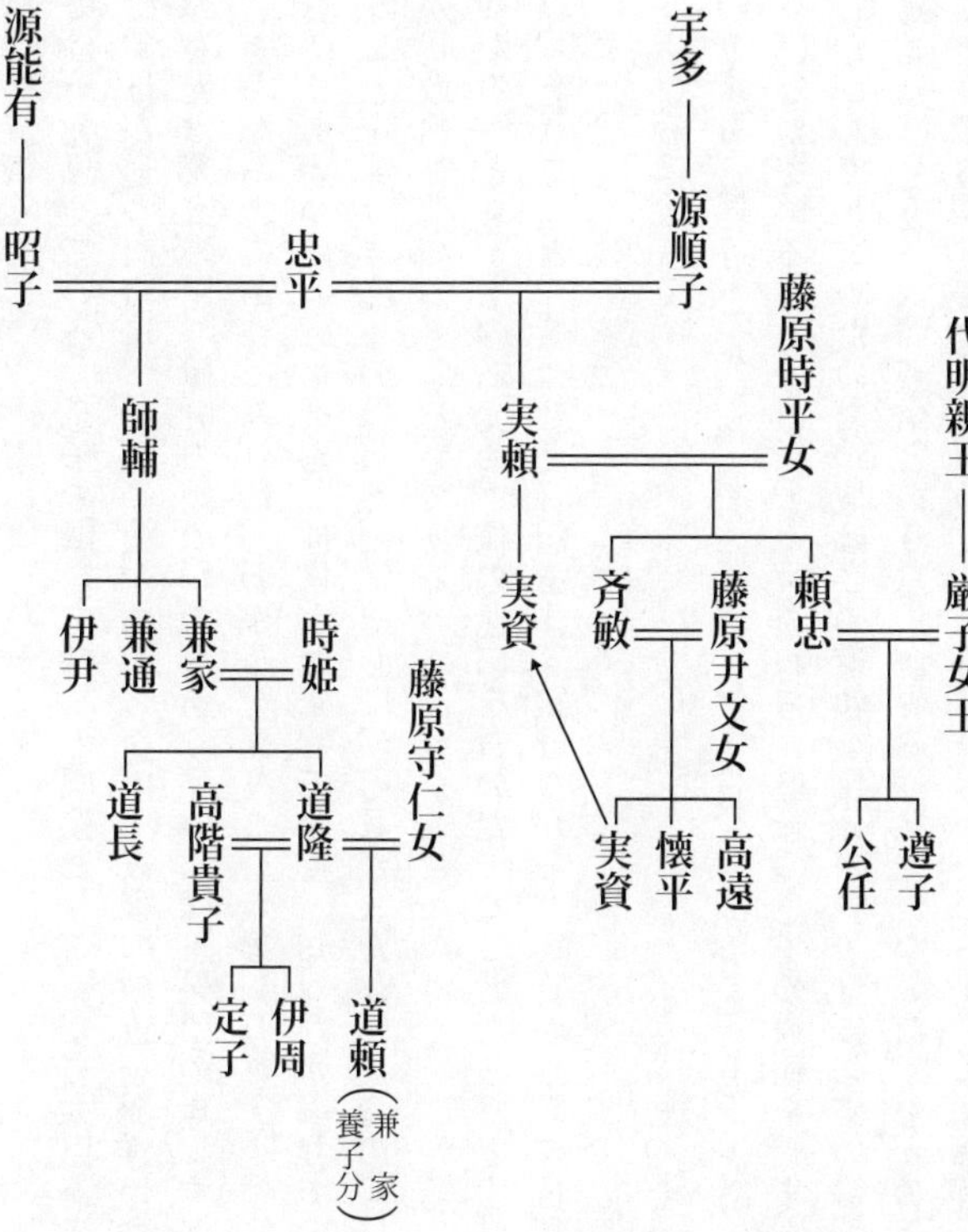
代明親王
厳子女王
遵子
公任
藤原時平女
頼忠
藤原尹文女
斉敏
高遠
懐平
実資
宇多
源順子
忠平
実頼
実資
源能有
昭子
師輔
時姫
兼家
兼通
伊尹
藤原守仁女
道隆
高階貴子
道長
道頼（兼家養子分）
伊周
定子

――何だ、傍流のくせに。

腹の中ではそう思っている。息子の誠信を参議の座におしこんだ右大臣為光は、兼家の異母弟で、母が違うために、兼家に頭があがらない。兼家の顔色を覗う伴食大臣組である。この為光は兼家の兄、伊尹の娘の婿でもあり、いわば三兄弟の縁にすがってここまできた、そんな為光であってみれば、わが子を売りこむために、

「あの実資？　あいつはいけません。性格がねじけていて、知ったかぶりで……」

ぐらいなことを喋《しゃべ》りまくるのは当然だ。そして、それがまた逐一実資の耳に入ってくるあたりが、政治社会のおもしろさである。

――そうだろうとも、あの為光め、俺の悪口を言いたてたことだろうとも。

この恨み、忘れまいと、せっせと日記を書き続けながら、実資がさらに彼らの裏取引に眼をこらすと、

――ほう、なるほど……。

さすがの兼家も、異母弟為光の、執念に負けたかに見えるが、どうしてどうして、ちゃんと見返りはとっている。自分の孫――すなわち、道隆の息子の道頼《みちより》を、まんまと右近衛中将におしこんでしまったのだ。彼はこの道頼を自分の養子分にしている。

じつは為光にはもう一人、斉信《ただのぶ》という息子がいる。父に似ないなかなかのきれもので、目下少将になっており、席次は道頼の上にある。にもかかわらず、道頼は斉信を飛びこ

して中将になってしまったのだ。

「ま、誠信の参議就任は認めよう。そのかわり、斉信には泣いてもらうぞ」

多分、兼家はこう言ったに違いない。

――ぬけめのない爺《じじい》め。

悪態をつきながら、異動の顔ぶれを実資はなおも仔細に眺める。と、見れば見るほど、彼は兼家の人脈が微妙にはりめぐらされていることに気づかざるを得ない。

――全く、人事を私情で左右し、政治を私物化して恥じない態度は呆《あき》れるほかはない。

少数派は、いきおい正義派を気取らざるを得ない、というわけなのである。もっとも、兼家自身は今度の人事に決して満足しているわけではない。うまうま為光のごり押しを通してしまったという思いは強いのだ。彼の御機嫌がこのところあまりよくないのはそのせいかもしれない。

遂に彼は癇癪玉《かんしやくだま》を破裂させる。

「このところ、誰も彼もが職務怠慢だ。朝恩を蒙《こうむ》りながら、出仕もしないで怠けておる。いったいこのざまは何だ！」

腹立ちまぎれの八つ当りである。

彼はあてつけがましく右大臣為光に言う。

「出世したいときは眼の色をかえるくせに、いざ公務となると、何かと口実をつけて休む。これからは勤務をきびしく見張ってくれ」

兼家の怒りは、閣議に出席する参議以上の連中だけでなく、その下にあって実務を担当する弁官《べんかん》たちにも及んだ。

「重要な政務のある日に弁官が待機していないのはけしからん。中には公卿《くぎょう》たちが来ないうちに、さっさと帰ってしまう奴もいるそうじゃないか。そういう奴はきつく叱りつけることだ」

しかし、新中納言どの——道長は、この点では優等生である。閣僚入りしたばかりだから、すべてが珍しく、きちんきちんと出席しているからだ。彼は、ここぞと父の前で点を稼ぐ。

「全く、公卿がたは思いのほかに怠慢ですな。私も出席してみてはじめてわかりました」

と、意外にも、兼家は不興げに道長をみつめる。

「道長」

「は？」

「ああいう席には、ただ顔を並べておればいいというものではないぞ」

「は」

たしかに当時の会議は肩のこるものであった。豪華な椅子に寝そべるように深々と身を埋め、足を組み、たばこをふかすなどというわけにはゆかない。王朝ふうな優雅な立居振舞が要求されるし、発言の順序もきまっている。

たとえば、一つの議題が出されると、はじめに意見を言うのは下位の者、すなわち参議クラスである。上位の大臣などが発言してしまうと、遠慮が先に立って言いたいことも言えなくなるから、という配慮によるものだが、現実にはなかなか気骨がおれる。もし、上位者の思惑と全く反対の意見を、とくとくとして喋りまくれば、後で恥をかくのは必定である。その点、事前にさぐりを入れておかねばならない。

「そなたは、まだ若い」

兼家は道長に説教する。

「とりわけ、参議を経ないで権中納言になっている。そなたの下に坐っている参議はいずれも年長だ。政治にも通暁している者が多い。そういう連中から笑われないようにするのだな。そなたの恥は俺の恥だ。そのためには、日頃、先例などもよく勉強しておけ」

「それはもう」

得たりと道長はうなずく。

「私はこれでも蔵人や少納言をつとめておりますので、いささかは」

今でもお役所は先例のないことにはやる気をしめさないが、当時はとりわけそうだった。現実への適応を欠くことおびただしいが、そういう社会では何事も先例第一である。

――それなら、私だって……。

と胸を張ろうとした道長を、また兼家はじろりと睨《にら》みつける。その鼻筋にやがて小皺《こじわ》が浮かんだ。

——きいたふうな口をきくな。

という意味であろう。

——そなたに何がわかる。

明らかに鼻筋の皺はそう言っている。道長はへどもどせざるを得ない。たしかに彼が蔵人や少納言をつとめた期間は短い。正直いって、見習い程度のところである。

「そ、それは……。たしかに経験は深くはありませんが——」

だんだん居心地が悪くなってきた。

「そのとおりだ。吏務《りむ》に通じているなどといえたものではない。それにそのころ、そなたがとりわけぬきんでた仕事ぶりを見せたという噂《うわさ》も聞かなかったな」

父はなかなか意地が悪い。

「仰せのとおりで」

まだ暑くもないのに、しきりと道長は顔をこする。

「だがな、道長」

「は？」

「そなたに勉強しろといっているのは、そういうことではないのだ」

「と申しますと？」

「公卿の座にある者として、知っておかねばならぬ故実、先例。政治的な大事に際しての適切なる処置」

つまり事務官僚としての処理能力以上のものを要求しているのである。

「そのためにわが父上の書きのこされた御日記なども心を入れて拝読することだ。どうも、わが家の息子どもは勉強が足りん」

兼家の父、師輔は右大臣で終ってしまったが、その後、彼の子孫が次々と政界の主流となっている。この師輔が九条殿と呼ばれたところから、その門流は九条流と名づけられているわけだが、その九条殿の書きのこされた日記こそ、九条流にとっての虎の巻なのである。権中納言になった以上、道長も遊んでいるわけにはゆかないのだ。

「かしこまりました。せいぜい精を出しますので」

逃げるにしかず、と座を起《た》とうとすると、

「待て待て」

兼家はさらに言う。

「わが家に伝えられたものだけでなく、小野宮流の故実などにも通じておけよ。そうだな、公任《きんとう》にもいろいろ教えて貰《もら》え」

「私がですか」

「そうだ。お前と同い年なのに、よく勉強しているぞ」

公任は太政大臣頼忠の息子、例の「三船《さんせん》の誉《ほまれ》」の持主である。

——やれやれ、面《つら》を踏んでやる、と言ったあの男に教えを請わねばならぬとは。

公任を追いぬいて閣僚入りしたのに、これではかたなしである。さんざんお説教を聞かされた後で、やっと道長は兼家の前を逃げだした。のんびりやでどこか頼りないこの息子、放っておいてはものにならない、と兼家は思ったのだろう。

——道隆は身に備わった運のようなものがある。道兼には意地がある。しかし、こいつは……。

権中納言という飴《あめ》をなめさせた後では、しぼっておく必要があるという配慮だったのかもしれない。しかし道長にすれば、浮き浮きした足取りで幸福街道を歩いているところへ、頭からざんぶり水をかけられたようなものだ。

——親父《おやじ》どのは、どうも腹の虫の居どころが悪かったらしい。

そんなふうにしか感じられない。父と子の間には、いつでもこのくらいなすれ違いはあるものだが……。

——ま、しばらくじっとしていることだ。

大雷雨でもやりすごすような気でいる。

——それに、そろそろ、親父どのの六十の賀《が》も近いことだし。

めでたしめでたしで御機嫌もなおることだろう。

兼家の六十の賀は、それから間もなくはじまり、いろいろな形でその年一杯行われたが、圧巻は宮中の常寧殿《じょうねいでん》での賀宴であった。摂政兼家は、一条天皇の外祖父にあたる。だからというので、天皇の主催によって行われたわけだが、孝養の徳の強調されたそのころ、これは恰好《かっこう》の孝養見本の宴であった。

春も終りに近い三月（陰暦）二十五日、天皇は常寧殿において、祝の言葉にそえて、兼家に盃《さかずき》をさずけた。兼家の得意思うべしである。数日後、今度は兼家の東三条邸で、人々を集めての後宴《こうえん》が開かれた。先日が正式の宴で、この日は二次会というところである。

兼家は益々《ますます》上機嫌だった。この日の見ものは、孫たちの舞だ。このころの舞は、すなわち舞楽《ぶがく》——。衣裳《いしょう》をつけるが、大人のように面《めん》はつけない。きれいに化粧をして花の枝を髪に挿し、大人そっくりに舞うのがとてもかわいい。子供にとっても晴れの舞台だが、親たちにとっても孝行の見せどころであり、この日に備えて、みっちり練習をさせている。

道長には、しかしまだ息子はいない。妻の倫子《りんし》は早くもみごもった気配だが、出産は先のことだ。

——男の子なら父上の七十の賀には舞が舞えるな。

などと考えながら、庭にしつらえられた舞台を見ていると、やがて笛が奏でられはじめた。幕の間から、装束をつけた男の子が現われた。次兄道兼の長男の福足《ふくたり》である。

——おお、しばらく見ぬ間に背丈がのびたな。

曲は『陵王《りようおう》』。有名な曲だ。緊張した面持で福足は舞台に上る。

異変はその瞬間に起った。

人々の視線がすべて福足にあつまり、楽の音が変って、いよいよ舞に移ろうとした真空の一瞬を突いて、

「やだい、やだい、舞なんか舞うもんか」

かんだかい声で彼は叫んだのだ。

「やだい、やだい」

すでに眼がすわっている。地団駄を踏むように飛びあがり、挿頭《かざし》の花をひきちぎった。手に持っていた金の桴《ばち》は思うさま舞台にたたきつける。その間にも、福足は、

「やだい、やだい」

と叫びつづける。

この『陵王』は正しくは『蘭陵王《らんりようおう》』といって、古代中国の勇者、蘭陵王の勝利にちなんだ曲とされている。動きの早い舞で、紅色の袍《ほう》の上に、金襴《きんらん》に長いふさ飾りのついた裲襠《りようとう》というのを着る。福足はその裲襠を締めている金地唐草の透かし彫のある当帯《あておび》をも

引きちぎろうとしていた。

一座は声を呑んだ。

——何たること！

癇の強い、いたずらっ子だという噂はあったが、よもや、この席で、こんなことをしでかすとは……。

——祖父君の御祝宴を、だいなしにしてしまわれて。

人々の視線は期せずして父親の道兼に集まった。兼家の近くに座を占めていた彼は顔色を失っている。さすがしぶとい髭男《ひげおとこ》も、とっさの思案がうかばないらしい。

福足、やめい！

という声さえも出ない。あまりのことに足もすくんで、わめき散らすわが子のところへ走りよることもできない様子である。もっとも、取りおさえようとすれば、いよいよ少年は暴れ廻ることだろうし、追いつ追われつ、とんだ醜態をさらすことにもなりかねない。

——しかし、とにかく、ひっとらえねば。よし、俺がやろう。

道長は腰を浮かしかけた。

——殴りつけてでも何でも、暴れ廻るのをやめさせ、祖父君の前にひきずっていって、額を土につけてあやまらせてやる。

決心して起ちあがったそのとき、一足早く一人の男が舞台に近づいていた。さして急ぐ気配でもなく、悠々たる足取りで舞台に上ったとき、今まで暴れ廻っていた福足は、ふと声を呑み、ひるむ気配を見せた。

まるで蛇に魅いられた蛙《かえる》のようだった。

男の手が伸びる。

吸いこまれるように、福足の体がひきよせられた。

——舞台からひきずりおろすのか。

人々がそう思ったとき、男は軽く楽人たちにうなずいてみせてから、ゆっくり人々の方へふりむいた。

長兄道隆であった。

楽が鳴りだすと、道隆は福足を小脇にひきつけたまま、桴を構えると、さわやかに舞いはじめた。

押えつけられた福足は、さすがに暴れはしなかったが、それでも、はじめのうちは足を踏んばり、伯父の動きについてゆくまいとした。それをものともせずに道隆は舞う。それにつれて、福足はまるで木製の人形か何かのように不器用に動く。その不器用さが、ひどく滑稽《こっけい》でもあり、哀れでもあった。

祝宴をめちゃめちゃにした悪たれ小僧に向けられた人々の眼はいつか柔らいでいた。

そして曲が進むにつれて、木製の人形は、少しずつ操《あやつ》り人形に近くなっていった。その眼許《めもと》には涙のあとがあり、依然としてふくれ面をしていたけれども……。

——よほど舞うのが嫌だったのだなあ。

むしろ福足には同情さえ集まりはじめていた。

舞は最高調に達した。篳篥《ひちりき》が高らかに調べをかなで、大太鼓《だだいこ》が力強い響きで曲を盛りあげてゆく。道隆の舞はいよいよ軽やかになった。舞の途中で頭をきゅっと振って、きれいに揃《そろ》えた中指と人差指の先をみつめるところがある。そこにくると、道隆はわざとおどけて、福足の顔をのぞきこむようにした。

——おい、どうした、いたずら坊主。

とでもいっているふうに。

そのしぐさが、また人々の笑いを誘った。福足は、いまや放心したような表情になっている。自分がどんなことをやらかしたのか、そして自分が、どうしていま道隆にひきずられて舞台の上でよろめくように足を動かしているのか、さっぱりわからない、といった様子で。どこを眺めているのかわからないような瞳《ひとみ》がむしろあどけない。

舞い終ると、道隆は静かに福足の頭を撫《な》でた。

「いや大出来、大出来。福足、この伯父と二人でよく舞った。な、そうだろう」

人にも聞えるようにそう言うと、福足はこっそりと道隆の袖の蔭《かげ》にかくれた。

「みごと、みごと」

応えて大声にそう言ったのは兼家だった。椿事《ちんじ》の突発に、あわや雷を落しかけた彼の機嫌はとっくになおっている。もちろん彼の褒詞は舞の出来よりも、道隆のとっさの機転に対するものである。

——さすがは、わが息子よ。

とうなずきながら、道隆のおどけぶりに調子をあわせて、

「陵王の二人舞とは珍しい。陵王は独舞《ひとりまい》ときまっているものを。わしは六十になってはじめて、世にも珍しい舞を見せてもらったわけよ」

豪快な笑い声にあわせて、一座の人々は手を拍《う》ち、笑いころげた。

道兼はやっと生気をとりもどした様子である。座に戻った道隆の前で、ぼそぼそと言った。

「福足め、舞を嫌いましてな。どうしても嫌だと申すのを、なだめたり、叱ったりして覚えこませたのですが、とんだ不調法をいたしました。うまくおとりなしいただいて、まことにありがたい」

それから急いで父に向って手をついた。

「今日の失態、何と申しあげてよいやら」

「いや、よいよい」

兼家は大きく手を振った。

「道隆の計らいで、むしろ興が加わった。さ、酒だ、酒だ。道隆、一献注ごうか」

父が褒めるまでもなく、まさしく道隆は一座の人気をさらった。

――なるほどなあ。これが兄貴の兄貴たるところだなあ。

道長は、力量の差をまざまざと見せつけられた思いである。

――あのとき俺も起とうとしていた。が、兄貴の方が一歩先だった。

たったの一歩だけ！

しかし、自分がその一歩を先んじたとしても、あのような芸当ができたかどうか。せいぜい福足を殴りつけ、舞台からひきずりおろして、父の前に連れてくるくらいなことではなかったか。もしそんなことをすれば、父の不機嫌はなおらないだろうし、道兼兄貴だって決していい気持はしないだろう。

――それを、何とうまく道隆兄貴はやってのけたことか……。

一座の空気をみごとに変えてしまいながら、しかも鼻につくような素振りはみじんも感じさせない。自分自身、福足を引っぱっての舞を楽しんでいたふうにさえ見えた。

――そして、俺ときたら、その他の御連中と同じく、こうして手を拍っているだけ。

兄貴はいつも主役、そしてこの俺は、いつも「その他大勢」がはまり役というわけか。

いささかの苦笑をかみしめながら、道長は道兼の方をそっと覗《うかが》う。

――さすがの道兼兄貴も、これでちょっと借りができた感じだな。

道隆の出世を執念ぶかく恨んでいた策士の兄が、この先どう出るかは見ものである。

気がつくと、騒ぎの張本人の福足の姿はどこにもなかった。誰かが急いで引きさがらせたのか、自分で逃げだしたのか……。

――逃げ足の早い、いたずら坊主めが。

道長はもう一度苦笑したが、つけ加えておくと、この福足、やがてこの世からも姿を消す。悪性の腫瘍《しゅよう》のために、彼は黄泉《よみ》の国に旅立ってしまったのだ。『拾遺集』にその死をいたむ道兼の痛切な歌が残っている。思えばこの日の事件は、短いいのちしか与えられなかった彼が、せいいっぱい、この世に刻みつけていった足形であったのかもしれない。

福足の事件があった後も、兼家の六十の祝は続けて行われた。それに兼家自身、二条京極に豪華な新邸を造営した。その披露の宴は、彼ごのみのはでなもので、左大臣雅信、右大臣為光をはじめ、多くの貴族たちが招かれ、にぎやかな酒宴が行われた。巷《ちまた》の遊女たちを呼びいれ、舞えや歌えの大騒ぎだったというから、必ずしも優雅一点ばりではなかったようだ。

が、それよりも、その日人眼をひいたのは、

「お祝のおしるしに」

と、ある人物が運びこんだ馬の数の多さであろう。

「や、や、ひい、ふのみ……。ほ、三十頭もか」

客人は、あっけにとられる。二条の邸《やしき》は、その後、しばしば競馬を行うほどの広さだから、三十頭の馬が勢ぞろいしても何ということはなかったが、螺鈿《らでん》の鞍《くら》、緋総《ひぶさ》の鞦《しりがい》も真新しい、毛並つややかな駿馬《しゅんめ》の行列は、たしかに壮観だった。

人の度肝をぬくこの豪勢な贈物の主は源頼光《よりみつ》。いや、ライコウといった方が通りがよいかもしれない。坂田金時《さかたのきんとき》、渡辺綱《わたなべのつな》たち四天王に大江山の鬼退治をさせた人物、といえばなにやらメルヘンめくが、むしろ当時の人々は、彼に都の大富豪の一人という印象を持っていた。その豊富な財力で腕っぷしの強い部下を集める。だからこそ彼は勇者のボスなのだ。

今度も彼は財力にものをいわせて、三十頭の馬を兼家に献上した。馬とは当時欠くことのできない乗物——今の感覚ならむしろ乗用車に近い。貴族に対する最高の贈物である。

——それにしても三十頭とは……。

——頼光め、どれほど財を貯《た》めおったのか。

驚きと嫉視の中で、頼光は、うやうやしく献上の馬を披露する。

「やあ、大儀、大儀」

兼家も平然たるものだ。

「左府、引出物として一頭お受けとりいただきたい。いや右府もひとつ」

気前よく客たちに頒《わ》けてやった。

「やや、これはかたじけない」

物を貰えば悪い気はしないが、これ見よがしにはでな贈物をして兼家との結びつきを誇示する頼光を、

――要領のいい奴。

人々はそう思わざるを得ない。

――こいつ貯めるのもうまいが、費《つか》い方もうまい。

――なあに、このくらいのものはすぐ取りかえすさ。いずれ摂政が、たんまり儲《もう》かる地位を世話してくれることだろうて。

頼光の目下の地位は春《とう》(東)宮大進《ぐうのだいしん》。つまり東宮居貞親王づきの役所の三等官だが、彼の財力は、もちろんその地位によるものではない。彼の家では父の満仲《みつなか》の時代から、国の守《かみ》――地方長官を歴任している。そしてその地位こそ、現代の議員、高官も顔色のないほど、うまみの多いポストだった。

そのかわり図に乗ってやりすぎると、痛い目にもあう。げんに、わが藤原道長もまもなくそれを眼にするはずである。

その日、道長は内裏へ入ろうとして、何気なく陽明門《ようめいもん》の脇を通りすぎた。と、門の周

囲に十数人の男が群れている。陽焼けした顔を並べている彼らは、どこか都馴《みやこな》れのしない物腰で、応対している小役人は、彼らに対してひどく横柄だ。

「何だ。そういうことには、ちゃんとした手続がいるのだぞ」

とか何とか、胸を反らせて威丈高に言っていたが、道長の姿に気づくと、あわてて這《は》いつくばり、

「しいっ」

急いで一群の人々を制した。

「権中納言さまだ」

人々もとまどいながら小役人にならったが、物馴れないぎごちなさはあるにしてもその面構えはなかなかしたたかだ。公卿の詰める宜陽殿《ぎようでん》へ着いてから、そのことを、彼はちょっと話題にした。

「陽明門のところで人々が群れておりましたが」

先に来ていた公卿は、

「ああ、また上訴《じょうそ》でしょう」

面白くもなさそうに言った。

「ときどき押しかけてきますな。国司の治政が悪いとか何とか文句をつけて。左様、去年もありましたね。今度はどこの国かな」

会議の座で、それが正式に取りあげられたのは、しばらくしてからである。訴えてきたのは尾張国《おわりのくに》の人々だった。国の守の藤原元命《もとなが》の悪行について、蜿々《えんえん》三十一か条の罪状を並べたてたのである。

「いや、これは大仰な」

「読むだけでも骨が折れるな」

うんざりした顔付で、公卿たちは書類に眼を通す。その全文をここで紹介するわけにはゆかないが、彼らが元命の非法として訴えるところは、いわれなき増税と公費横領である。それも、よくもこれだけ臆面もなく、搾取の種を考えたものと思うほどのすさまじさだ。

例えば——。

これまでの国守は租税として段当り一斗五升ないし二斗だったのに、元命は三斗六升に値上げした。

今まで免税扱いをうけていた田にも、きびしく課税した。

当時は物納で、米のほかに絹を納めることになっているが、これも率をひき上げ、しかも取り立てた絹糸で、自分のために綾《あや》や羅《ら》(うすもの)を織らせ、国に納める分は他国から粗悪品を買って数だけ揃えた。

灌漑《かんがい》整備や、救民のための費用が計上されてあるにもかかわらず、これを一切下付しない。自分の私有地をどんどんひろげ、手当も出さずに農民たちに耕作させ、収穫はどんどん京の自宅に運ばせた。

当時税率の決定や、免税田の許可は国の守にまかせられていたとはいえ、これはひどすぎる。

――さて、どういう決定をすべきか？

道長はそっと人々の顔を窺《うかが》った。じつは、心中に期するものがあったのだ。例の福足事件のとき、彼は少年を取りおさえようと腰をあげかけていた。なのに、一歩早く、兄の道隆に起たれてしまった。

――そうだ、俺はいつも一歩遅い。姉君にも、人の後をのこのこついてゆくようなたちだ、と言われている。これを断ちきるのは今だ！

しかし公卿の会議は発言の順序がある。まず下位の者が先に意見を言うことになっているから、新参とはいえ権中納言の彼は順がくるまで待たねばならない。

さて、いよいよ会議がはじまった。促されて、参議の一人が発言する。

「この訴状を見ますに、元命の非法はあまりにも度がすぎます。一挙に税率を倍以上に引きあげるのは許せません。国司は民をあわれみ、恩を施すべきものですから、これは解任すべきかと存じます」

続いて一人が言った。

「今より十四年ほど前の天延二年の先例によりますと、同じように尾張国から国司の非法を訴えてまいりました。このときもその訴えを聞きいれ、国司を交替させております」

これは先例尊重型である。勉強しているところを見せようという意図は、ありありとうかがわれた。

こうした先例尊重に公卿たちはすぐ同調しがちである。

――なるほど。

――そういう先例があることなら。

この議論に賛意をしめすようなざわめきが一座を支配した。

――うまいぞ！　いい方向に向いてきた。

道長はひとり手を拍ちたい思いである。彼は議論がその方向に動いてゆくことをひそかに期待していたのだ。

――そうなったとき、一発、俺はやる！

はやる気持を抑えかねていると、やっと番が廻ってきた。

――待っていました！

威儀を正して、しずしずと彼は言う。

「皆様のお考えはまことにごもっともでありますが、じつは私、別の考えを持っております」

明らかに一座は声を呑《の》んだ。ひと息入れて、彼は続ける。

「たしかに先例は尊重すべきでありますが、ただ、私といたしましては、その先例がある故に、今回は許すべきではない、と思うのであります。何となれば」

ゆっくり人々の顔を眺める。事を急がないためであり、印象を強めるためである。

「尾張の人々は一度国司解任に成功いたしました。そしてまた今度も受理されたということになりますと、味をしめて、今後も国司の小さな疵《きず》を言いたててまいりましょう」

さらに彼は声を強めた。

「もし、国の守解任が、他の国々まで及ぶようになりましたら、どうなりましょう。尾張国にならって、我も我もと国司の非法を言いたてるようになれば、収拾がつかなくなります。ひいては、我々の権威を問われることにもなりかねません」

一座は静かになった。道長はいよいよ胸を張る。

——さて、聞かせどころは、ここだ。

「さきに、延喜のみぎり、三善清行《みよしきよゆき》も『意見封事《いけんふうじ》』の中でこのことを申しております。諸国の少吏、百姓《ひゃくせい》が、国司の政治について告発したり訴訟したりするたびに、中央から調査官を派遣するようなことはやめるべきであると」

三善清行というのは十世紀はじめのころの学者で当時の政治についての意見を述べた

『意見封事十二箇条』というのを提出した。彼自身地方官の経験者で、形式化していた律令政治に対する具体的改善策を論じたものとして、注目されていた。この際この中の意見を援用するのは、はなはだ効果的――と道長には思われた。

「それに、この上申書の内容も検討の必要があります。第一、この長大な上申書は大変名文です。いや名文すぎる、といってもよろしい。尾張国の連中がすらすら書けるようなものとは思われません」

じつはこの上申書は、写本ではあるが現在も残っている。『尾張国郡司百姓等《ぐんじひやくせい》の解文《げぶみ》』と呼ばれ、貴重な史料となっているのだが、たしかになかなか凝った名文で、ガクのないものにはとても書けない。もっともここで百姓というのは一般農民という意味ではなく、事実上の納税を分担する有力農民層だし、郡司ともなれば地方の有力者のトップクラスだから、かなりの教養はあったろうが、はたしてこれだけの名文が書けたかどうか。おそらくは何かの手づるで、都の知識人――政務や法律の実務についている学識のある中級官僚に書いてもらったのではないだろうか。千年後の我々と同じく、道長がそう思ったのも当然のことである。

「しかも、ひとたび文章になると事実は誇張されます。感情的な恨みも入ってきましょう。その点を考える必要があります」

若い道長は大所高所に立って大いに論じたつもりだった。いま中央政府の威信は地方の隅々まで届いていない。だから国司にかなりの権限を委譲し、彼らを通じて地方を把握するよりほかはないわけで、何はともあれ必要なのは自分たちと国司の信頼関係なのだ。そしていま、これがこわれるか否か、という重大な危機にのぞんでいる……。

語り終ったとき、重い沈黙が、ひしひしと身に押しよせてきた。

——どうだい、みんな共感してくれたじゃないか。

道長は胸を張った。

しかし……。

沈黙はいつまで経っても破られなかった。どうやら道長は、思いちがいをしていたようである。それも共感の沈黙などではありはしなかったのだ。誰もが、しらけきって押しだまっていただけなのだ。

——若造め、いいかげんにやめんか。

そう言いたげな顔をしている。

——しまった……。

何か場ちがいな発言をしたようだ。柄にもなく一歩先んじたつもりが、またもやへまをやらかしたか。気がつくと、上座で、兄の道兼が意地悪い眼付でじっとこちらをみつめている。その後のことは、ほとんど記憶がない。誰かが、

「ま、この件はよく検討して」

と言って、次の議題に移ったような気がするが、もう発言するどころではなかった。

やっと会議が終り、こそこそと座を起つと、道兼が、ずい、と近よってきた。

「御高説もっともだが」

何の前触れもなく、ずばりと言う。

「つまり、そなたは俺のやったことに、けちをつけようというわけだな」

「え？」

ぎょっとして道長は立ちどまる。

「兄上、それはいったい、どういうことです」

髭の中の口が歪《ゆが》んで、凄《すご》みのある笑顔になった。

「ま、歩きながら」

肩を押されて、道長はよろめくように歩きだした。

「いいか、よく聞け、道長。尾張守元命という男、どういう人間か、そなた知っているのか」

「いや、今日、いろいろ知りましたようなわけで」

「俺が聞いているのはそんなことではない」

「と、申されますと」

「元命はな、花山院の御在位中に尾張守になった。俺が皇位よりひきおろしたてまつった花山院の御代《みよ》にだ」

道長は棒を呑んだようになった。

「なぜ尾張守になったかといえば、元命の親族が、花山帝の側近だったのよ」

「……」

「その元命を庇《かば》うというのは、俺に文句があってのことだろう」

「と、とんでもない。私はただ、国司と我々との間の信頼関係が大事だと――」

「理屈はけっこう」

道兼はにべもなく突きはなす。

「そのくらいなことは心に叩きこんでおくことだな」

元命は中央のバックを失っていたのだ。したたかな尾張の国の郡司、百姓も、そのへんを見越して上訴したのかもしれない。そして一座の公卿たちも、いまさら元命を庇ってやる義理は何ひとつ感じてはいなかったのである。

――なるほど、政治とはこういうものか。

道長は唸《うな》らざるを得ない。

この事件について結論が出るのは少し先のことだ。尾張守元命は結局解任され、後任には藤原文信《ふみのぶ》という男が任じられるのだが、兼家はここで微妙な配慮をしている。花山の息がかかっているからといって、元命をとことん追いつめてはいない。一応尾張の人々の言い分をきき入れてやった形にはなったが、そのときはすでに余す任期は数か月、それに不法に貯めこんだ私財を取りあげた様子もないから、形式だけの制裁である。しかも後任の文信は兼家系の人物で、ぬかりなく持駒を一歩進めた感じだが、意外にも、この文信、尾張守就任直前に頭を斬られる怪我をしている。

――さては元命側の意趣返しか。

と思いたいところだが、さにあらず、加害者は安倍正国《あべのまさくに》という男で、文信は前任地の九州で、彼の父母、兄弟姉妹を皆殺しにしている。おそらく元命と尾張の人々との対立に似た事件があってのことで、正国は執拗《しつよう》に彼をつけ狙い、やっと恨みをはらしたものらしい。

兼家はもちろん文信の九州での前歴を知っていて、

――あいつなら腕っぷしも強いから。

と不穏な尾張にさしむけた、ということではなかったか。してみれば尾張の人々にとっては、どれだけ事態は好転したか……。ともあれ、頼光といい、元命、文信といい、当時の国の守の実態はまずそんなところだった。

彼らは任命されれば私的武力を率いて任地へ赴く。国の守といえば現在の知事クラスだが、それが暴力団まがいの親衛隊をひきつれて着任し、刃傷《にんじょう》沙汰も辞さない――優雅な平安朝は一面血の匂いのする、どろりとした泥沼でもあったのだ。

ところで、そのころ道長の長兄道隆は内大臣に昇進している。次兄道兼との差はここではっきりしたわけだが、それよりも道長を緊張させたのは、道隆の自慢の息子、十六歳の伊周《これちか》の右中弁《うちゆうべん》就任であった。

弁官というのは事務官コースで、ひどく忙しい。当時の官吏は袍という上着の下に裾《すそ》を長くひいた下襲《したがさね》をつける。その裾が長ければ長いほど位が高いことになっているのだが、弁官は忙しく動きまわらねばならないので裾は短い。その姿が恰好悪いといって宮中の女房たちは笑うのだが、どうしてどうして、彼らは政治の中枢を握る行政官である。博識、勤勉、かつ、政治的才幹がなければつとまらない。

摂関家の公達《きんだち》などはとかく敬遠しがちなこの役に、わざわざ伊周は挑戦するのだという。

――ははあ、やる気だな、あいつ。

弁官の経験のない道長にとっては脅威である。このところ政界で揉《も》まれたおかげで、すこし鼻のきいてきた道長が、改めて伊周の身辺を眺めると、彼をかこむように、右大弁藤原在国《ありくに》、左中弁平惟仲《これなか》という腕ききが控えている。この二人は兼家の「左右の眼」と言われた腹心の能吏である。

――道隆兄貴は自分の後継ぎを考えはじめた。

血の匂いこそしないが、彼の周辺の泥沼もしきりに渦巻きはじめたようである。

道長が政界の泥沼に足をとられかけたり、元命《もとなが》事件でよろめいたりしている間に、土御門の邸では大きな変化がおきていた。

倫子《りんし》がみごもったのだ。

結婚した翌月、早くも月のものがとまり、母の穆子《ぼくし》が、

「姫、ほんとうにおめでたなんでしょうね」

と首をかしげるくらい、つわりらしい経験もなく過ぎてしまった。いよいよ懐妊まちがいなし、とわかったとき、慌《あわ》てたのは本人よりも、むしろ母親の方だった。

「ま、すると、婿取りから一年経たないうちに、赤子《やや》が……」

左大臣の姫君ともあろうものが、それではあまりに健康的できまり悪い、まるで村の娘か何かのようではないか、と頰をあからめたりしたが、父の雅信は、

「なあに、婿を迎えれば赤子のできるのは当然だ。いやめでたい、めでたい」

道長との結婚に反対したことなどどこへやら、すっかり悦に入っている。六十九歳で

はじめて内孫ができるのだから無理もない。子供は多かったが男の子ばかりだから、当時のしきたりでみな婿入りしてしまう。晩年に生れた倫子に婿がきて、土御門邸ではやっと産声を聞くのである。

「できれば女の子がいいな」

というのも、早くこの家を継ぐものを持ちたいからなのだろう。

「今から赤子のために衣《きぬ》を揃えるか」

「まあ、まだ女の子ときまったわけでもないのに、気のお早い」

その騒ぎを、当の倫子はにこにこ眺めている。あどけなく小柄で、これで人の親になれるのか、と思うくらいだが、しんは落着いているのかもしれない。

が、人々の関心が生れ出る子の方へ移ってしまうと、婿どのは手もちぶさたになる。穆子のもてなしは、あいかわらずだが、何となくはじめのころとは家の空気が違うのだ。父の兼家などは、その点わがまま勝手なもので、相手がみごもると、急に足が遠のく。しきりに手紙だけはやって、いかにも気にかけているふりをするが、本音は、

——みごもった女は俺の趣味にあわん。せっかくの美女もだいなしよ。

というところらしい。となれば、しぜん他の女を求めるようになる。道長たちの母にはさすがに一日おいていたが、他の妻の場合は、呆《あき》れるほどはっきりしていて、異母兄道綱の母親の場合など、みごもるまではちやほやしたくせに、出産までの間に、別の女

と新しい恋をはじめてしまった。その上、無神経というのか、新しい女へやる恋文を産後間もない彼女のところにおき忘れ、さんざんとっちめられたりしている。

——天衣無縫というのかな。そこへゆくと俺なんかは……。

父親のまねができないのは、男としての度胸がないのだ、と思っていたが、そういうわけでもないらしい、とこのごろ気がついた。

——男と女の結びつきには、ふしぎなものがあるらしい。たとえば、もし自分の妻が倫子でなかったら、どうなっていたか。

道長だって女が嫌いという謹厳居士ではないのである。今ごろは別の口をこしらえて、いそいそと出かけていたかもしれない。が、倫子はあまりにも無垢《むく》すぎた。人を疑うということを知らずにこの年まできてしまったようなところがある。そういう女性を、口の先でまるめこんだりは、とうていできない。もし彼女をだましたりしたら、だまされる彼女がおろかなのではなくて、だます方が心いやしいのだ。

父が道綱の母を裏切った形になったのは、才女の聞えの高いその女性の愛に、男をがんじがらめにするような息苦しさがあったのではないか。倫子にはそれがない。おおどかで、無邪気で、子供っぽいところがありながら、すっぽり道長を包みこんでしまうような寛容さがある。大きな安らぎを与える、ふしぎな豊かさを彼女は持っているのだ。だから、いま、心悩ましげな彼女を中心に動いている土御門邸で、いささか手もちぶさたとはいえ、道長も、好き勝手に埒《らち》を越えて浮かれ歩く気にはなれない。それまで交渉のあった多くの女たちの顔まで忘れたわけではないが、ふしぎと足が向かないのである。

となれば――。

いささかの暇つぶしの先として頭に浮かぶのは、まことに平凡だが、父や姉のところということになる。いま父は新しく造った二条の新邸がすっかり気に入って、そこへ腰を落着けてしまった。しかし、東三条邸で生活してきた道長には、この新邸はちょっとなじめない。その点東三条邸は、何といっても足が向けやすい。

この東三条邸は、目下のところ姉の詮子《せんし》――改まっていえば、一条帝の母后である皇太后の里邸になっている。日ごろは内裏にあって、幼帝一条の後楯《うしろだて》となっているが、それでも里邸にはかなりの数の女房が留守居役としてつめている。

――ま、あのあたりを覗《のぞ》いてみるか。姉君の御消息もくわしく伺えるだろう。

内裏の中では人の出入りも多い。一条の後見役である詮子の所ではかなり政治的に重要な問題も話題になるくらいで、なかなか個人的な話はしにくい。女房たちに連絡をとってもらって、ゆっくり話しあえる機会を持ちたいものだ……。

正直のところ、道長が東三条へ出かけたのはそんな気持からだった。まず当時の男としては清潔そのもの、何の下心もなかったといっていい。まして、そのとき、彼の前にどのような運命が開けるかなどということは期待もしていなかった。

秋の気配はこのところ急に深まりはじめていた。東三条邸では萩《はぎ》の盛りである。つつましやかに頭を垂れた花の上を、かすかに風の渡る気配のするその夜、

——花のしずくが白玉となって地上にこぼれる、というのはこんな宵か。

道長が珍しくも、殊勝なことを思ったのはなぜだったのか。小暗い径《こみち》を、花房に触れないように気を使いながら歩いたのは、狩衣の裾を濡らすまいとしてではなく、萩の花のふりこぼす、はかない白玉に似た露のしずくを、あたら踏みしだいてしまわないためであった。

東三条邸はかなり広い。そのころの貴族の館《やかた》は大路小路にかこまれた一町四方——約四千坪だが、東三条邸はその倍の広さを持つ。姉の詮子が居所にしているのはその広い邸内でも、ことさら磨きたてられた東の対《たい》であった。

歩き馴れた邸内だが、時折り道長は足をとめる。ひそやかに萩の花の上を渡ってゆく風の音に耳を傾けたかったからだ。

と、その風の音に混って、かすかな琴の音が伝わってきた。

——おや、誰が弾いているのか。

弾くというより、たわむれに指を触れているような切れ切れのその音は、まちがいな

く今訪れようとしている東の対の方から聞えてくる。

――姉君がおいでのはずはないから、女房の誰かが暇つぶしにかきならしているのか。

立ちどまって耳を傾けると、音の輪郭がすこしはっきりしてきた。それでも、やはり心をこめて弾きすましているのではないことはわかるのだが、頼りなさそうな音を辿《たど》ってゆくうち、

――秋風楽《しゅうふうらく》だ！

と気がついた。

――ほほう、なかなか気のきいたことを。

と好奇心をおこして近づくと、庭に面した戸はおろされておらず、御簾《みす》越しに、ほのかに人影が見えた。

――若い女《ひと》だ。

女房たちにかこまれ、琴の上に顔をうつむけているので、表情はわからない。

――はて、誰なのか？

姉の留守に、まるで姫君か何かのようにかしずかれているこの女性は、いったい何者なのか。植込みに身を沈めて、道長はじっと中をのぞきこむ。その間も琴の音はためいきに似たひそやかさで続いている。かしげた顔に黒髪がかかって、目許、唇許《くちもと》もさだかでないのがもどかしい。道長は縁にすり寄った。

と、そのうちに、その女は弾くのをやめた。顔にかかった髪を、白い細い指でかきやりながら、

「だめ、うまくひけないわ」

甘えるように女房を見た。

その声を聞いたとき、

——あっ！

思わず道長は声をあげそうになった。

——あの声だ……。

まぎれもない、あざやかな記憶がよみがえった。この前、この邸に里下りして来た姉を訪れたとき、几帳《きちょう》ごしに聞いた声ではないか。それでいて、狼狽《ろうばい》に似たとまどいがあった。あのとき、声は、

「宮ちゃま」

と言ったように聞えた。あどけない、七、八つの少女の声としか思われなかったのに、今眼の前に見える女は、一人前に成人した姫君である。

——これは、いったいどうしたことか。

そのうち、やっと思いちがいに気がついた。

——そうだ、あのとき俺は声を聞いただけだった。

姿を見せずに立ち去ったその人を、勝手に少女ときめこんでしまったのだ。その人の衣ずれの音が消えたあとに、ひそやかに風が流れたことも、まざまざと思いだされる。

――そうか。風の精はこの人だったのか。その風の精が、いま秋風楽を弾いている。

「ああ、何たること、何たること」

思わず小さく口に出してしまってから、我ながら、はっとした。

――おっと、いかん。いや、しかし、そうとしか言いようのない気持だな。

ともかく、風の精は何者なのか、つきとめなければならない。縁先ににじり寄って、ほとほとと柱を叩いた。

「あらっ」

「まあ」

とたんに女房たちがざわめいた。

「御格子《みごうし》をおろさせて、早く」

下使いの女たちを呼びたてている。

「姫さま、こちらに」

その間に風の精は手をとられて奥に姿を消してしまった。まるで盗賊か何かが乗りこんできたかのような女房たちのあわてかたが滑稽《こっけい》だった。

――何も騒ぐにも及ばないのに。

苦笑しながら、右往左往する女房の中に顔見知りの女を見つけて声をかけた。

「小侍従、私だ」

「おや」

小侍従の顔には驚くというより、気ぬけした表情があった。

「中納言さまでいらっしゃいましたか、まあ」

「引剝《ひきは》ぎ、強盗のたぐいとまちがえられたらしいな」

「いいえ、そ、そうではございませんの」

小侍従が困ったような表情になった。

「じゃ、どうして、あわてて戸をしめかけたのかね」

「あの、それは……」

ますます言いにくそうにしたが、決心したのか、やがて口を開いた。

「お通ししてはいけない方がありまして……皇太后さまからきびしく申しつけられておりますので」

「それは、いったい誰かね」

言いにくそうに口にしたその名を聞いて、道長は事のあらましを理解した。

詮子が東三条邸に出入りを禁じたのは、ほかならぬ兄の道隆だったのだ。

——なるほど、あの風の精を、道隆兄貴が狙っているというわけか。

道長がすべてを理解したと知ると、小侍従も、

——ね、おわかりでございましょ。

というように表情をやわらげ、うなずいて見せた。

「何しろ、お眼の早い方でございますからね」

——そのとおりだ。俺なんかの数倍も勘はいい。

小侍従の話はみごとにそれを裏づけた。

「それはもう、しつこいくらいに、お文はくるわ、おいでにはなるわ、でございますの。でも、皇太后さまが、あちらはいけない、と仰《おお》せられますの。何といっても、ごりっぱな北の方さまがおいでのほかに、お通いになっておられる所は数知れず……いえ、それも今の世のしきたり、咎《とが》めはしないけれど、夢中になった後で、すぐ醒《さ》めておしまいになる。その後の冷たさが許せない——と皇太后さまは仰せられるのでございますよ」

「ふうむ、なるほど」

しかし、肉親の兄にさえ、そこまで警戒の眼を向け、母鳥のように翼をひろげて、姉が庇護《ひご》しようとしている女《ひと》はいったい誰なのか。いよいよ好奇心をそそられて尋ねると、

「あら」

小侍従は意外そうな顔をした。

「御存じではございませんでしたの」

「残念ながら……」

首をすくめ袖で口を蔽《おお》って、小侍従は笑った。

「思いのほかに、女の噂《うわさ》にはうとくていらっしゃいますのね」

「ああ、私は生来まじめな人間だ」

噴きだしながら、小侍従が耳にささやいてくれたのは、

宮の御方《おんかた》――。

その言葉を聞いたとき、道長はふたたび、

――ああ何たること、何たること……。

胸の中で呟《つぶや》かざるを得なかった。

――そうか、宮の御方か。あの薄幸な姫君こそ、風の精だったのか。

宮の御方と呼ばれる女《ひと》が、詮子の許にひきとられた事を、道長とて知らないわけではない。ただ、さきの夜、几帳ごしに聞いた声が、あまりあどけなさすぎたので、その名前と結びつかなかったのだ。

薄幸な姫君だった。すでに父も母も喪《うしな》っている。父の名は源高明《たかあきら》――醍醐《だいご》天皇の皇子、彼女はその晩年の娘で明子《めいし》といった。

高明は一世に名を謳《うた》われた人物だった。天皇の血を享《う》けた貴公子だからではない。いや、天皇系の人々はそのころはごろごろしていた。彼は母方が有力な家でなかったせい

もあって、七歳で源氏の姓をもらって臣籍に下った。つまり醍醐源氏の一人である。故実に明るく、才学ともにすぐれ、とんとん拍子に出世して左大臣にまで昇進したが、むしろその幸運が後の悲境を招くのである。

彼については、不吉なエピソードがある。行幸に従うその風貌《ふうぼう》を見て、人相を見るある人物が、

「これほど好相を備えた人はいない」

と感嘆したが、行列が通りすぎると、首をかしげ、

「いや、後姿にはちっとも吉相がないぞ。後で左遷、流罪に遇《あ》うのでは」

と言ったというのだ。多分彼の運命が定まった後にできた伝説だろうが、昇り坂の輝かしさにひきかえ晩年の運は悪かった。それも悪事を犯したのならともかく、彼自身、全く罪を犯していないにもかかわらず、流罪の憂きめに遇ったのだから、非運というよりほかはない。

高明の妻は、藤原兼家の姉妹――つまり藤原師輔の娘である。その師輔の娘の一人、安子《あんし》が村上帝の後宮に入り皇子を儲けたことから、師輔一族、つまり九条流の繁栄がはじまるのだが、その一族と婚姻関係にあるということは、高明の左大臣としての地位をいよいよ強固なものとしているように思われた。もっともこの妻は早く世を去るのであるが……。

ところで、村上と安子との間の皇子の一人に為平《ためひら》と呼ばれる親王があった。高明はこの為平と娘を結婚させたのである。為平は有力な次期皇位候補者の一人だった。さきに触れたように、第一皇子憲平《のりひら》（後の冷泉帝）が皇太子にきまっていたものの、精神に異常があり、皇位についても長い在位は期待できなかったから、

——次は為平か。

と誰もが予想した。

ところが、冷泉の即位の後、皇太子に選ばれたのは、為平の弟、守平《もりひら》だった。この皇子も安子の所生だったが、有力候補の為平は、弟に追いこされたのである。

これには首をかしげる人もいたようだが、それから間もなく、左大臣高明は突如解任され、九州に流される。肩書は大宰員外帥《だざいいんげのそち》——定員外の大宰府長官ということになっているが、実質的には流罪である。為平を即位させようとした陰謀に関連して、というのが理由だが、真相は不明——というより事件そのものがフレーム・アップの臭いが濃い。強引に守平を皇太子につけた連中が、左大臣の地位にある高明を、煙たく思っていたことは察しがつく。

この守平が円融帝だが、その新帝の周囲をとりかこんで出世し、かつ競って後宮に娘を入れたのが、九条、小野宮両流の連中であるところを見れば、

「為平親王は、源高明公の姫を妻にされたのがいけなかった。即位すれば、源氏一族に

権力が移ると見られたのだろう」という世評も的はずれではなさそうだ。高明は三年めに許されて都に戻るが、政界に復帰する機会は遂にやってこなかった。やがて十年後、彼はひっそりとこの世を去る。

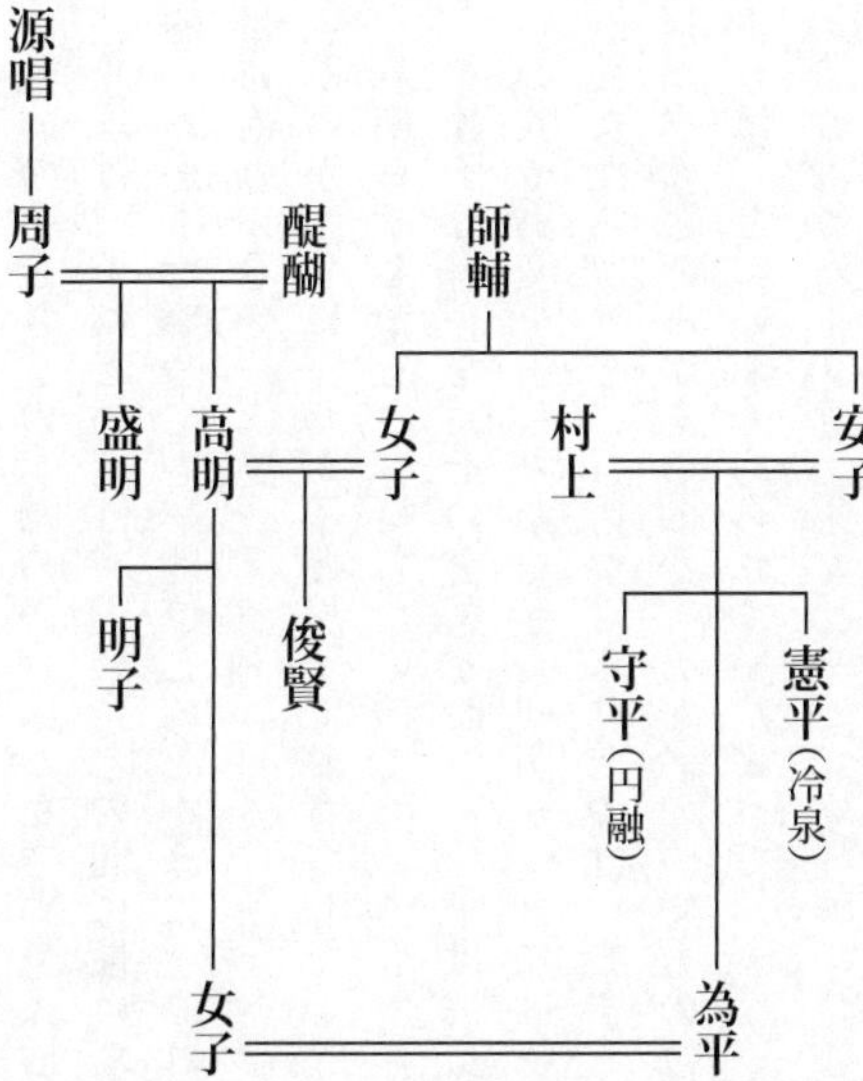

明子はこうした父の宿命の中に生れた薄幸の少女だったのである。高明の晩年の子だから、華やかな時代の父を知らない。物心ついたとき、すでに父は都にいなかった。そして父が世を去ったとき、明子は母も失っていた。よるべのない少女をひきとったのは叔父の盛《もり》明《あきら》だったが、しかしこの叔父も数年後には亡くなってしまう。

もはや頼れる人は一人もいない。呆然《ぼうぜん》と立ちつくす明子の前に、このとき、

「私がお世話しましょう」

救いの手をさしのべたのが、ほかならぬ皇太后詮子——道長の姉だったのである。

詮子は、子供といえば、円融帝との間に儲《もう》けた皇子一人だけ。これが今の一条帝である。わが子といっても、即位してしまえば、これまでと同じように愛撫《あいぶ》の対象にするわけにもゆかない。

「そのかわりに、わが子と思ってお育てしたい。それに私には娘がいないから……美しく着飾らせる楽しみも持ちたいので」

と詮子は言った。その言葉どおり、詮子は彼女を度の過ぎたいつくしみ方をした。美しい衣や調度を惜しみなく与え、明子づきには特別に気のきいた女房たちをつけた。彼女たちが詮子に言いつけられたのは、まず、不用意に男を近づけないことだった。何か思うところがあるのか、男と名のつくものは、たとえ詮子の兄弟でも寄せつけないように、と言いふくめられていたようで、

「なかなか美しい姫らしい」

という噂は耳にするが、そのじつ、誰も明子の姿を見たものはないはずだった。しかし、小侍従の今の話では、どうやら兄の道隆は、ひそかに明子を狙いはじめているらしい。何をやっても人に恨まれないような、ふしぎな魅力を備えた彼は、厳しい垣根をくぐって彼女に近づき、既成の事実を作りあげてしまってから、

「ね、許してくれてもいいでしょう」

人に否やを言わせない笑顔で詮子を攻めおとしてしまうつもりなのだろう。

――なあるほど、兄貴らしいやり方だ。

道長がうなずくと、小侍従は首をすくめてみせた。

「その辺のことは皇太后さまも、ちゃんとご存じで、私どもにかたくお言いつけになっておられますの。道隆さまがおいでになっても決してお通ししてはならない、って。とりわけ姫さまおひとりで里下りをしているときは気をつけるように、とおっしゃいましてね。ま、内裏でごいっしょにおられるときは、ずっとお手許においでですから、殿がたは近寄ろうにも近寄れません。こちらでございますと、その分私どもの荷も重くなりまして」

「なるほど」

「皇太后さまの御兄弟ですので、私どももお断りしにくいのでございますが、どうしても道隆さまにも道兼さまにもお会わせしてはいけないと仰せられますので」

その言葉がふと道長の耳にとまった。

「おい、おい、小侍従――」

道長はにじり寄って言った。

「いま、そなた、道隆兄、道兼兄はいけない、と言ったな」

「はい、皇太后さまは、たしかに」

「まちがいないな」

「え、それはもう」

「じゃあ、つまり」

そっと小侍従の手を握り、体をひきよせて耳に熱い息を吹きかける。

「この俺はいい、ってことだな」

「まあ、何をおっしゃいます」

小侍従は言った。

「そうではございません。道隆さまや道兼さまのような兄君であろうともだめ、ということですわ」

「でも、俺の名は入ってない」

「おほほほ」

小侍従は笑いだした。

「そりゃ中納言さまのお名前はおっしゃいませんでした。でも、それは、お美しい北の方がおできになったばかりですもの」

名前をあげないのは当然、というような顔をした。

「う、なるほど」

「それに、中納言さまは、兄君のように、女にはうるさくはいらっしゃらないと、皇太后さまは思っていらっしゃいますもの」

「そ、そりゃ光栄だ」

何かこう、うまく罠《わな》にかけられ、つけこむ隙《すき》を封じられた感じである。その中で、辛うじて、道長は突破口を見出す。

「そのとおり、俺はまじめな人間だ。だから妙なことはしない。そのかわり、小侍従、ちょっと頼みを聞いてくれ」

「何でございますか」

「あの方の声を、もう一度聞きたい」

「まあ」

「じつは前に、そうと知らずにあの方のお声を聞いているんだ。それを俺は童女の声かと思ってしまった。透きとおるような甘いお声だった」

「そうでございますの」

小侍従は相槌《あいづち》をうつ。

「ふしぎと、七、八つのお子のような、あどけない声でお話しになります」

「天上の声だ」

思わず、うっとりと道長は言った。

「あの声をもう一度聞かせてくれ、頼む」

「でも……」

「声だけ。声だけでいい。決して変なまねはしないから」

「そんなこと仰せられても、男の方は、あてになりませんから」

「さっきから言ってるだろう。俺はまじめな人間だって。皇太后さまも、それを認めていらっしゃるじゃないか」

道長はそのとき、どうかしていたのだろうか。

——声だけ、声だけを聞きたい。

宮の御方——明子の声になぜそんなに執着したのか。

あの声をもう一度聞きたい——いや、聞かねばならぬ……。そう思いながら、彼はしきりに胸の中でくりかえす。

——ああ、わが風の精、風の精。ああ、何たること、何たること。

もし、それを人が耳にして、いったいそれはどういう意味かとたずねたら、多分彼はきょとんとしたことだろう。何が「何たること」なのか。自分でもはっきりしない。かつてあの声を聞いたとき、直ちに明子のことに思い及ばなかった、おのれの不覚への自《じ》嘲《ちょう》か。それとも、みすみす機会を逃して、倫子と結婚してしまったことへの後悔か……。

いや、とんでもない。

——倫子との結婚を後悔しているかって？　絶対そんなことはない。

道長は多分、むきになって抗弁したことだろう。

——だから俺は言ってるじゃないか。声を聞きたい。声だけ聞けばいいんだって。

胸を反らせてこう言ったかもしれない。万に一つもやましいところはないつもりであった。だから、その夜、土御門に帰ったとき、

「気分はどう？　苦しいことはない？」

倫子の手をとり、一番先に聞いたのはそれだった。

「いいえ」

薄茶色の無邪気な眼が道長を見上げる。そろそろ産み月が近づいているころだったが、倫子は相変らず疲れた顔色も見せず、道長の着替えに手を貸した。小柄な倫子は、道長にまつわりつき、その眼を下から覗きこむようにしてたずねる。

「今夜はどちらへ？」

「東三条邸へ寄ってみた」

ためらいもなく道長は答えた。

「皇太后様はお留守だが、女房たちも何人かいてな」

「あのお邸《やしき》、萩の花が、それはそれはおみごとなのだそうですね」

「うん。皇太后さまのお好みで、こぼれんばかりの白萩の盛りだったよ。もっとも夜目にはあまりよく見えなかったが……」

「そうですか。皇太后さまのお好みねえ、私も萩は大好き」

「それじゃ、こんど一緒に行こう。今年は無理でも来年はきっと、な」

考えてみると、その夜の道長はとりわけやさしかった。手をとり、寝所に抱えこむように連れてゆき、

「さ、おやすみ」

やさしく背中を撫《な》でてやった。

あるいは、道長はやさしすぎはしなかったか。倫子はまるきりそれに気づきはしなかったけれど……。


気がつくと、風の精のことを考えていた。

それから数日の間の道長は、まさにそんな状態が続いた。あいかわらず、宮廷への出仕は怠らなかったが、会議の間も、頭の中はそのことばかりだった。

——頼りなげな琴の音だったな。うまくひけないわ、とか言っていたっけ。たしかにみごとな弾き方じゃなかった。でもそれでいいんだ、あの女《ひと》は天性の声をもっている。この世ならぬ音楽だ。そして……。

瞬間、幻想が中断する。いっせいに公卿《くぎょう》たちの眼が自分にむけられているように思われたのだ。

――いけない。何か口走ったかな、俺は。

あわてて居ずまいを正して、

「は、その、私といたしましてはもう皆さまの御意見どおりでございまして」

へどもどしながら、わけもわからずに言う。

夕闇《ゆうやみ》が迫ってくると、自然と東三条に足が向く。例の顔なじみの女房、小侍従の局《つぼね》を
ほとほとと叩いて、

「ね、いいだろう。声だけ――。声だけ聞く折を作ってくれよ」

しつこく粘った。

「でも、皇太后さまから、きびしい仰せをいただいておりますのでねえ」

小侍従もなかなかうんとは言わない。

「そなたたちの落度になるようなことはしない。俺を信用しないのか」

「いえ、そういうわけでは」

「そうだろう。皇太后さまにも俺は信用があるんだ。道隆兄上や道兼兄上とは違うと思っていてくださるのだ」

「はあ」

困って小侍従は言った。

「じゃあ、こういたしましょう。明後日、宮の御方さまは内裏の皇太后さまのところへ

お戻りになります。その後、私が皇太后さまのお許しを得まして……」

「明後日だって？　もう、あの方はお戻りになってしまわれるのか」

もう絶望的だ。宮中へ入ってしまえば人眼も多い。なかなかそばにも近寄れまい。

「わかったよ」

道長は不愉快をかくさない声音になった。

「そなたは、ひとつも俺の気持がわかっていない」

「いいえ、そんなことはございません。ですから、皇太后さまの御意向を伺ってから……」

「ふん」

冷たく笑いすてた。

――皇太后のお許しだと。馬鹿馬鹿しい。許しを得てから、くそまじめな顔をして御対面に及ぶというのか。

道長が考えていたのはそういうことではなかった。何かわからない抗しがたい力にひかれて、いま自分はあの女に惹《ひ》きよせられている。そして少年のように、あの声を聞きたいとだけ願っている。それをこの女はわからないのか。

とほうにくれたように小侍従は押しだまり、それからやっと言った。

「中納言さま」

お約束してくださいますね、と小侍従は前置きしてから、

「では、明晩、あのときのように、姫さまの御局の御格子を、しばらく閉ざさないでおきましょう」

これが最大の譲歩だ、という言い方をした。

「そこで、たまたま新中納言さまがお庭をお通りになって、お声をお聞きになったとしても、私どもの手落ちではございません」

「ありがたい、恩に着る、小侍従」

にわかに道長は表情を変えた。

「そのかわり、それ以上に決してお近づきくださいますな。姫さまをお守りする私たちが、皇太后さまに顔向けならないようなことは……」

「わかった、わかった。声を聞くだけ。はじめからそう言っている」

このときも、やましい思いはないつもりだった。

が、その夜、早めに土御門邸に戻った道長が、前よりもいっそうやさしく倫子をいたわったのはなぜなのか？

「早くおやすみ、体をいたわらないといけない」

背中を撫でてやり、

「私は少し書見《しょけん》をするから」

と倫子を先にやすませた。

道長の手許には、父の兼家から借りた祖父の日記『九条殿御日記』の一部があった。公卿としての心得としてよく読んでおくようにと意見をされ、早速読みはじめたものである。読みながら写しをとる。写しながら故実先例を頭に叩きこむのである。そして写しはまた子から孫へとひきつがれる。倫子のみごもった子がもし男だったら、成人の後には直ちに役に立つはずである。

父から借り出した部分はすでに大半を読みおえている。夜ふけまでかかって残りを写し終った彼が、翌日、

「今夜はこれを父上にお返ししてくるから」

といって土御門邸を出たときも、心やましいことはなかった、といえるのであるが……。

その夜、約束どおり、東三条邸の東の対は開けはなたれたままになっていた。御簾ごしに灯が洩《も》れているのが遠目にもよくわかる。曇り空は月を含んで淡い真珠色を帯び、木立の輪郭を黒々と浮きあがらせていた。その丈の高い樹々の一つ一つが、道長を黙って見下しているようだった。

——道長、どこへゆく。何をしようというのか。

いや、そんな凝視は全く恐れるに足りなかった。

――聞くだけ、声を聞くだけ。

昂然《こうぜん》と胸を張り、そう答えればいいと、そのときも道長は思っていたのだった。

庭にひろがる植込みに身をひそめる。足音をしのばせて、しだいに縁先に近づく。息を殺す……。とも知らず、その女《ひと》をかこんで、女房たちは、

「あきかぜの、でございますよ」

「いいえ、あきかぜに、ですわ」

何か歌の文句について言い争っている様子である。姿はさだかではないが、彼女たちにかこまれて、その女《ひと》はいるらしい……。

道長はなおも縁に近よった。前よりはずっとよく声が聞きとれるようになった。女房たちの話声に混って、時折り、透きとおった甘い声が笑う。

――あの声だ……。

思わず体を固くする。と、しばらくしてその透明な声が、

「ね、こうよ。こうだと思うわ」

と言って、歌を口ずさんだ。

「あきかぜにかきなす琴の声にさへ　はかなく人のこひしかるらむ」

朗々と詠じるのではなかった。あどけない、童女めいた舌足らずの声には、むしろ、何の思い入れもひそませてはいない。そのなにげない口ずさみかたのゆえに、この世な

らぬ響きとなって、聞くものに伝わってくるのである。

——古今集だな。たしか壬生忠岑《みぶのただみね》。

頭の中をよぎる思いを道長は無視した。この際そんなことはどうでもよかった。もう足をとめることはできない。名づけることのできない魔性のものに惹かれて、すでに縁に上ってしまっている。

——おい、おい、道長。話が違うじゃないか。声を聞くだけ、と言ったはずだぞ。

後にそそりたつ樹々たちは、彼を見下してそう言っていたかもしれない。が、道長はそれも無視した。

——ああ、何とでも言ってくれ。

無言で御簾の隙間から体をすべりこませる。

「あっ！」

小侍従が狼狽して立ちあがった。

「いけませぬ、中納言さま。さ、お戻り遊ばして」

胸を押し、後戻りさせようとする小侍従をも彼は無視した。

「中納言さまっ。そ、それではお約束が違うではございませんか」

必死にとりすがるその顔を見ようともせず、まるで棒切れか何かのように、その手を払いのけた。黒々とした庭の木立も、小侍従も、そのときの道長にとっては、あまり違いはなかった。

「姫さまっ」

悲鳴に似た声が女房たちの口から洩れた。

「さ、お早く」

しかし、女房が手をとるより早く、道長はつかつかと進んで、風の精が裾長《すそなが》にひいた袿《うちき》の裾にひざまずいていた。

こうすれば、相手は身動きできない。

「姫！」

しなやかな長い指を、両手に包みこみ、

「そのお声です。そのお声が忘れられなくて、こうして参りました」

相手は無言である。

「お許しください、姫」

その女《ひと》は、かすかにかぶりを振って顔をそむけた。長い睫《まつげ》が頰に翳《かげ》を作って、煙るような表情になった。

その女《ひと》の手はまだ掌の中にあった。にもかかわらず、顔をそむけられたとき、道長は、

——お、逃げてゆく、風が……。

吹きぬけてゆく風を捉《とら》えようとしているようなおぼつかなさに心を震わせた。

「姫、姫……秋風楽を聞かせていただきました」

夢中で言った。何か言っていなければ、風を引きとめられないような気がしたのだ。

「いや、先程のお歌は、私の心そのままです。秋風にまじって聞えてきたその琴の音に、私はひきよせられた。どうして？　などとおっしゃってはくださいますな、理由などないのです。自分がどうしてここまで来てしまったのかわからない」

たてつづけに喋《しゃべ》ってから、ふと気がついた。

——いけない。何てつまらないことを喋りちらしているんだ、俺は……。

眼の前の女《ひと》は、何も言わない。喋れば喋るほど、二人の間に距離ができてしまうような不安に襲われた。

言葉とは何と無力なものか。

そのときになってやっと道長は、傍らにいた女房たちが姿を消してしまっていることを知った。当時の女たちは、そういうときのすべを心得ている。一応言いつけどおりに、女あるじの身辺を守るけれども、それにこだわって騒ぎたてたり、男たちを呼んだりはしないのだ。事をあからさまにして興ざめた事態を招くことは美意識に反する、という思いが強いのである。

そして道長もまた、その美意識の中にみずからを融《と》けこませてゆくべきときのきたことに気づいたのであった。

燭《しょく》を吹き消した。

が、代りに訪れたのは、闇ではなくて、真珠色の薄ら明りだった。雲が淡くなったのか、月の光が冴《さ》えてきたのか。

静かに引きよせて唇づけしたとき、その女《ひと》はしいて抗《あらが》いはしなかった。抱きとった肩に黒髪が揺れて、ほのかな香《こう》の匂いが流れる。そっと掻《か》きなでた髪がひどく冷たい。

頬から肩へ、そして胸へ――。その声に似ず、豊麗に成熟した肢体であった。真珠色の薄ら明りを吸った、まろやかな隆起を、その女《ひと》はいま、かくそうとはしない。

――もう風の精は逃げはしない。

しかし、わがものにした、という思いとは程遠い。無抵抗なそのからだをおどろかしたくはなかった。ただ、愛のしるしを押してゆくだけ……。

その気持を、この無言の女《ひと》は、どれだけわかってくれたろう。ただ体を離してもう一度唇づけしたとき、それまではされるままに受けていた小さな唇が、かすかに応《こた》えてくれたようだった。

「姫！」

思わず、そういって、頬を掌にはさみこむようにしたとき、指に触れるものがあった。

涙だった。

明子は黙って頬を濡らし続けていたのであった。

道長はうろたえた。

「姫！」

とりかえしのつかないことをしてしまったのではないか。無抵抗でいることをよいことに、この女《ひと》の心を踏みにじってしまったのではないか……。

「許してください、姫」

白い顔が、眼を閉じたままかすかに首を振ったのはしばらくしてからであった。その間も眼尻から、涙はしたたりやまなかった。やがて、細いしなやかな指が眼尻を押しぬぐった。

「悲しいのではありませんの」

ささやくような声が洩れた。

「え？」

「でもいまは、泣くよりほかはないのですわ」

「……」

「そっとしておいてくださいませ」

衣《きぬ》を肩にかけ、道長から顔をそむけた。父を失い母を失って、ひとりで生きてきた女の孤独の深さに、はじめて道長は行きあたったような気がした。

たしかに、いま彼女の胸をひたしているのは悲しみではないのかもしれない。ましてこれから先の人生に対する具体的な不安でもないであろう。おそらく彼女自身も気づかないほどの深さで、孤独に包まれてきたこの女《ひと》は、ふいに開かれた愛の扉の前で、泣くよりほかはなかったのだ。

——自分は一生この女《ひと》のそばにいてやらなくてはならない。

と思った。が、すでに、立ち去るべきときは来ていたようだ。

「どうか、お帰りになって……」

小さな声がそう言ったとき、道長は平凡な言葉しか思いつかなかった。

「またお目にかかれますね」

肩においた手に、すべての思いをこめた。

「はい」

短い返事の中に、聞きおぼえのあるあどけない響きが戻っていた。

縁先にすべり出ると、道長は首を垂れて径《こみち》を歩んだ。淡い光の中に、樹々たちは依然無言で立ちつくしている。が、道長には、彼らが今夜の自分を咎めているようには思われなかった。

——そうだ、人生というものはそんなものだよ。俺たちはこうして、ここに立ちつづけ、いくつもの人生を見てきている。

彼らは、あたかもそう言っているようだった。

道長は歩みをとめて、木立をふり仰いだ。

――わかってくれるのかね、お前たち。

――ああ、わかるとも。そのかわり、道長、お前の人生も重くなるぞ。

――そりゃそうなんだが……。

ふとしたもののはずみ、出来心といったようなものではない。あの女《ひと》との結びつきがぬきさしならぬものだと思うだけに、足は重くなる。

――さて、これからどこへゆくべきか。

いまさら土御門の邸には足が向かなかった。

とすれば、この東三条の西の対――父の兼家のところしかない。いま父は二条の新邸が気に入って、ここにはめったに帰ってこないから、留守を預っているのは、年とった侍女や家司《けいし》、下部《しもべ》たち――。もともと住みなれた邸だから、勝手に上がりこむ。

「ま、中納言さま、いまごろどうして？」

顔をのぞかせた老女に多くは喋らせずに、

「眠いんだ。泊まってゆくぞ」

家司に『九条殿御日記』をあずけてから、空いた局に案内させ、のべさせた褥《しとね》に横になった。が、じつをいえば眠いどころではなかった。ひとときの陶酔が醒めると、何やら嫌悪の思いがつのってくる。

――結局、俺は親父《おやじ》と同じことをやっている。ついさっきまで、みごもった妻を措《お》いて、ほかに恋人を作ってしまったのだ。

――俺はそんなまねはしない。

と胸を張っていたのに、これはどうしたことか。

「何たること、何たること」

思わず小さく呟いてしまった。

――あのかわいい倫子を裏切るとは。人を疑うことを知らない無垢《むく》な女に、何と申し開きができよう。うん、しかし、俺は親父とは違うぞ。親父はみごもった女は趣味にあわない、というので、さっさと浮気したんだが、俺は決して浮気ではない。

いや、何といってもそれは言い訳でしかない。そのことは道長自身が何よりもよく知っている。あの風の精――明子に対する思いが浮気でないとして、やはり倫子への裏切りであることに変りはない。そして、あのような無垢な女を裏切るとすれば、それは男が心いやしいからだ、とついさっきまで思っていたではないか……。

――そうだ。俺はまさに心いやしい人間だ。それに、親父と舅《しゅうと》との間が、この事で気まずくなるようなことがあったら、それこそ、どこへも顔向けができなくなる。

もちろん、この時代の結婚と現代のそれとは違う。このころは厳密な一夫一婦制ではないから、裏切りの意味も重みも、そのまま重ねあわせることはできない。とりわけ、上流の男性が、第二、第三の妻を持つことは常識でもあったが、しかしそれかといって女の側がそのことに冷静でいられたわけではない。なまじゆきずりの浮気ではないことが、むしろ重荷であることに道長は気づきはじめる。

それに……。

もう一つ、さらに気を重くさせるのは姉の詮子の存在であった。

——姉君が、ああまできびしく身辺を守らせていた人に、俺は近づいてしまった。

自分だけは別だ、というほど信じてくれた姉を裏切ってしまったことには、言い開きのしようもない。母代りに頼りにしていた姉、というだけでなく、皇太后でもある彼女は、自分の宮廷における未来の運命を握る人なのである。

まんじりともしないうちに、夜は明けてしまった。鳥の声がひとしきり賑《にぎ》やかになるのを、聞くともなしに聞きながら、

——許してくれないだろうな、姉君は。

勝気な姉の前で、手も足も出なかった子供のころが思い出された。ふと、

——この広い邸の向うに、あの女《ひと》はいる。

と思った。それが恍惚《こうこつ》の記憶をよみがえらせるよりもまず、白い頬を濡らしつづけた涙へと連なってゆく。

——俺は孤独なあの女《ひと》をますます孤独に陥れてしまったのではないだろうか。

体を横たえたまま、起きる気力もなかったが、さりとてこのままにしているわけにもゆかない。

——まず、どうしたらいいか。

父の顔を思いうかべたが、これはたちまちわが手でかき消した。

——父上はだめだ。こういうことでは話相手にはならない。そなた、それでも男か、と笑いとばされるのがせいぜいだ。

では、土御門に帰って？

倫子の無邪気な顔を思い描いただけで、心が萎《な》えた。とてもこのまま帰る勇気はない。とすれば、やはり姉君か？

気は重いが、この際そうするよりほかはなさそうだ。いや、今日にも明子は宮中に戻る、と小侍従は言っていた。そこで万事が告げられてしまったらどういうことになるか。ここは辛《つら》くともまず自分から姉に告白しておかなければ、いよいよ立場がなくなる。よりよい道が見つからなければ、せめて、最悪を免れる方法を……。

この先時折り現われる判断のしかたが、このときも働いたのは彼らしい処置のとり方であった。幸い東三条邸には、彼の身のまわりのものが少し残っている。その中から古くなった袍《ほう》を引っぱりだして、装いを改め、道長は皇太后詮子のいる宮中の梅壺《うめつぼ》に向った。

うまいぐあいに、詮子の周囲は人少なだった。幼帝一条の後見役である彼女の許《もと》には、いろいろ政治上の問題なども持ちこまれて来客が絶えないのだが、このときにかぎって公卿たちの姿は見えなかった。女房を通じて来意を告げると、詮子から気軽な許しが伝えられた。それでも一応は折目正しく、

「皇太后さまにはお変りもあらせられず」

型どおりの挨拶をしているうちに、女房たちは気をきかせて詮子の身辺から退く。他の来訪者が来ない間、しばらくは姉と弟との会話を持つことができる。

「しばらくお顔を見せてくれませんでしたね」

詮子の頬には晴れやかな笑みが湛《たた》えられていた。

――この上機嫌が、いつまで続くことか。

そう思ったとき詮子はふたたび口を開いた。

「ちょうどお話をしたいと思っていたところでした」

「は？」

上機嫌の笑顔が、むしろ気味が悪い。

「もっと近くへ」

道長の心のおののきを知ってか知らずにか、詮子は微笑を浮かべてさしまねく。

「お話したいと思っていたところにいらっしゃるなんて、勘がよくおなりですこと」

皮肉かもしれない、と思うと、道長は体を固くせざるを得ない。

「その上……」

言いかけて詮子はじっと道長をみつめる。

「いつのまにか、私の心の中まで読みとるすべを心得られたようですね」

「あ、いや、そのようなことは……」

しどろもどろになって顔を押しぬぐい、道長はやっと言った。

「いったい、何のことを仰《おお》せられるので？」

「おや」

詮子は、むしろ意外そうな顔つきになった。

「言うまでもなく、あの女《ひと》のこと」

「あの女《ひと》？」

「宮の御方、あの姫君のことですよ」

万事休す！

はや小侍従は姉君に告げてしまったのだ！

「申しわけございませんっ」

両の手をついて平伏した。それより道はなかった。

「そ、その、つい……、姉君のお許しもなく。我を忘れたのです、私は。いえ、その、決して、ひとときのたわむれではありません。これだけはわかっていただきたい。これだけは」

夢中でうわごとのように喋り続けて、ひょいと顔をあげたとき、予想もしていなかった姉の顔を道長は見た。

詮子は笑いを嚙《か》みころすのに苦労している。

——や？　これは……。

勝手が違ってへどもどしたとき、こらえかねたように、詮子は笑いだした。

「何を言っているの、そなた」

「は？」

「私はね、あの姫は、やっぱりそなたにゆだねるほかはないと、このごろ思いはじめていたのですよ」

今度は道長が気ぬけする番であった。

「なあんだ、姉君」

すっかり子供のころの弟の声になって、

「そうとは知らずに、肝を冷やしながら、おわびにきたんですよ」

「おやまあ」

からかうように詮子は言った。

「どうやら、私、買いかぶったようね」

「は？」

「そなたはちっとも勘がよくはなっていない。小侍従の知らせをうけたとき、私はそなたが私の心の中まで読みとってくれたのだと思ってしまったの」

「申しわけありません」

「もう少し勘を働かせれば、気づきそうなものなのに。いつぞやの晩のこと、覚えてはいないの？」

道長が倫子との結婚問題に行き悩んでいたころのことだ。東三条邸で結婚のことに触れて、詮子自身考えている相手がないでもないことをほのめかしたではないか……。

詮子にそのことを持ちだされて、

「ああ、その相手というのが、姫だったのですか」

道長は、やっと合点がいったという顔をした。

「そうですか。じゃあ、姉君、私はずいぶん廻り道をしたことになります。あの晩、姫は姉君の近くまで来られた。はじめてあの声を聞いたのもそのときです」

「そうですとも。じつはあのとき姫をそなたにひきあわせるつもりだったのです。でも、そなたの話の中に、左大臣どのの姫君のことが出たのでやめにしました。もっとも姫には何も申しておきませんでしたから、そのいきさつを知らずに、ただ私のところに来たわけですけれど」

「そうですか、うむむ」

そういえば、あの人の声が聞えるか聞えないかのうちに、姉は急いで几帳《きちょう》にいざり寄って、姫を返してしまった。

「あまりあどけない声だったので、ほんの七、八つの少女かと思ってしまったのです。でも考えてみると、姫と私は、はじめから御縁があったわけですね」

「ま、そうなればいい、という気持はありました。しかし、そなたのためを思えば、左大臣の姫君のほうがいいし、土御門の邸に婿に入られたほうがいいと思ったのです」

「だから、この話はないことにしよう、とおっしゃったのですね」

「ええ。でも全く諦《あきら》めたわけではないのです。ものには順序がありますからね。ちゃんとした北の方をお持ちになった上で、なろうことならこの姫君を、と思っていました」

「そ、そうだったのですか。いや、あの姫君のことは姉君が大事にしておられて、道隆兄上も道兼兄上も近づけてはいけないとおっしゃったと聞いて、とうてい、私などは、と思っていたのです」

おほほ、と詮子は華やかに笑った。

「私はそなたを見込んでいるのですよ。でも、なぜ、私があの姫君のことをそんなに大切にするのか、おわかりですか？」

「それは、多分……女の御子《みこ》がおいでにならないからだ——と世間では申しております
が」

　少し口ごもりながら言うと、詮子はうなずいた。

「それもあります。でも、もっとも娘というには年が近すぎますけれど……それだけで
しょうか？」

「は？」

「女の子を育てるのなら、どこの娘でもよいはずなのに、私があの姫を、と思ったわけ
はおわかりですか」

「——左様。あの姫は御両親がおられない」

「そうです、それから？」

「さあて」

　道長は首をひねる。

「父君の源高明さま、もと左大臣でいらした方の御晩年は、そなたも御存じですね」

「は、失意のうちに世を去られて……」

　道長の声も低くなる。高明の失脚にあからさまに触れることは、藤原一族ではタブー
になっている。なぜなら、その罠《わな》をしかけたのが、自分たちであることを知りすぎるほ

ど知っていたからだ。

為平を却《しりぞ》け、冷泉帝の後継者となったのは守平。それこそ円融帝であり、詮子はそのきさきなのである。

一つ駒組みを誤れば円融の即位は実現せず、したがってわが子一条の即位もあり得なかった。その最も秘事に属する廟堂《びょうどう》の政変に、いまあえて詮子は触れた。

「私たちは勝ったわ。でも、それで私が得意になれたと思う？」

「……」

「勝利が稀有《けう》なものだけに、あれ以来、私の心は安まるひまはなかった。とりわけ帝《みかど》はまだお年弱。私たちは少しでも恨みを避けなくてはいけないのよ」

――なるほど。

男よりも慎重で眼くばりの広い姉の存在に、改めて道長は眼を見はらされる思いである。自分たち一族の大黒柱としての自覚、母として、何としてでも幼帝を支えきらねばならないという決意、それらが姉を強くしている。

「これまで、私たちはいろいろの例を見てきました。戦いに敗れた人たちの底知れぬ怨《おん》念《ねん》を……」

それらを自分の手で防ぎたい。一族のためにも、わが子のためにも……。わかりますね、というふうに詮子は道長をのぞきこんだ。

「そりゃ私もあの姫を心からいとしく思っています。でもそれとは別に、決して不幸にしてはならない、という思いがあるの」

明子を幸福にして、せめて高明の怨念をやわらげたい。もし不幸にでもしたら、高明の怨念は倍増されるだろうから——という心に秘めた願いがあったのだ。そして詮子は怨念をうけとめ、それをやわらげる義務をみずからに課した。当時としては容易ならざる決意である。

その決意のみごとさを理解するためには、当時のものの考え方を多少知っておく必要があるだろう。

大げさにいえば、当時は怨念史観のまかり通る時代だった。恨みを呑《の》んで死んだ人物は死後必ず相手に祟《たた》る、そしてあからさまな証拠を、彼らは見つづけてきた。とりわけ、皇位や権力の座をめぐって、いかに祟りが取沙汰されたことか……。菅原道真はじめ、失意のうちに死んだ人々が、死後怨霊となって、いかに荒れ狂ったか……。

これら怨霊に対する恐れは、現代の眼から見れば、加害者側のひそかな罪の告白、あるいは良心の苛責《かしやく》現象と見ることもできるだろう。また単なる妄想、迷信のたぐいと笑いすてることも可能である。

しかし、彼らがまじめに怨霊の祟りを信じていたという平安朝の現実はそれとしてみとめねばならない。ある意味で怨霊思想は、罪を犯した権力者への一般人の政治批判でもあり、あわてて魂鎮《たましず》めに狂奔する権力者は、彼ららしい責任のとり方をしたともいえる。

なかでも道真の霊に対しては魂鎮めはしたものの、恐怖はまだぬぐいきれていない。そこに同じく九州に配流された源高明の像を重ねあわせるとき、詮子の恐怖がどんなものだったかは察しがつく。

――幸い、都に戻られたからいいようなものの、亡くなられた後、円融帝や、わが子一条に祟りをなさらなければいいが……。

が、そこでいたずらに恐怖にとりつかれ、度を失わなかったところに、詮子のしたたかさがある。ある意味での健全さ、精神の勁《つよ》さ、といってもいい。彼女は心の奥にひそむ高明への恐れから眼をそむけなかった。しかし、加持祈禱《きとう》によりすがるのではなく、自分のできる範囲で祟りを防ごうとした。

――それこそ私のつとめ。

と覚悟を定めた気配がある。男たちではなく、藤原氏の精神的大黒柱である自分が、その後をひきうけるべきだ、と信じたようだ。だからこそ、詮子は、明子の養育をひきうけたのである。

ここだけの話だけれど、と彼女は声を低くした。

「道隆兄さまや道兼兄さまは、そんなところまではわかっていらっしゃいませんからね」

「なるほど」

道長はうなずく。父兼家を含めて自分たち一族は線が太い。じめじめしていないのはいいところだが、人生の翳《かげ》り、ひそかな心の痛みに対する理解については、いまひとつ欠けるところがある。

「道隆兄さまも悪い方ではないけれど、女にかけては次から次へ、でしょ。すぐ飽きてしまわれる」

「なかなかよく見ておられますね、姉君は」

「そりゃ、女ですもの、わかります。もし道隆兄さまが姫に近づき、すぐ飽きてしまわれたりしたら、姫はどんなに嘆くことか。せっかくの私の苦心もふいになってしまいます」

「なるほど」

「そこへゆくと、道長、そなたは違います」

道長はぺこりと頭を下げた。

「ありがとうございます。図に乗って申すわけではありませんが……姉君」

声を低めた。

「ゆうべ、あの姫君は涙を流されたのです」

「そう……やっぱり」

詮子は、ためいきに似た呟《つぶや》きを洩らす。

「姉君、その涙の意味が、私にはわかるような気がしたのです。この方を決して不幸にしてはならない、と思いました」

詮子はまじまじと道長をみつめた。

「道隆兄さまだったら、そうではなかったでしょうね」

道長も姉の言葉の意味が理解できるような気がした。道隆がもし彼の立場だったら、

「おや、泣いてるの？　かわいい子だね」

むしろ陽気にその涙を吸ってやり、

「さ、もうこわがることはないだろ。おいで。もっともっといいことを教えてあげる」

あやし、すかし、一夜のうちに明子におのが体の秘奥にあるものをさとらせ、陶酔の淵《ふち》まで連れていってやることもできたろう。が、あのとき、とめどなく明子の頰を伝わっていた涙の中にこめられたものに、心打たれることは遂になかったろう……。

詮子は女の本能で、そのことを嗅《か》ぎわけたのに違いない。そのすさまじさに道長は舌を巻く。

「おそろしいような方ですね、姉君は」

「そうかしら、そんなことはなくてよ」

言いながら、無邪気ともいえる気どりのなさで、丸ぽちゃな手をさしだした。

「さ、約束して」

「は？」

「私、何もかもお話しました。その代り、こうなった以上、決して姫を不幸にしないと約束して」

「それはもう」

皇太后と中納言という立場を忘れて、幼い時のように、二人は指をからませた。

「お願いよ。決して姫を棄《す》てないでくださいね」

しつこいまでに詮子はくりかえす。母がわりの立場にある者としての懇請よりも、高明を怨霊にならせまいとする責任を、否応《いやおう》なく彼にも分担させようという、詮子の強い意志のようなものが、そこには感じられた。

「わかりました。しかし姉君」

やはりこの際、道長は言わなくてはならない。

「私にはすでに妻があります。それもいまみごもっている妻が」

「それはわかっています。その方と別れなさいとは言っていません。その代り、姫のことも、ちゃんとした相手として、はっきりさせていただきたいわ。それには——」

次に彼女の口から洩れた言葉に道長は仰天する。

「そ、それは姉君——」

言いかけて道長は絶句する。

明子とかかわりを持ち、後見役である自分がそれを認めた以上、そのことを、はっきり倫子にも告白するように——と、詮子は言ったのである。

「そうでなければ、姫はいつまでも隠し妻のような立場におかれてしまいます。左大臣高明公の姫君が、それではあまりかわいそうです」

「そ、そりゃそうですが……」

「土御門の左大臣は二世の宇多源氏、高明公は一世の醍醐源氏、お血筋はむしろ上といってもいいのですから」

「は、そのとおりで。しかし、姉君」

辛うじて道長は反撃の機を捉える。

「いま土御門の妻はみごもっております。その体で私の打ち明け話を聞きましたら、どんなに驚きますことか。もし悪い障りでもありましたら……」

「障り？」

詮子は皮肉な眼付になった。

「そんなにお気づかいなら、何で姫に近づかれたのですか」

「あ、わ、わ……」

これだから姉にはかなわない。

「わかりました。いや、私だって、いつまでも内密にしておこうというつもりはありません。体の具合などを見計らって、それとなく匂わせ、しだいにわからせていけば、心の痛みも少なかろうと……」

「それ、それ、それがいけない。男の卑怯《ひきよう》なところです」

詮子はぴしゃりと言う。

「心の痛みを少なくしてやろうなんて、体裁のよいことを言うけれど、それは逃げ口上ですよ。意味ありげなほのめかしをされた女はどうなります？　ああか、こうかと気を揉《も》み、長い間悩みつづけなければならないじゃありませんか。まるで半殺しでいじめられるようなものです。そういう女の苦しみを、男はちっともわかっていない」

「そうでしょうか」

「そうですとも。もっと悪いのは、誰かほかの人の口から噂《うわさ》が入ってしまうこと。同じことなら、夫の口から聞いた方がまだまし。皆が知っているのに自分だけが知らないなんて、何だか自分ひとりが笑いものになっているみたいです。そんなとき、じつはそなたの心を痛めまいとして告げる時期を考えていたのだよ、なんて言ったって、もう手おくれ。女はこの恨みを一生忘れませんよ」

まるで自分が裏切られでもしたように、詮子は道長を睨《にら》みつける。

た。

——いや、それは女の理屈だ。

道長は腹の中でそう思う。なぜ私に一番先に言ってくれない——と言うが、遅かろうと早かろうと、恨み、泣き叫ぶことに変りはない。そう思いながら、ひょいと顔をあげた。

「姉君」

「え？」

「さすがは姉君です」

こういうとき、ころりと事態を転換させるすべを、道長は心得ていたようである。

「恐れ入りました。女の心をすみずみまで知っていらっしゃる」

詮子の頰がついゆるむのを見て、道長はさらに言った。

「帝のおきさきでいらっしゃる姉君は、そのような御経験はないはずなのに」

「いえ、そうではないの」

「は？」

「帝のおそばに上がったからこそ、そう思うのですよ。帝のおきさきは一人ではありませんからね。そりゃ中での競争は激しいものですけれど、救いがあるのは、どなたも大っぴらに入内《じゅだい》すること。これだけはかくしようもないので、かえって諦めというか、覚悟ができるのです。これが自分に知らされず、こそこそ行われたら、ずいぶん辛いだろう、と思いました」

「なるほど」

「だから私は言うのですよ、道長、あなたも、帝のように堂々となさいって。その方が土御門の姫君も気がおらくです」

みごとに鋒先《ほこさき》を逸《そ》らせた、と思ったが、どうやらこれは失敗だった。

「いやあ、それは無理ですな。第一私は帝じゃない。たかが権中納言です」

「位のことを申しているのではありません」

まったく手ごわい相手である。それでいて、今日の姉はいつもより親しみが感じられる。明子との結びつきが二人を近づけたのか。

そうなのだ。

明子は詮子の娘ではない。養女という関係をあてはめるには二人の年は近づきすぎている。しかし、実質的には詮子はやはり明子の養母的な存在であり、道長はいわば詮子の婿になったようなものなのだ。

が、そのことが大きな意味を持ちはじめるのは少し先のことだ。道長はまだその事にはっきり気がついていない。それほどの深謀もなく、無我夢中で明子に近づいただけのことなのだが、気がついてみると、それが大きな人生の布石になっている……これにかぎらず、道長の人生にはそんなところがある。

しかし目下の道長は、まだ頼りない駄馬にすぎない。いかに叱咤《しった》され、鞭《むち》をくれられても、颯爽《さっそう》と走りだすところまではゆかない。それどころか、鞭をあてられれば、ますます萎縮《いしゅく》してしまう。

——姉君はああおっしゃるけれど……。

倫子に顔をあわせるのはどうも辛い。まして自分の口から昨夜のことを告げることはとてもできない。

——さて、どうするか。

しぜんに東三条の邸《やしき》に足が向いてしまった。もっとも、東の対にはもう明子はいない。自分が退出するのと入れちがいに詮子の許に戻ったはずだ。

「今夜も泊まってゆくぞ」

西の対に上がりこんで、昨夜の老女にそう言いすてると、褥をのべさせ、急いで横になった。

「ひどく気分が悪いんだ」

「それはいけませぬ。何かお薬湯でも」

大げさに心配されると、本当に病気になったような気がしてくる。

「土御門のお邸にもお知らせ申しあげねばなりませんね」

「ああ、そうしてくれ」

明子が同じ邸にいないだけに、ここに泊まることは、かえって気がらくだった。結局道長はそのままずるずると、二、三日東三条の邸にいつづけた。そうなると、ますます土御門に帰りにくくなる。父の兼家が、疎くなった愛人に、ぴしゃりとやられたことなどが思いだされる。久しぶりにその家を訪れ、しきりに門を叩いた父は、とうとう入れてもらえなかった。異母兄道綱の母であるその人は世に聞えた才女で、あくる朝、皮肉たっぷりな歌を送ってきた。

なげきつつひとり寝《ぬ》る夜のあくるまはいかに久しきものとかは知る

ひとり寝の淋しさを嘆きながらすごす夜は明けがたまでの時間がどんなに長いことか、御存じですか……あなたも閉じられた門がいつ開けられるかとお待ちになって、少しはおわかりになったのではないかしら、というわけだ。それに対して、

「いや、まったく仰せのとおりではありますが……」

と、あまり上手でもない歌をぬけぬけと送りかえした兼家だが、

——俺にはそんな芸当はできない。

と、いよいよ道長は気が重くなる。そしてこの弱気がますます彼の立場を悪くしていたのであった。

道長は、やはり詮子の言うとおり、早く倫子の許に帰るべきだったのだ。が、二日三日とぐずぐず帰る日を遅らせている間に、土御門邸では、姉の言う最もよくない状態が起りつつあったのである。

道長はそのことを知らない。やっと気をとりなおして、数日後の夜、土御門邸へ向った。

案じるまでもなく、門はおだやかに開けられた。ともかく、父が経験したような恰好《かっこう》の悪い日には遇わずにすんだようだ。

――やれ、やれ。

胸を撫《な》でおろして邸に入ると、出迎えたのは姑《しゅうとめ》の穆子だった。

「お戻りなさいませ」

相変らずの明るい声である。

「東三条のお邸で寝こまれたと伺って御案じ申しあげておりましたが……」

「ありがとうございます。父に祖父の日記を返して、すぐ戻るつもりでしたが……」

穆子はすかさず言う。

「で、摂政殿下にはお会いになれまして?」

道長はとっさの返事に窮した。

「あ、いや、その、ちょっとだけ」

あいまいに言うと、穆子はたたみかけてきた。

「でも、摂政殿下は東三条にはおいでにならないはずでしょう。たぶん、いまは二条のお邸――」

「は、ですから、その……二条までまいりまして、ちょっと挨拶をしまして」

「まあ、そうですか。おかしいことね。じつは、あなたがお出かけになった夜に、摂政殿下から、殿のところへお使がまいりましてね。御政治むきの御相談だったようですが、お使の方に聞きましたら、中納言どのはお見かけしなかったと――」

「……」

「そうでしょうね。もしあの晩、あなたがおいでだったら、お使をくださるまでもなく、あなたにお言伝《ことづ》てをなさったはず」

思いがけない陥《おと》し穴におちた感じであった。道長が明子にうつつをぬかしていたころ、別の次元で、政治の環《わ》も廻りつづけていたのだ。

「そ、そうでしたか……」

何と言い訳をすべきか、と言葉をさがしているとき、さらに穆子は言ったのである。

「姫は存じておりますよ、何もかも――」

「えっ」

棒立ちになった。

姉の言葉が、いまさらのように身に沁《し》みる。ぐずぐずしていないで、早く土御門に戻って自分の口から告白してしまうべきだったのだ。

「いえ、私たちも、それを姫に告げる気はなかったのですけれど」

小声でいう穆子の声も耳には入らなかった。

「ああ、何たること、何たること」

口に出して呟いたことも、おそらく道長自身気づかなかったろう。ただ、足は無意識のうちに倫子の局《つぼね》に向って急いでいた。

道長にとって、この際どんな道が残されていたろうか。土御門の邸に入ってしまった以上、いまさら逃げだしもできまい。彼は自分が最悪の状態におかれていることを感じている。穆子の瞳《ひとみ》が、侍女たちの瞳が、鍼《はり》のように背中を刺す。

――あのとき、どうして私は泣きださなかったのだろうか。

後になってからも、倫子《りんし》は我ながらふしぎに思うことがある。

――泣くどころか、私はちょっとばかり笑っているふりさえしてしまったのだわ。

あまり大仰な夫のあやまり方がおかしかったのか？

たしかにそれもあった。夫は局《つぼね》に入ってくるなり、倫子の前に、ぴたりとひざまずいたのだった。

「姫、いま戻った」

眼をつぶり、双の手の中に彼女の手を包みこむと、

「許してくれ、悪かった。申し開きのできることじゃない。ただ、ただ謝る」

深く首を垂れ、祈るように言った。几帳《きちよう》の外には、侍女や、もしかしたら母の穆子《ぼくし》も立ち聞きしていたかもしれない。が、道長はそのことが全く念頭にないのか、恥も外聞もない、といった趣きで、

「すまない」

を、くりかえしたのである。まさに壮烈とでもいうよりほかはない謝り方に、倫子は
いささか度肝をぬかれもした。

「あの……もう少し、小さな声でおっしゃって」

「え？」

道長は眼をあけ、ちょっと、とまどいを見せた。倫子の言葉は、思いがけないものだったからだ。

「もう少し静かにおっしゃって。そうでないと人に聞かれます」

「う」

「母の耳にでも入りましたら……」

なるほど、と小さく道長は答えた。自分の予想していたことと、いささか違う方向に事が進んで行くことが不安でもあるらしい。

——泣くか、むくれるか、あてこすりを言うか、それとも無言で批難の眼差《まなざし》をむけてくるか。

そのあたりを想像していた道長には、倫子の対応が、いやにもの静かに見えたようだ。

「そうだ。母君に御心配をかけてはまずい」

多少びくびくしながら、そう言うよりほかない道長の前で、

——私の言う意味を、ちっともこの人はわかっていない。

と、倫子は思った。

たしかに——

わかるはずはなかった。不在の間に、どんなことが起ったか。そして倫子がそのことをどう思っているのか、道長は全く知らないのだから……。

道長が父に『九条殿御日記』を返しにゆくと言って出かけたその夜、偶然、兼家から雅信の許へ使がきたのは事実である。そしてそのことに、穆子が、

——おや？

女らしい触覚を働かせたことも事実である。女の直感。あるいは執念というべきか。

それからの穆子の手のうち方は、じつにすばやかった。兼家からの使が帰らないうちに、ひそかに下部《しもべ》が東三条の邸に走らされた。なかなか気のきくその男が、道長が東三条の門をくぐったこと、その夜、東の対《たい》に、源高明《たかあきら》の忘れ形見の明子《めいし》が滞在していたことを聞きだして帰ってくるまで、一刻《とき》とはかからなかった。

——ああ、やっぱり……。

皇太后詮子《せんし》の庇護《ひご》をうけている宮の御方——明子の美しさについての噂は知らないわけではない。

「まあ、何ということでしょう」

報告を聞くなり、穆子は雅信の許に駆けこんだ。

「姫がみごもっているというのに、中納言どのは、ぬけぬけと――」

一気に下部の語ったすべてをぶちまけた。

「そんな方とは思いもよりませんでした。あの兄弟の中では、一番まじめで、しっかりしているという話でしたのに……」

が、雅信の反応は思いのほかに、おだやかだった。

「宮の御方が東三条におられたからといって、あまり気を廻しすぎるのはどうかな」

「だって」

穆子は猛烈な勢で反駁《はんばく》する。

「道長どのは、祖父君の日記をお返しすると言って出られたのですよ。それなのに二条のお邸に行かれた気配もなく、東三条へ行ってしまわれた。もうこれだけで、あの方が何を考えて出かけられたか、はっきりしています」

「待て、待て、そういきりたつな。しばらく様子を見てからものを言え」

なだめられて穆子は一応口を閉じたが、はたせるかな道長はその夜とうとう土御門邸には戻ってこなかった。

「そうれごらんなさい。やはり私の勘は、はずれていませんでした」

いきまく穆子を制して雅信は言った。

「ま、そうきめこむな」

宮中で道長と顔をあわせたら、それとなく探りをいれてみるつもりであった。それよりも心がかりなのは、みごもった娘の倫子のことである。

「くれぐれも口をつつしめよ。姫の耳に入れぬようにな。まだまことかどうかもわからぬのに、いらぬ心づかいをさせてはならぬ」

「それはわかっております」

「女どもにも、よく言いきかせておけよ」

とかく侍女などという連中は、こういう噂にかけては早耳だ。昨夜の雅信たち夫婦のやりとりは、すでに聞きつけていると見ていい。それだけに雅信はくどいほど念を押した。

が、残念なことに、雅信は宮中で道長をつかまえそこなった――というより、道長の方が舅《しゆうと》と顔をあわせるのを避けていたのであるが……。もし、道長がこのとき雅信と顔をあわせていたら、事態はもう少し変っていたかもしれない。しかし、詮子のところから、こそこそと東三条邸に逃げこんだおかげで、彼は一つの機会を逃してしまった。

雅信は夜になってから自邸に戻った。その間に、じつは情勢はさらに悪化していた。雅信を送りだした後、穆子は例の下部を、ふたたび東三条邸に走らせたのである。どこの邸でも侍女たちはこういう噂は大好きだ。明子と道長の噂は、そのころまでに東三条

の邸じゅうを駆けめぐっていた。気のきく下部は情報を集めるのに、何の苦労もなかったのである。もっとも、

「お帰り遊ばしませ」

夫を出迎えた穆子は、そんなそぶりは露ほども見せなかった。

「新栗を少し焼かせましたけれど」

「お酒も召しあがったらいかがですか。お疲れでございましょうから」

かいがいしく一日の労をねぎらう様子をみせ、みずから瓶子《へいし》をとり、侍女をさがらせたが、その足音が遠ざかると、にわかに表情を改めた。

「やはり、まちがいございませんでしたわ」

声を低め、燭《しょく》に顔を近づけるようにして言った。

「宮の御方と一夜をすごされて、そのまま東三条に泊まっておいでなのですよ」

「ふん」

つとめて無表情に雅信は盃《さかずき》をふくむ。

「いえね、こちらで様子をさぐらせましたので、もうちゃあんとわかっておりますの。なのに、中納言どのはどうなさったとお思いになります？」

「……」

「気分が悪くなったので、しばらく東三条に泊まる、ですって」

「ほんとうにまあ、見えすいたことを。こちらに顔向けができないので、言いのがれをしようというのですわ。そんなに宮の御方のそばにいたいのかしら」

「あ、いや」

　雅信はさりげなく言った。

「宮の御方は、もう東三条にはおられないはずだ。皇太后のところへ戻られた、ということだから」

「あら、そうですの」

　穆子は腑《ふ》におちない顔付である。

「まちがいはない。今日内裏で聞いたことだから」

「じゃあ、早く戻られればいいのに、きっと、ていさいが悪いのですわ。でも、ぐずぐずしているなんて、男らしくない方」

「まあそう言うな」

「言わずにはいられませんわ。姫がかわいそうで」

　わざとのように、ゆっくり盃を乾《ほ》すと雅信は言う。

「案じるな、まるきり帰ってこないというわけでもあるまい」

「何ですって！」

「……」

穆子の眼がつりあがった。

「な、なんということをおっしゃるんです。中納言どのが、姫を見捨ててもう帰ってこないとでも……」

「そうではない。落ちつけ。そういうことにはなるまい、とわしは言っているのだ」

「わかりました」

つりあがった白い眼が、じっと雅信を見据える。

「これで縁が切れるわけではないから、宮の御方とのことは大目に見ろ、とおっしゃりたいのですね。まあ、あなたという方は、どうして宮の御方の肩ばかりお持ちになるの」

「いや、何も宮の御方の肩など持ってはいない」

「じゃあ、中納言どのの肩をお持ちになるんですね。宮の御方のところへいってもよろしい、わが娘の倫子などどうなってもかまわないって……」

「何を言う。倫子はわが愛娘《まなむすめ》だ。それがどうなってもいい、などと思うものか」

「だって、いま、あなたは中納言どのにひいきして」

「これ、これ、落ちついて聞きなさい。何も中納言にひいきするわけではないが、男というものは、そうしたものだ。下人《げにん》どもならともかく、通いどころの二つや三つ、持たない男がどこにいるか」

「そうでございますとも」

開き直った口調で穆子は切りかえす。

「男はそれがあたりまえでございましょうとも……でも、それで女が平気でいられるとお思いなのですか」

「いや、そ、それは……」

「げんに私だって、それがあたりまえ、と思っていらっしゃる方のおかげで、ずいぶん苦しみましたわ。そうした女の心を、あなたはちっともわかっていらっしゃらない。今夜はおいでになるのか、それともどこかへいってしまわれたか……二十数年の間、私は毎日苦しめられていました」

「……」

俄然《がぜん》旗色の悪くなった雅信は沈黙するよりほかはない。

「ええ、そりゃ私もわかります。男の方がいくつか通いどころをお持ちになるのは今の世の常……でも、頭でそう思っても、心はついてゆけませんわ」

「……」

「その思いを、また姫に味わわせるなんて、耐えられません。それにまだ一年にもならないのに、すぐさま他の女に心を移されるなんて、あんまりです」

「おい、おい」

やっと雅信は反撃の機会を捉《とら》える。

「そういう中納言を婿に迎えようといったのは、わしではなくて、そなただぞ」

「……」

「わしはあのとき、気が進まなかった。それを、まあおまかせくださいと言ったのはそなただ」

「そうです。だからこそくやしいんです。なのに、なのに……あなたはいっしょにお怒りになるどころか、中納言どのの肩をお持ちになるんですもの……」

穆子の眼に涙があふれてきた。

「や、や、や……」

妻の涙は、雅信をうろたえさせた。気丈な彼女は、これまで雅信の他の妻について、一度も彼をてこずらせたことはなかったからだ。しかし、今夜の彼女は、堰《せき》を切ったように、積年の思いを、夫に向って叩きつける。

あのときはこうだった。このときはああだった……それがいかに自分を傷つけたか、それに今まで気づいてないとは何たる無神経か。しょせん、そういう気持でいるから、道長の問題の認識が甘いのだ。だいたい男というものは勝手だ、わがままだ！

――いや、これはこれは……。

へきえきした雅信は黙りこくるよりほかはない。

――まことに、お説ごもっとも……。

たいていの場合、女の言い分は正論である。正論すぎるほど正論だからこそ、男は沈黙するのである。が、沈黙は肯定ではなく、まして敗北ではないことも女は知るべきなのだ。理屈はそのとおりだが、現実はまた別なのである。

そのあたりのことを雅信がぼそぼそと反論する。と、いよいよ穆子はいきりたつ。客観的に見れば、雅信の言い分ももっともである。婿入り婚が行われるようになったとはいえ、なお、それ以前からあった妻訪《つまど》い婚の名残は根強く残っている。男が複数の妻を持つのは、現代の浮気とは、いささか趣きを異にするのだ。

だから婿入りした相手も離れて住んでいる女性も、同等に男にとっては妻なのだ。しかも彼女たちは夫に養われているわけではない。彼女たちは実家と分かちがたく結ばれ、その経済力に庇護《ひご》されて生活している。生れた子供も、もちろん実家で育てられる。それだけでなく、夫に衣服を作ってやったりするのもあたりまえのこととされていたから、すべてを夫の経済力に頼る後世の妻たちのありようとは少し違っていた。

女と実家、女と子供がまず核として存在し、そこに夫が迎え入れられるのである。それだけ夫婦の結びつきは不安定でもあり、ここに男が何人かの妻を持つ理由もある。そして妻は実家の庇護をうけながらもこの不安定な夫婦関係に常にいらだつ、というわけなのである。

生活のしがらみがからみついていないだけに、二人の間を計るものは愛情しかない。

訪れなくなるということは愛が衰えたことだ。

——こんな苦しみには耐えられない。

穆子のいうことも当然なのである。

その夜の土御門邸には、まさにそのころの男と女の縮図そのものがあった。千年後の現代人は、夫と妻の葛藤劇《かっとうげき》をおもしろおかしく眺めることもできる。

が、じつは、このとき——。

観客はほかにもいた。

雅信も穆子も、おそらく最も望んでいなかったであろう観客が、黙って几帳に映る二つの影絵の動きを見守っていた。

そして、そのことに二人が気づくときが、ついにやってきた。

風のそよぎ——とでも言うべきか。触覚にちかい反応でそれをうけとめ、いちはやく体をぴくりとさせたのは、穆子のほうであった。

「そこにいるのは誰?」

そして足早に几帳を出て棒立ちになったのは、雅信だった。

「姫……どうしてそこに」

几帳の外に、身じろぎもしないで立ちつくしていたのは、まごうかたなき倫子だったのである。

「ひえっ」

穆子が喉笛《のどぶえ》を鳴らすような叫び声をあげて転がり出てきた。

「姫……そなた、いつからここに」

倫子は黙っている。じつは二人のやりとりの始めから、みな聞いてしまったのだとは、さすがに言いにくい。そもそも立ち聞きするつもりはなかったのだ。家に帰ると、どんなに遅いときでも、

「姫、どうした」

と顔を見せる父が、今夜にかぎって姿を見せないので、ふしぎに思ったのだ。たしかに帰邸した気配はあるのに、訪れないのは、もしや気分でも悪いのか……少し不安になって廊を渡ってきたのである。

穆子はただおろおろするばかりだった。

——とんでもないことになってしまった。

いまさら責任のなすりあいをするわけにもゆかない。さすがに雅信は男である。

「さ、お入り」

やさしく倫子の肩を抱いた。

「夜露に濡れては体に障る。さ、おいで。なあに案じるには及ばぬ。わしがついている」

その場をとりつくろうというのではない。一語一語の中にあふれる父の温かいおもい

やりを倫子は感じた。単なる気休めではない。倫子がいまみごもっている子供の養育の責任を持つのは、まさしく雅信そのひとだからだ。このころの習慣として、生れた子供の将来については、たしかに実父の社会的地位がものを言う。もし倫子の産む子が男だったら、その出世は、藤原兼家の子である父道長の肩にかかっているわけである。しかし、それを軌道にのせ、現実に押したててゆくのは外祖父雅信なのだ（雅信の社会的地位はその息子に影響力を持ち、直接倫子の息子には関《かか》わらないのだが）。

だから、雅信はこう言いたかったのだ。

――生れる子は道長の子かもしれぬが、育てるのはわしだ。道長の足が遠ざかろうとも、何も案じることはないぞ。

穆子は眼を泣きはらしている。白粉《おしろい》もところどころ剝《は》げおちているのに気づいてもいないらしい。そんなふうに取り乱した母の姿を、倫子は初めて見た。

「姫には……姫だけには聞かせたくなかったのに。許しておくれ」

すすりあげる穆子の前で、倫子は静かにかぶりを振った。穆子はそれにも気づかない様子で、なおもすすりあげながら言う。

「悪いのはこの私。人を見る眼がなかったのよ。おかげで、とんだ婿どのを迎えて、姫に憂きめを見せてしまった。許しておくれ」

「いいえ、お母さま……」

倫子は、今度は口に出してはっきり言った。

「御心配なさらないでくださいませ」

改めて両親の愛情を彼女はかみしめている。やさしく肩を抱いてくれた父、許してくれと涙ながらに言った母……いや、じつはそれより前に、二人はかけがえのない贈物を倫子にしてくれたのだ。

いましがた几帳の蔭《かげ》ですっかり聞いてしまった二人のいさかい——。灯影に伸び縮みする影を見ながら、ふと倫子は思ったのだ。

——まるで、私と道長さまでやりとりしているみたい……私はちょうどお母さまのように息せききって道長さまを問いつめるだろう。そして道長さまはちょうどお父さまのようにしどろもどろになりながら弁解したり、黙りこくったりなさるだろう。

母はそのまま自分。父はすなわち道長。そう思ったときから、倫子はこの影絵芝居を、ある距離をおいて眺められるようになった。そして思ったのは、

——もし、こういうことにぶつからなければ、まぎれもなく、自分が母と同じ役を演じているだろう。

ということであり、かつ、

——このやりとりにぶつかってしまった以上、もう私には、このくりかえしはできないだろう。

という思いだった。

自分についての重大なことがらにもかかわらず、底を流れるしらじらしい思い。それと意識はしなかったけれど、男と女、ひいては人間にはさまざまな生き方、考え方のあることを彼女は知らされたのだ。もっとも、知ることは、相手を許すことでもなければ、自分の立場に耐えることでもない。ただ、知らない以前のように激情に駆られて泣き叫べなくなったということだ。それはひとすじの悲しみとなって倫子の胸の中にたゆたった。このときひそかに思ったのは、

——今夜のことは、道長さまには言えないわ。

ということであった。

たしかにその夜、倫子は、以前よりもちょっとばかり人生を知ったようである。そして、こうした思いは、誰かと分け持つべきものではなく、ひとりで魂の中に浸《し》み渡らせてゆくものであるのかもしれない。

だから、道長が自分の部屋に飛びこんできたときに、倫子は黙っていた。あの夜のことは決して言わないつもりだった。そしてその沈黙はいよいよ道長をあわてさせた。

「すまない。悪かった。許してくれ」

あやまり方が、ますます大げさになったのはそのためだった。その率直な謝り方に、

むしろ倫子はとまどいを感じている。

——お父さまのように、言い訳をおっしゃったり、黙ってしまわれるかと思ったら、この方は、まあ……。

と同時に、その声を聞きつけて母が飛びこんできはしないか、という心配が先に立った。

——あの夜のようなことをお母さまがおっしゃったら、それこそ大変。

「もう少し静かに」と言ったのはそのためだったが、道長はそんな倫子の胸の中は知らない。知らないながら、ひどく従順にうなずき、声を低めた。

破局にすすみかねなかった二人の間に、小さな——ごく小さな同意のかけらが成立した。そしてこのとき、倫子は、すでに泣く機会を逃してしまったことに気づいたのであった。

——この人のすべてを許しているわけではないのだけれど……。

しかし、どこかにほっとする思いもある。あの夜の母の取り乱しぶりを重ねあわせて、そうしなかった自分を、もうひとりの自分が眺め、ほほえんでいるような……。しかし、そのほほえみは、むしろ悲しみに似ていた。あの夜以来、心にたゆたい続けている悲しみに。

道長は、じっと倫子をみつめている。彼は同意のかけらにすがりつく。やっとひと息入れる思いがある。むしろ本当にほっとしたのは彼のほうだったのかもしれない。

――やれやれ、どうなることかと思ったが。

眼の前の妻は、泣き叫ぶどころか、静かに微笑さえ湛《たた》えているではないか。

――やはり、正直に謝ってしまったのがよかったのだな。

安堵《あんど》の思いがひろがってゆくが、しばらくして、道長はぎょっとする。

――倫子は笑ってはいない！

頬には微笑に似たものがただよっている。しかし、その眼は笑っていない……。

大げさに謝り、許しを乞い、それですべて終った、と思ったのは大まちがいだった。言葉などというものは、何と無力なものか。どこにも道は残されていないように見える。道長はただ、とほうにくれる。けれども、同意のかけらにすがりついたときよりも、少なくともいま道長は、倫子の心を深く理解しているはずである。倫子にとって雅信よりも穆子よりも近いところに彼がいることだけはたしかであろう。

坐り直して、首を垂れ、声低く彼は言った。

「許してくれ。いや許して貰《もら》えないかもしれないが」

声の深さに、かすかに倫子はうなずく。

「もし、許してくれれば……。もうこの先、こういうことで、そなたを悲しませることは決してしない」

倫子はまたかすかにうなずく。その誓いが、いずれは破られるであろうことを感じながら。

後になってみれば――。

道長の誓いも、倫子の予感も、それぞれ真実を含んでいたということになるであろう。なぜなら、彼にとって「妻」の名で呼ばれるべき女性は、倫子と明子のほかには遂に登場しないからだ。父の兼家はじめ王朝の貴族たちが、何人かの「妻」を持っていたのに比べれば、彼は彼なりに、倫子への誓いを守ったのである。

彼とて女が好きだということでは人後におちない。しかし、好きという以上に、彼は女を愛することを知っていた。だからこそ、明子が声もなく流しつづける涙に衝撃をうけもし、一生この女《ひと》のそばにいてやらねばならない、と決意もしたのである。

そして一方では、倫子が涙を流さなかったことに、心を揺さぶられた。悲しみを秘めた微笑の前では、身を投げだして許しを乞いもした。この夜、うまく彼女をなだめすかしたとは思わなかった。一生何らかの形で彼は倫子を気にかけつづける。

こうした男を、そのころの人々は「まめ人《びと》」、真実味のある人間と呼んだ。姉の詮子が明子を託そうとしたのは、兄の道隆や道兼にない、まめ人ぶりを見込んでいたからであって、やはり詮子には男を見る眼があったことになる。

もっとも、当時の「まめ人」は現在の堅物《かたぶつ》とは少し違う。正式の婚姻関係といえない情事は、この先彼の生涯の中に、いくつか見えかくれする。その意味では、倫子の予感は決してはずれてはいなかった。しかし、現代とはモラルの基準を異にするそのころ、ほんの挨拶代りといった男女のつきあいがあったことも考えに入れておかなくてはなるまい。いまなら食事をともにするとか、単なる仕事の打ちあわせで終るところに、すぐさま男と女の関係が入ってくるのであって、情事が成りたつか否かはともかく、そのような状況におかれた場合、一応誘いのそぶりを見せることが、男の礼儀でもあったのである。

さて、影絵芝居の一幕が終った年の暮に、倫子は出産を迎えた。明子のあの事件の影響を、しきりに案じ続けた両親を気ぬけさせるほどの安産であった。

真赤なからだで、せいいっぱいの産声をあげたのは女児。

やれ祖父に似ているとか、祖母に似ているとかに始まって、雅信夫婦は孫をめぐって大騒ぎを続ける。四十すぎまで女の子に恵まれなかった雅信は、とりわけ上機嫌である。男の子も大事だが、彼らはいずれ他家に婿入りしてしまう。今度生れたこの女の子こそ、この土御門邸をうけつぎ、後の世に伝えてゆく要《かなめ》となるべき存在なのだ。

「この小さな姫が婿取りするまで、生きていられるかのう。婿はどのような男がよいかのう」

嬰児《えいじ》をのぞきこむ夫に、穆子は呆《あき》れて言う。

「いや、早いことはない、姫より年上の婿なら、もうこの世のどこかに生れている」

「そりゃそうでございますけれど」

「まあ気のお早い」

新しい生命が誕生したとき、祖父や祖母たちは、誰しも心をときめかせてその未来図を夢みる。あるいはその子が成人するまで自分たちはこの世にいないかもしれない。それだからこそ、未来図はますます虹色《にじいろ》のひろがりを持つのである。そして雅信も穆子もその例外ではなかったということになる。

たしかに、雅信の言うことは当っていた。この嬰児の夫となるべき人間は、すでにこの世に生を享《う》けていた。が、それが誰であるかは、神のみの知ることであった。

やがて年が改まった。翌年は永延三年、八月に改元して永祚《えいそ》元年となる年である。例の尾張守藤原元命の罷免《ひめん》されたのが二月、皇太后詮子が病気になったり、高官が何人か死んだり、不吉な事が続いた。

そして六月――。

廟堂《びょうどう》をゆるがせるような事件が起った。

太政大臣藤原頼忠が、忽然《こつぜん》と世を去ったのである。

その数日前、急に発熱したかと思うと、またたくまに容態が急変して、あっけなく死んでしまった。このころ詮子も病に苦しんでいるし、華やかな風流貴公子として注目を集めていた左大将朝光も重病に陥っている。どうやら都には疫病《えやみ》が蔓延《まんえん》しはじめたらしいのだ。頼忠と前後して、朝光の娘で花山法皇の女御《にょうご》になっていた十九歳の姚子《ちょうし》も急逝している。

八月の改元は彗星《すいせい》の出現や地震の災害を攘《はら》うためといわれているが、一つには、この疫病流行を鎮めようという思いもあったかもしれない。

もっとも、疫病の流行は、都の人々すべてを悩ませたわけではない。そのおかげでひろいものをした運の強い人間もじつはいるのである。

その一人は道長の兄の道隆だ。娘の死と自分の病気で気落ちした朝光が左大将辞退を申し出たために、その職をも兼ねることになった。当時の朝廷は、ほとんど軍事力を掌握してはいなかったが、やはり左大将は武官のトップとして、人々の注目をあびる顕要の地位である。

さらにもう一人、注目すべきは父の兼家である。まるで頼忠の死を待ちうけてでもいたように、その年の十二月、太政大臣の座に坐る。そもそも彼が他の官職を帯びずに、単なる摂政として国政に臨んだことが異例だった。ふつうは太政大臣や左右大臣で天皇の外戚《がいせき》にあたるものが摂政・関白を兼ねるのが例なのに、彼は摂政になると、それまでの右大臣の地位をやめてしまった。

これは摂政でありながら、序列としては太政大臣や左大臣の下にあることが気にいらなかったのだろう。とりわけ、仲のよくなかった兄の兼通が、死の直前、彼を左遷し、頼忠を関白にしたといういきさつもある。それだけに彼としては、新しい手を考えだして、自己の権威を確立させたかったのだろう。

そこで彼は頼忠の死後、晴れて元の姿に戻して太政大臣となったのだが、そこにはもう一つ、秘めたる願いがこめられていた。

それは幼帝一条の元服の日、最も重要な役である加冠《かかん》の役をつとめることであった。明ければ幼帝は十一歳。元服してもおかしくない年齢である。この日を生母の詮子も外祖父たる兼家も、どんなに待ち望んでいたことか……。

この晴れの元服の日、成人となったしるしに冠をかぶせるのが加冠で、一座の長老がこれにあたる。これまでのしきたりに従えば、その役はやはり太政大臣――。とすれば兼家が大げさな任太政大臣の儀式を、これ見よがしに行った意図もわかるというものだ。

一条の元服の行われたのは一月五日。大人と呼ぶにはあどけなさすぎる一条は、この日兼家から冠をかぶせられて成人の仲間入りをする。

その後は元服に伴う行事の連続である。

七日には賀宴。この席で一条は笛を吹いて臣下の賞賛をうけた。

十一日には父の円融院のいる円融寺に、母の詮子とともに挨拶に行き、ここでも笛を披露する。この間に毎年のきまった行事もはさまれ、おめでたづくしの中で、道長も従三位から正三位へと昇進している。が、何といっても次に人々の眼を奪ったのは、道隆の娘、定子《ていし》の入内《じゅだい》であろう。十一歳の少年とはいえ、元服をすませればもう大人。当然、身辺に侍する女性が必要だ、というのが当時の常識であった。

このとき定子は十四歳。それにしても十一歳の「夫」では、しばらくは飾りものの夫婦雛《めおとびな》というところであろうか。しかし定子が一条の後宮に一番乗りしたということの意義は大きい。

天皇の加冠は外祖父兼家、そしてその長男の娘の入内によって、一条をめぐる権力の構図は、ほぼ確定したかに見える。

——うむ、なるほど。

人々はうなずきあう。そしてそのそばから、ひそかにささやきかわす。

「道兼どのは、さぞかし気落ちしていることだろうて」

弟とはいえ、ひそかに謀略の腕を誇っていた彼は、まだ心の中では望みを棄《す》てずにいたのであった。兄から一歩遅れてはいるが、権中納言から権大納言に進んだ彼の野心には多くの人が気づいている。

「しかし、これでちょっと望みは薄かろうな。第一、道兼どのには娘がいない」

「それを今になって後悔しているそうだよ」

「といって、こればかりは、今となっては間にあうまいよ」

「そりゃそうだ、作るなら十年前でなくてはな」

彼らの噂《うわさ》の中に、道長は登場しない。それもそのはず、彼はやっと第一子に恵まればかりである。いくら女の子といっても、まだほんの嬰児では勝負にならない。この間に入内早々の定子は早くも女御の宣旨《せんじ》をうけ、従四位下に叙せられた。

このころ毎年正月に行われる行事の一つに大臣大饗《だいじんたいきょう》というのがある。摂政以下各大臣が順次に私邸で催す公式の宴会のことである。この年兼家が行ったそれは、なかでも人々の語り草になるほど豪奢《ごうしゃ》なものだった。

自慢の二条邸は精魂こめて磨きぬかれ、美酒、珍味が溢《あふ》れんばかりに供された。藤原頼忠すでになく、最愛の孫一条が元服したいま、兼家は得意の絶頂にあり、九条流の栄華は限りなく続くと思われた。

その年の五月五日、兼家は摂政を辞して関白になる。一条が成人したため、天皇代行から、補佐役へ移ったわけだが、十一歳の少年天皇であってみれば、実質的に彼が権力を保っていることに変りはない――ように思われた。

ところが――。

その三日後、突如、彼は関白をも辞して出家してしまう。

「な、なんだって……」

人々はあっけにとられるが、やがて兼家がかねて病床にあったことが伝えられる。

「ほう、大饗の折には、あのように元気であられたのに……」

まだ信じられない面持の人が多かった。しかも日を追ってその病状は重くなる一方らしかった。いったい彼の病気は何だったのか。残念ながらその実態はわかっていない。例の意地悪な情報通、藤原実資《さねすけ》の日記が、この部分を欠いているからだ。

兼家が関白を辞すると、その後に据えられたのは息子の道隆である。それから間もなく関白から摂政にかわったのは、元服をすませたとはいえ十一歳の少年にすぎない一条の後見役としては、やはり摂政がふさわしかったからか。その後も兼家の病状は日を追って悪化していった。こうなると、

「二条の邸《やしき》においでになるのがいけない。あそこには、もののけがついている」

などと言いだすものが出てきた。兼家はお気に入りの二条邸を動く気配を見せず、

「ここを寺にする。よくなったらここで読経三昧《どきょうざんまい》の日を過すのだ」

と言い、仏像造りを急がせたりしたが、

「どうしても東三条にお移りいただかねば」

という周囲の要請に押しきられて、遂に住みなれた東三条邸に戻った。が、重態の病人を動かして病状がよくなるはずはなく、七月二日この世を去った。

まことに慌しい死、としか言いようがない。ときに六十二歳。念願通り二条邸は寺と

なり、法興《ほこ》院と呼ばれるようになったものの、あるじはすでに亡く、四十九日の法要を営む場となったにすぎなかった。

永久政権かと思われた兼家時代は、かくてあっけなく終りをつげる。権力争いもまた、一場の影絵芝居にすぎなかったのか。しかもこの芝居は終ることがない。今まではせいぜい端役出演か傍観者にすぎなかった道長にも、そろそろ出番が近づいたようだ。

あしのうら

前摂政、現天皇の外祖父、兼家の慌しい死の後、都はしばらく、ひっそりしていた。

――花山帝を強引におろし奉ってから、あしかけ五年か。栄華の時期も案外短かったな。

――ま、人間の得意の折は、そう長くは続かぬものよ。

肚《はら》の底ではそう思う連中も少なくなかったが、一応神妙な顔をして、その死を悼むふりを装っていたのだが、中で一つだけ、

――俺の知ったことか。

傍若無人に、賑《にぎ》やかな夜を過している邸があった。しかもそれが、事もあろうに亡き兼家の息子道兼の邸だったのだから、たちまち都じゅうの噂になった。

「さりとは、すさまじい」

親の死に対する服喪は最も重い。わざわざ板敷の一部をはずして土間にして、そこに籠《こも》ったり、御簾《みす》をおろしきりにして読経にあけくれるのがふつうなのに、道兼は、全く

それをしていない、というのである。噂は、しきたり通りに服喪している道長の耳にも入ってきた。

「嘘《うそ》だろう、それは」

はじめは道長はそれを信じようとしなかった。

「人の子だもの。親に別れるのは悲しいことだ。よもや兄上がそのようなことをなさろうとは……」

が、それを伝えた土御門《つちみかど》邸の家司《けいし》たちは、首を振って言う。

「いいえ、まちがいはございません。夜も燭《しょく》をあかあかとともして、御簾を開け放って……。今年はことのほかいつまでも暑いな、と仰《おお》せられて」

それだけではなかった。さらにもう一人の男は驚くべき報告をした。

「笑いさざめいていらっしゃるのですよ。『古今集』やら『後撰集《ごせんしゅう》』などをおそばにおいて、人々を集められて、あの歌はどうの、この歌はどうの、とよい御機嫌で……」

「まことか、それは」

「はい、げんに、そのお集まりに、お出《いで》になったのは、なにがしの殿……」

男は数名の実名をたちどころにあげた。

「ふうむ」

道兼兄貴が一癖も二癖もある人間だということはよく知っているが、今度の振舞は奇矯すぎた。しきりと人の目を気にするのは日本の伝統だが、中でも当時の人々はその中でがんじがらめになっていた。肚の中では死んでせいせいしたと思っても、一応殊勝げに服喪し、読経三昧の日を過す。ある意味ではそれが人の目をごまかす最良の手段でもあった。

――それをなぜ兄貴は？

わざわざ評判を落すようなことをしなくてもいいのに、と首をかしげる道長の耳に家司はささやいた。

「ひどく恨んでおいでなのですよ」

「恨む？　誰を……」

もちろん父兼家にきまっている、というように家司は眼くばせをした。

道兼は、父から関白を譲られることを、最後まで期待していたのだという。

――なるほど。

言われれば道長も思いあたらないこともない。前にも道兼が父に対する不満を洩《も》らしたのを聞いている。

「花山帝をたばかって帝位からおろし、父の時代を作ったのはこの俺だ」

彼はそう放言してはばからなかった。

「なのに、父上は俺にむくいてくれない」

官位も兄の道隆を追いぬいて当然なのに、いつまでも俺は兄の下風にいる……と、兄への対抗心をむきだしにしていた。

——しかし、その後の道隆兄貴の官位の昇進ぶりを見れば、諦《あきら》めがつきそうなものなのに。

と道長は思う。その前の年、道隆は内大臣に進んでいる。道兼もその後を追うように権大納言に昇進したものの、この地位の差は決定的である。

——それに、ちょっと人間の大きさも違う。

それは父の六十の賀の折、むずかりだした道兼の息子、福足《ふくたり》をうまくなだめすかした道隆の腕前にも見るとおりである。あのとき、舞を舞うのは嫌だと暴れ廻った少年を叱るでもなく、彼を捉えていっしょに舞を舞い、みごとに賀宴の席を盛りあげてしまった。蒼《あお》くなった道兼が、

「助かりました」

と深く道隆に頭を下げたのもよく覚えている。あれでわだかまりが消え、兄に一目置くようになったかと思ったのに……。

「いやいや」

と、家司は首を振った。

「あれは死んだふり、がまんのひとときでしてね」

蔭に廻って、道兼は、しつこいくらいに父に迫って自分の功績を認めさせ、官位の昇進はともかく、関白だけはこの自分に、とくりかえしていたのだという。

「いや、それだからこそ、道兼さまは、わざと道隆さまの前でおとなしくしていたともいえますな」

自分で父に迫るだけでなく、道兼はひそかに与党工作を進めていた。父の片腕といわれた敏腕の実務家、藤原在国《ありくに》を抱きこんで、その線からも父への売りこみを怠らなかったのだという。

この在国は、藤原氏といっても、九条流とは別系で、学殖豊かな中級官僚だった。左中弁から右大弁というふうに、行政の中枢部にあって激務をこなし、もう一人同じような実務官僚の平惟仲《これなか》と並んで兼家の左右の眼といわれた人物だ。なかなか山気もある。権力の臭いをかぎわける名人でもあり、その点道兼とは通じあうものがあったのであろう。その在国が道兼のために動いていた、という家司の話に、道長も思わず膝《ひざ》を乗りだした。

「ほほう……」

在国の兼家に対する働きかけは、なかなか巧妙だった。もちろん正面切って道兼の名前などは出さずに、少しずつ兼家の心にゆすぶりをかけたのである。そして遂にある日、兼家は在国にたずねたのだ。

「わしの後は、道隆に継がせるべきか、それとも道兼がよいか」

そういう問いを口に出させるところまで運んでいったところが在国の腕の冴《さ》えであろう。そして、彼は、兼家の問いに答えるという形で、はじめてはっきり道兼の名を口に出したのである。

「それは何と申しましても、権大納言さまでございましょう。殿下の御心を御心としてやってゆかれる御器量をお持ちです。花山の帝《みかど》の御譲位の折の事の運びようもおみごとでございましたし」

兼家は、深くうなずいたという。彼が病臥《びょうが》する直前のことである。

「されば、お跡目はあなたさまにまちがいなし」

在国からこっそり耳打ちされて、道兼は自分の前途に確信を持った。ところがどうだろう。五月に慌しく関白を辞した兼家が、病の床で後継者として指名したのは、内大臣道隆だった。

「なるほど」

道長は、やっと合点がいった、というふうにうなずいた。すっかり関白気取りでいた道兼兄は、父に裏切られた、と思ったのだろう。死んでも供養する気になれないのはよくわかったが、それをあからさまにさらけだして憚《はばか》らないところが、いかにも兄らしい。王朝貴族としては型やぶりである。

「するとやはり父上は、在国の進言に耳をかたむけられなかったということか」

と、呟《つぶや》くように言った道長の前で、

「いえ、それにはわけがありますようで」

家司は声を低めた。

「人の噂では、摂政殿下は、在国のほかに、もう一人の人間にこのことをおたずねになったそうです」

「ほう、それはいったい誰だ」

「ほぼ、御見当はつきましょうが」

薄く笑いながら口にしたのは、平惟仲――。在国と肩を並べる能吏である。彼も家筋はよくないが、在国と同じく大学で研鑽《けんさん》をつみ、実務官僚として頭角をあらわしてきた人物だ。

当時摂関やそれに準じた一握りの高級官僚以外の家筋の人間が出世するには、大学に入り、よい成績をあげるよりほかはない。このころの大学とはすなわち官吏養成機関であり、この中の受験競争の激しさは、今の比ではなかった。

その難関をくぐりぬけてきた惟仲である。気もきくし、思慮が深い。その彼は、ちょっと考えるふうだったが、

「これはやはり、兄弟の御順によるべきかと存じます」

と答えたのだという。

結果的にいえば、在国は能力本位、惟仲は常識中心の答え方をしたことになる。

――が、それだけだろうか。

惟仲のことだ。在国の答を嗅《か》ぎつけていたのかもしれない。二人は心をあわせて兼家のために働いているようにも見えるが、内心はしのぎを削っていたのではあるまいか。だからこそ、即座に常識に訴えて、

「御順に道隆さまへ」

と答えたのではないだろうか。

しかし、それにしても……。

――父と在国、惟仲の問答の中に、ついに俺の名前は登場しなかった。

圏外におきざりにされているような淋しさは否定しようもない。

――そりゃあ俺は末の弟だし、地位も権中納言だもの。父上の頭の中に俺のことなどなかったのもあたりまえだ。

理屈ではそうなのだが、父も兄たちも自分の存在などに眼もくれないという現実は、ほろ苦い思いでうけとめるよりほかはない。

自分が倫子《りんし》とめぐりあい、さらに明子《めいし》と結ばれ、恋にうつつをぬかしている間に、道隆と道兼、あるいは在国と惟仲の間には、すさまじい戦いが行われていたのだ。ひとり

男の世界から取りのこされ、父を失ったいまは、やはり自分は兄たちの後をとぼとぼとついてゆくよりほかはないのだろうか……。

父が死んだということの意味が、少しずつ道長にもわかりかけてきた。というより、否応《いやおう》なく思いしらされたというべきか。そしてそのことを、冷酷に思いしらせてくれたのは、ほかならぬ兄の道隆だった。

いや、父の死の以前、関白を譲られたその時点から、露骨な政界工作を兄は始めていたのである。関白就任の直後、まだ兼家が生きていたときのことだが、道隆はまず長男の道頼を参議の座に押しこんだ。彼は左近衛中将《さこんえのちゅうじょう》兼蔵人頭《くろうどのとう》。つまり頭中将《とうのちゅうじょう》と呼ばれる華やかな地位にすでに就いてはいたが、たった二十歳の青年にすぎない。その未経験な息子に、道隆は閣僚クラスのポストを与えたのである。

——うっかりしていると、この甥《おい》に追いぬかれるぞ、俺は。

さらにその後には、道隆の次男で秀才の誉れ高い伊周《これちか》が控えている。むしろ恐るべきは彼の方で、道隆も彼には大きな期待を寄せているらしい。今までは九条流、すなわち兼家一族として父の指揮のもとに歩調をそろえて進んできたが、これからは違う。兄は露骨に、

——今後の主流は道隆家だぞ。お前たちは関係ないからな。

と、言っているかのようだ。兄の道兼ならずとも、内心色蒼ざめる思いがある。

——しっかりしなくてはいかんな、俺も。

やや冷静に周囲をみつめることができるようになったからだろうか、まもなく彼は、ある宮廷人事の奇妙さに気づく。

——はて？

ややこしい人事と政治のからみが、少し見分けられるようになったとき、ふと道長に疑問を抱かせたのは、問題の人物、在国をめぐる人事である。

道隆の長男、道頼が参議になった時、その後任として蔵人頭に任じられたのは、ほかならぬ彼、在国なのだ。発令は五月だから兼家の生前ではあるが、すでに人事権は道隆が掌握している。

蔵人頭といえば、現代の官房長官にも比すべき要職である。すでに右大弁だった在国はさらに政治の中枢に近づいた。このままゆけば、参議——つまり閣僚クラス入りすることはほぼまちがいない。

——おかしいな、これは。

道隆より道兼を、と進言したはずの在国が、この栄光の座を手に入れるとは……。道隆はそのいきさつをまるきり知らなかったのか。いや、彼はそんな鈍感な男ではないはずである。では、在国が道兼を推したというのは、根も葉もない噂話なのか。それにしては、この前の話には、ひどく真実味があった。

──このあたりが判断のむずかしいところだな。

兄道隆三十八歳。道長二十五歳。このときの十三歳の開きは決定的ともいえる。政治経験を積んでいない道長には、道隆の心の中を読みとることは不可能である。好奇心とともに、ひどくもどかしい思いが、彼の胸中を往《ゆ》き来《き》する。

ところが、兼家の死をはさんで、八月の末ごろになると、聞きずてならない噂が道長の耳に入ってきた。

在国がいよいよ従三位に昇進するというのだ。

このときの人事異動は、兼家の死後、道隆が手がける最初のものである。そこで従三位を贈られ、公卿《くぎよう》の仲間入りするということは論功行賞以外のなにものでもあるまい。

──やはり例の噂は嘘だったのか。

ほぼそう考えはじめたある夜──。道長は、突然、噂の主、在国のひそかな来訪をうけたのである。

「夜分に参上いたしまして、失礼はお許し願いたいのでございますが……」

しわがれ声で伏目勝ちにいう。すでに五十に手の届きかけているこの能吏と道長は、まんざら知らない仲ではない。平惟仲と並んで父の名秘書役だった彼の姿は、幼いころからよく見かけているし、漢詩をよくするということで一種の敬意も払っていた。

彼にはおもしろい伝説がまつわりついている。

伴大納言善男《とものだいなごんよしお》の生れ変りだというのである。善男は平安朝のはじめの辣腕《らつわん》の政治家だったが、少しやりすぎもあって、応天門を焼いた張本とされて失脚した。評判は芳しくないが、法律的知識は抜群だったといわれ、博識の在国はそこをなぞらえられたものか。あるいは眼は落ちくぼみ、鬚《ひげ》が濃かったという善男と在国が似ているというのか。そういえば、出世を前にした男とは見えない陰気に落ちくぼんだ眼で、彼は道長をみつめている。

突然の来訪は、いささか腑《ふ》におちなかったが、ともかく在国に対しては昇進への祝を言うのが礼儀というものであろう。

「ま、この度はまことによろこばしいことで。蔵人頭から数か月も経たぬうちに、従三位になるとか。とんとん拍子とはこのことではないか。どうかな一献」

「あ、いや、いや」

侍女を呼ぼうとするのを押しとどめて、在国は手を振った。おのれの出世に祝を言われたにもかかわらず、落ちくぼんだ瞳《ひとみ》の色は暗い。

「じつはそのことで、折入ってお願いがあって参上いたしました」

にこりともせずに言う。

「ほう、それは？」

「こういうことは、宮中では申しあげにくいので、夜分こうして御自邸に伺いましたが、このことはなにとぞ御内聞に」

と、いやに用心深い。

「わかった、ではその用件というのは？」

坐りなおして在国の言葉を聞いたとたん、道長はわが耳を疑った。

「えっ、何だって」

落ちくぼんだ眼を持つ、陰気な中年男の顔を、まじまじと見守らざるを得なかった。

在国は言ったのである。

従三位は何としてでも辞退したい。そのことを摂政殿下（道隆）にお話していただけまいか。

——いったい、どういうことなんだ、これは……。

従三位と四位とではたった一段階の差ではない。大げさにいえば天と地ほどの開きともいえようか。従三位になれば、参議以上の閣僚に準じて、「公卿」と呼ばれる身分に入るのであって、中級官吏たちなら、

「死ぬ前に三日でもいいから従三位になってみたい」

と願ってやまない地位なのだ。それを、在国は何とか辞退したいのだと言う。道長には、どうしてもその真意が摑《つか》めなかった。

「なぜ辞退するのか。わからんなあ。右大弁から蔵人頭へ、そして従三位へというのは、

人もうらやむ出世じゃないか」

「よそめにはそう見えます」

在国はしわがれた声に、いよいよ苦渋をにじませて言った。

「しかし、摂政殿下の御内意はこうなのです。従三位にしてやるが、そのかわり右大弁や蔵人頭はやめてもらう。後任はもうきめてある、と」

「と、いうと」

「従三位、現職なし」

くぼんだ瞳に凄絶《せいぜつ》ともいうべき薄い嗤《わら》いを湛えて、在国は言いきった。

「ただし、勘解由《かげゆ》長官はそのままですが」

勘解由長官というのは当時にあっては名ばかりの閑職にすぎない。

「む、む、む……」

道長は唸《うな》った。在国はみごとにほされたのである。

――なるほど、こういう手もあるのか。

道隆の巧妙かつ冷酷な人事異動の手腕に、道長は舌を巻かざるを得ない。

在国に従三位という一応の栄光の座を与えておきながら、蔵人頭、右大弁という枢要の地位はすべて奪ってしまった。蔵人頭は三位に上れば罷《や》めるのがしきたりだが、右大弁に留任することはいっこうに差支《さしつか》えない。いや、そのまま右大弁でいて、参議の空席を待つというのが、ふつうのコースである。

念のために道長は尋ねてみた。

「一応は右大弁をやめても、いずれは参議に、と摂政は言われなかったか」

「いえ、そのようなことは、ほのめかしもなさいませんでしたな」

打ち明けてしまって度胸が坐ったのか、むしろ道隆の冷酷さを浮き彫りにするかのように、わざと淡々とした口調で在国は言った。

ただ従三位を帯びるだけで、政治の中枢からのけものにされてしまった彼は、官途への望みを断たれたに等しい。

――そうか、やっぱり……。

あの噂は本当だったのか、と思いながら、知らぬふりをして道長はたずねてみた。

「しかし、なぜ摂政はそのようなことをなされたのかなあ」

「わかりません。何か私のことがお気に召されぬようで」

誘いにのせられてべらべらと喋《しゃべ》らないあたりは、さすが在国である。失脚の瀬戸際に立たされながらも、しぶとい根性だけは残しているとみえる。してみると、今夜の来訪の真意も額面どおりには受けとりにくい。

「ま、意のあるところはよくわかった。しかし、何しろ弟といっても権中納言の身では摂政を動かすことはむずかしいな」

と、在国は、言葉だけは鄭重《ていちょう》に、

「そこを何とか、よろしく……」

ふたたび深々と頭を下げた。しかし、本気で道長の助力に賭《か》けていたのかどうか。したたかな彼には彼なりの計算と布石があって、わざとこの夜道長に身をすりよせてみせたのかもしれない。

在国の従三位昇進は、結局道隆の意向どおりに、その年の八月三十日に発令された。そしてその翌日の九月一日に行われた人事異動によって、道長はすさまじいまでの露骨な道隆の人脈作りを見せつけられる。

すなわち、在国に代って蔵人頭に任じられたのは、道隆の自慢の息子、伊周。そして右大弁の後任は、平惟仲。これほど明らかに例の噂の真実性を裏づけるものはないであろう。

じつを言うと、道隆の報復人事はこれで終ったわけではない。少し後のことになるが、在国は、従三位さえも取りあげられてしまう。大膳属《だいぜんのさかん》秦有時《はたのありとき》という男が殺されたことに関連してというのだが、真相は不明であり、道隆がこれをいい口実にしたことだけはまちがいなさそうである。

——兄上は変られた。

在国が帰った後、道長が思ったのはそのことだった。どちらかといえば陽気で大らか、ただそこにいるだけで一座の長といった風格のあった兄だったはずなのに……。

　これまでだったら、もし在国が道兼を推挙したことが事実としても、悠然として知らぬふりをしつづけるか、せいぜい昇進をおくらせるくらいの仕打ちに止めておいたであろうのに。またそれだけで十分在国は恐れ入るにきまっているのに。今度のことは少し手がこみすぎている。昇進と見せかけての左遷などは権力者の意地の悪さをむきだしにしているではないか。

　——父上が亡くなり、何でも自分の思いのままになると、そこまでやってしまうものか。

　息子たちをやたらに格上げするだけでなく、妻の実家の高階《たかしな》一族を引っぱりあげることばかり考えている。兼家が死んで数か月しか経たないのに、こうまで厚かましくなるとは……。

　道長には、兄がまるで何かに憑《つ》かれたように、前のめりに走りだしているように思われてならなかった。もっとも、そんなふうに考えていられるのは、まだ彼が権力の魔力の圏外にあるからなのだが。

　ともあれ、いまの彼は、権力というものの素顔を前よりもよく眺められる位置にある。目下のところは、すさまじい道隆旋風に吹きとばされないでいるのがやっとだ。よもや在国のような目には遭わないだろうが、道頼、伊周といった甥たちに追いこされる恐れはないわけではない。

それだからこそ、遂に機会を逸した道兼の無念さもよくわかるのだが、かといって、彼に近づくふりを見せることは危険である。

道長は少しずつ慎重になってきている。

と、九月半ばすぎのある夜――。

「折入って話がある」

と、道隆からの招きがあった。

――はて、何を持ちかけてこようというのか。ふつうなら、昼間宮廷で顔をあわせたときでも事足りるのに、わざわざ自邸に呼びつけるのはどういうわけか。

しぜん緊張せざるを得ない。

道隆は近頃二条の邸（法興院とは別）をきらびやかに手入れした。父の兼家も次々と邸を新築したが、それに負けずに、贅《ぜい》をつくそうというようなところがほの見える。

「やあ、来たか」

道隆は道長の顔を見ると、気軽に声をかけた。くつろいでいるせいか、自邸での兄は以前と全く変りがないように見える。

「一献いこうか」

酒好きな彼はそう言いかけたが、

「いや、酒を汲《く》んで話すことではない」

　とみずからかたちを改めた。

　道長は兄の顔をじっと見守っている。大きく見開かれた瞳、豊かな鼻筋。品格のある容貌《ようぼう》ながら口もとに一種の甘さがあって、まず当代随一の美男であろう。その瞳にみつめられただけで、女たちがたちまち言いなりになったという若いころの彼についての噂は、まんざら嘘ではなさそうだ。彼の瞳は女たちだけでなく、男たちに対しても、魂を誘いこむような魔力を持っていた。

　その瞳が、いま、道長に向けられている。

「まだ誰にも話をしていないのだが、じつは今日、帝から御内意があってな」

「は」

　道長は頬をひきしめる。秘中の秘事を兄はまず自分に告げようとしている……。

「姫を、早くきさきに立てたい。そう取りはからうように、と仰せられた」

「は？」

　あるいはこのとき、道長は間髪をいれず、おめでとうございます、と言うべきだったかもしれない。が、大げさに驚き、かつ喜んでみせるより前に、道長は混乱に襲われてしまったのである。

　――定子《ていし》を立后させる？　考えられない。不可能なことではないか。

理由はいろいろある。その理由が、束になって、道長の胸に湧《わ》きあがってきた。しかし眼の前の兄は、誘いこむような眼差《まなざし》で、道長の答を待っている。

「え、それはまことによろこばしいことで」

多少要領の悪い返事にも、兄は満足げにうなずいて言った。

「うむ、わが家にとっても光栄のいたりだ。それをまず、そなたに知らせたくてな」

道長の胸中の疑問や混乱には全く気づかない、晴ればれとした口調で続ける。

「それも、なるべく早い方がいい、との仰せであってな。ついては来月のはじめにでも、その運びにしたいと思っているのだよ」

ふしぎな魅力を湛《たた》える兄の瞳をわずかに避けて、

「それはまことにおめでたいかぎりでございますが、しかし」

心にわだかまる思いを吐き出そうとしながら、言い出しかねて、道長は別のことをたずねてしまった。

「七月に父上が亡くなられたばかりでございますのに、そのような御慶事を取りおこなわれますこと、障りはございませんでしょうか」

「なあに」

兄はこともなげに言う。

「帝が仰せられるのだから、かまわぬさ」

からくりの臭いがする。一条帝はまだ十一歳、夫婦のまじわりも持たない年上の定子に愛情が生れるはずはない。まして少年天皇が、「妻」とも呼べない女性について、立后させよ、などと、一人前の男のような意思表示を行うだろうか？

兄貴は見えすいた嘘をついている！

しかし道隆は一条帝の摂政である。つまり天皇代行、ある意味では一条そのものなのだ。逆にいえば、道隆の意向は一条の意向ということになる。道長はだから、

――嘘でしょう、そんなこと。十や十一の帝がおっしゃるはずがない。

とは、口が裂けても言えないのだ。口をつぐんだ彼の前で兄はさらに言う。

「これはな、じつは亡き父上の御遺志でもあるのだよ。父上はわが娘たちを帝のおそばにいれて、わが家の栄華の基を築かれた。超子《ちょうし》姉君と皇太后（詮子）のお蔭《かげ》は、我々ももちろん蒙《こうむ》っている。しかし、知ってのとおり」

兄の瞳が一段とやさしさを帯びる。

「父上は苦汁をなめておられる。円融帝の宮に入って今の帝をお産みになった詮子姫のことよ」

詮子は円融のたった一人の皇子を産んだのに、皇后にはなれなかった。代って立后したのは、関白藤原頼忠の娘、遵子《じゅんし》。兼家は父娘ともども、ひどい屈辱を味わわされたのだ。

「そういうことがあってはならぬ——と、日ごろ父上は俺に言われた。帝の元服を急がれ、わが家の姫をおそばに入れ、俺に関白をゆずられたのは、そのためであった」

わかるだろう——と道隆の眼がやさしくほほえみかける。その微笑の言外の意味を道長は、はっきり感じている。

——わかるだろう道長、俺が関白になったわけが。女の子がいて、天皇のきさきになれなければ駄目なのだ。道兼に、それにふさわしい娘がいるか、どうだ。いくらあいつがじたばたしたって、どうにもならんのよ。

そしてさらに蔭の声がささやく。

——お前だって、まだ娘はほんのねんねだからな。

無言の声の前で、道長はうなずかざるを得ない。いくら道兼がじたばたしても無理だった。道隆兄貴はかけがえのない切札を持っていたのだ。そして彼は、詮子のときのような邪魔が入らないうちに、定子の位置を確立させようとしている。摂政の権限を最大限に利用するつもりらしい。

が、じつは定子の立后については不可能に近い難関がある。そのことに気づかない兄でもあるまいに、それを、いま道長は口に出すべきかどうか……。

道隆の瞳はいよいよやさしくなった。

——そなたこそ、いまは最大の味方よ。

しんそこそう思い、相手もそう思っていることを疑わない、というような……。その微笑に、道長はがんじがらめになってゆく。

――兄貴の魔術だな、これは。

心がとろけそうになりながら、辛うじて踏みとどまり、彼は兄をみつめなおした。

「しかし、兄上、いま、立后と仰せられても……」

この話を聞いたとたんに湧きあがった最大の疑問を、はじめて彼は口にした。

――立后なんて不可能だ。できるはずがないじゃありませんか。

なぜなら……。

皇后――当時中宮《ちゅうぐう》とよばれていたその地位は、すでに塞《ふさ》がっていた。問題の円融のきさき遵子がそれである。円融はすでに譲位しているが、遵子は皇太后に移るわけにはゆかない。もう一人のきさき詮子が、現天皇の母として、この座を占めているからだ。さらに太皇太后にはその先々代の冷泉《れいぜい》のきさき昌子《しょうし》内親王が頑張っている。

もう一つややこしいのは、太皇太后、皇太后、皇后の三人を中宮といったり、その中の皇后だけを中宮といったりするしきたりがあることだが、この変遷についてはここでは省く。とにかく、この三后だけは特別扱いで、そのほかのきさきたち――つまり女御《にょうご》たちとは区別され、役所がつく。このころは太皇太后宮職、皇太后職《しき》、中宮職がそれぞれのきさきにつけられ、大夫《だいぶ》（長官）、亮《すけ》（次官）以下の役人が任命されていた。

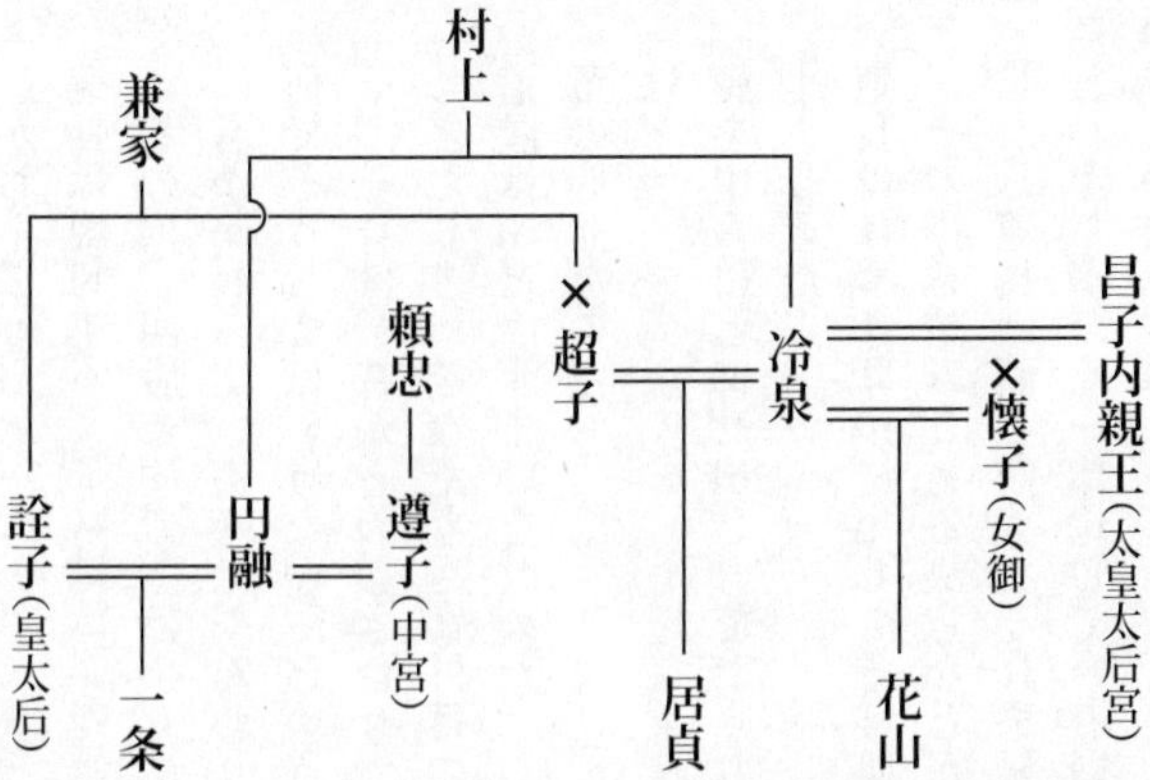

（×印は当時死亡）

　してみれば、定子が立后しようにも、もう空きはないではないか……。

　いったい、それをどうするおつもりで？

と言うより早く、道隆は、

「心配するな」

　事もなげに手を振った。

「いまの中宮（遵子）は皇后宮とお呼びすることにしていただき、わが家の姫を中宮にする」

「え、えっ、何ですって」

　中宮は皇后の別名というのが、そのころの常識なのに、このしきたりを、簡単に踏みやぶろうというのか。道隆は平然として言う。

「それより仕方あるまい。帝はすでに元服しておられるのだから、正式のおきさきが必要だ。しかし、まさか遵子中宮におやめいただくわけにもゆくまい」

「しかし……」

道長は絶句する。これは法律の破壊である。昔から正式のきさきは、この三后ときまっているのに、四后とするとは余りにも強引すぎはしないか。

にもかかわらず、道隆はやんわりと反論してきた。

「何でそうしてはいけない、というのかね」

「そ、それは、昔からのしきたりで」

「しきたり？　そなたも、案外目の先の見えない男だな」

道隆はふと居ずまいを改めた。

「帝の仰せなのだ」

「は？」

「姫を中宮にと仰せ出されておられる」

――うそだ！

道長ははっきり声に出してそう叫びたかった。幼帝に、律令に対するそれだけの理解と、その枠を踏みこえる決意などがあるはずはない。道隆は天皇を利用している！

しかし道長は面と向ってそれを兄に言うことはできない。道隆は摂政――すなわち天皇とわかちがたく一体化しているのだから。たしかに日本の天皇は時折りこういう利用のされかたをする。

そしてじつは、歴史を辿《たど》ってみれば、天皇に近侍するきさきの地位もしばしば権力者の恣意《しい》によって一見合法的に変改されているのだ。中宮という名前とのかかわり方もその一つだが、ここで道隆は一段とあざとく、中宮と皇后を引きはなし、四后併立を認めさせようとしている。

こういう手もあるのか、と感嘆するより、いまの道長には不安が先立つ。

——そのようなことをして、ほかの公卿たちが何と思うか。

道隆はそんなことは気にもとめていない様子だ。

「いや、ありがたいことだ。これを父上にお目にかけられなかったことが残念でならない」

「左様でございますな」

そう返事せざるを得ない道長に、体をすりよせるようにして、兄はもう一度微笑した。

「ついては」

「は？」

「折りいって頼みがある。いや、今宵来てもらったのは、そのためなんだが」

やわらかに微笑が、道長を包みこむ。ふと、よろめきに似た感覚に捉《とら》えられたとき、

兄の声が、静かにささやいた。

「きいてくれるかな、そなた」

「何でございましょうか」

「姫が中宮に立った折、ぜひ中宮大夫《ちゆうぐうのだいぶ》になってもらいたい」

「……」

「俺はかねがねそう思っていたのだ。そなた以外に頼めるものはいない、とな」

――そうか、そうだったのか。

瞬間、胸に熱いものがこみあげてきた。俺は兄貴を誤解していたのかもしれない、と道長は思った。自分だけで栄光をひとりじめにしようとしている、と見たのは思いすごしだったのか……。

兄はなおも続ける。

「さきに遵子中宮が冊立《さくりつ》された折、中宮の父君、頼忠公は、一族の公卿の上﨟《じようろう》たるによって、済時《なりとき》卿を中宮大夫に任じられた」

済時は頼忠の従弟《いとこ》、目下権大納言だが、さきごろ道隆の譲りをうけて左大将を兼ねている。

道長は黙って深く一礼した。

「光栄です。中宮大夫、つつしんでお受けいたします」

兄の信頼にこたえねば、と道長は思った。

「受けてくれるか、礼を言うぞ、道長」

大きな秘密をうちあけてしまった後の安堵《あんど》の色が、兄の頬にはあった。

「何しろまだ姫は年若だ。帝はもっと幼くていらっしゃる。姫と帝の間のことを、よろしく頼む」

年若な娘に、中宮という大きな重荷を負わせようとしている父親の不安を彼はかくさなかった。

「力は足りませんが、努力いたします」

「舅《しゅうと》どのにも、よしなに伝えてくれ」

「それはもう」

「そなたが助けてくれれば、千万の味方を得た思いがする」

この夜を境に、兄と道長の関係は、がらりと変った――ように思われた。

後になって思えば――。

あれはやはり、兄貴の眼差にころりと参ったということか。

ぎりぎりまで、しらじらしい嘘《うそ》を見破っていると思ったのに、中宮大夫にしてやると言われたとたん、手もなくいい気になってしまったとは……。

――ああ、何たること、何たること。

口癖を胸の中で呟かざるを得ない。

——あの職には一族の公卿の上﨟を任ずべきだと言ったという、故頼忠の言葉こそ、陥《おと》し穴だったのだ。それを、いずれは一族の上﨟になるのはそなただ、と言われたように錯覚したのは、例によって俺の早とちり。あれは別の受けとり方ができる言葉だったのに。

あのとき、道隆が言おうとしていたのはこういうことだったのではないか。

「一族の上﨟といえば、もちろん道兼だが、俺はあいつを相手にしないつもりだ。だからそなたを中宮大夫にしてやろうと思うのだがどうだ。俺につくか、道兼につくか、そろそろはっきりさせたほうがいいぞ」

それを気づかせなかったのは、兄のあの微笑だ。意識しての演技でなく、彼はそれができる人間なのだ。

——この上なくやさしく、しかもひどくおそろしいあの微笑。

自分のやっていることはまちがいなし、相手には必ずうけいれて貰《もら》えると思いこんでいる。一度もつまずきを経験したことのない人間の、非情を非情と気づかぬ冷酷さ。

——在国の前でも、兄貴はあの微笑を湛えて、従三位昇進を言いわたしたのではないか。

そのことに思いいたって、道長はぎょっとする。

——在国はそのとき早くも兄の非情に気づいたにちがいない。だが俺は……。まだ苦

労が足りぬということか。別に昇進を約束してくれたわけでもないのに、

「そなたも味方に加えてやる」

といわれたことに、喜んで尻尾《しっぽ》をふってしまうなんて……。

九月の末ごろになると、定子立后の噂は、宮廷のあちこちでささやかれはじめた。例の情報通の藤原実資《さねすけ》も、いちはやくその事実を摑んだ一人である。

「九月二十七日　内大臣（道隆は摂政で内大臣を兼任している）ノ女御、皇后ニ立テタマフベシ、テヘリ（てえりとは「と言えり」の略）。驚奇《キヤウキ》少ナカラズ」

「九月三十日　皇后四人ノ例、往古《ワウコ》聞カザルコトナリ」

彼の日記『小右記《しょうゆうき》』にはこうある。実資の日記はしばしばオーバーで、「往古聞カザルコトナリ」すなわち、昔から聞いたことがない、前代未聞だ、というような言葉がよく出てくるが、この事についてはまさに事実どおりで四后併立は前代未聞である。

もっとも、憤慨してこう日記に書きつけながらも、十月三日には、実資は道隆の家に出かけてゆき、

「この度は、はや、何ともおめでたいことで」

などと、ぬかりなくお祝を申しのべている。当の道隆の方は、このうるさ型と顔をあわせるのがおっくうだったのか、

「今日はちょっと疲れておりますので」

と言って、直接顔はあわせなかった様子であるが。

立后が行われたのは十月五日。道隆の内意どおりに、この日、道長は中宮大夫兼任を命じられた。権大夫《ごんのだいぶ》は異母兄道綱。有名な美貌の歌人を母とするこの男はいささか人間が甘く、一人前の役には立たないのだが、道隆はこの際彼も人脈の中に取りこんでおく必要を感じたのであろう。

もっとも、この儀式に、かんじんの道長の姿は見えない。

――まだ父の喪が明けていないので、よろこびの席は辞退すべきなので。

というのがその口実である。しぜん異母兄道綱もこれに倣《なら》って、長官、准長官を欠く、いささか不規則な形の立后の儀となった。服喪中という大義名分がある以上、仕方のないことであったが、道隆の眼にはどう映ったか。

定子が、中宮の地位につくと、これに応じて、定子の生母、すなわち道隆の妻の高階《たかしなの》貴子《きし》も正三位に叙せられた。彼女はかつて宮仕えの経験もあり、当代きっての才女である。女の身ながら、漢詩もみごとに作る教養派で、定子入内《じゅだい》のきまったときから、衣裳《いしょう》や調度の準備一切の采配《さいはい》を振った。

「いくら帝のおきさきといっても、ただ上品ぶったものは駄目です。やはり当世ふうの新しさがなくちゃ」

と言ったとか。これは先帝のきさきたち――遵子や詮子への対抗心もあってのことかもしれない。皇后の生母の叙位は当時のしきたりではあったが、顕示欲の少なくない彼女にとっては、待ちに待った晴れの日であったことだろう。

結局定子の立后は、道隆一族だけを一段と華やかに飾りたてる結果になって、道長にとっては面白くもおかしくもない日が続いたわけだが、しかし、十一月に正暦《しょうりゃく》と改元されたその年の暮、わずかに彼が心待ちする日が訪れようとしていた。

この年、土御門邸で倫子との間に儲《もう》けた女児——のちに彰子《しょうし》と呼ばれるようになる幼女は数え年三つになった。

このいとけない姫の著袴《ちゃっこ》——つまり袴着《はかまぎ》の祝を、道長は十二月二十五日に行うことにしていた。今でいう三つのお祝である。もっともこの著袴は必ずしも三歳で行うとはかぎらない。三歳から五、六歳くらいの間に行われ、期日も不定である。暦を調べて、その子にとって最もよい日を選ぶのは当然であるが。

十二月生れの、今の数え方では満二歳そこそこのいたいけな姫の著袴を急がせたのは、祖父の雅信である。すでに七十一歳の彼は、かなりせっかちになっている。

「姫の袴着はいつがよかろうかな」

このところ半年くらいは、そのことばかり言いくらしていた。

「袴着をしたら次は裳着《もぎ》じゃ。その晴れすがたをわしは見ることができるかのう」

いよいよ著袴の日がきまると、衣裳はどう、祝の膳はどう、招待客は誰々、と毎日の

ようにくりかえし、

「まあ、あなたは、倫子の著袴のときよりも、ずっと御熱心ですこと」

と妻の穆子をあきれさせた。

「そりゃそうじゃ、孫の著袴は祖父《じじ》がするものときまっている」

雅信は言う。この日の儀式の中心はその名のごとく子供に袴をはかせることにある。

それまでは、いわば幼児ふうの着流しだったのが、男の子も女の子も袴をはくのである。

もっとも、当の幼い姫は、そんな儀式のことなどはわからない。乳母《めのと》たちが準備して
いる晴れの衣裳をもの珍しげに引っぱって、廻らぬ舌で、

「ちょれ、なあに」

と尋ねる。

「これはね、姫さまのお袴ですよ」

「わあい、うれちい」

飛びはねて、よろこび、

「はかせて、いまちゅぐに」

と言って乳母を慌てさせた。

「あ、いまは駄目でございますよ」

「はきたいの、姫は」

「あさってまでお待ち遊ばしませ」

「どうちて、今はいけないの」

「あの、それは、あさってが姫さまのお袴着の日なので……」

「ふうん」

ふしぎそうに首をかしげる。大人っぽいしぐさがとてもかわいい。うない髪《がみ》が、母ゆずりの丸い瞳にはらりとかかり、紅《あか》い唇がこころもち開く。

「お袴着の日まで」

乳母はやさしく言う。

「御祖父君さまが、このお袴を姫さまにはかせてくださいますまで、お待ちしましょうね」

この袴の紐《ひも》を結ぶことを「腰を結《ゆ》う」と言う。この日の儀式の中心であり、一族の長老がすることになっている。雅信は、現職の左大臣のうちに、最愛の孫娘の袴の腰を結ってやりたいのだ。が、幼い姫は、そんな大人の儀式とは無縁である。祖父君という言葉が出たとたんに、

「いやだなあ、姫は」

あどけない眉をしかめた。

「あら、どうしてでございますか」

慌てたのは乳母である。

「祖父君じゃ嫌なの」

「そ、そんなこと仰《おお》せられるものじゃございません」

「だって……。嫌なんだもの」

頑として首を振る姫をなだめるのに乳母はひと苦労である。

「どうしてでございますの。そのわけを、そっと教えてくださいませ」

「あのね」

もっともらしく姫は唇を乳母の耳に近づける。

「祖父君は、いつも、おひげごちょごちょってなさるんだもの」

「まあ……」

雅信の鬚で頬ずりされるのが閉口なのだ。

「だから姫は嫌」

乳母は噴きだすのをこらえるのに、またひと苦労しなければならなかった。しかしここで笑ってはいけない。幼女ながら、なかなか誇り高い姫の自尊心を傷つけてはならないのだ。そこで乳母は大まじめに言う。

「大丈夫でございますよ、姫さま。乳母からよく御祖父君さまにお話し申しあげておきます。あさっては、ごちょごちょをなさらないように、って」

「ほんと？　だいじょうぶ？」

疑わしげに首をかしげた姫は、

「お約束いたしましょう、さあ」

乳母のさしだした小指に、小さな桜貝に似た爪を持つ細い小指をからませて、やっと安心したようだ。

さて、いよいよ当日が来た。小さい姫の晴れの儀式のために、雅信の弟の大納言重信《しげのぶ》をはじめ、かなり多くの客が招かれている。もっとも道長の兄の道隆と道兼は父の喪中だから姿を見せない。次々に訪れる客に、雅信は、

「よう渡らせられた」

「わざわざのお越し、かたじけない」

上機嫌に挨拶している。が、そのうち、道長は、舅が一座の客の中に、誰かの顔を探すふうなのに気がついた。

——はて、誰をお探しなのか？

その視線を追いかけたとき、来客には愛想よく笑顔を見せながら、雅信は道長にこっそりとささやいた。

「実資卿の顔が見えぬな」

「は」

そういえば、例の意地悪評論家、藤原実資はまだ来ていない。来たところで、どうせ面白くもおかしくもないという顔を並べるだけのこの男、とりわけ来て欲しい相手とも思われないのに、舅の雅信はなぜかこだわるのだ。

「知らせはしたのだろうな」

「はい、私から直接ではありませんが、話は通じてあります」

「来ると言ったか」

「は」

「それなのに今もって見えぬとはおかしい」

しきりに首をかしげている。

そのうちに著袴の儀のはじまる刻限がきた。

「姫さまをお連れいたしますが、よろしうございましょうか」

乳母が几帳《きちょう》の蔭から声をかける。

「ちょっと待て」

雅信は、あくまでも実資の来否にこだわる様子である。

「かの卿が来ないはずはないのだがな」

納得のゆかない面持で、小さな呟《つぶや》きをくりかえしている。どういうわけか、雅信は実資に親近感を持っている。彼が去年参議に任じられ閣僚級の仲間入りしたときも祝をやっ

たし、この数か月前、従三位に昇進したときには、わざわざ、

「これは、私が従三位になったとき、あなたの養父君《ちち》、実頼公から頂いたものです。お祝として差しあげたい」

という口上をつけて位袍《いほう》を贈った。当時位によって着る袍の色がきまっていた。これが位袍である。昔はそれこそ細かい差があって一位から三位までは紫、四位、五位は緋《ひ》、六、七位は緑、それも上位は濃く下位は薄色ときまっていて、

「はい、私は何位でございます」

と公表して歩いているようなものだったが、このころは四位以上はすべて黒、五位は蘇芳《すおう》、六位は縹《はなだ》になっていた。

雅信が実資に位袍を贈ったのは、もちろん古着をやるのとはわけが違う。実資の養父（実際は祖父）で摂政、太政大臣にまでなった人の、由緒深い袍を贈ったので、彼の前途を祝するためのものだった。それだけの好意をしめしたのだから、当然孫娘の祝には駆けつけてくれる、と雅信は思っていたのだ。それが姿を見せないとは……彼は次第に苛立《いらだ》ってきた。

と、そのとき、廊の方で人のざわめきが聞えた。

――実資が来たか？

道長の期待に反して、姿を見せたのは家司《けいし》で、蒔絵《まきえ》の筥《はこ》をうやうやしく捧げている。

しかもその口上は思いがけないものだった。

「町尻《まちじり》の大納言さまからでございます」

町尻の大納言とは、権大納言兼右大将の藤原道兼、つまり道長の兄である。

「服喪中でゆけぬが、心祝として」

という伝言であったという。蒔絵の筥もりっぱだったが、中からとりだされた紅梅色と白の、まぶしいほどの綾織物《あやおりもの》は、息を呑《の》む豪華さだった。この日のために、数々の祝の品が届けられていたが、まずこの贈物を凌《しの》ぐものはなかった。

「ほう町尻どのから」

雅信は頰をほころばせたが、

——それにしても……。

とまたもや、実資のことが多少、気になる様子である。

——これだから年寄りはかなわぬ。

道長は少しうんざりしているが舅の気持もわからないではない。幼児の祝ではあるが、催す方も招かれる方も、いわば政治家だ。現今の政治家の息子、娘の結婚式と同じく、誰を招《よ》ぶか、そして誰が来たか来ないかは、微妙な意味を持つ。舅がこれを気にするのは当然でもある。

いよいよ刻限は過ぎようとしていた。このとき、几帳の外で、さわやかな衣《きぬ》ずれの音がした。体をすべりこませてきたのは、姫の手をひいた倫子であった。

「もうそろそろお袴を持って参らせましょうか」

明るい声で倫子は言う。

「いや、その……」

道長は声を低めた。

「まだ実資卿の姿も見えないのでな」

言いかけると、

「あら、そんなこと」

からりと倫子は言った。

「よろしいじゃございませんの。思いちがいとか、行きちがいはよくあることですわ」

さりげない一言だったが、ふしぎとあたりをなごませる響きを持っていた。その明るさは、たちまち雅信をおしつつむ。

「そうじゃな、では……」

彼はいつも倫子の言葉には頰をやわらげてしまうのである。このとき一番ほっとしたのは道長だったかもしれない。ただ無邪気でおっとりしているだけのように見えながら、いざというときにものに動じない妻の、しなやかな勁《つよ》さ……。しかも、しぜんと雰囲気を変えてしまう、ふしぎな明るさ。

今日の儀式は、彼女の力でうまく軌道にのせることができた。これが夫や父に頼り放しの女性だったら、ただおろおろするばかりだろう。

――願わくばこの素質をわが姫にも……。

その姫は、いまおぼつかない足取りで、一座の中央に進もうとしている。口を少しとがらせ、つぶらな眼を見張り、ひどく真剣な面持で……。いま彼女は人生の初舞台に立っている。

そのときになって、少し道長は心配になりはじめた。

数え年三つ――といっても満二歳になったばかりの彼女に、この初舞台は少し重荷ではなかったか。人々の眼にかこまれて、いまにも泣き出してしまうのではないか。

――少し早すぎたかな。

が、幼い姫は、けなげに頑張った。

祖父の雅信の前に立ち、乳母の介添えをうけながらおとなしく袴をはき、腰を結んでもらうと一礼した。

「おお、おみごと、おみごと」

一座にどよめきが起る。

と、そのとき、姫はのびあがるようにして祖父に何かささやいた。雅信の頬がほころび、眼が細くなった。抱きしめたいのを辛うじてこらえているらしい。雅信が手を離すと、姫は、すました顔で倫子の膝元《ひざもと》へ戻ってきた。袴をはいて、幼児から少女の世界に一歩踏みこんだことを心得てでもいるかのように、足どりもしっかりしている。倫子と並んでそれを見守る祖母の穆子は眼に涙を浮かべている。

この日の中心となった儀式が終ったので、あとは賑《にぎ》やかな酒宴になった。主役の少女が退席した後、倫子はそっと道長にささやいた。

「あのとき、姫が祖父君に何て申しあげたとお思いになります？」

「さあ……」

笑いをかみころしながら倫子は言った。

「ありがと、ごちょごちょしてくださってもいいわよ、ですって」

祖父に鬚《ひげ》をおしつけられるのが大嫌いだった姫は、せいいっぱい感謝の意を表したのである。

「ほほう、大物だなあ、姫も。そなたに似て」

「まあ、何をおっしゃいます」

幼なすぎはしないかと気を揉《も》んだのは思いすごしだった。姫は大人たちの視線などは全く意に介さなかったのである。

ところで、その翌日の夜――。

同じように少女のための儀式を行った邸《やしき》があった。場所は小一条、あるじは、権大納言藤原済時。彼の二人の娘が同時に著裳《ちゃくも》の儀を行ったのだ。

これは男の元服と同じく女子の成人の祝である。この日少女は、はじめて裳《も》をつける。後の腰から裾長《すそなが》に曳《ひ》く優雅なもので、当時の上流女性の正装に用いる。いわば現代の花嫁がつけるトレインに似た効果を持つ。だいたい十三、四歳で行うが年齢は一定していない。このとき、それまでの振りわけ髪を結い、髪飾りをつけ、裳は袴と同じく一族の長老に結んでもらう。

この夜、長女の裳の腰を結ったのは、あるじの済時、次女のは客の最上席に坐った大納言朝光。当時のしきたりからすれば、ごくあたりまえの儀式ともいえたが、その豪華な酒宴、贈物とともに、招かれた顔ぶれを聞くに及んで、道長は、

——む、む……。

と唸《うな》った。例の実資はちゃんと顔を並べている！

済時の娘の著裳には、道長たち兄弟は招ばれていない。父の服喪中だから当然のことだが、しぜん済時邸には、彼ら一族だけをはずした藤原氏の有力者が集まった形になったのは、皮肉といえば皮肉なことだった。

その中に実資が入っているのはあたりまえとはいうものの、前夜、自分の家の著袴には音沙汰なしで、この夜の済時邸には、いそいそと駆けつけるとはなにごとか。道長も舅が彼の不参にこだわったのがわかるような気がした。

著袴と著裳とは、少女の年齢も違うし、また儀式の重さも違う。とはいえ、前夜のわが家の宴を圧倒するような豪華さで行われた済時邸のそれに、対抗意識に近いものを感じるのは父親のおろかさだろうか……。

「某大納言、某中納言……」

この日集まった人々の中には、わが家に来た顔ぶれと重なるものもあるし、重ならないものもある。招くべき親族の範囲が、微妙に重なり、微妙にずれるからでもあるが、やはり人々の動きは気になる。

もっとも、実資の場合は多少双方の思い違いがあったことがわかった。道長の方は招待の伝言をしてそれでいいと思っていたのだが、実資は改めて手紙なり正式の使なりがあるものと思いこんでいたのである。その意味で倫子の判断はまさに当っていたわけだ。なにごとにつけても堅苦しく考える実資にしてみれば、

――ちゃんとした招待がない以上、行くわけにはいかんじゃないか。

ということだったらしいが、道長のところで自分の不参が話題になったと知ると、早速詫《わ》びにきた。

「いやまことに失礼つかまつりまして」

表面は大いに恐縮して見せる。事のついでに話題になったのは、済時邸の著裳のことであった。

「なかなか心を尽されたものでして。それと申しますのも……」

意味ありげに実資はうなずいてみせる。

「あの夜、東宮殿下よりお文が来ましてな」

「ほう……」

道長としても聞きのがせない話である。文の相手はもちろん裳着《もぎ》をすませた済時の長女。すなわち、東宮妃としての入内の予備段階といっていい。

――そうだったのか。なるほど、済時は次期天皇の周辺を狙いはじめたな。

一条の中宮に、道隆の娘が入れば、こちらは次を、というわけである。そう思えば、道隆兄弟を除いた公卿《くぎよう》のほとんどが、ずらりと顔を並べた意味も解けようというものだ。しかも東宮居貞《おきさだ》親王は現天皇より四歳年上でもある。入内すれば、たちまちその皇子をみごもる可能性もないわけではない。

居貞の許《もと》には、すでに兼家の娘、すなわち道長の異母妹の綏子《すいし》が入っている。兼家の在世中は、威勢を恐れて娘を送りこむものもいなかったが、その死をいいことに、早くも彼らは攻勢に転じたのである。

――異母妹《いもうと》も苦労するな、これから……。

芙蓉《ふよう》の花に似たおもかげを、道長は思い浮かべた。

父亡き後の宮廷の攻防戦は、すでに始まっている。そのことを知らせてくれた実資の

訪問は、なかなか貴重なものだった。もっとも彼自身は、

「いや、しかし、なにも裳着の当夜、わざわざお文をくださらなくても、という公卿も多かったようですが」

必ずしも居貞と済時の連携をよしとしない口ぶりをみせた。

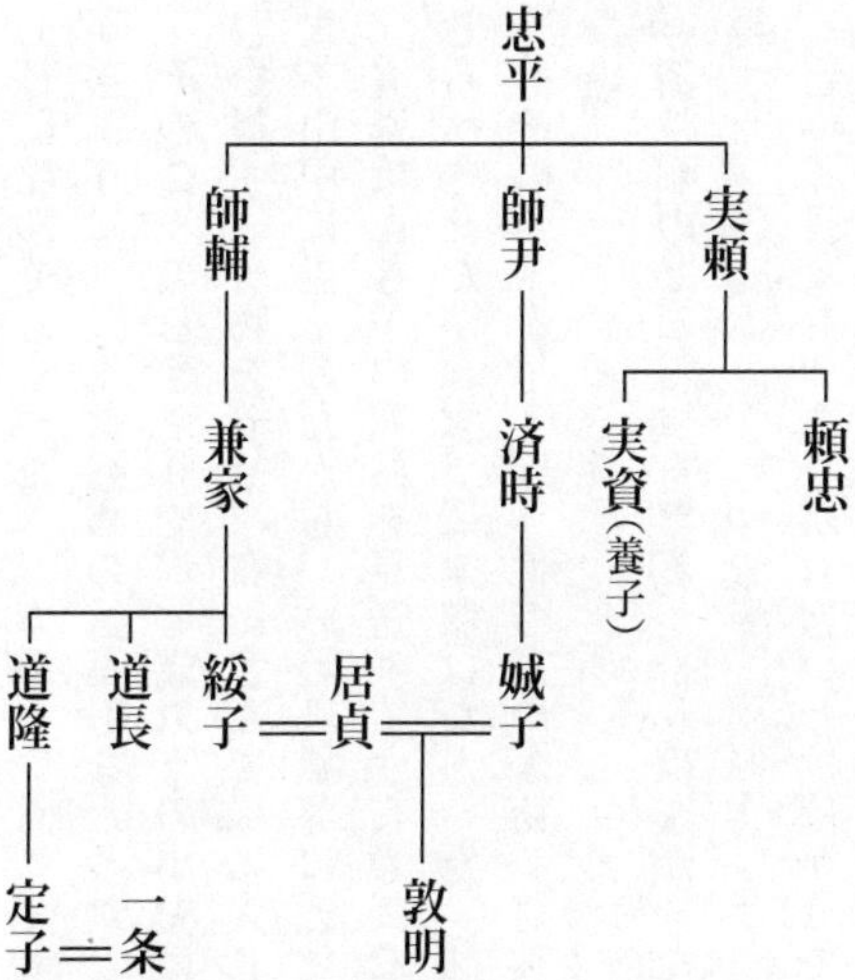

——自分は必ずしも済時派ではないという意思表示か、それとも？
だんだん道長も人の言葉の裏を考えることができるようになってきている。独走を続ける道隆に対して実資がこころよく思うはずはないのだが、彼もそのあたりなかなか駆けひきはうまいのだ。いや、それだけではない。
——この人は女の子を今年なくしている。
どういうものか実資は女の子にめぐまれないのだ。やっと手塩にかけて育てた子も、袴着もさせないうちにこの

七月に死んでしまった。八方手をつくして看護した甲斐《かい》もなくその子が絶命したときの嘆きように、人々は慰めの言葉もなかったという。

そのころのしきたりで、七歳以下の小児は手厚い埋葬をしないことになっていた。やむを得ず、着物を着せ、布に包んで桶《おけ》に入れて東山の地に運んだ。埋葬をしないでそのまま山中に置くのだから、いわば風葬に近い。

実資は亡き子の死骸《しがい》を見送ってからも、なお気がかりで、翌日人をやって、その地をしらべさせたが、すでに遺骸はなかった。報告をうけて彼はいよいよ悲嘆に沈んだという。そのことを思えば、他の家の著袴、著裳に出かけるのは気がすすまなかったに違いない。

「済時卿のところにも参るつもりはなかったのですが、ぜひにと言われるので、やむを得ず」

という言葉も、あながち言いわけばかりではなかったかもしれない。

ともあれ、少女たちの著袴、著裳を終えてその年は暮れた。

――済時の娘の東宮入内はいつか？

それを機に、道隆兄弟に対する他の藤原氏の攻勢は強まるだろう。が、かんじんの一族の総帥道隆はといえば、自分の家のことばかり考えて、道長のことなど、かえりみてくれそうもない。父なき後の孤立感を深めはじめたとき、道長の心の中で、すこしずつもう一人の兄の道兼の存在が重みをましてきた。

例の著袴の日に、人の眼を奪うほどの豪華な贈物をしてくれたのは道兼にも同じ思いがあるのではなかろうか。

――ともあれ、一応礼にゆかなくてはなるまい。

思いたって、ある夜、道長は、町尻の道兼邸を訪れた。

「過日は思いがけずみごとな頂戴《ちょうだい》ものをいたし……」

言いかけるのを、堅苦しいことの嫌いな道兼は終りまで聞かずに言った。

「わかった、わかった。今日はゆっくりしてゆけ」

酒肴《しゅこう》がたちまち運ばれた。

「いい娘御だそうだな」

道兼は、著袴の日の姫の噂《うわさ》を聞きつけていた。

「数え年三つというのに、物おじひとつしなかったというじゃないか」

「いや、まだほんの子どもでして……」

「まあ、すぐ大人になるさ。あっというまに裳着だ。そういえば、済時卿のところも、大分はでにやったそうだな」

もちろんその噂も知っていて、

「東宮を狙うとは思いつきよ」

片眼をつぶって、にやりとした。

「何でもかなり前から工作していたそうだ」

「どなたが?」

「済時よ。東宮に伺候する僧をまるめこんで、その口から、娘のことをあれこれ吹聴させたらしい」

「ふうむ」

さすが道兼の話はくわしい。

「もともと、これみよがしに、十のものは百ぐらいに言うのが好きな男だからな」

「ほう」

「たとえば、誰かが、雉《きじ》を獲《と》って献上するとだな、これを何日も何日も飾っておく。来る人来る人に、自分のところには、こんなに献上物があるぞって見せびらかそうという魂胆よ」

「なるほど」

「弾《ひ》けもしない琴を上手に弾くふりをする。そりゃたしかにあの男の姉妹《きょうだい》の、村上帝の女御《にょうご》になった方は琴の名手よ。だからって、あの男が上手とはかぎるまい。それをさも上手そうに自慢するのさ。それでいざ弾くとなると、ほんのちらりっと、わざと気を入れないように弾く。つまり本気でないように見せかけて、下手なのをごまかすのよ。ま、そういう男だから、娘の売りこみに、そつはないさ」

　道兼の毒舌は止《や》むところがない。

「だから、絶世の美人だ、くらいなことは言ったろう。もっともあの男の娘にしちゃ、なかなかの器量らしいが。東宮がころりとひっかかるのも無理はないさ」

　なるほど、娘の売りこみはこんなふうにするものか、と道長は感嘆する。

「それにしても、持つべきものは娘だな」

　道兼はふと、しみじみとした口調になった。

「そなたも先は楽しみだな」

　あわてて、道長は打ち消した。

「いや、三つや四つでは……」

「でも、ないよりはましだ。そこへ行くと俺なんか」

　言いかけて、

「知っているだろう、俺の娘のことを」

　みずからそのことを口に出した。父の異母妹で一条天皇の乳母になった藤原繁子《はんし》との間に交渉があって、女の子をもうけたことは誰でも知っている。が、その後二人の間が気まずくなり、道兼が母娘を見捨てたかたちになってしまったので、そのことは兄弟の間では禁句になっていた。

その娘のことを、道兼が道長の前で口にしたのは、これがはじめてだった。

「あのときは、ひどい仲違いをしたもので、それっきりになってしまったのだが、やはり引きとっておけばよかったと思うよ」

負けず嫌いの兄にしては、珍しく本音を吐いた。

「そうすりゃ、もう袴着はすんでいる」

「惜しいことをなさいましたな」

「若気のいたりよ。そこへゆくと兄貴はめぐまれている。男の子も女の子もいるのだから」

「左様で」

「まあ、運がいいということだ。子供というものは、男がほしい、女がほしいといってもどうにもならんものだからな」

それから鬚の濃い顎《あご》を撫《な》でてにやりとした。

「ということは、何の才能もなくても、子供は作れるということでもある」

道長は眼をぱちぱちさせる。

——そうれ、おいでなすった。

本来の道兼に立ちもどって、兄貴攻撃をやらかそうというのだろう。はたせるかな道兼はせきを切ったように喋《しゃべ》りだした。

「そのことを、この頃の兄貴は忘れているとは思わないか」

「は……」

「自分の息子の位をあげ、息せききって娘を帝《みかど》のそばに入れて、中宮にするとは強引なことよ」

「……」

「ちょっといい気になりすぎているな、そうだろう、おい」

黙っていると、道兼はにやりと笑った。

「返事しなくたって、そなたの気持はわかっている。いや、なかなか見上げたものだと思っている」

「どうしてですか」

「中宮大夫に任じられても、うれしい顔をしなかったそうじゃないか。それになかなか出仕もしないとは、いい度胸だ」

「あ、いや、それは……」

道長はあわてふためく。うっかり、ここでうなずくわけにはいかないのだ。

「ただ、父上の喪中でありますからして……」

「まあ、それはどうでもいい。今夜はゆっくりしてゆけ、ひとつ双六《すごろく》でも打とうか」

「そ、それは、まだ喪中でございますから」

「なあに、かまうものか。俺は父上にも恨みがある。心にもない服喪なんかしないことにしている」

毒舌はきりがない。時流の片隅に追いやられそうになっているあせりか、孤立しかけた彼にとって、今夜の道長の来訪がひどくうれしかったのか。しかし、うっかりしているとこの毒気にはあてられる恐れがある。それを封じるには双六の相手をするよりほかはあるまい、と道長は覚悟をきめた。

道兼は無類の双六好きである。

そのころの双六は、現在のものとは全く違う。線をひいた盤の上へ、双方が十五個の石（駒）を並べ、筒に入れた二個の骰子《さい》を振る。出た目によって石を動かし、早く敵の線内に入れた方が勝つ。筒に入れた骰子を振るところはちょっとダイスの趣きがある。中で一番いいのは、六の目が二つ、つまりゾロ目が出ることだが、これを、

「畳《じょう》（重）六《ろく》」

という。もちろん道兼のお気に入りはこの「畳六」だが、博才があるというのか、ここぞというとき彼が気合を入れて、

「畳六！」

といって、ぱっと筒を振ると、おもしろいようにその目が出るのである。性格そのままの強気の勝負師で、裏目に出ると目もあてられないほどの負け方をするが、最後には

あざやかな勝を決めることが多い。

「だから双六はやめられんのよ」

と言うのが口癖で、徹夜も辞さない。

「久しぶりだな、そなたとやるのは」

先刻とは違った、はずみのある眼の色をみせた。

「ちっとは骰子のふり方もうまくなったか」

「いや、いっこうに」

「土御門でも、双六ぐらいはやるのだろう」

「はあ。しかし舅はあまり好みませんので」

「そうだろうな、お堅い御仁《ごじん》だからな」

道兼はにやりとする。

「さて、ゆくとするか」

狩衣の袖をまくりあげ、盤上を睨《にら》む。

まさに闘志満々である。それからおもむろに骰子をいれた筒を振りはじめた。筒の中でふれあう、かすかな骰子の響きを聞くというより、その眼は早くも盤上に展開される勝負の図を思い描くふうであった。

やがて盤上に転がり出た骰子の目は三が二つ。

「朱三《しゅさん》か」

三の目が、朱で描かれているのでこの名がある。

「おみごと」

すかさず道長が褒《ほ》めると、道兼は、当然だというようなうなずき方を見せた。

「そのうち、畳六がぞろぞろ出るぞ」

心理作戦であろうか、こういう罠《わな》のはり方がじつにうまい。その魔術は相手を騙《た》らし、また道兼自身をも勝負におぼれこませるふしぎな力を持っていた。道長もしだいに熱が入ってきた。

「何を！」

「それ、ゆくぞ」

気合をこめて、道兼は骰子を振る。

「畳六！」

立て膝をして盤の上に体を乗り出すかと思うと、大あぐらを組み直して石を睨む。つられて顎を突き出した道長が、ふっと息をつめたのはそのときである。

ほんの一瞬のことだった。骰子に眼を奪われている道兼はそれに気づかない。

道長はさりげなく坐り直した。

盤上の白熱戦は相変らず続いている。

「行くぞ、それっ」

さっと道兼が振り出した目は、まさしく畳六！

「やった！」

あざやかな道兼の勝であった。

「まいりました。相変らずお強いですな、兄上は」

感にたえたように道長は言ったが、

「さ、もう一番」

当然のように石を並べはじめるのを、さえぎって一礼した。

「いや、今夜はこれで」

「ま、いいじゃないか、もう一番」

「夜も更けたことでございますので、いずれ必ず仕返しに参上します」

おどけた口調でうけながした。

「では、また来てくれ」

「は、必ず」

「今夜は久しぶりに気が晴れたぞ」

上機嫌の兄に、道長は笑顔で応《こた》えた。

しかし――。

その笑顔は、兄の邸の門を出るか出ないかのうちに、馬上の道長の頰から洗い落されていた。


——気が晴れたもくそもあるものか！

兄が勝負に夢中になっている間に、道長は見てしまったのだ。

あぐらをかいた兄のあしのうらを——。

そのあしのうらに、まぎれもなく「道長」と書いてあるのを……。

呪詛《じゆそ》だ。呪《のろ》うべき相手の名を足の裏に書きつけて、四六時中踏みつける——これ以上怨念《おんねん》にみちた呪いはないはずだった。

——あの兄貴が俺を呪っているとは。姫の袴着に豪勢な祝をよこしたのは何だったのか。


馬の背に揺られながら、道長は考える。

——兄貴は何で俺を呪っているのか。中宮大夫になったのが憎いのか。それとも姫の袴着への嫉妬《しっと》か。それにしても、今夜、話の中には何ひとつほのめかしもしなかった兄貴のおそろしさよ。

今言えるのは誰ももう頼りにはならないということだ。道長は一人で歩んでゆかねばならないし、わが手で妻や娘を守ってゆかねばならないのだ。いまごろは軽い寝息をたてているであろう幼い姫の顔を、彼はふと思い浮かべていた。

離洛帖《りらくじよう》

あしのうらの事件を打ち明けられたわけではないのだが、倫子《りんし》は、このところ夫が心たのしまない思いを胸に抱いていることに感づいている。

別に自分に対して不機嫌な態度をとるわけではない。いや、むしろ、夫はやさしすぎるほどやさしい。しかし、そのやさしさには、何か翳《かげ》がある。

こんなときはそのことを口に出して問いつめないほうがいいらしい。誰から教えられたわけでもないのだが、そんな気がする。しつこくその理由を聞きだしてみたところで、夫の鬱屈《うつくつ》を解きほごすことにはならないだろう。

ただ、夫のやさしさの中にある翳のようなものに、自分が気づいていることだけは何かの形で伝えておきたい。といっても、倫子にできることといえば、つとめて明るくふるまい、身のまわりに気をつかうくらいなことなのだが……。

道長は酒も好きだが、甘いものも嫌いなほうではない。もっともそのころは甘いものといっても現代の菓子のようなものはなくて、冬ならさしずめ干柿あたりが甘味の王者なのであるが。珍しくおだやかな冬の昼下り、陽だまりに出た道長が冬枯れの庭を眺めていると、後から小さな足音がした。

ふりかえると、この間袴着《はかまぎ》をすませた幼い姫が、大事そうに木鉢をかかえてやってきた。

「お、姫か」

道長は眼を細めた。乳母《めのと》たちは、

「姫さまはすっかり面変《おもがわ》りなさいました」

と言う。あの儀式の日以来、たしかに姫は急速に少女《おとめ》さびた。唇許《くちもと》がきりりとしまって、睫《まつげ》の長い瞳《ひとみ》に、潤いが湛《たた》えられるようになったし、第一、もの言いがしっかりしてきた。

「どうぞ」

かかえてきた鉢を、うやうやしく道長の前に置くと、小さな指を揃《そろ》えて、こまちゃくれたお辞儀をした。

「やあ、干柿か。これはありがたい」

鉢に盛られたのを早速つまみあげようとすると、

「お待ちくだちゃい」

父の手を制して、もっともらしく鉢の中を眺めてから、

「はい、これをどうぞ」

小さな手のひらの上に置いた一つをさしだした。

「おお、これはこれは。姫が選んでくれたのかい」

「はい」

こくんとうなずいて姫は言った。

「お母さまが、いちばん大きいのをさしあげなさいって、おっしゃったの」

「そうか、そうか。では姫の心づくしをいただくとするか」

やがて衣ずれの音がして倫子が姿を現わした。

「お味はいかがでございますか」

「うまい。とりわけうまい。姫が選んでくれたのだもの、なあ、姫」

さらりとした黒い髪を撫でる道長の瞳は、ひととき鬱屈を忘れたようであった。

「ときどき、ふしぎに思うことがある」

姫の髪を撫でる手を休めずに道長は言った。

「ついこの間までは、ふぎゃあふぎゃあと泣くばかりだった嬰児《あかご》が、もう俺と話が通じるようになるなんて」

「話が通じるですって？　まあ、おほほ」

倫子は明るく笑った。

「通じるどころか、このごろは、私たちの話も全部わかってしまうらしいのですよ」

「ふうむ、うっかりなことは言えんというわけか。成長は早いものだな」

「ええ、ですから……」

よい機会だ、と倫子は思った。

「少し早いようですけれど、手習いのことなども考えておいたほうがいいかもしれません」

「手習い？　ちと早すぎはしないか」

「でも、私が筆を持っていたりしますと、とても珍しそうにじっと見ていますの」

「ふうむ、そんなものかなあ」

「手習いのお手本でしたら、どなたに書いていただきましょうか」

「そうさなあ」

「やはり佐理卿《すけまさ》でございましょうね」

すけまさと言うより、「サリ」と呼んだ方が、後世では通りがよい。当代きっての名筆家で、平安朝の三蹟《せき》の一人である。三蹟は小野道風《おののみちかぜ》と彼と藤原行成《ゆきなり》。道風は少し前の人物だし、行成はまだ若く、名筆の名を得るのは先のことだ。

姫に持たせる手本は、やはりこの人のものを、と前から倫子は考えていた。

「宮中でお会いの折に、お話しておいてくださいませんか」

佐理は目下参議だから、閣議で顔をあわせることも多いに違いない、と思ったのだ。

ところが、道長はその話を聞くと、

「佐理卿？　そりゃ無理かもしれんな」

思いがけなく首を振った。

「ま、どうしてでございますの」

「彼は目下手本を書くどころの騒ぎではないのだ」

言いかけてから、ふと気が変ったらしい。

「いや、頼むなら今のうちかもしれぬ」

「それはまた、なぜに」

「じつはな」

まだ公表はされていないのだが、とつけ加えて道長は倫子に打ち明けた。

「佐理卿は近々都からいなくなる」

「え？　佐理卿が？」

「大宰大弐《だざいのだいに》に任じられることにきまったのさ」

「まあ、それじゃ鎮西までいらっしゃるのですか」

「そういうことになる」

「遠くへのご赴任、大変ですこと」

「いや、なに、自分で行きたいといったそうだよ」

「それでは仕方がございませんわね」

「それでいて、今は後悔しているという話だがね」

「ま、それはどういうことですの？」

大宰大弐というのは大宰府の次官だが、実質的には現地の最高責任者である。帥《そつ》（長官）は通常親王が任じられ、実際は赴任しない。

九州長官というべきこのポストは、高級官僚が、よだれをたらして飛びつく利権たっぷりの地位であった。国の守《かみ》が、税金を絞りとって私腹を肥す利権の座であったことはすでに書いたが、九州長官ともなれば、よりスケールは大きくなる。

さらに大宰府ならではの魅力は、ここが対宋《たいそう》貿易の唯一の窓口だったことだ。長官はつまり貿易公社の総裁も兼ねていたわけで、このうまみはまた格別だった。何しろほかでは絶対に手に入らない舶来の珍宝が続々入ってくる。公式の取引のほかに私的に手に入れる財貨で、一躍巨万の富を築くことができる。

名筆家佐理は、この誘惑に負けたのだ。

「今度、大宰大弐に」

と摂政道隆に言われて、一も二もなく飛びついた。そのとき、

「そのかわり、参議は辞退してもらう」

ぬかりなく道隆がつけ加えたのにも、

「ああ、よろしうございますとも」

半ばうわの空で答えてしまった。参議をやめても、一応「前参議」という格だけは残るから、それでもいいと考えたらしい。

――俺もこれで億万長者だ。

と浮き浮きしていたが、やがて興奮がさめたとき、佐理は自分の大きな失敗に気がつく……。

そんな経過を、道長は手短かに倫子に語った。

「いや、それも自分が気づいたのではないかもしれんな。一族から突つかれて、ほい、しまった、と思ったのではないか」

佐理は例の意地悪評論家の藤原実資《さねすけ》のいとこにあたる。つまり道隆には批判的な小野宮の一族なのだ。その連中から、

「大弐就任はけっこうだが、何も参議を辞める手はないじゃないか」

ちくりとやられたのかもしれない。じじつ当時の大弐はたいてい中央の現職を兼任したままで赴任している。

――つまり、俺は、ていよく閣僚から追いだされたというわけか。

うっかりやの彼は、はじめて自分の置かれた状況に思いいたったというわけなのだ。

「ま、そういうところのある人なのさ、彼は」

夫の話に、倫子もいくらか宮廷内の人事の駆けひきが呑《の》みこめてきた。

「でも、いったん参議を辞めて大弐になるときまったからには、赴任するよりほかはないのでしょう?」

「まあ、そうだろうな」

「では、姫の手本をお願いしても無理ですわね」

「うむ、かりに引受けても、彼ではあてにならん」

道長は、にやりと笑った。名筆家佐理は、だらしのないことで定評があるからだ。人間は悪くはないのだが、ぐずで、物事をてきぱき処理する能力に欠けている。写経などを頼まれれば気安く引きうけるが、たちまち忘れてしまう。

「あてにはならない男だ」

というので、蔭《かげ》では、

「如泥人《にょでいびと》」

と言われている。つまりしまりがない男なのである。

たとえば、摂政道隆に歌を書くことを依頼されたときも、彼は大きな失敗をやらかした。兼家の本邸だった東三条邸を、道隆は摂政の公邸として使い、造作にさらに手を加

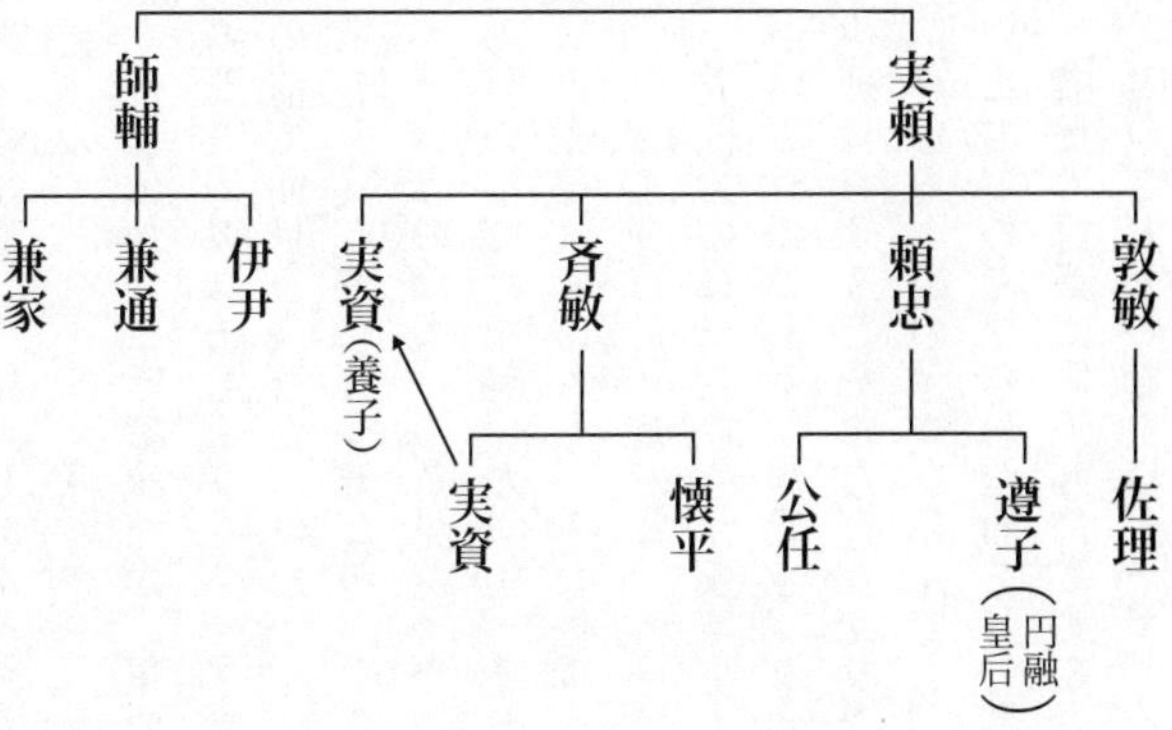

えたのであったが、その際、障子《しょうじ》（襖《ふすま》）の色紙《しきし》形《がた》に書く歌を彼に依頼した。

「かしこまりました」

例によって気軽にひきうけたものの、いっこうに書く様子がない。道隆はいらいらして催促したが、彼が姿を現わしたのは、装いを新たにした東三条邸を見るために、公卿たちが集まってからであった。

「いや、思いながら遅くなりまして」

ばつの悪そうな顔をして硯《すずり》をひきよせた彼の、のびやかな筆の跡はさすがだったが、道隆の機嫌はなおらなかった。自慢の邸を一部未完成のまま衆目にさらす結果になったのが気にいらなかったのだ。

――もう少し早く来て書けば、こんなことにはならなかったのに。

しかし、ともかく書いた以上、礼をしないわけにはゆかない。用意してあった女装束一揃《そろ》いを与えたが、これがまた公卿たちには不評だった。

佐理は地位こそ参議だが、摂政道隆よりも年上だし、家柄も悪くない。それが目下に与えられるような褒美を人々の前で貰《もら》うのは体裁の悪いことおびただしい。佐理は人々の前で面目を失したわけだが、

——貰う方も貰う方だが、やる方もやる方だ。

というのが人々の意見だった。道隆もそれに気がつかないわけではなかったが、人々の目の前で歌を書いた以上、それきりにしておくこともできなかったのだ。

——それもこれも、みな佐理がだらしがないのがいけないのだ。

と、道隆は肚《はら》の底で渋い顔をする。

人間の中には、悪意がなくても、そこにいるだけで思わぬ迷惑をかける、という人間がいるものである。鈍感さ、タイミングの悪さが人々にいまいましい思いをさせるのだ。

佐理はちょうどそんな存在だった。

「だから、姫の手本を頼んでも、一年や二年はできるはずはないぞ。そのうちすっかり忘れて、のんびりした顔をして都に帰ってくるだろうさ」

道長の言葉に倫子も苦笑する。

「困った方なのですねえ」

「こちらがいらいらするだけ損というものだ」

手本はやはり諦《あきら》めた方がいいようだ。

その佐理も、さすがに参議をやめさせられたことには腹を立てているらしく、遂にとんでもないことをやらかした、という噂が倫子の耳にも入ってきた。

おのれの左遷に遅ればせながら気づいた佐理は、腹立ちまぎれに、道隆に挨拶もせず、大宰府へ向けて旅立ってしまったのだ。

これは大変な手落ちである。今の役人や会社員にしてもそうだ。いくら与えられたポストが気にくわなくても、上司に挨拶もせずに転勤してよいものかどうか。そこは涙を呑んで一応の挨拶をして行かなければならないのが浮世の作法というものであろう。しきたりにやかましい王朝時代においては、これはまさに大事件であった。

「やれ、今度の大弐どののなさりようといったら……」

都じゅうに噂は駆けめぐり、倫子の耳にも入ってきたというわけなのである。

「お聞き及びでしょうけれど、佐理卿のこと」

邸《やしき》に戻った夫に、小柄な彼女はのびあがるようにしてささやいた。

「あんなことなさって大丈夫なのでしょうか」

「まあ、いまさら大弐を取り消されることもないだろうが、まずいことをしたものよ」

道長も苦笑をうかべている。

「ほんとうにねえ」

「だいたいが、うっかりした御仁だからな。旅立ちの用意に手間どって、慌てて都を出てゆくことになったのだろうが、しかしそれでは言い訳にはなるまいよ」

「怒っていらっしゃるでしょうね、摂政殿下は」

「そういう噂だ」

倫子はさりげなく道長の顔色を窺《うかが》った。話しかける倫子を格別うるさがるわけでもない。ちゃんと返事はしているのだが、どこか言葉が重い。といって佐理の失策に心を痛めている、というのでもないらしい。

では、何が夫の心を暗くしているのか。薄茶色の瞳はまじまじと夫をみつめるのだが、なかなか答は得られない。そのことが倫子を不安にするが、しかし性急に問いつめない方がいいような気がする。

世の中には、すべてを打ち明けることで夫婦の絆《きずな》を固くする場合もあるが、そうでない場合もある。倫子の場合はむしろ後者かもしれない。

たとえば、明子《めいし》と道長のことも、心の中ですべて解決しているわけではないのだが、彼女は「あちら」のことを口に出して言うまい、と心に決めている。そして、道長もそのことを敏感に感じとって、彼女を傷つけまいと心を配っている様子なのだ。

とすれば、彼女も、道長の心のわだかまりに、無神経に手を触れるようなことをせず、ゆるやかにその鬱屈を解いてゆく道を見つけ出さなければならない。

それからしばらくして、夜遅く宮中から帰ってきた道長が言った。

「慌てているらしいぞ、佐理卿は」

腹を立てて都を発ってしまったものの、興奮から醒《さ》めると、佐理は次第に自分の失態の大きさに気づきはじめたらしい。

——まずかったな。摂政のところに顔出ししなかったのは……。

しかし、いまさら引返すわけにもゆかない。そこで彼は、赴任の途中急いで親しい公卿《くぎよう》に便りをしたためる。

「離洛《リラク》ノ後、イマダ動静ヲ承《ウケタマハ》ラズ。恐鬱ノ甚シキハ、在都ノ日ニ異ナルモノナリ……」

「都を離れて以来、そちらの様子をうけたまわっておりません。遠く離れておりますと、心細く淋しく、鬱々たる心境でありまして……」

さらに彼は書く。

「とりわけ、摂政殿下の御様子は、如何《いかが》でありましょうか。出発前に伺わなかったことをひどく怒っておられるとか。これはお叱りを蒙《こうむ》ってもやむを得ないことではありますが、そこを何とかおとりなし願えれば幸いであります」

手紙をもらったのは藤原誠信《さねのぶ》。右大臣為光《ためみつ》の息子で、さきに父親が強引に参議に押しこんだ人物である。道長にとってはいとこにあたるが、じつは誠信の母親は佐理の妹であった。佐理はこの縁を辿《たど》り、また飲友達でもあったこの甥《おい》にこっそりととりなしを頼んだのである。

皮肉なことに、この不体裁きわまる手紙の実物は、千年近い現代まで残った。もっとも無能で要領の悪い官吏への見せしめとしてではない。ひとえに佐理の名筆の誉れによるものであって、「離洛……」の書き出しをとって、いま『離洛帖』といわれるそれは、国宝に指定されている。おかげで佐理は、文字どおり恥を千載にさらしたのである。

佐理の手紙はこのほか何通か残っているが、事の行違いを詫《わ》びたり、弁解しているものが多いあたり、だらしない「如泥人」の面目躍如というべきか。

狭い公卿社会ではこういうことはたちまち話題になる。佐理は、こっそり甥に頼みこむつもりだったのだろうが、誰言うとなく手紙の一件は知れわたってしまった。だからこそ道長も倫子の前でそのことを語る気になったのだろう。

「まあ、それで?」

倫子は薄茶色の瞳をくるくるさせた。

「誠信卿は父君におとりなしを頼まれまして?」

誠信の父、為光は亡き兼家の異母弟だから、道隆、道長にとっては叔父にあたる。しかし、

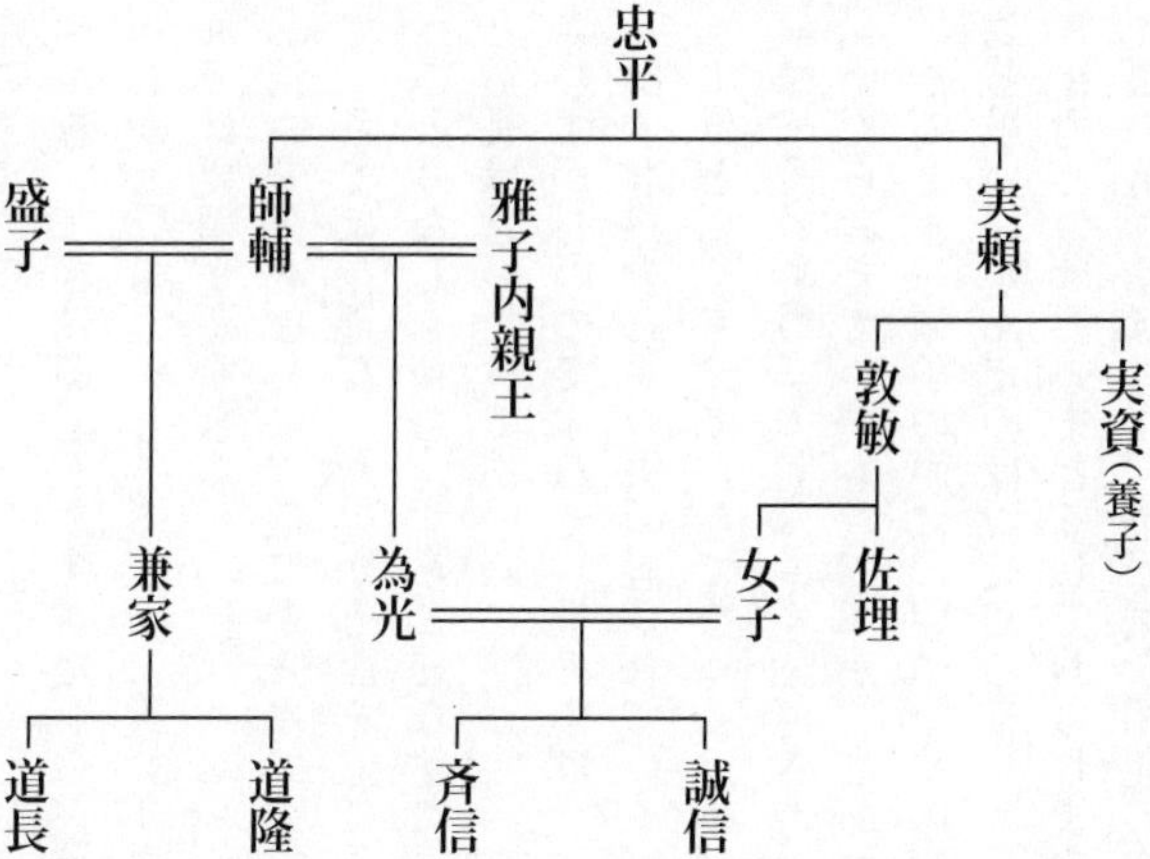

「さあな、そこまではどうかな」

道長は気のない返事をした。叔父といっても非力の為光には、道隆を説得する力はないはずだ。

「それに、誰も他人のことに、かまけてはいられないさ」

「そうでしょうか」

「ああ、そんなものだ、世の中は」

「お気の毒に、佐理卿も」

倫子はふとためいきを洩《も》らしたが、道長の反応は少し違っていた。

「気の毒？　いやそうともいえんな」

倫子は若いころの佐理の噂を伝え聞いている。名門小野宮流に生れ、周囲の眼をみはらせるほど、とんとん拍子に出世した。彼が参議になったのは、円融帝時代、帝とうまく提携していた小野宮流が時めいていたころである。

「お若いときに御運がよすぎたから、御苦労なしなのですね」

「しかし、もうそろそろ五十に近い年だろう。いまさら苦労なしは理由にならんよ。あれでは要領が悪すぎる」

深い考えもなしに、欲にからんで大宰大弐をひきうけておきながら、周囲に突つかれて、さては左遷だったのかと腹を立てる。そのくせすぐ腹を立てたことを後悔し、道隆へのとりなしを頼む。することなすこと、すべて後手《ごて》に廻るようでは救いようがない、と道長は言いたげであった。

「むずかしいのですねえ、世の中は」

倫子も、少しずつ夫の置かれている官僚社会のきびしさに気がつきはじめた。

「よほどよく考えてからでなくては動けないわけですね」

「ま、そういうことになるが、いくらよく考えていても、足をすくわれるときもあるな」

「いくら考えていても、ですか、まあ」

そのとき、倫子の頭に、いつぞやの夜ひそかにこの邸を訪ねて来た藤原在国《ありくに》のことがふと思い浮かんだのはなぜだろう。

「在国どのは、いまどうしておられますか」

眼の落ちくぼんだ、不景気な相貌《そうぼう》のあの男が、夫の前で何を語ったのかを知る由もなかったのだが、従三位とひきかえに現職を失い、その後言いがかりに近い理由で、その従三位さえも奪われたいきさつは、おぼろげに倫子の耳にも入っていた。

「在国か」

道長は眼をあげて倫子をみつめた。

「在国はじっとしている。じっとがまんしている。いや……」

言いかけて、ゆっくり腕組みした。

「ただじっとしているのではない。そっと手を廻して従三位復帰を狙っている」

「まあ、どんなふうに」

「在国の妻は、帝の乳母《めのと》だからな」

橘徳子《たちばなのとくし》というこの女房は、数多い乳母の中でもやり手だという評判が高い。すでに彼女自身三位に叙せられ橘三位《きつざんみ》と呼ばれている。

あけくれ帝に近侍する乳母たちは、蔵人《くろうど》から奏上される政治の機密のおおかたを聞き知ってしまっている。つまり彼女たちは高官なみの情報通なのである。そこで得た知識を、彼女たちは、夫やわが子や知人のためにフルに利用する。逆にいえば、男たちが妻を乳母にさせたがる理由もそこにあるわけで、王朝の官僚貴族には、こうした二人三脚組がかなり多い。

やり手という評判の徳子が、夫の失脚をただ眺めているはずはないではないか——と道長は言った。在国は、苦労知らずの佐理のように、腹を立てたかと思うとすぐ後悔したり、誰彼に援助を求めたりはしない。じたばたすることは事態を悪くこそすれ、決してよい方に向わせはしないことを知っているからだ。

彼はただ亀の子のように首を縮め、死んだふりをしている。長年中級官僚として出世競争の波に揉《も》まれ続けていた間に、おのずから身につけた知恵であろう。

苦境にあるときは、誰もあてにしてはならない。誰も信用してはならない。そして唯一の例外として、真に頼りになるのは、乳母として仕える妻の橘三位ひとり……。

その話を聞いたとき、倫子は大きなためいきをつかざるを得なかった。

「たいへんなことなのですね、朝廷にお仕えするということは」

深窓に育った彼女は、いまやっと、夫をとりまく社会に眼を開かれつつある。

「橘三位はうまくとりなすことができるでしょうか」

「そりゃあ、あの女のことだから、何とかするだろう。しかし、今すぐというわけにはいかないな。こういうことは急いでは駄目だ」

倫子はひどく悲しげな眼付になった。

「おや、どうしたのか」

道長が聞くと、倫子はかぶりを振った。

「私なんか、駄目ですわ」

「何だって？」

「もしあなたがそういう目におあいになっても、何ひとつお役に立てません。だって、私は乳母でもありませんし」

「何を言っているのだ」

道長は笑いだしたが、倫子は真剣だった。

「もし乳母になっていても、帝にお願いしたり、公卿方にうまくお話することなんか、できそうもありません」

「いいんだ、いいんだ。そんなこと気にしなくても」

「でも、何もしてさしあげられないと思うと……」

胸許に頰を寄せてくる倫子の、つややかな黒髪を、道長はゆっくり撫《な》でた。

「人にはそれぞれの道がある。橘三位とそなたとは生れも育ちも違う。何も橘三位と同じようにすることはないさ」

「そのほかに私のできることがありますかしら。何もないような気がします」

「その気持だけでいい。俺はそういうそなたが、ひどくいとしい」

官僚社会のきびしさに気づいた倫子は、いまおぼろげに、道長の鬱屈の理由をさぐりあてたらしい。かといって、自分の慰めが、夫の心をいくらかでも軽くしたとは思えない。目の前の夫は微笑しているが、それは心からの笑いではない。むしろ心の中の翳のゆえに、自分がよりいとしく見えるのではないか。

たしかに倫子が道長について理解し得たのは、わずかな部分かもしれなかった。無理はない。道長は、あるいは昇進をもって誘い、あるいは利を食らわせて周囲をなぎ倒してゆく道隆の辣腕《らつわん》ぶりを、倫子の前で、あからさまに語ってはいなかったから。

ただ、王朝社会のすさまじさをかいま見たいまは、何となく夫の心がわかるような気がする。「如泥人」佐理とは違った意味で、夫もまた、「離洛の思い」がひとごとではないことを感じているのではないか。

——男って、淋しいものなのですね。

と、口に出しかけてためらった。そう言うことが夫への慰めになるかどうか、とふと思ったからである。

が、道長は、倫子のその心の中の声を聞きでもしたかのように、独語《ひとりご》ちた。

「わが心慰めかねつ……という気持になることがあるなあ」

倫子はそっと夫の手をとった。少し前から気づいていたのだが、陽気でのんびりやの彼は、ときとして、ひどく自信を失ったり、弱気になったりするらしいのだ。

「俺も在国のような苦労はしていない。どちらかといえば、佐理卿に近いほうだから」

「いいえ、佐理卿とは違いますわ」

薄茶色の瞳が、じっと道長をみつめた。佐理は自分が苦労知らずだということも知らない。が、夫は少なくとも自分の置かれた位置に気づいている。父亡き後、まだ中途半端な地位までしか達していない彼に、まともに吹きつけてくるであろう嵐《あらし》を感じている。その辛《つら》さを彼はかくそうとはしない。しかし無理に強がったり虚勢を張ったりしないことに、倫子はむしろ夫の、平凡ながら暢《の》びやかな人間性を感じる。うれしいときはうれしいと言い、悲しいときは悲しいと言う自然なありようは、大らかでもあり、それは自分への愛のあかしともいえるかもしれない。夫の言い方に従えば、

——私は、そういうあなたがとても好き。

なのである。しかし、これは口に出して言わなくてもいいことだ。まして「もっと男らしく、しゃんとなさい」などは無用の一句である。夫は自分を信じ、またとない人生の伴侶《はんりょ》だと思うからこそ、弱みをさらけだしているのだから。

夫婦には夫婦の言葉がある。

体と体でひそやかに交わしあう言葉だ。

その夜をひどく濃密だったと思うのは、倫子が一歩深いところで、夫を知り得たと思ったからだろうか。

結婚後早くもみごもってしまった倫子は、出産まではほとんど夢中で日を過してしまった。子供を産んでから、やっとそなたは女になった、と道長も言う。

だから時折り、

——あら、私って……。

思わず、自分でとまどうことさえある。そしてその夜もとまどいながら、知らずしらず、道長の問いに倫子は答えようとしていたのだった。

たわむれに似た指先の言葉。

ささやきをかわすうちに、やがて放恣《ほうし》に、そして執拗《しつよう》になり、倫子を捉《とら》えて離すまいとする。いや、倫子が捉え、貪《むさぼ》るのだろうか。そのあわいが融《と》けて定かでなくなったとき、すべての言葉は失われ、まっさかさまに、かぐわしい奈落に落ちこんでゆく……。

が、何ということだろう。

陶酔の底から呼びもどされようとして、倫子は、わが胸をかすめる思いがけない翳のあることに気づく。そのとき、ほとんど無意識に、彼女は道長のもう一人の妻、明子の名を脳裏にうかべていたのだ。

——どうしたことなのか、これは。

われとわが身をいぶかるほかはない。まして口に出して夫に打ち明けるべきことではなかった。が、漠然と倫子は感じている。

——明子に対するときの道長は、多分全く違った男になっているのではないだろうか。

そのことを嫉妬《しっと》しようというのではない。いや、むしろ、夫がこんなふうに弱味をさらけだすのは自分の前だけだ、という思いがある。それは確信に近いといってもいい。

いま道長が抱えこんでいる鬱屈を分けもつことができるのは自分しかいないはずだ。おそらく道長は、明子の前では暗い眼差《まなざし》ひとつ見せないのではないか。

が、それは優越感だろうか？　自信だろうか？　いや、そうではない。嫉妬でも優越感でもないところに、明子がいるということを夫はわかってくれるだろうか。心の中でこだわりながらも、半ば冷静にこんなことを考えられるのは、自分がともかくも夫の第一子をあげているからではないか。

──でも、もし「あちら」がみごもって、それも男の子でも産んだとしたら？

そう考えたとき、眠っていると思っていた夫の手が、そっとのびてきた。ゆっくり倫子の肩を抱いて、低い声はささやく。

「男の子がほしいとは思わないか」

「え？」

倫子はぎょっとする。

──私は何か呟《つぶや》いてしまったのかしら？

いや、そんなことはないはずだ。暗闇《くらやみ》の中で自分はためいきひとつ洩らしていない。つい今しがたまで安らかな寝息をたてていた夫が、自分の心の中に気づくはずはないではないか。

倫子は慌てて小さな声で答えた。

「そうですね。もう姫の袴着《はかまぎ》もすませたことですし。今度さずかるのでしたら、やはり男の子がほしいと思いますわ」

道長はゆっくり答える。

「姫ひとりではさきざきかわいそうだ。頼りになる男の兄弟がいなくてはな」

何でその夜、そんな話を交わしたのだろう。それからまもなく、倫子はほんとうにぎょっとするような噂《うわさ》を聞いてしまうのだ。

噂は、はじめ全く違った形で伝わってきた。

明子が病んでいる、というのである。

そのころ明子は詮子《せんし》の手許を離れて、東三条邸に隣接した高松殿に住むようになっていた。東三条邸は、なかば摂政の公邸といった性格を持っていて、中宮定子《ていし》――摂政道隆の娘の里下りなどに使われるので、その隣に明子自身の邸が定められたのだ。新築同然に手入れされたその邸のために、母代りの皇太后詮子が大分力を入れたこと、そして道長も何くれとなく心づかいをしていたらしいことを、倫子は知らないわけではない。

その高松殿が病気だ、という噂を、倫子付きの女房たちは、かなり大げさに噂した。

「毎日、毎晩のように、それはお苦しみがひどいのですって」

「召しあがるものも喉《のど》を通らないので、すっかり瘠《や》せてしまわれたとか」

女房たちの口吻《こうふん》にいい気味だ、といわぬばかりの調子のあることを、むしろ倫子は制したくらいだ。

が、それからまもなく——。

噂は逆転する。

明子はみごもったらしい。

——まあ……。

倫子は思わず声を呑んだ。

——そうだったのか。そういえば、女房たちの伝える噂は、それを証拠づけるものばかりだったのに、そのことに気が廻らなかったとは、うかつな私……。

乳房を逆撫《さかな》でされるような思いでよみがえってくるのは、あの夜の夫の言葉であった。

「男の子がほしいと思わないか」

それは「あちら」がみごもったことを知らせるための言葉だったのだろうか。いや、そうではない。ひそかに胸の中で日数を繰ってみても、いまがつわりならまだそのころは懐妊のきざしはなかったはず、それにあのころ夫は毎夜この邸に戻って、他へ泊まった様子はなかった、とあれこれ明子懐妊を打ち消す理由をあげてみたくなるのはなぜなのか。

それでいて、心の隅では、明子が自分に先んじて男の子を産むのではないか、という思いが拭《ぬぐ》いきれない。

だんだん心が滅入《めい》ってきた。

――姫も大きくなったのだから、もうそろそろみごもってもよいはずなのに。

それでも表面はつとめて明るくふるまった。それは勝気だからではない。

――むしろ私は弱虫だから、いったん崩れてしまったらどうなるかわからない。それがこわいから辛うじて耐えているのだ。

と倫子は思っている。あの夜、道長は気弱さをかくそうとはせず、「俺は在国のような苦労はしていない」と告白した。倫子も道長に自分の弱気を告白したい、ただそれができないのは、ことが明子にかかわっているからだ。

――これから先、何か月私は耐えねばならないのか。

重苦しい日々が続いていたのであったが……。

しかし、やがて雲がはれるときが、やってきた。気がついてみたら倫子はみごもっていたのである! 例によって、つわりらしいつわりの経験もなかったので、気づくのが遅かったのだ。

「まあ、おめでとうございます」

「そういえば、少しお顔の色がすぐれないようにお見うけいたしましたけれど、おめでたいおしるしだったのでございますね」

口々に侍女たちがのべる祝の言葉には、倫子をひそかに苦笑させるものがある。明子のことを口に出したりして取り乱さなくてよかったと、そっと胸をなでおろす。

と同時に、明子懐妊の噂はどうやら根も葉もないことがわかってきた。

「なんでも、御風気《ふうき》をこじらせていらっしゃったとかで」

さきに重大事件のように明子懐妊の噂を伝えた侍女が、けろりとしてそう言ったのである。

——まあ、それじゃ、そなたの一言で、私たちはふりまわされていたというわけ？

そう言いたいところを、倫子は黙って微笑した。病気などというものは、見ようによってどんなにでも深読みできるものだ。食欲がないと聞いて、すわ懐妊と思ったのは、やはり心ひそかにそのことを恐れていた自分自身の胸の裏《うち》をさらけだしたことでもある。もっともこれだけ冷静にかえりみられるのは、自分がすでにみごもったという安心からなのであるが。

ともかく、今はよい子を産むことだ。できれば、今度は男の子を……。

こうして倫子がさまざまに思い乱れている間にも、世の中は大きく動いていた。まず「如泥人」藤原佐理が大宰大弐に任じられてまもなく、円融法皇がこの世を去った。ときに三十三歳。譲位後出家して金剛法《こんごうほう》と名乗ってからは、仏道修行にあけくれた毎日だった。

その葬送、法要が終って秋になると、大がかりな人事異動が行われた。まず道隆自身が内大臣を辞めた。もっとも摂政はもとのままである。これはむしろ左大臣雅信《まさのぶ》、右大臣為光という年上の先輩の並ぶ序列からみずからを切りはなし、より自由に天皇代行の権限を行使するための布石であって、すでに父の兼家が同じ方法をとっている。

その後、九月に入って、右大臣為光が太政大臣に格上げされ、その後任には、大納言の筆頭の源重信が入った。そして道隆が辞めた内大臣のポストには、先輩二人を追いこして道隆の弟、道兼が飛びこむ。

そして、わが道長も、上席の四人を抜いて権大納言へ——。

下から上席の者を追いぬくことを超越《ちょうおつ》という。序列のやかましいそのころ、これは人の目を奪う大事件であった。

「まあ、殿さまが権大納言さまに……」

邸じゅうは喜びに沸きたったのであったが、倫子は気づいている。なぜか道長の顔色の冴《さ》えないことを……。

たしかに、土御門の邸には、道長の昇進を祝う客があふれている。

「いずれ大納言になられるとは思っておりましたが、このように早く御昇進とは、めでたきかぎりで」

「四人の先輩をさしおいての御出世ですからな」

「兄君は内大臣、御一門そろっての御出世、まことにおみごと……」

口々にのべる祝の言葉に、愛想よく答えているが、夫の笑顔がうわべだけであることを倫子は感じている。例によって慶《よろこびもうし》中にも廻らなければならないのだが、その足どりも重たげなのだ。

「お疲れなのではありませんの？」

とうとうある日彼女は夫にたずねてしまった。

「いいや、別に」

ふっとやさしい眼付になって、

「なぜ、そんなことを訊《き》く？」

「だって……御昇進なさっても、あまりうれしそうになさらないのですもの」

「御昇進？　なあに順送りだ。そう喜ぶほどのこともないさ」

意外な答が返ってきた。

「まあ……四人もの方を追い抜いての御昇進でもですか？」

「よそめにはそう見えるが」

それからひどくまじめな顔付になった。

「やがては俺も追いこされる身になる」

「え？」

「つまり、俺もそろそろ先が見えてきたということだ」

「どういうことですの、それは」

「俺より早足で駆けあがってくる奴がいることに気づかないのか、そなた」

「……」

その後小声でささやかれた名前を耳にした倫子は、すべてを理解した。藤原佐理が大宰大弐に転出して以来の夫の鬱屈《うっくつ》の理由が、まさにそこにあった、ということを……。夫の口にした一人の名は、摂政道隆の長男道頼《みちより》。昨年二十歳で参議になったばかりの青年は、道長の坐っていた権中納言の座へ。

そしてもう一人の息子、道隆自慢の秀才伊周《これちか》は、この正月参議になったばかりだというのに、五人の先輩を追いこして、十八歳の若さで同じく権中納言へ。

考えてみれば、佐理を大宰府へ追いやったのは参議の座を空けて伊周を入れるためだったのだ。

——それなのに、まあ、私は佐理卿の失態の噂にだけ心を奪われて、そのことに気づかなかったのだわ。

そういえば、思いあたることはさまざまある。数か月前、東三条邸に里下りをしていた皇太后詮子は、内裏に帰るとき、家主の賞として伊周に従三位を授けている。こうした授位は里下りをしたときのしきたりだが、それを実際の家主である道隆が伊周に譲ったことで、権中納言昇進の基礎固めはできたようなものだ。

——わかりましたわ、あなた。

倫子は叫び声をあげたくなった。複雑な王朝の政界地図のすべてを理解したわけではないが、少なくとも、倫子はいま、夫の置かれた位置が容易ならないものであることだけは呑みこめた。

表面は大出世に似ている。

が、頭は摂政道隆と内大臣道兼の二人の兄に押えられ、道長は序列からいえば九番目、すでに頭打ちの状態にある。しかも後からは道隆の子の道頼と伊周が、一気に差を詰めてきている……。

そして、上位者に追いつけぬもどかしさより、下の者に追いこされはせぬかという不安の方が、どのくらい男を苦しめるものか、さらに追いぬかれたときの無念さと屈辱感が、いかに男の魂を喰いやぶるものであるかを、おぼろげながら倫子は感じはじめている。

彼女のまだ思い及んでいない今度の人事異動のすさまじさを、一応ここでふりかえっておこう。

摂　政　藤原道隆

太政大臣　藤原為光（道隆の叔父）

左大臣　源　雅信（道長の舅《しゅうと》）

右大臣　源　重信（雅信の弟）
内大臣　藤原道兼（道隆の弟）
大納言　藤原朝光（道隆のいとこ）
　　　　藤原済時《なりとき》（道隆の父のいとこ）
権大納言　源　重光《しげみつ》
　　　　藤原道長

この後に中納言、権中納言が計六人いて、その末席が道頼、伊周という配置である。

道隆とすれば為光をていよく非常勤の取締役会長席にまつりこんでしまったというところであろう。雅信、重信は少し邪魔だが、源氏の長老だから辞めさせるわけにもゆかない。あの世にお引越しくださるまで待つとしよう。すでに高齢だし、政治力はないからまず無害な存在である。

大納言朝光と済時は別系で多少警戒すべき人物だが、じつをいうと道隆の飲み仲間なのだ。道隆は浴びるように飲んでかなり酔っぱらっても、出るところへ出ればしゃんとするという特技があるが、二人はへべれけになってしまうと他愛のないほうだ。

問題は道兼だが、あれだけ競争心を燃やしていることを知らない道隆でもあるまいに、ここで好遇したのはなぜか。したたかな道兼が爪をかくして騙《た》らしこんだか、あるいは道隆が息子二人を出世させるのを納得させるための工作か。とにかくここまでがっちり体制を固められては、道長の出る幕はまずなさそうだ。

　政界の人事異動などというものは、第三者から見れば、他人の指している将棋の駒ほどの意味も持たない。誰が昇進しようと追いぬかれようと知ったことではない。が、一つ一つの将棋の駒にすれば、それこそ人生の浮沈を賭《か》けた一大事である。とりわけ下の者に追いぬかれた側の怒りと恨みはすさまじい。例の意地悪評論家実資も、このときしたたかに苦い水を飲まされた一人である。

　彼はこの二年前、三十三歳でやっと参議の座にとりついた。ところが、その後から参議になった道隆の子の道頼と伊周が、そろって彼を追いぬいて、しゃあしゃあと権中納言におさまってしまったではないか。道頼二十一歳、伊周十八歳。

──むむ、あの若造めに何ができる。

天を仰いで唸《うな》ったに違いない。実資はとりわけ故円融院の信任が篤《あつ》かった。参議になるについても、円融院は何かと力添えをしてくれている。

──その院がおかくれになると、すぐこれだ。

　摂政道隆の不公平人事に、さぞかし忿懣《ふんまん》やるかたなかったろうが、残念ながら彼の日記『小右記《しょうゆうき》』にはこの部分が欠けているので、その心情を覗《のぞ》くことができない。無表情な人事一覧表の蔭《かげ》のこうした怨嗟《えんさ》の声のすべてを聞きとったわけではないが、倫子はいま、人事異動が突然の思いつきでなされるのではなくて、複雑な人間のからみあいの結論として出てくることに気づきはじめている。

——伊周どののこともそうだわ。

夫を猛烈な速度で追いぬこうとしている若者は、すでにこの数か月前、従三位に昇進して用意をととのえていた。そしてその従三位を授けられたのは……。

ここまで考えたとき、複雑な人事の霧の中から、一人の女性の姿が浮かびあがってくるのを彼女は見る。そして、思わず、夫にたずねてしまう。

「あの、皇太后（詮子）さまのお計らいでしたね、伊周どのが従三位になられたのは」

「ま、そういうことになるな」

道長はうなずく。

「すると、今度のことも、皇太后さまのお計らいでしょうか」

「そうとばかりは言えんが」

「じゃあ、佐理卿が大宰府に赴かれて、その後に伊周どのが参議になられたのも？」

道長は黙っていた。倫子の想像にまかせる、とでもいうふうに……そして全く別のことを言いだした。

「いま皇太后さまは御病気だ」

「まあ……」

「ことのほかお加減がよくない、という噂もある」

道隆はそれに気づいて、いちはやく人事異動を発表したのか？　詮子が病気、と聞いて倫子の心は複雑に揺れ動く。幼い一条帝の後楯《うしろだて》として、隠然たる勢力を持つ母后そのひとは、自分よりたった二歳年上でしかないのに、政界の人事にも大きな影響力を持っている。そのことを知ったいま、彼女に対して懐《いだ》く思いは、羨望《せんぼう》か、嫉妬か。いや、そのどれでもない奇妙なこの気持を何と言ったらいいのか。道隆の息子たちをひいきにしていることには心おだやかではいられないが、何といっても詮子は九条流の大黒柱。夫道長にとっても大事な人なのだ。とりわけ自分との結婚についても蔭ながら力を添えてくれたと聞いている。してみれば、この頼りになる義姉《あね》君には、もうちょっと生きていていただかねば困るのだ。

その間にも、詮子の病状は次第に悪化してゆく気配であった。発病以来、常の御殿である梅壺を出て、中宮職《しき》の中にある局《つぼね》――職御曹司《しきのみぞうし》と呼ばれる所に移っているのだが、道長は、ほとんどそこに詰めきりだった。

「いかがですか、宮さまは」

夜がふけて帰ってきた夫に倫子がたずねると、暗い顔をして首を振った。

「明日、帝《みかど》が御曹司にお越しあそばされる」

まあ、という言葉が喉につまって倫子は絶句した。帝がわざわざ見舞いに出向くということに不吉な予感がよぎる。

「よほどお悪いのですか」

「お苦しがって、身もだえされて、ときには気を失われることさえある」

「まあ……お祈りはなさっておられるのでしょう」

「むろんだ」

加持祈禱《かじきとう》がいちばん治療に効果があると思われていたころのことだ。高名の僧侶や修験者が呼び集められ、ひっきりなしに読経、祈禱が行われているのだが、さっぱり効果があらわれないのだという。

「宮も弱気になっておられてなあ」

言いながら道長は、まだ開けられたままになっていた蔀戸《しとみど》の外に出た。

「いい月だ。今宵は何日か」

「九月の十五日でございます」

倫子も道長に続いて空をふり仰いだ。

「望《もち》の月だな。そのことも忘れていた」

勾欄《こうらん》に身を寄せて道長が眺めている月も、思いなしか光を失って見える。

「もののけに悩まされておいでなのだよ。宮は」

ぽつりと道長がいう。

「まあ、それはどなたの？」

「いろいろある。ま、われわれ一族は、さまざまな人の恨みを買うようなことをしているからな」

望の月を浴びて黒くかがまる庭先の植込みにも、それら怨霊《おんりよう》がひそんでいるような気がしてきた……。

栄華をきわめた人々の背後には、彼らに蹴落《けおと》された数倍、いや十数倍の人々の怨念がつきまとっている。だから、勝利者がいったん体の調子を崩したとなれば、その弱みにつけこんで、得たりとばかり襲いかかってくる……。

王朝の人々はそう信じていた。現代の眼からみれば、勝利者が日頃隠しつづけてきた罪の思いが、はからずも暴露されたということかもしれないのだが、ともあれ、九条流の大黒柱をもって任じる詮子が、さまざまな人の怨念に思いあたって悩むことは大いにあり得ることなのだ。

倫子は自分自身へも襲いかかってきそうな凶々《まがまが》しい思いを、しいて払いのけようとして、夫の手をとった。

「きっと、よくなられますわ、宮さまは」

が、道長は首を振る。

「どうかな、よくおなりになるためにはもう道は一つだ」

「え？」

しばらくして、

「御落飾《ごらくしょく》」

ぽつりと言った。髪飾りをとって、髪を短く削《そ》ぎ、有髪《うはつ》の尼となることだ。

「御自身、それをしきりに望んでおられる」

祈禱が効かなければ、出家入道——。そのころは求道のためというよりも、むしろ病気平癒の特効薬のようにみなされていたことであったが、それにしても詮子が三十歳の若さで、この世を思いすてようとしていることに、倫子は衝撃をうけた。

「まあ、尼におなりになるのですって？」

「うむ、それより道はあるまい」

もし、そうなったら、皇太后としての詮子の地位はどうなるのか？　そして政治とのかかわりあいは？　夫の将来は？

倫子の掌の中で夫の指先が冷えてきた。一面にあふれる月の光が、いまは身辺に突きささってくる白刃のように思われて、彼女は長い間、そこに立ちつくしていた。

一条帝が母の詮子を見舞ったのは九月十六日、その日、夜になって天台座主《ざす》以下の高僧が請じられて詮子は落飾した。

その甲斐《かい》あってか、病状はしだいに回復する。いや、したたかな魂の持主である彼女のことだ。一つ突破口を見出せば、たちまち精神は安定し、三十の若い肉体がそれを支えたということなのだろう。もっとも周囲の女房たちは、驚くべき出家の効能に、うれし涙を流したようであるが……。

これに比べれば、男たちの瞳《ひとみ》は冷静である。口々に母后御本復を祝はしたものの、彼らの関心は別のところにあった。詮子落飾を機に、これまでなかった一つの特例がたちまち出現したのだ。

詮子は落飾とともに皇太后を辞している。自然彼女に付属した役所である皇太后宮職は廃せられたわけだが、しかしそこにいた亮《すけ》以下の役人は、たちまち詮子との縁が切れたわけではない。

何となれば――。

詮子は皇太后を辞めると同時に、女性としては前例のない院号をうけ、役人たちはそのまま別当、あるいは判官代《ほうがんだい》、主典代《しゅてんだい》に任じられたからだ。つまり名称は変ったものの、彼女付きの役所はそのまま存在しつづけたのである。いわば上皇と同じような待遇が詮子には与えられたのだ。

院号は東三条院。天皇に比べて上皇が自由で気ままな生活を楽しめたと同様、彼女もまた堅苦しい儀式から解放され、権威だけをわが手に保留する、という結構な身分を享受することになったのだ。この措置は、一条の意向に添って行われたものだが、案が提示されたとき、公卿《くぎょう》たちはかなり面くらったらしい。

「皇太后さまを女院《にょういん》に？　ふうむ、そうした先例がありますかな」

彼らは何につけても先例第一である。あわてて過去の歴史を調べたが、出家したきさきの前例はあるが、それは平安初期のことで、たしかな史料が残っていない。頭をかかえこんだ彼らは、

「何事も勅定《ちょくじょう》のままに」

と一条帝の判断にまかせてしまった。ここで前例のない「東三条院」が出現するのであるが、「勅定」すなわち「天皇の決定」が摂政道隆の決定にほかならないことは誰しも知りぬいている。またしても彼らは道隆の勝手気ままなやり方を見せつけられたことになる。ちなみに東三条院詮子をはじめとして、女院はこれ以後、歴史の中に百余人が登場する。

東三条院という名前は、父兼家以来の九条流の本邸の名によるものだが、後の女院には、建礼門院のように内裏《だいり》や大内裏の門号をつけたものが多い。もっとも東三条院を名乗っても、詮子がこの邸宅にいたわけではなく、病後を養うためもあって、その後しばらくは職御曹司に滞在していたのであるが。

十月に入ると、詮子の健康はめきめきと回復した。

――気軽な身分になって物詣《ものもう》でなどに出かけたい。

病床で口癖のように言っていたことがたちまち実現し、十五日には長谷寺《ながたにでら》に参詣《さんけい》に出

かけた。皇太后宮のおでましという儀式ばったものではなかったが、摂政道隆以下の公卿がわっとばかりにお供に従ったから、その威勢は皇太后時代とほとんど変らなかった。お供の服装も、直衣《のうし》や狩衣《かりぎぬ》などの略装でよいことになったために、思い思いの彩りが、かえって華やかさをそえた。

倫子は、この日の道長のために、仕立ておろしの藍色《あいいろ》の直衣を用意した。冬の気配の近い、ひきしまった空の色に、きっとその藍色は映えるであろう。この日は女院として の詮子の再出発の日である。女から女への鋭い直感によって、きっと詮子は衣裳《いしょう》にこめた心祝を感じとってくれるであろう。長谷寺から帰ったときも、夫の新しい直衣は、着崩れた気配も見せていなかった。

「お帰りなさいませ」

出迎えた倫子は、まず詮子の様子をたずねた。

「お疲れになりませんでしたか、女院さまは」

「いや、いや。あのような御大病をなさった後とは見えないくらいお元気だった」

道長の声も晴ればれとしていた。

「女院は、この直衣に眼をとめられてな。いい色ですね、と仰《おお》せられた」

「まあ、それはようございました」

女から女への暗黙の信号はどうやら届いたらしい。

「北の方のお見立てですか、と仰せられたので、はい、そのとおりで、と申しあげたよ」

さすが詮子である。倫子の心づくしは、すぐぴんときたとみえる。

「来年は、石山や住吉にも詣でたい、と今から楽しみにしておられた」

健康を回復した詮子の所へは、公卿たちの出入りも繁くなった。そうなると、職御曹司は、いかにも手狭である。病気療養のための仮の住居だから、いずれは居を移すべきなのだが、困ったことに、東三条邸は、詮子の年廻りから考えると、ひどく方角がよくない、と卦《け》に出てしまった……。

道長からそんな話を聞いたのは、長谷詣での数日後のことだったろうか。そして、その話が終るか終らないうちに、ふと倫子の頭をかすめる思いがあった。

「あなた、どうでしょう」

一瞬のひらめきは、胸の中で、たちまち確信に近いものに変っていた。

「この邸《やしき》に女院さまをお迎えしては?」

驚きの色が道長の頬に上ったが、夫に口を開かせずに、倫子は急いで言った。

「そうしましょう、あなた。女院さまにいらしっていただくように、お願いしてくださいませ」

道長は、首をかしげると、

「ふしぎだなあ」

まじまじと倫子の顔をみつめて言った。

「あら、どうしてですの」

「そなた、いつから俺の心の中を読みとるようになったのだ」

「え？」

「じつはな、そのことを少し前から考えていたのだ」

「まあ」

「それでも、ちょっと言い出せなかった」

「なぜに」

「そなたの体を思うと……」

倫子の産み月はしだいに近づいている。予定では、来年の正月。あと二月あまり先のことだ。詮子にこの土御門殿を提供するということは、考えてみれば容易なことではない。詮子がここを間借りするのではなくて、すべてを明け渡して、持主の方が引越さなくてはならないのだ。身重の倫子にそれを強いることを道長はためらっていたのである。

倫子もじっと道長をみつめかえす。

——夫婦というのはこういうものか。

決して道長の胸の中を読みとったわけではないし、たったいま心にひらめいたことを、そのまま口に出したまでのことではあるけれど、同じことをひそかに夫が考えていたとは、何というふしぎさであろう。数年かかって、やっと二人は夫婦と呼ばれるにふさわしい存在になり得たということか。

夫が、身重の自分の身を気づかってくれたことも身に沁《し》みた。

——こうときまれば早い方がいい。

無言のまま二人はうなずきあう。兄の道隆や道兼が工作しはじめないうちに、一歩早くそのことを申し入れなくては。

——この際女院と夫の結びつきを深めねば。

胸の中にあるひそかな思いを、倫子はしいて打ち消した。

——いえ、そうではないわ。

無理にも、女どうしの共感だ、と思いこみたかった。詮子を案じ、回復を喜んだ自分の心を、相手もわかってくれている。この際相手が明子の親代りであることなどにこだわるべきではない。いや親代りだからこそ、この際思いきって、こちらから手をさしのべておいた方がいいのではないか。

一瞬の間に、まるで火花のような迅《はや》さでそれだけの思いが倫子の胸の中を駆けぬけた。

——あら、私って、いつのまにこんなことが考えられるようになったのかしら。

われとわが身がふしぎでもある。

たしかに倫子は、少しずつ政治家の妻としての資格を備えはじめている。それは彼女が「政治家」になったというよりも、いま胎内にはぐくみはじめている幼い命のための、無意識の配慮がさせることかもしれなかったが……。

それから先は、事はとんとん拍子に進んだ。

「なにとぞわが邸へ」

という道長の申し出を、詮子はただちにうけいれたのだ。

「それはうれしいこと。いろいろ申し出もあるのですが、何といってもそなたの所がいちばん気楽」

言外に、道隆や道兼の申し出のあったことをにおわせながら、

「ええと、そのお邸のたたずまいは？」

早くも乗り気の様子をしめした。

さて、そうきまってからが大変だった。道長と倫子の引越先は、土御門邸の西北にある倫子の母、穆子《ぼくし》と雅信が住む一条邸ときまった。穆子はここにも広い邸宅を持っていて、道長と倫子の生活が軌道に乗りはじめたころから、雅信ともども、いまはここを本拠にしている。そのために雅信は一条の左大臣と呼ばれているくらいだ。

道長たちはその広大な殿舎の半ばを譲りうけることにした。土御門との距離はごく近いが、何しろ調度から衣裳からすべてを運びこむのだから、家司《けいし》、従者、下部《しもべ》を総動員しての大騒ぎになった。

「じっとしておれよ、大事な体なのだから」

みごもった倫子を気づかって、夫はそう言ってくれたが、引越しとなれば、倫子も慌しい騒ぎの中で、毎日、邸の中を走り廻るようにして、侍女たちを指図することになってしまった。

しかも引越しの後には、女院詮子を迎えるための準備がある。几帳《きちよう》、御簾《みす》、畳のたぐいは、すべて新調した。渡殿《わたどの》、勾欄の端々までも、心をこめて磨きぬかれ、庭の手入れにも多くの人手が動員された。

そしていよいよ詮子が移ってきたのが十一月三日の夜。例によって日が悪いとか何とか言って、一、二度延期されて後の移転であったが、ともかくその間半月足らずの早業だった。女院のお渡りとなれば摂政道隆はじめ、公卿たちが、ぞろぞろお供についてくる。彼らにも相応の酒食のもてなしをして、道長が倫子の許に帰ってきたのは、夜が白みかけてからであった。

「終ったぞ、やっと」

眼ばかりぎらぎらさせて、疲れきった顔で戻った彼は、それだけ言うと、のべられた褥《しとね》に倒れこんだ。

しかし明ければ、また改めて公卿たちが挨拶にやってくる。土御門の邸に馴《な》れない女院付きの女房たちに指図をするために、道長はその日も朝早くから出かけなければならなかった。

「まったく、えらいことだな」

三日めぐらいになると頰がこけてきた。女院とはいえ天皇の母である詮子の移転は、いわば宮廷の一部を抱えこんだようなものだ。

が、詮子に邸を提供したことで、道長を見る周囲の眼はたしかに違ってきた。

――むむ、何とすばやいことを。

兄の道隆や道兼をだしぬいた感のある彼を、人々はみつめなおす。これまでは、凄腕《すごうで》の兄たちにぶらさがって出世してきたと思われていた末弟であったが……。

そして、倫子の眼には、思いなしか道長の顔にも明るさが加わったように見える。

以来、朝に夕に道長は詮子の許に出入りするようになったが、まもなく、

「明日の晩は、そなたもともに参上しよう」

と言いだした。

「まあ、私も？　でも、この体では」

倫子はさすがにためらったが、

「いや、かまわないさ。早い方がいい。女院も会いたがっておられる」

皇太后として宮中にいるころと違って、女院という気楽な身分になったことだし、あくまでも非公式の形だから、堅苦しく考えるには及ばない、と道長は言った。

「それに、姫も連れて、と言っておられる」

「まあ」

「お見知り願っておいた方がいい」

夫の姉とはいえ、女院の前に伺候すると思えば、緊張せざるを得ない。

参院――。

自分の邸に行くのにこう言うのは今の常識ではいささか大げさだが、すでに女院の御所となっている以上、参院には違いない。いくら非公式といっても、着るものにも気をつかう。

菊襲《きくがさね》にしようか、紅葉襲《もみじがさね》にしようか。二つしか年上でない女院詮子の前では、むしろ相手を刺戟《しげき》しないようにひかえめな方が無難であろう。

そのかわり、姫はぐっと華やかな色づかいにして、かわいらしく見せた方がいい――とさまざま女らしい心づかいをしはじめるときりがない。

その日は夕方までに手早く身じまいを終った。姫の髪もていねいに櫛《くし》けずって、小さな唇に紅をさしてやった。

「ゆっくり歩くのですよ。女院さまの前で転んだりしないようにね。おとなしくするのよ」

長い袴をはき、裾長《すそなが》の衵《あこめ》を重ね、汗衫《かざみ》をはおった人形のような姫に言ってきかせる。

　さて、その夜、夫に伴われて詮子のいる母屋へ伺候した。ついこの間まで自分たちが使っていた邸なのに、別の所に来たような感じがするのはなぜだろう。女房たちがあちこちに群れたりして何となくものものしいせいだろうか。

「連れてまいりました」

　道長が披露すると、脇息《きょうそく》にもたれた詮子は、気さくな笑みを浮かべた。

「北の方ですね、こちらへ」

　遠くに坐って一礼する。その傍らで、姫が小さな手を揃《そろ》えて同じように一礼するのに詮子は微笑した。

「まあ、かわいい姫ですこと。いくつですか？」

「四つでございまあちゅ」

　倫子が答えるより前に、姫はよく透る声で歌うように言った。

「まあ、おりこうだこと、おほほ、さ、こちらへいらっしゃい」

　詮子は姫を近くに招いて、髪を撫でた。あどけない声が、一瞬のうちに、あたりの雰囲気を解きほぐしたようだった。

「このたびは急なことで、大納言にもいろいろ世話をかけました」

「行き届かないことも多いと存じます。何なりとお申しつけくださいませ」

「いえいえ、たいへんよい住居で満足しておりますよ。池に映る残りの紅葉も美しいし、この分では雪景色が楽しみです」

気さくに話をするが、さすがに二つ違いとは思えない貫禄がある、とひそかに倫子は舌を巻いた。道長とどこか似ていて、初対面とは思えない親しみを感じさせる。味方にすれば頼りがいのある義姉君《あね》であろう。気候のこと、さきごろの長谷詣でのこと、女と女の、とりとめのない雑談がはずむうち、ふと、詮子は傍らの姫に眼をやった。

姫は小さな手をきちんと重ねて、人並に大人たちの話を聞いている。詮子の頰に微笑が浮かんだ。

「おとなしいのね、姫は」

「はい」

白いふっくりした詮子の手が、もう一度黒髪にふれたとき、
いかにも当然だというふうに、姫はうなずいた。

「おとなになちゃいって、ははさまが申ちまちた」

「まあ！」

「いやあ、これはまいったな」

同時に三人は笑いだしていた。

「利発な姫ですこと」

詮子はその顔をのぞきこむようにして、

「これからは、たびたび遊びにいらっしゃいね」

やさしく言い、両親をかえりみた。

「生《お》い先が楽しみですね」

「恐れいります。まだほんの子供ですが」

「いえ、すぐ大人になりますよ」

それから、小さな姫の手をとって、詮子はやさしく言った。

「姫が大きくなったら、この伯母ちゃまが、よいお婿さまを探してあげましょうね」

物おじしない瞳を姫は詮子に向けた。

「ありがとうございまちゅ」

お婿さまとは何なのかも、この子はわかっていないのではないか、と倫子は思った。しかし十数年後、このかりそめの詮子の言葉が冗談でなく実現するとしたなら、願ってもないことなのだが……。

ともあれ、今夜《うち》は幼い姫が一座の主役をつとめる形になって、詮子と倫子の対面は、なごやかな笑いの裡に終った。詮子はすっかり幼い姫が気に入ったらしい。これからも度々姫を連れてくるように、とくりかえしたのは、まんざら口の先のことではなかったようだ。その親しげな調子に、

——気さくな義姉君なのだわ。

倫子も心がほぐれてきた。もっとも、他愛のない婿探しの話のついでに、詮子はさりげなく、こう言いもした。

「例の済時どのの御長女の娍子《せいし》姫は、いよいよ入内《じゅだい》なさるそうですよ」

裳着《もぎ》の夜に、早速東宮が恋文をよこしたという大納言済時の娘は、大げさな支度をととのえて、十二月早々に東宮の許《もと》に入るのだと語った。

「それで、摂政どのも、二の君、三の君などの裳着を急ぎたい様子ですが、まだ年若な姫たちなのでねえ。そうすぐには……」

「すると、その姫君を東宮へでも?」

道長の問いに、詮子ははっきりした答を示さなかったが、

——なるほど、政治というものは、こんなふうに語られてゆくものか。

と倫子は思い知らされた。

頃合を見て、道長は倫子をうながして座を起《た》った。おしゃまな小淑女を気どっていた姫だったが、さすがに、帰るなり他愛なく倫子の膝《ひざ》に眠りこけてしまった。

「なかなか度胸のいい姫だなあ、感心したよ」

道長は上機嫌で寝顔をのぞきこむ。

「袴着《はかまぎ》のときもそうでしたわね」

倫子もそのころのことを思い出す。

「ときどきこの子にはびっくりさせられます」

「そうだったな。しかし、物おじしない様子はなかなかみごとなものだ。女院も大分お気に召した様子だ」

翌日、早速詮子の許からは倫子に沈《じん》の香と、姫に糸かがりした手鞠《てまり》が届けられた。くれぐれも体をいたわるようにという口上がつけられて……。

そしてその翌年の正月、倫子はめでたく男の子を産む。例によって、雅信と穆子――両親たちは、高僧を招いて読経をさせたり、自分たちもあちこちに物詣でをして平産を祈ったが、それらの気づかいにも及ばないほどの安産であった。

幼名は珍しくわかっていて、田鶴《たづ》または田鶴丸。道長は日記の中に「田靏」とも書いているが、ここでは以下たづ君と書くことにする。

男の孫の誕生で、祖父雅信は眼を細めている。穆子は早速豪華な産着を持ってやってきた。

「まあまあ、大納言どのそっくりですこと」

くしゃくしゃな顔付の、真赤な顔をした嬰児《えいじ》のどこが道長に似ているというのか。倫子はおかしくてたまらなかったが、猿に似たその真赤な嬰児そっくりと言われた夫の道長は、これまた手放しの喜びようで、

「たづよ、たづよ」

暇があればやってきて抱きあげている。詮子からも松の枝につけた祝の歌、そのほか数々の贈りものがあった。土御門の邸を提供しているからこそなのだが、先の出産に比べて、すべてが晴れがましくなっているのは、生れた子の運勢がそれだけ強いということなのか。

男の子の誕生を見て以来、道長はめきめき陽気になっている。昨年来の鬱屈した思いが新しい小さな生命の出現によって吹きはらわれたのだったら、この子は早くも両親に幸いをもたらしたことになるであろう。

その年の四月、一条帝が母詮子を訪れた。女院になった母へのはじめての表敬訪問である。道長は一月も前からその準備に忙殺された。この日は特に青葉が影をおとす池に船をうかべての管絃《かんげん》、詩宴が計画されたために、ことさら庭の手入れには気を使わねばならなかった。

が、道長の顔には疲れの色は見えなかった。夜更けや空が白みそめてから戻ってくることもしばしばだったが、そんなときでも彼はむしろ楽しそうに土御門邸の手入れの進みぐあいを語ったりした。やがて二十七日、一条帝が来臨して、管絃、詩歌の宴も滞りなくすむと、家主への賞として、道長には従二位が授けられた。当然のしきたりとはいえ、これで彼は上席の権大納言で正三位の源重光を抜いて、その上座に坐ることになる。

「ようございましたね、あなた」

晴ればれとした夫の顔を眺めてそう言った倫子であったが、それから間もなく、彼の上機嫌の原因が、実は別のところにあることを彼女は知らされるはめになる……。

今度こそ、根も葉もない噂《うわさ》ではなかった。

高松殿、明子がみごもったのだという。

それを倫子は道長の口から聞いてしまったのだ……五月雨《さみだれ》の降ってはやみ、降ってはやみする夜のことであった。ひどく不器用に、もぞもぞと、夫は告白したのである。

「こういうことを、そなたに言うのはどうも……。いや、しかし、これを他の人の口から聞くよりもいいかもしれぬと思って……。う、いずれは、わかってしまうことだし」

いやに前置きが長かった。それは夫の心づかいをしめすものだといっていいだろう。

それより、彼女の耳が捉《とら》えて離さなかったのは、夫の次の一言だった。

「……女院が」

小さく彼は言ったのである。

「まあ、女院さまが？」

叫びかけて声を呑《の》んだ。

明子のこともふしあわせにしないように、と詮子は言ったという。ぼそぼそとした夫の言葉の切れはしから、倫子は、この数か月の夫の行動のすべてを理解した。

いそいそとしていた。目が輝いていた。

——そうだ、そうだったのか。にこやかに笑って姫の髪を撫《な》でながら、肚《はら》の中でそのことを考えていた詮子の底知れなさよ！

しかし、倫子は、次の瞬間、ふしぎと冷静でいる自分を感じていた。詮子に裏切られたという思いよりも、その眼配りの広さにまず舌を巻くのは、あの日以来、詮子の存在が、身近になったからだろうか。詮子が姫をかわいいと思ったのも嘘《うそ》いつわりのないところだろうし、その一方で明子の身を案じたのも真実なのだろう。そういう世界であの人は生きてきた。そして彼女と隣りあわせに生きてゆく以上、こちらも腹がまえを作らねばならない。人間関係の複雑さは何も男の世界のことだけではないようだ。

夫は目の前で、ひどく申しわけなさそうな顔をしている。が、彼とても、姉の言葉で、それでは、と明子を気にかけだしたわけでもあるまいに。その眼、その頰が何よりも正直にそれを物語っている。

倫子は、その頰をきゅっとつねってやった。夫婦にはそれだけでわかる部分もある。またそれ以上はがまんして口にださない部分もあるということか。がまんといえば、じっとがまんを続けていた例の藤原在国が、妻の奔走でもとの従三位に戻ったという噂をまもなく倫子は耳にした。

花と地獄の季節

世代の交替する季節というものがあるのだろうか。

倫子《りんし》が男の子を産んだその年の六月、太政大臣為光《ためみつ》が亡くなった。そして、道長のもう一人の妻の明子《めいし》が、その翌年同じように男の子を産んだ後で、倫子の父、左大臣雅信が世を去った。すでに七十四歳、当時としてはかなり長寿に属するが、

「姫の裳着《もぎ》が見られるかのう」

口癖に言っていた老いたる祖父の願いは、遂に叶《かな》えられなかったのである。とりたてて政治的手腕があるわけではなかったが、故実に通じ、謹直な人格者として人々に一目おかれていた雅信であった。その舅《しゅうと》を失ったことは、道長にとっては手痛い打撃である。

これまで廟堂《びょうどう》の秘事——とりわけ人事問題については、舅からすばやく情報を得ることができた。しかし、これからはそうはゆかない。自分一人で触覚を働かせ、人々の動きを摑《つか》んで行かねばならない。

さしあたって、為光、雅信の死によって空いた太政大臣、左大臣の座はどうなるのか？

しかし、道長のところには、それについて何の情報も入ってこない。太政大臣は必ずしも置く必要はないから、そのままとしても、左大臣はいずれはきめなくてはならないはずなのに……。

が、人事の鍵《かぎ》を握る道隆は、このところ音無しの構えなのだ。もっとも彼自身は雅信の死の少し前に、摂政を辞し、関白に変っている。これは一条帝が数え年十四歳になって、形の上だけでも公式の書類に目を通すに足る一人前の年齢に達したからで、実質的な権限を道隆が握っていることに変りはない。

それに自慢の息子伊周《これちか》を、彼は遂に権大納言に押しこんだ。道長とともに権大納言だった源重光《しげみつ》が、老齢を理由に隠居するかわりに、これを伊周に譲ったのである。なぜなら、伊周は重光の娘と結婚してその邸に住み、すでに男の子を儲《もう》けていたからだ。舅が隠退し、代りに婿が出世する、ということは、このころかなり行われている。土御門邸を詮《せん》子《し》に提供し、その後楯《うしろだて》を得た道長が従二位に昇進して、

——やっと一掻《か》き前に出た。

と思ったのもつかの間、相手は遂に上位五人を追い抜いて、道長のすぐ後まで迫ってきたのであった。

——この大事な時期に舅どのを失うとは。

勢に乗って追いこんでくる伊周をふりきろうにも、雅信というよき相談相手を失って

はどうにもならない。道隆は伊周を大臣なみに扱っているという噂もある。私邸ならともかく、宮中でも伊周が大臣の座に坐って道隆と話しているのを見た者がいるという。このときは、さすがに道隆は急いで伊周を退《さが》らせたそうだが、これは宮廷内で、ちょっとした話題になった。

どうやらこのころ、道長はそうした問題に眼を奪われすぎていたようである。そしてもう一つ、世の中をゆるがす大きな渦が巻き起りはじめていることに気がつかないでいたらしい……。

もう一つの渦に気づかせてくれたのは、次兄道兼であった。髭面《ひげづら》の兄貴と久しぶりに対面したのは、秋の終り近く、舅の喪があけて、久々に東三条院詮子の許に顔を出した夜のことである。もちろん公式の訪問ではない。いろいろお世話になりました、というような挨拶のつもりで立ち寄ると、取次ぎに出た女房が、

「内大臣さまが見えておられます」

とささやいてくれた。

「ほう、内府が」

「春日《かすが》へお詣《まい》りになってお帰りになったとかで」

何を思いたったか、道兼が、藤原氏の氏神である奈良の春日社へ参詣したのは道長も知っている。政治的には無駄弾《だま》丸はめったに撃たないこの兄の、春日詣では何か意味あ

りげだが、しかし、その心底を臆測するほどの余裕は道長にはない。何しろ舅の病臥《びょうが》からはじまって、その死、葬儀と二、三か月はそのことにかかりきりだった。その上ひと月の服喪の間は世の中の動きからは遮断され、去る九月九日の重陽《ちょうよう》の日に久しぶりに宮中に出仕したばかりである。

「ちょうどよい折に来ましたね」

詮子は道長をさしまねき、道兼のそばに坐らせると、雅信の葬儀以来の労をねぎらった。

「明るい折に来たら庭の菊の盛りが見られたのに。これは、今日切らせたのです」

ふりかえって指さしたところに、大きな瓶にいっぱいに活《い》けた白菊が飾られてあった。

「何か風がおどろなのでね、吹き折られてしまってもかわいそうなので」

そういえば、昼下りから雲の速さがただならなかった。

「嵐《あらし》にならなければよろしいですが」

言いながら道長は道兼に挨拶した。

「春日詣ではいかがでしたか」

「うむ、二十日に詣でた。やはり変りやすい天気で朝方にはかなり降ったが、社前に詣でたときはすっかり晴れあがってな。その夜はまたひどい雨よ」

「というと、御参詣の間だけいいお天気で？」

「ま、そういうことになるな」

「では、春日明神も兄上の御参詣に感応あらせられたというわけですな」

「ふむ」

髭面をにやりとさせて詮子の方を見やったのはそれについて二人は語りあっていたからか。あたりさわりのない話をして、詮子の許を辞そうとすると、

「では、私も」

道兼は追いかけて座を起った。庭に出ると、風は前より激しさを加えていた。

「おっと、これはひどい」

危うく飛ばされかけた烏帽子《えぼし》を抑えたとき、道兼が、耳許で意味ありげにささやいた。

「この風、このくらいではすむまいよ」

兄の声は低くて太い。人を地底にひきずりこむような暗い響きを持つそれを、ごうごうと鳴る風音の中で聞くと、思わずぎょっとせざるを得ない。

「え、何ですって」

「女院《にょういん》さまはよいお計らいをされた」

「は？」

「明日になりゃあ籬《まがき》の菊は総倒れだ。切っておしまいになったのは何よりだ。いや、倒れるのは菊だけじゃない。御殿も何もかも吹っとぶぞ」

「あの、土御門の邸がですか」

「そうは言わぬ。が、都じゅうで倒れる家が出るだろう。まちがいなく」

ひどく確信ありげに呟《つぶや》く。

「とにかく、今年は大変な年だ」

「そうですか、ほう」

「気づかないのか、そなた」

あわれむように道兼は、道長をみつめる。

「そうかもしれんな。舅どののことにかかりきりだったからな」

同情というよりも、その声には、道長の不明をあざ笑うような響きがあった。

次の瞬間、道兼はぴたりと足を止めた。暗がりの中で表情はさだかではないが、道長の行くてに立ちふさがった黒々とした姿から、やがて地底から吹きあげるような声が響いてきた。

「冗談で言ってるのじゃない。おそろしいことになるぞ、今年は」

これまでと違った真剣な言い方だった。

「は、左様で」

思わず立ちすくむ道長に、

「この疫病《えやみ》のひろがりようはただごとではない」

冷たい声で言いはなつ。

「ま、今年はたしかにひどいようで」

疫病——流行病《はやりやまい》騒ぎは毎年のことだ。今年も春先から夏にかけて咳《せき》の病が流行したが、道隆も道兼もそれに悩まされたと聞いている。ところがその後、疫病の様相が変って高熱を出して急死する者が続出し、今も流行はおさまる気配がない。

この疫病は、たいてい九州から流行しはじめる。海外と往来のあるこの地に、海の彼方《かなた》の病菌がもたらされた、と考えるのは現代人の判断であって、

「鎮西に流行病起る！」

と聞いたとたん、当時の人々が直ちに思いつくのは全く別のことだ。

「鎮西には、おそろしい猛悪な霊がおいでだ」

その悪霊とは、かの地で失意のまま死んだ菅原道真の怨霊《おんりよう》である。このおそろしい霊が動きだすと、流行病が起る——と人々は考えていた。そこで、今度も、宮廷では彼に左大臣正一位を贈ることにした。そのことは道長も知っているのだが、道兼は、あざ笑って言う。

「それ、それがいかんのよ。かえって道真公の霊を怒らせてしまったのよ。何となれば……」

左大臣、正一位を贈られたくらいで、菅原道真の怨霊が満足するはずがない。

「考えてみるがいい。道真公を追いおとした時平公は生前が左大臣、死後太政大臣を贈られている。それをただの左大臣で満足されるかどうか……」

「なるほど」

「何でも宮廷からの使が行ったとき、このこと不快、というお告げがあったそうだ」

「ほほう」

「だから見ろ、疫病はやまない。宮中にも落雷があったじゃないか」

道真の怒りは雷鳴と落雷によって表わされる、と当時の人々は信じていた。

「このまま放っておけば、疫病はもっとひろがる。こんどのはただの疫病じゃないぞ、道長」

「と言いますと」

「疱瘡《もがさ》だ」

「ひえっ」

疱瘡はとりつかれたら最後ほとんど癒《なお》る見込がないと思われていた。

「どうも道真公に従う悪霊の眷属《けんぞく》が、疫病神に姿をかえて都にやってくるらしいぞ」

道兼の声はいよいよおどろおどろしくなってきた。

「む、む、む、困りましたな、兄上。どうにかして、これを免れる法は？」

「俺が春日詣でをしたのも、じつはそのことよ」

「え？」

さすが目先のきく道兼兄貴だ。

「そ、それはどういうことで」

聞きたいか、聞きたければちょっと俺の邸に寄らぬか、と小声で言って、道兼は先に立って歩き出した。その間にも風勢はいよいよ強くなり、土御門邸をかこむ丈高い木立は、いまにも梢《こずえ》をひきちぎられそうに身もだえしはじめた。

「雨の匂いもしてきたな」

秋も末だというのに、季節はずれの暴風雨がやってくるのか。

馬で町尻の自邸に帰りつくまで、道兼はおよそ別の話題しか口にしなかった。供人たちの耳を警戒してのことだろう。

「関白が今度造られた二条の新邸はたいへんみごとだそうだな」

「中宮の里邸にもお使いになられますそうで」

「ふむ」

「二条の邸に続いてこの間から造っておられる積善寺《さくぜんじ》もやがて落慶とか」

「ほう。それは何月か」

「多分来春の二月か三月……」

「花の季節だな」

が、邸に帰りつくと、道兼は眼差《まなざし》をきびしくし、侍女たちを退らせるとずばりと言った。

「夢を見たのだ、俺は」

「ほう、どのような」

「道真公の夢だ。俺にお告げがあった」

道長はまじまじと道兼を眺めた。

夢じらせだって? 何を道真公が言ったというのか。そしてこの兄貴はそれを信じているというのか。

道兼の語るところによれば——。

道真の霊なるものは、夢の中でこう告げたという。

「左大臣では不満だ。太政大臣を贈れ」

しかし事は重大である。氏神の春日明神にそのことを報告し、可否の判断を乞うための今度の参拝だったと言う。

「ほう、そのことを関白に申しあげられたのですか」

「いや、まだだ」

顎《あご》の髭を撫《な》でて道兼はにんまりと笑った。

「まあ、時期を見ているというところだ」

道長も道兼の肚のうちが、しだいに読めてきた。

当時、天変地異や悪疫流行は為政者の責任と考えられていた。このように悪疫が猖獗《しょうけつ》するのは、左大臣などを贈って道真の霊を激怒させた道隆の手腕のなさだ、と言いたいのか、それとも、殊勝に献策して兄に恩を売ろうというのか……。

「ま、こんなことは、もっと早く手を廻すべきことだ。いまさら間にあうかどうかわからんが……」

という言葉はどちらにもとれそうだ。その後で道兼は、もう一度髭面を撫で、片眼をつぶってみせた。

「これだけ尽してるんだから、まず、道真公も俺のことは見のがしてくれるだろうよ。それから多分、そなたのこともな。あとは知らん」

それから急に話題を変えた。

「春日には、行成《ゆきなり》を連れていったよ」

行成——つまり後に名筆家として知られるコウゼイである。

「まだたった二十二だが、まじめでいい男だ」

行成は道兼たちの伯父、摂政伊尹《これただ》の孫。父親が早死したので、やや主流を外れた形で、さきごろまで、中級官僚として左兵衛権佐《さひょうえごんのすけ》をつとめていた。

「それでも不平顔をしないところがいい」

春日詣での往復で、彼は大分行成が気にいったらしい。

「そこへ行くと、右中弁《うちゆうべん》源俊賢《としかた》などという奴は俺は好かんな。あれは、そなたの妻の明子姫の兄だろう」

「そうです」

「だからといって、そなたの所へは寄りつきもせんだろう」

「はあ、あまり」

「そうだろう。あいつは妻を中宮の所へ宮仕えに出して、関白のところへ入りびたっているんだ。あいつの妻は関白とも遠縁だからな。それでうまく蔵人頭《くろうどのとう》をせしめおった。何でも関白が、今度の蔵人頭は誰にしようと相談したら、図々しくもそれは私でございます、と言ったそうじゃないか」

――ご自分もかなりぬけ目なくていらっしゃるくせに。

道長は口まで出かかったその言葉を呑みこんで、道兼邸を辞した。

風はますます凄《すご》みを加えてきた。

――たしかに兄貴の人を見る眼は鋭い。

馬上で、道々彼は兄の言葉を考えてみる。

――そこへ行くと俺などはまだ若いな。

上座の人々の動きは注意しているつもりだが、下の地位の者にまではなかなか眼が届かない。が、道兼は、ちゃんとそのへんを見ぬいている。

なるほど、源俊賢はきれものだ。父は源高明、でっちあげの政変で狙いうちされて左大臣の座を追われた名門貴族だが、息子の彼にはそうした名門意識や逆境へおとされたという恨みは全くない。それらをすべて払いおとし、自分の頭と腕で、しぶとく、要領よく生きようとしている。妻の縁を辿《たど》って、巧みに道隆に喰《く》らいついてゆくのは、いかにも彼らしい生き方であろう。

俊賢といい、行成といい、名門に生れながら、過去の栄光に未練たらしくすがりついていないところは、むしろさばさばしているし、じっくり実力で勝負しようとしている姿は頼もしくもある。

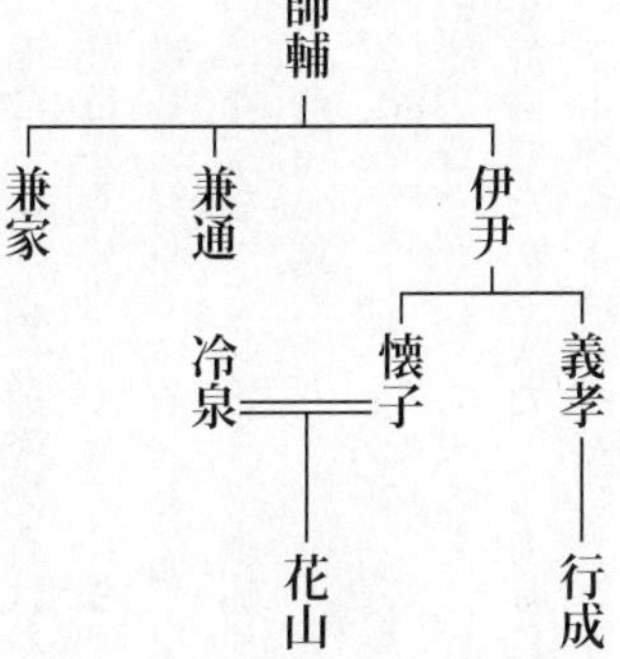

そこまで考えたとき、ふと思いあたったのは、

——道兼兄貴は、ひそかに将来のことを考えて、人間の値踏みをしているのではないか。

ということだった。かつて亡き父兼家が、藤原在《あり》国《くに》、平惟仲《これなか》という錬達の能吏を巧みに使いこなしていたように、道兼兄貴も、頼りになる中堅、若手に眼をつけはじめているのではないか。

　そこへゆくと、道隆兄貴はやや気配りにかけている。何かといえば、妻の高階貴子《たかしなのきし》の一族ばかりに目をかけている。彼らだけを取り巻きにし、どんどん出世させるというので顰蹙《ひんしゅく》を買っていることに、兄貴は気がついていないのだろうか。あれでは人望はしだいになくなってしまう。疫病や天変地異につけて、ひそかに蔭口《かげぐち》がささやかれているのも、道隆兄貴のこうしたやり方への不満の表われではないだろうか。

　ところで翌日になって、道長は、昨夜の大風で、賀茂《かも》の社の軒廊《こんろう》や玉垣《たまがき》、その他付属の雑舎《ぞうしゃ》などが、めちゃめちゃに倒壊してしまったことを知らされる。朝廷では早速修復を計画したが、またしても都にたかまってくるのは、

　――神さまは、みんなお怒りだ。

という人々の蔭口だった。

　そして、それから間もなく、道兼は例の道真の夢について持ちだす。

　――む、む、うまい機会を摑まれたな。

　兄貴の業師《わざし》ぶりは今始まったことではないが、道長はひそかに舌を巻く。しかも道兼の打ち明けた相手というのが、参議、藤原実資《さねすけ》。つねに不平不満のかたまりでもある意地悪評論家だというから、布石のみごとさに眼を見張らざるを得ない。道隆に不平を懐《いだ》いている実資は喜びいさんで吹聴し、道真の霊に太政大臣を贈るべく奔走するであろう。そうしておいてはたせるかな、太政大臣の称号を追贈することはすんなりきまった。そうしておいて

から、道兼は、さらに、もう一つ、大げさなゼスチュアをやってのける。

どこまで本気かはわからないが、道兼はこう申し出たのである。

「兼任している右大将を辞《や》めたい」

と。近頃の天災、疫禍はただごとではないから、というのがその理由である。もちろん辞表が受理されないことを見越しての一人芝居だが、ともかく危機感を懐《いだ》いている、ということの意思表示にはなるであろう。これにかぎらず、当時の高官たちは、辞める気もないのに、時折りこうしたことをやってみせる。道兼も結局辞表はひっこめてしまうのだが。

さて、道真に太政大臣を追贈して、疫病はやんだであろうか。とんでもない。年があらたまると、むしろ手のつけられないほど、病気は都の内外に蔓延《まんえん》しはじめた。

「正暦五年のほどは、いみじう人しぬ」

このさりげない言葉が、じつは歌の詞書《ことばがき》なのだからおそろしい。当時の歴史物語として有名な『栄花物語』にはこうある。

「いかなるにか、ことし世の中騒《さはが》しう、春よりわづらふ人々多く、道大路にもゆゆしき物ども多かり」

「ゆゆしき物ども」と優雅に書いているのは、瀕死《ひんし》の病人や、すでにこときれた人々の遺体のことである。ひどく非情なようだが、このころ庶民は死にかけた人間を道端に出してしまう。死骸《しがい》も風葬や火葬が多いが、死人が多すぎると、葬地にも運べず、道端に打ちすてておかれることが多い。

まさにこの世の地獄図である。世情の不安につけこんで、強盗、放火もふえてくる。しだいにそれも大胆になって、遂には宮中の後涼殿《こうりょうでん》という殿舎にまで火が放《つ》けられた。幸いにも発見が早く、うまく消しとめて大事にはいたらなかったが、これが天皇の常の御殿である清涼殿《せいりょうでん》の続きの御殿なのだから驚かされる。そして、その折も折、関白道隆によって未曽有の華やかさで行われたのが、積善寺供養であった。

——このさなかによくも……。

という気がするが、道隆はじめ人々には、この世情不安を顧慮した気配は全くない。いや、それどころか、この供養によって、世の中はよくなる、くらいに考えていたかもしれない。いつの世にも為政者の世なおしには、こんなずれがつきものであるが。

積善寺は、故兼家の愛した法興院《ほこいん》の境内の中に建立した寺院である。じつは兼家は吉田野という所に一寺を造っていたのだが、道隆はこれを移し、さらに一切経を施入し、亡父の冥福《めいふく》を祈って、大法会を催した。

この日に備えて、道隆の娘である中宮定子《ていし》は、里邸である二条の宮に入った。これは道隆が娘のために新築した自慢の邸《やしき》である。定子が宮中を退出したのは二月はじめ、その夜お供の女房たちの中には、才女清少納言もまじっている。

夜ふけてからの二条宮入りだったので、清少納言は、与えられた局《つぼね》ですぐ寝こんでしまった。

そして翌朝――。

眼をさました彼女は、ものめずらしげにあたりを見廻す。

――まあ、何もかも新しずくめ！

白木の柱はまぶしいばかりに輝き、木の香をただよわせている。御簾《みす》も几帳《きちょう》も指先を触れるのさえ惜しいような真新しさだ。

局からすべり出て、簀子《すのこ》（縁）に立ったとき、思わず清少納言は眼をこすってしまう。

――桜かしら？　まさか……。

旧暦とはいえ二月はじめに桜は少し早すぎる。梅の盛りなら話はわかるが、庭先のさまで高くない樹々の枝先も霞《かす》むまでに咲きわたるのは、白梅でも紅梅でもない。

――何とふしぎな。

眼をこらしてから、はたと彼女は胸を叩く。

――まあ、すばらしい御趣向！

枝は作りものの桜の花でうずめられていたのである。たちまち頭にうかぶのは、この企みをくわだてた数奇者《すきもの》のことだ。

――関白さまだわ、まちがいなく。

道隆は、わが娘、中宮定子の里邸を、季節にさきがけた桜の花で飾り、人々を驚かせようとしたのに違いない。道隆はそういう企画、演出にかけては抜群の才を持っている。華やかな上に華やかな趣向をこらし、あっと人を驚かせることが大好きなのだ。多分昨日は陣頭に立って、

「それをここへ、その木はあれへ」

と細かく指図をしたことだろう。造り花で飾られた桜の木は、まさにそれ以外のどこであってもならない絶妙な位置に、一つ一つが配置されていた。

——何とおみごとな。

人一倍美意識を大事にしたがる清少納言は、それだけで胸がいっぱいになってしまう。

——このお心配りのすみずみまでほんとにおわかりになるのは、中宮さま。そして私……。

ちょっぴりいい気持になっているところへ道隆の来訪が告げられた。そして、その姿を見たときに、

——まあ……。

またもや清少納言は胸を震わせてしまう。

青鈍《あおにび》色の指貫《さしぬき》に、上はほんのり薄紅《うすあか》い直衣《のうし》——。色のとりあわせもみごとだが、表の白から紫がかった紅の色を透かせた直衣は桜襲《さくらがさね》。桜の世界の演出者は、みずからもその

ゆかりの色の直衣をまとって、登場してきたのである。このとき道隆は四十二歳だが、王朝の貴族たちは、こうした略装の時には色づかいにことさら気を配る。もちろん年齢による違いはあるが、それよりも大切にするのは季節感で、桜襲、山吹襲《やまぶきがさね》、青朽葉《あおくちば》など、それぞれの季節に因《ちな》んだ装いをこらす。

中でも道隆はダンディーだった。人を唸《うな》らせるほどの装いが、自他ともに許す美貌《びぼう》によく映ることを彼は知っている。

清少納言の道隆を見る眼は、ファンがスターを見るそれに似ている。このとき彼女の推定年齢は三十前後、その三十女が四十男に憧《あこが》れる図は、今から見るといささか滑稽《こっけい》だが、考えてみれば、いわゆる芸能スターの存在しないそのころ、道隆はまちがいなく大スターだった。

富と権力と美貌をかねそなえたこのスターはまさに日本一、その登場に、清少納言が、失神に近いよろこびを感じるのも無理はないかもしれない。しかもこの日本一の大スターは、女房たちに向って気さくにものを仰《おお》せられるではないか。

「やあ、そなたたち、みんなそろって美人だなあ」

女を喜ばせるすべをちゃんと心得ている。さらに彼は、娘の中宮をかえりみていう。

「女房がたはみな美人ぞろい。しかもみなごりっぱな家の娘御ときている。そういう人たちにかしずかれているなんて羨《うらやま》しいかぎりですなあ。さぞかし御満足でしょう。この清少納言が美人のほまれがあったというのは、この美人ぞろいにはかなりの割増しがある。人たちによく気を配ってさしあげることですな」

道隆はさらに続ける。

「それにしても、そなた達は、いったい、この宮さまの御心の中を知ってお仕えしているのかどうか……」

さも仔細《しさい》ありげに、わざと小声を装って彼は言う。

「この宮はね、じつをいうと、欲張りでけちんぼ。私なんかはね、宮さまがお生れになったときからお仕えしているのに、お召しもののおさがり一枚くださったことがないのさ。え？ ほんと、ほんとですよ。けっして蔭口で言ってるわけじゃない」

おどけた口ぶりに、女房たちが笑いくずれると、わざとまじめな顔つきで、

「わからんのだなあ、本気で言っているのに。みんな、私のこと、どうかしてると思ってるらしいね。こんなに笑うんだもの、恥ずかしいなあ」

スターはみずから三枚目を演じる効果を知っているのだ。そのうちに、一条帝の許《もと》から中宮あての文が届けられた。と、道隆は、封を解きながら、

「ちょっと拝見したいなあ。いいとおっしゃれば、中まで開けてしまうのだがなあ」

中宮を困らせてから、

「そうら、宮さまがはらはらしていらっしゃる。やっぱり、畏《おそ》れ多いからやめておこう」

文を中宮に渡して座を起った。使に来たものにかずけもの（御祝儀）を出すためである。その間に、中宮は一条帝の文を読み、返事を書く。ちょうど紅梅襲《こうばいがさね》の衣裳《いしょう》を着た中宮が、同じ紅梅色にかさねた薄様《うすよう》（薄い紙）に書いている姿を、清少納言はほれぼれとみつめている。

その数日後、夜中に雨が降った。そして暁方《あけがた》、清少納言は庭に何やら物音を聴く。まだ格子戸は降りている。が、そっと隙間《すきま》から覗《のぞ》くと、男たちが薄ら明りの中で、造りものの桜の花をつけた樹々を大急ぎで引き倒しているではないか。雨に降られて、紙の桜花が台なしになってしまったので、道隆の命をうけて、こっそり片づけようとしているのだろうか。

「暗いうちにやってしまえと仰せられたのに、もう明るくなってしまったじゃないか。早く早く」

指図する男の声がする。そのうちに女房たちも気がついたらしく、

「花盗人かしら」

などという声がした。男たちはいよいよあわてて、倒した樹をひっぱっていってしまった。

そのうち、中宮も眼を覚ます。格子戸があげられ、一変した庭の姿に、

「まあ、あの花はどこへいってしまったのかしら」

思わず驚きの声を洩《も》らす。夜中の雨に、造花のいのちを案じていた中宮は、「花盗人か」という女房の声も聞きつけていたのだが、たちまち、事の次第を了解する。

「花盗人だったら、こんなに全部なくなってしまわないわ。関白どののお計らいね」

が、清少納言はすまして答えた。

「いいえ、春の嵐のしわざでございましょ」

そのうち道隆がやってきてとぼけて言う。

「おやまあ、全部花を盗まれてしまうなんて。みんなお寝坊さん揃《ぞろ》いなんだなあ」

「どういたしまして」

清少納言が応じると、

「や、見つけられたか。これは手ごわい」

道隆は、まいった、という顔をしてみせる。じつは、「春の嵐」をはじめ、このやりとりはなかなか微妙なのである。煩雑にわたるので省略したが、『枕草子』のこの部分の中宮、道隆、清少納言の会話の中には、いくつかの古歌が織りこまれている。まさに丁々発止、さしずめ今ならヴェルレーヌ、ランボオなどの詩の文句が飛びかうといったところであろう。

とりわけ道隆は「春の嵐」に感心したようだ。彼の指図と知りながら、わざと「春の嵐」と風流に言いまぎらした清少納言の機智に、

——そうそう、俺の欲しいのは、このぴかりと光る思いつきなのさ。

とでも言いたげであった。王朝の貴族社会は、ウィットとユーモア、言葉あそびの世界である。磨きあげられた美意識は、言葉で縁《ふち》どりされ、さらにウィットで飾られる。それのわからない野暮は、徹底的に軽蔑《けいべつ》される。感覚的なところはちょっと現代に似ている。ただし現代よりは少し知識水準は高いようだが……。

その中で清少納言はチャンピオンだった。このときのことではないが、大雪の降ったある日、いつもより早く格子をおろし、女房たちが火桶《ひおけ》にかじりついておしゃべりしていると、中宮がふと言った。

「少納言よ、香炉《こうろ》峯《ほう》の雪はどんなふうかしら」

清少納言はうなずいて早くも起《た》ちあがった。

他の女房たちがあっけにとられているうち、清少納言は下仕えの女たちに格子をあげさせ、みずから御簾をするすると巻きあげた。

視野いっぱいにひろがったのは、白銀の世界……。中宮は、いとも満足そうに微笑した。

わけのわからぬパントマイムの裏には、白楽天《はくらくてん》の、

「香炉峯ノ雪ハ簾ヲ撥《カカ》ゲテ看《ミ》ル」

という詩の一句がひそんでいる。

中宮は庭の雪景色を見たかったのだ。かと言って、「そなたたち、寒いからって、火桶にかじりついてないで、雪景色をごらんなさいな」と言うのは野暮というもの。そこでさりげなく、「香炉峯の雪は?」と言ったのである。

といって、中宮は女房たちの漢詩の素養をテストしたわけではない。我々にはひどくむずかしそうに見える白楽天の詩は、このころの女房にとっては常識程度のものだった。いわば我々が百人一首の中の何首かを知っているくらい、と考えればいい。

が、そこから先が応用問題である。

——中宮が何を欲しているのか。

清少納言はすばやくそれを読みとったのだ。寒いといって、めったに見られないこの豪奢《ごうしゃ》な雪の饗宴《きょうえん》を見逃すわけにはゆかない。冬には冬の美学がある。中宮のこの美意識が清少納言のそれに伝わって放つ、つかのまの光芒《こうぼう》が中宮をほほえませたのだ。

このとき他の女房たちは口を揃えて言った。

「私たちもそのくらいな文句は知っていたし、口ずさみもしていたけれど、宮さまのお言葉がそういう意味だってところまでは思いつかなかったわ」

清少納言が誇らしく思うのは、このことなのだ。白楽天の詩を知っていることを自慢しているのではない。後世の我々と当時の常識がかけ離れているために彼女をともすればペダンチックな人間と見がちだけれど、彼女の自慢の種は、むしろ応用問題の解き方なのである。そして積善寺の供養をひかえて、二条の宮では、道隆や中宮、そして清少納言やその他の女房たちのウィットのやりとりは昼も夜も続いていた。

もっとも、女房だけが集まっているときは、もっと他愛のないおしゃべりになってしまう。彼女たちの話題は、供養の当日の衣裳のことだ。

「あなた、何になさるの」

「私？　別に……。ほんのありあわせで出るよりほかはないわ」

「あんなことおっしゃって。かくしていらっしゃるんでしょ。いつもあなたってそうなんだから」

いつの世にも、これだけは変らない。着るものの彩り、持つ扇、髪飾り……。一日話していても飽きない女のたのしみの一つである。

もっとも……。

衣裳えらびは女だけのことではない。

「まだか、まだ仕上がらぬか」

日ごとに妻をせっついている人物がいた。権大納言兼中宮大夫《ちゆうぐうのだいぶ》、藤原道長その人である。彼はいま下襲《したがさね》を大急ぎで縫わせているのだ。

数日後の供養を前にして、道長が急遽《きゆうきよ》下襲の新調を思いたったのにはわけがある。

供養の当日、彼はまず関白道隆たちとともに、土御門にいる女院詮子を迎えにゆく。

そして行列に従って積善寺へ。ついでとって返して数日前から中宮の公邸である東三条邸の南院に移っている定子の迎えに……。

しかも彼は中宮大夫(長官)である。このところ、中宮定子の兄の伊周、弟の隆家などが、雑事はとりしきっているのだが、晴れの日には、やはり長官たる彼が側近に奉仕しなければならない。

ついては、中宮に従って行くときは、ちょっと装いを改めた方がよくはないか。少なくともかけもちで走り廻るという感じはなくなるはずである。といっても、こういう日に着るのは正式の束帯だから、位階によってきまっている。もし変えるとすれば下襲──。これは袍《ほう》の下につけて、後に長く裾《きょ》を曳《ひ》く。座についたときには、この裾の部分を勾欄《こうらん》から垂らしたりするから、かなり目立つ。

──その裾の模様が前と変っていたら、見る人はなるほどと思うだろう。

二十九歳の道長は、兄の道隆に劣らず、なかなかのおしゃれなのである。倫子は、

「なにもそこまでなさらなくとも」

口を抑えて笑ったが、結局夫の意見に従った。

この新しい下襲ができあがったのが供養の三日前の夜であった。

「間にあってようございましたね」

倫子が手にとったそれを、

「うむ、なかなかよいじゃないか」

満足そうに道長は眺めていたが、

「ちょっとつけて見るか」

気軽に立ちあがった。

「そうなさいませ。御供養の当日になって、具合の悪いところがあっても困ります」

倫子はいそいそと着替えを手伝った。

「はい、お単《ひとえ》、お衵《あこめ》」

「お袴《はかま》をどうぞ」

「さ、いよいよお下襲でございますよ」

かいがいしく手伝っているところへ、

「殿っ、殿っ」

廊を踏んで駆けつける足音とともに、息ぜわしく家司《けいし》の声がした。

「何だ、どうした」

下襲の組帯を締めかけていた手を、道長は思わず止めた。

「一大事でございまするっ」

転がるようにして手をつかえると、

「火が、火が……」

あとは言葉にならない。

「火？　火がどうした」

「内裏に火が――」

「なにっ」

言うなり、道長はさっと帯を解いていた。

袴を踏みしだき、衵をかなぐり棄てる。もとの直衣を手早くまとって、

「馬をっ」

道長も廊を飛んでいた。

「大黒《おおぐろ》を曳けっ」

いちばん足の早い馬に飛びのると、鞭《むち》を入れて一気にあおった。

「急げ」

郎従たちが慌てふためいて後を追うのをふりかえりもせず、のびあがるようにして内裏の方を眺めると、思いなしかその方向の空が紅《あか》い。

不吉な予感がした。

ついこの間も後涼殿に放火されたばかりである。大事にいたらなかったからよかったものの、今度もただごとではない。

土御門大路をまっすぐに、上東門《じょうとうもん》をくぐりぬけると、早くもそのあたりには、物見高

い群衆がなだれこんでいる。

「どけ、どけ、どけというに」

「あっ、権大納言さまだ」

耳の近くで誰かが叫んだような気もする。

「火事はどこだ」

怒鳴ると、

「飛香舎《ひぎょうしゃ》」

群衆の中から答が返ってきた。

「なに、飛香舎？」

「弘徽殿《こきでん》もよ」

いずれも後宮の殿舎である。が、その方向からは炎の上る気配はない。

——消えたのだな。

やや安堵《あんど》の思いで近づくと、

「これはこれは」

消火にあたっていた検非違使庁《けびいしのちょう》の下僚たちが、慌てて一礼した。

「いや御苦労、消えたようだな」

ねぎらうと、

「はい、どうにか」

口々に答えた。と、その中の主だった一人が耳もとに口を寄せるようにしてささやく。

「同じ手口です。先夜の後涼殿と」

予感は的中したのであった。

「やはり放《つ》け火か」

「は、何か小枝のようなものに火をつけまして、それを屋根に投げあげたらしいのです」

それを証拠に、火は内部からでなく、屋根の上から燃えはじめた、と男は言った。当時の殿舎は檜皮葺《ひわだぶき》だから、火をつけたものを投げられてはひとたまりもない。

「まあ、今度も発見が早うございましたから大事にはいたりませんでしたが、もう少し遅うございましたらどういうことになりましたか」

「うむ、うむ」

よりにもよって供養の前に、こうした事件が起きるとは……。

鎮火を見届けて、道長は一条帝の寝所のある清涼殿に廻った。夜中だから女房を通じての挨拶だけにとどめて帰途につく。

——それにしても、なぜこう放火が続くのか。それも事もあろうに、宮中の殿舎に……。

疫病の流行が人心を不安にしている。それにつけこんで事を起そうという連中が巷《ちまた》に群れていることを感じていないわけではないが、ここまでくれば、あからさまな挑戦である。放火犯人はいち早く身を隠し、こっそりどこかから、官人たちの慌てふためくさまを見ているに違いない。いや、今の今も、物蔭から自分の姿をじっとみつめているのではないか……。

思わずぎょっとしてあたりを見廻す。築地《ついじ》や木立が蒼黒《あおぐろ》い影をおとすところには、何者かがひそんでいないとはかぎらないのだ。

それに盗人も横行している。つい先ごろ、権大納言伊周の直廬《ちよくろ》にも盗人が入って大騒ぎになった。

——探索をきびしくしなければいかんな。

が、当時の警察力、軍事力は呆《あき》れるほど貧弱なのだ。果して犯人をつきとめられるかどうか、あまりあてにはならない。

一条の自邸に近づいたころになって、やっと道長は夜気にただよう梅の香に気づいた。

遅咲きの花は紅梅か。

——十七日だったな、今宵は。

わずかに欠けはじめた月が照らし出す古木の枝を、馬をとめてしばし見上げた。

積善寺供養は、しかし、こうした世情不安をよそに、三日後に華やかに行われた。中宮定子のいる東三条邸では、朝の四時ごろから清少納言たち女房が大騒ぎをして化粧に余念がない。

「早く、早く」

せきたてあって支度をしたが、いっこうに出発の気配がない。そのうちに陽が上がって、すっかりあたりは明るくなってしまった。やっと出門したのは午前六時、思い思いのよそおいをこらした女房たちが四人ずつ牛車に乗って二条大路に車を並べる。その数二十輛《りよう》、まず女院詮子の行列を見送るのである。

詮子方は十五輛、出家した詮子の供にふさわしく、車の裾からこぼれ出る女房たちの衣裳の色も抑えて、趣味のよさをしめしている。

道隆以下、臣下がこれに従う。が、それから中宮の出発までの時間の長かったこと……。

しびれをきらしたころ、やっと中宮の輦《てぐるま》が出てきた。葱花輦《そうかれん》の名があるように、葱《ねぎ》の花に似た金の飾りのついたその輦は、朝日に光り輝き、まわりに垂らした絹のとばりがゆらゆら揺れる。女房たちの牛車がこれに続き、奏楽のうちに積善寺の門をくぐった。

疫病も放火も強盗もここにはない。

——まこと生きて仏の国に入る心地。

車を降りた清少納言は夢うつつだ。中宮定子がこっそり彼女にささやく。

「ひどく時間がかかったわけを知っていて？」

中宮定子は、早くも道長の下襲の噂《うわさ》を聞きつけていたらしいのだ。

「大夫《だいぶ》（道長）がね。女院のお供をされた後で、下襲をかえたのよ。それで時間がかかったんですって。おしゃれさんね」

「まあ、おほほ」

せっかくの苦心も、女の口にのぼるときは、何やら笑いの種になってしまう。もっとも道長御本人の耳には、そんな内緒話は届くはずもないのであるが。

いま道長が見せつけられているのは、兄道隆一門の栄華のさまである。父の建てた寺の移築を名目に、兄が天下に富と権力を誇示しようとしていることはよくわかる。子供のころは、何一つ隔てのない兄と弟だった。が、父の死後、四年足らずのうちに、兄は天下の王者になってしまった。そしてその富と栄誉を享受するのは、兄の妻と子供たち──。弟とはいうものの彼はその娘に扈従《こしょう》する中宮大夫にすぎない。

──兄貴の持って生れた運なのかなあ。

策士の道兼兄貴は、それでも何かを企んでは長兄にゆさぶりをかけようとしているが、自分にはその才覚もない。

この日のために、積善寺の庭には、女院詮子、中宮定子、そのほか来臨する皇族、高官のための桟敷がしつらえられてある。中でひときわ華やかなのは中宮定子とその妹たちが光り輝くばかりの装いをこらして坐る桟敷である。その座に連なる道長は、またしても定子が清少納言に語りかけているのを見る。

「どう、この唐衣《からきぬ》?」

清少納言は、うっとりと定子を見上げる。

「赤地の錦《にしき》のお唐衣、とてもお似合でございます」

こんな会話は道長には聞えないが、許された高貴の人のみが着る赤地の錦の豪華さが、定子の美貌をいよいよひきたてていることだけはよくわかる。

——中宮らしくなってきたなあ。

が、十八という年にしては、どこかあどけなさが残っているのは小柄なせいだろうか。

——この分では、まだみごもられるのは先のことか。

失礼ながら、そんな想像が湧《わ》く。

——三つ年下の帝《みかど》は十五。もう一人前の男だろう。兄貴が去年摂政から関白にかわったというのも、そういえば、ふむ、ふむ……。しかし、十五ではなあ。

性に興味を持ちはじめた自分のそのころのことを思いだしたりしていたが、そのうち、

——おや?

道長は眼をこすりたくなった。

中宮やその妹たちの美しい装いにだけ眼を奪われていた彼は、その近くに坐る道隆の

妻――定子たちの母親、高階貴子の、異例の装いにやっと気がついたのだ。

――やや、こりゃどうしたことだ。

中宮が正装しているのに、臣下たる貴子が略装の小袿《こうちき》姿とは！

――これは礼儀知らずな……。

このころの服制はやかましい。目上の人がいる場合、それより以下の者は上の人より略式の服装は許されないのだ。ここが今と感覚の違うところで、現在は主賓がタキシードでも下っ端は背広ということが多いが、当時は下の方こそかしこまった服装をする。もちろん宮中では位に従って色のきまりのある位袍《いほう》を着なければならない。高位高官になると、特に許されてふだん着である直衣の着用が認められるが、これだと自分の好みの色を選べる。つまり略装を着ることは特権をみせびらかすことでもあるのだ。

この積善寺供養に関していえば、女院詮子が来臨しているので、定子も正装の裳《も》、唐衣をつけている。いかにわが娘とはいえ、定子は中宮だから、母親の貴子も、当然それにならわねばならない。なのに略装で現われたというのはどういうことか。この日の主催者は夫の道隆と自分、という心おごりのなせるわざか。

長い間宮廷に仕えたことのある貴子が、このしきたりを知らないはずはない。ただ彼女は当世ふうの感覚を愛するたちで、昔ながらの堅苦しさを鼻であしらうところがある。その新しがりやが、はからずもここに顔を出したということか。それに、中宮になった

今も、ともすれば定子を、

——娘が、娘が……。

と言いたがる方だ。公私のけじめを忘れているといった風評は道長の耳にも入っている。それにしても、こういう公式の席での非礼は問題だ。いったい兄貴はどうするつもりか、とそっと道隆の方を窺《うかが》った。

道隆はあいかわらず上機嫌だ。

——おや、このまま見過すつもりか？

と思っていると、

「いやあ、めでたい、めでたい。中宮をはじめ、姫君たちのこのお美しさはどうだ」

手放しの自慢が、彼の口から出ると、全く嫌味に聞えないのだからふしぎなものだ。そういって、一座を笑わせておいてから、

「さ、中宮さま、おらくに。裳、唐衣をおはずしください。今日は何といっても、あなたさまが、御主人役なのですから……」

さらりと言って、定子の裳、唐衣をとらせてしまった。こうすれば略装になって、貴子の装いも目立たなくなる。

——ほほう、みごとなものだな。

我儘《わがまま》な兄貴だが、こういうときの機転のきかせ方はあざやかというほかはない。笑い

のうちに、たくみに貴子の非礼な装いをごまかしてしまった。

――俺にはできない才覚よ。

それにしても、出しゃばりの貴子には、もうちょっと恥をかかせてやってもよかったのに、といささか心残りでもある。だいたい高階家は学者出身の受領《ずりよう》階層なのに、道隆の姻戚面《いんせきづら》をしていい気になりすぎている。

と、道長が思ったところに、もう一人の出しゃばりの張本がしゃしゃり出てきた。

僧形である。

法衣をまとった足許はおぼつかなく、

「いや、ふわ、ふひゃふひゃ……」

歯がぬけているから言葉が明瞭《めいりよう》でないのはしかたがないとして、顔中皺《しわ》だらけにして笑みくずれている。

貴子の父、高階成忠《たかしなのしげただ》だ。

数年前にこの男を、道隆は従二位に昇進させた。成忠は式部大輔《しきぶのたいふ》をつとめた男である。文官の人事を掌握し、かつ学問関係の行政を担当する役所の次官で現在の文部次官よりはるかに重みがある。彼自身も屈指の大学者であり、一方では長年受領をつとめて、しこたま財を蓄えた実力派でもある。が、それでもせいぜい従三位どまりのはずの彼に破格の位を与えたことは、道隆のお手盛りだとして、廟堂《びようどう》でもあまり評判がよくなかった。

すでに年老いている彼はその後まもなく出家したから、特に国政に参与したわけではないが、

「高二位《こうのにい》どの」

と呼ばれて、すこぶる御満悦なのだ。貴子の兄弟たちもぬけめなく道隆の側近に送りこんで立身させている。貴子の妹、光子《こうし》は早くから定子の乳母《めのと》として密着して動いているし、道隆の栄華はすなわち高階一族の繁栄という観があった。

その成忠にしてみれば、積善寺供養は自分の一族の祭典のようなものだ。人を押しのけるようにして道隆に近づき、ひときわ親しげに挨拶したり、貴子とささやきかわしたり、まるで後見役のようにふるまっている。

さて、いよいよ法要の開始である。法螺《ほら》が鳴りひびき、楽が奏ではじめられ、あちこちの桟敷がざわめいた。人々がそれぞれ正式の座につこうとしたとき、よろよろとした足取りで成忠が道長の側にやってきた。

「これは御老体、いつも御壮健で」

一礼すると、

「あは、ふひゃ、ふひゃ」

皺が伸び縮みして、成忠はわけのわからない返事をした。

「いかがですか、こちらへ」

一応儀礼的に道長は上座へ成忠を招じようとした。成忠と道長は同じく従二位。叙位は成忠が先だったことはたしかであるが、当時の習慣では、現職の権大納言の方が上に坐ることになっている。だから道長としては、一応年長者への礼儀としてそう言ったにすぎない。ところが成忠は、

「そひゃ、ふひゃ……」

もう一度顔の皺を伸び縮みさせたかと思うと、さっさと上座に坐ってしまった。

──あっ、何たること。

口の中で呟《つぶや》いたがもう遅い。

「いや、権大納言どのこそ、どうぞそれへ」

という言葉は遂に成忠の口からは出なかった。

──何たること、何たること……。

例の口癖を道長は口の中でくりかえすのみである。何という礼儀知らずか。だいたい貴子にしてもこの成忠にしても高階一族は遠慮、気配りということを知らない。なのにうっかりと、どうぞなどと言ってしまった自分に腹が立つ。しかしいまさら代ってくれとは言えないではないか……。

法要の間じゅう、道長は何とも面白くない気持で坐っていた。清少納言は、多くの僧の行道《ぎょうどう》や、声を揃えての読経にこの世の浄土を見たかのように感激していたけれども、

とても法悦にひたれる気分にはなれなかった。隣の高階成忠は、歯のない口をあけて、法要に見とれていたかと思うと、時々居眠りをした。

——ちっ、老いぼれめ。

舌打ちしたいところだが、しかし誰にも文句の持って行きようがない。げんに貴子の装いで、近ごろの高階一族の頭《ず》の高さを見ていながら、自分から下手《したで》に出てしまったのだから。

——これが、俺の人間の甘いところだ。

しょせん人の頭に立つ器量に欠けているのだ、と思ったりする。

この道長の苛立《いらだ》ちを笑うべきではないであろう。今も昔も序列に人は目の色をかえる。課長は絶対部長の上座に坐ってはならないのだ。まして王朝社会はこの序列がきびしく詳細な規定がある。それを高階成忠にいとも簡単に無視されては、腹の虫がおさまらない。彼は出家して、位階の序列からはずれている身ではないか。それをぬけぬけと現職の権大納言である自分の上座に坐ったのは、成忠、貴子それぞれの胸の中に、この供養を「わが家の行事」と思うところがあるからなのだろう。

長い一日の法要がやっと終った。

——やれやれ。

立ちかけると、中宮定子は一条帝の意向でそのまま宮中へ戻るという。その指図をしているところへ兄の道兼が音もなく近づいてきた。彼はこの日ずっと女院詮子の桟敷に坐っていたのである。

「だらしないな、そなたも」

例の癖で、何の前置きもなく、ずばりと低い声でささやく。

「え？」

「成忠づれに上座に坐られて。何というざまだ。女院のお桟敷からまる見えだったぞ」

「いや、そ、それは」

「そなたも権大納言じゃないか。もっとしっかりしろ」

「は、はい。いや、その」

この場で弁解もならず、眼を白黒させている道長に、彼はさらに意地悪くささやいた。

「もっとも、このあたりで高階一族にとりいろうというなら話は別だがね」

「あ、いや、そんなことは……」

道兼は薄い笑みをうかべた。

「女院もいたく御機嫌斜めだぞ」

「え？」

それは信じられなかった。法会の最中に、定子と詮子の桟敷の間を使が往復し、お互いなごやかに贈物や手紙の交換などをしているからだ。しかし道兼は、

「そりゃ、形の上の話さ。気づかなかったのか、そなた」

むしろあわれむように言う。

女院の桟敷からは小袿姿の高階貴子の装いも、まる見えだった。

——中宮も私もこうして来ているのに。

顔にこそ出さなかったけれど、詮子は貴子のふるまいに、かなりの不快を感じたらしい。

「でも、兄上」

道長は小声で道兼に答えた。

「関白もそれに気づいて、うまく取りはからわれたじゃありませんか」

「まあ、一応はな」

道兼はさらに声を低くする。

「が、そのあとがいけなかったな」

「は？」

「兄貴の言葉がよ。中宮に向って言われたろう。今日の主人役はあなたさまです、って」

「はあ、でも、それはそのとおりで……」

「おめでたい奴だな、そなたも」

ぐさりと心の臓を突き刺すような道兼の言い方だった。

「え？」

「そりゃそうだ。主役は中宮だ。が、あからさまにそういえば、女院のお胸にどうひびくか」

「……」

すでに詮子は出家しているから、現世の序列からは一歩外に出ている。いま日本の女王は一条帝のきさき、定子にほかならないが、しかし一条帝は詮子の息子だ。いわば姑《しゅうとめ》にあたる詮子にそれ相応の、いや相応以上の敬意を払うのが当然ではないか。

「でも……」

道長には解《げ》せない思いがある。

「たしかに、あのとき関白はそう仰せられましたが、それはこちらだけの話で、よもや女院のお耳に入るはずは……」

「そりゃ聞えはしなかろうよ。だが、そこはな、壁に耳ありよ」

さてはあの中で、こっそり女院の桟敷に注進に及んだ人間がいるのか。まったく油断のならない世の中だ。道長が成忠の席次のことに心を奪われていた間に、もう一つのドラマが進行していたのである。

「なるほど」

道長はうなずく。

──してみると、この兄貴は、まさに絶好の位置で見物していたというわけか。

と、道兼も大きくうなずいた。

「そう思ってみろ。女院の中宮へのお言伝《ことづ》てはなかなかのものだぞ」

このとき詮子は定子にあてて、「ちかの塩釜《しおがま》」と言ってやっている。『古今集』などに、

「みちのくのちかの塩釜……」

近くでもなかなか対面できない、というような意味の歌があるのをとったものだが、なるほど言われてみれば、まことに意味深長だ。

道長には、詮子の複雑な心の中がわからないわけではない。

道隆の富と権力を総動員したこの日の法要の主役はたしかに中宮定子。出家した詮子は当然女王の座を譲って然《しか》るべきかもしれない。

しかし……。

成忠に上座に坐られてみて、道長には姉の気持が手にとるようにわかった。ともあれ、すべてを道隆と定子と、そして高階一族の手にひとり占めされてしまったような、いまいましさ。とりわけ勝気な詮子は、今日のこの日のことを多分忘れはしないだろう。

この積善寺供養の当日だけはよい天気で、翌日からはまた雨が降った。道隆は、

「どうだい、俺の運の強さは」

と豪語したようだが、考えてみれば、さまざまの人に、さまざまの思いをいだかせた

その日の供養ではあったようだ。

つけ加えると、そのさまざまな思いをいだいた中に例の藤原在国がいた。道隆に憎まれ、巧妙な追い落し戦術にひっかかって一時は官位を剝奪《はくだつ》された人物である。一条天皇の乳母である妻の橘徳子のねばり強い運動が効を奏して、やっと位だけは復活した彼は、この日、道隆のために供養の願文《がんもん》を作っている。

自分を追い落した憎むべき人のために？

そうなのだ。中級官僚が生き残るためにはそうしなくてはならぬ。怨恨《えんこん》などはすべて忘れ去ったような顔をして、しぶとく、利用すべき機会はすべて利用する。幸い在国は学識豊かで文才に長じている。この日の願文はなにとぞ在国に——と彼も妻も手を尽して頼みこんだことだろう。

彼にかぎらず、当時の官僚貴族にとって、文才、歌才、あるいは名筆の才は心強い出世の武器だったし、それを利用することを彼らはちっとも恥じていなかった。

「力をも入れずして天地《あめつち》を動かし、目に見えぬ鬼神をもあはれと思はせ……」

『古今集』の序はこれこそ歌の効用だと書いている。これを純粋な詩論ととることは現代人の自由だが、彼らの本音にかなり現実的な部分のあったことは見逃せない。

朗々と読みあげられる願文を聞きながら、在国は、政界復帰の日も近い、とにんまりしていたに違いない。

この日の願文には、

「四海静カニ以テ波無シ」

という言葉がある。もちろん落慶法要のためのお祝だから当然ではあるが、しかし、このくらい呆れはてた文句もない。

四海は波静かだったか？

とんでもない。巷には疫病がひろがり死者は続出している。その勢は弱まるどころか、いよいよ猛烈になりつつあったし、例の宮中の放火犯人もいっこうに捕えられる様子もなかった。

さすがに貴族たちも放ってはおけないと思ったらしい。まず、源満正《みつまさ》、平維時《これとき》など、当時「武勇の人」と呼ばれていた連中に放火犯人の探索を命じた。満正は有名な摂津源氏、多田満仲《みつなか》の弟である。維時は平将門と戦った貞盛の孫、ともに後の源平二氏ゆかりの人物だが、まだ確たる武士団の棟梁《とうりょう》としての地位を築いていたわけではない。

いずれも地方官に任じられたり、衛門府《えもんふ》の役人になったりしているが、「武勇の人」という表現には特別のニュアンスがある。彼ら個人が力技《ちからわざ》や剣技にすぐれているというのではなくて、子分を抱えた一種の暴力のプロ集団の長ということなのだ。

だから政府は、衛門府の役人である彼らにその下僚を動員して捜索にあたれ、と命じたのではなく、その私兵をもって探索せよ、と言ったので、武力、警察力が極端に貧弱な当時としては、彼らを利用するよりほかはなかったのである。

また彼らとすればこれがつけ目で、高位高官にコネをつけ、立身し富をかき集め、子分をふやすよい機会でもある。こうして成り上った典型が満仲の子、頼光だが、後の源氏、平氏の武士団はかくて成立してゆくのである。

とはいうものの、満正も維時も、このとき犯人を捉《とら》えた様子はない。

――そんなことより、まずゴマスリやつけ届けが大事。

と思っていたかもしれない。一方の貴族たちの方でも、彼らに探索を命じれば、それで事はすんだと思っていたのではないか。いつの世でも為政者というものは、政策を打ちだすことには熱心だが、その結果には、あまり責任を持たないものらしいから。

ところで、ときの為政者は、もう一つ、これぞと思う大政策を打ちだす。

「どうぞ犯人を見つけてください」

と、伊勢神宮はじめ国内の十数社に奉幣《ほうべい》の使を出したのだ。

そんなことで効果があると本気で思っていたのかどうかはわからないが、少なくとも現代人よりは、その効果を信じていたことはたしかだろう。そのときの宣命《せんみょう》（天皇が神前に申しあげる言葉）の文句たるや、なかなか傑作である。

「どうか神様の力で犯人をあらわしてください。早ければ七日の内、遅くとも三月以内に……」

七日のうち、三月のうち、と期限を切られては、神様も御迷惑なことである。自分がやらなくても誰かがやってくれるという日本人の精神構造は、このあたりにもあらわれている。

さて、その宣命の最後に、やっと疫病が出てくる。

「このところ、天変や怪異が多く心配しております。就中《なかんずく》流行病の患《わずらい》が、あちこちから聞えております。この方もよろしく」

では神様の御威光で疫病はとまったろうか？　いやそれどころではない。夏に向って、病はいよいよ爆発的にひろがりはじめる。宮廷では慌てて、仁王会《にんのうえ》を行った。仁王経《にんのうきょう》という経典は、護国の経典とされていて、これを読んで法会を行うことは、こういうときに大いに効果があるとされた。さらにこのとき大赦、税金の免除、老人への食料給与なども発表している。

免税や給食はまだいい。が、読経や大赦を行ったところで、疫病が収まるというのか。全く何の役にも立たないことに力を入れている感じである。

四月、五月となると病はいよいよ猖獗《しょうけつ》をきわめた。その当時の情景を、平安末期に編《へん》纂《さん》された史書『本朝世紀《ほんちょうせいき》』は次のように描く。

「死亡者多ク路頭ニ満チ、往還ノ過客鼻ヲ掩《オホ》ヒテコレヲ過グ。鳥犬飽食シ、骸骨巷《ガイコッチマタ》ヲ塞《フサ》グ」

道に屍臭《ししゅう》を放つ死体がおきざりにされ、犬や鳥がむさぼるのにまかせるとは、まさに此の世の地獄図であった。このころ庶民の死体は土中に埋めることなく、風葬の形で打棄てられることが多かったが、川に流すこともよく行われた。ところがその死体が多すぎて京中の堀や川の流れがつまってしまった。そこで市中の警備にあたる検非違使庁では看督長《かどのおさ》たちに命じて死体を掻《か》き流させることにした。

看督長の監督をうけて事にあたるのは、庁の下僚や彼らに捉えられた囚人たち。無情に突つかれた死体は、ふと魂を取りもどして泳ぎだすかのようにただよいはじめ、たちまち他の死体にぶつかっては屍臭を放つ。

「やっと流れたか。堀の水の通りがよくなるわ」

看督長は顔色も変えない。誰もが死に馴《な》れ、死体に馴れてしまっている。

死はこの先も都の中をわがもの顔に跳梁《ちょうりょう》し続ける。

この間、朝廷では何をしていたか。対策といえばまたもや神社への奉幣である。このところ閣議で活躍しているのは、関白道隆自慢の息子、伊周だ。権大納言である彼は、神祇官や陰陽寮《おんようりょう》の役人を呼びつけて、

「これは何の神の祟《たた》りか。またその怒りをしずめるには、どうしたらいいか」

等と諮問している。今から見れば、何の役にも立たないことをやっている姿はむしろ滑稽《こっけい》に近いが、当時とすれば、まさに意欲十分、てきぱきとした采配《さいはい》に、並みいる公卿《くぎょう》

たちはかなり感心したようだ。

「権大納言どのはなかなかよくおやりになる」

「お若いのに似合わぬ腕前だ」

そして、わが道長も、指をくわえて伊周の活躍ぶりを見ていた一人であった。

どういうものか、彼は八つ年下のこの甥《おい》に常におくれをとってしまう。持って生れた才能のきらきらしさなのだろうか、伊周は、年上の、それも上席の公卿たちにも一目おかせるようなところがあった。いろいろの政策については道長も考えがないわけではない。が、閣議のしきたりに従って、後任の大納言である伊周が先に発言すると、

「そのとおり」

としか言いようがなくなってしまう。

——俺の考えていることを、奴は二倍も三倍も理屈をつけて、華やかな言い廻しで言ってのける。

内心舌を巻かざるを得ない。勉強家で故事先例にもくわしい。第一自信満々で何を言っても、これ以上いい対策は考えられない、というように人にも思わせてしまう。

——そこへ行くと俺などは……。

少し自信をなくして帰ってくると、妻の倫子が心配そうな顔をして出迎えた。

「あなた……」

「何だ」

「明日はどこへもおでかけにならないでくださいね」

「どうして？」

「疫病神がお通りになるんですって」

流言蜚語《ひご》はいつの世にもある。このとき、

「疫病神のお通り」

は、京中の人々に信じられたらしく、当日は貴族から庶民まで、すべて家の戸を閉ざし、息を殺して日の暮れるのを待った。さしもの都大路にも一人の人影もなかった、と史料にはある。

その後疫病神を祀《まつ》る御霊会《ごりょうえ》なども行われたが、秋になってもいっこうに病の流行は収まる気配がなかった。

そしてそのさなか――。

関白道隆は、人事異動を発表する。酸鼻《さんび》をきわめるこの異常事態の中でも、貴族の最大の関心はここにあった。実をいえば貴族たちの心の隅には、疫病は他人《ひと》ごとだ、という意識がある。道隆はじめ誰もが、

――俺だけは疫病にはかからない。

と思っている。それよりも問題は人事異動だ。そしてこのことを人一倍舌なめずりし

て待ちこがれていたのは関白道隆であった。

なんとなれば——。

任命表を見るがいい。

右大臣源重信が空席だった左大臣へ昇格。

内大臣藤原道兼を右大臣に。

そして、何よりも権大納言伊周を内大臣に！

あからさまな後継者作りだ。重信、道兼はいわば順送りだが、二十一歳の伊周は、朝光、済時、道長の上席の三人を追いぬいて、颯爽《さっそう》と大臣《おとど》と呼ばれる座についたのである。

まず慣例によって天皇の内意が伝達され、吉日を選んでの大臣任命式が終ると、伊周は慌しく慶《よろこびもうし》申に走り出す。道隆の邸は祝の客でごったがえし、豪勢な祝宴が始まった。

そしてその中で、ひとりぽつねんと世の中のすべての人から疎外されているのは道長だった。

「戻った」

一条邸へ帰ってからも言葉は重かった。

「少しお顔色がお悪くはございませんか」

案じ顔に言う倫子の言葉さえわずらわしい。

「何でもない」

袍《ほう》を脱ぐのさえも、もの憂く、そのまま簀子《すのこ》に腰をおろした。月のない秋の夜、庭はただ蒼黒《あおぐろ》い闇《やみ》に蔽《おお》われ、虫の声だけがしきりである。その闇に向って、道長は声にならない声を放つ。

――そうだったのか。

この数か月の伊周の活躍はめざましかった。それは父道隆と気脈を通じての前哨戦《ぜんしょうせん》だったのだ。こうして若いながらもよくやる、という印象を与えて地ならしをやっていたのに、

――そうと気づかなかった俺も間ぬけよ。

が、どうあがいても追いつかない。道長ははっきりと八つも年下の甥に追いぬかれてしまったのだから。

考えてみれば生れてはじめての経験だった。遅いながらも兄たちの後に従ってどうにか出世を続け、下の者に追いぬかれたことはなかった。そして今彼はやっと知ったのだ。追いぬかれるくやしさに比べれば追いつけぬもどかしさなど、もののかずでないことを……。

この屈辱――。

――知らなかったな、俺も。この呼吸《いき》もとまりそうな思いは。

声にならない声で、道長は闇に向って呟く。彼もまた、これまで幾人かの先輩を追い

ぬいてきた。彼らがどんな思いで自分をみつめ、煮えくりかえるようなくやしさを胸に秘めながら、祝の言葉を述べていたか、考えてもみなかった。

しかし今度は、彼が伊周に祝を述べ、下座に着いて、敬意を払う番なのだ。

――八つ年下の若造にか。そうだ。明日からあいつは俺よりずっと上座に坐り、俺は毎日うやうやしく礼をしなければならない。

積善寺供養の日、あの老いぼれの成忠に上座に坐られただけでもいい気持はしなかったのに、今度は、それどころではない。明らかに道長は伊周におくれをとったのだ。それも、参議や中納言ならともかく、大臣になられてしまっては巻返しの機会もない。順送りのように見える道兼の右大臣就任も、道長にはうらやましい。

――あんなに道隆兄貴の悪口を言っておきながら……。

自分の知らないところでは兄貴に取りいっていたのではないか。道兼はそういう人間だ。それとも道隆兄貴はその性質を見ぬいて餌《えさ》を投げ、伊周昇進を認めさせたのか。これにひきかえ自分には何の挨拶もなかったのは、自分などは兄の眼中にない、ということか。

そのとき、はじめて道長は闇の中から声にならない声を聞いたような気がした。

――どうにもならんじゃないか、道長よ。

続けてその声は言う。

――なにしろ伊周は中宮の兄だものな。

道長もその声にこたえる。

――そりゃ、ま、そうだ。

――あんまり気落ちするな。くやしそうな顔を人に見せるなよ。

――誰が見せるものか。見せられないからこそ、ここでこうしてぼやいている。

闇の向うの声が含み笑いを洩《も》らした、と思ったのは耳のせいか。それから声はゆっくりささやいた。

――地獄だな。

え？　と聞き返しかけて道長はうなずく。

――そうだ、地獄だ。俺の地獄だ。

――果てはないぞ。

たしかに……。王朝社会には転職はない。出家して勝負を降りるよりほか、地獄を逃れるすべはない。まさに道長にとっての地獄の季節は、いまはじまろうとしている……。

そのとき道長は背後に小さな衣《きぬ》ずれの音を聞いた。

姫だった。年に似ず敏感な魂を持つこの少女は、何か父の身に異変を感じてやってきたのか。

「さ、お坐り、父と虫の音を聞こう」

無言で坐った姫の傍らで、道長は底知れない地獄をみつめるかのように、闇に眼を向けている。

後宮明暗

運の強い人間というのはいるものである。けろりとしてこの疫病《えやみ》流行のさなか、咳《せき》ひとつせず、腹もこわさず、それどころか、みごもり、おまけに安産で母子とも健全、というような……。

こうなるとその健全さに舌を巻くよりも、むしろ、どこかが脱《ぬ》けていて、その分だけ造りが頑丈なのではないか、とさえ思いたくなる。

そういう女性が一人いた。それも庶民の女ではなく、れっきとした東宮女御《にょうご》――。大納言兼左大将藤原済時《なりとき》の娘、娍子《せいし》がその人である。娍子が東宮居貞《おきさだ》の第一皇子を産んだのは、五月九日。父の済時は、歓声をあげて喜んだという。皇子誕生とわかると、済時家に多少とも縁のある連中が、我も我もと、

「なにとぞ私の妻を皇子さまの乳母《めのと》に」

と売りこんできた。一条帝にまだ皇子の誕生を見ない今、東宮の第一皇子は有力な天皇候補の一人である。当時の乳母はただ、おむつや、授乳の世話をするだけではない。

責任ある保育係として、生涯その側近に近侍する。もし皇子が即位した暁には、蔭の実力者として、人事に介入するくらいの力を持つのだから、人々が眼の色をかえるのも無理はない。

それと同時にささやかれるのは、関白道隆の苛立ちである。一条帝の子供がないのに、東宮に皇子が生れては心中甚だおもしろくあるまい、というのだ。

「が、それも仕方あるまいよ」

人々は肩をすくめてしのび笑いをする。

「帝は十五、東宮は十九。東宮が年上というのも妙なもんだが、ここでの四つの年の開きは大きいぞ」

「それに中宮は十八、東宮の女御は二十三、この違いも大きい」

「いや、十八になれば、もう十分……」

「体が違うよ。あの女御の丈夫そうなこと。それに比べりゃ、中宮はまだねんねだ」

下世話な噂《うわさ》にはきりがない。が、噂をしているのは、こうした連中だけではない。参議藤原実資《さねすけ》――例の意地悪評論家も、さも重大そうに日記に書きつけている。

「東宮妃のお産の祈禱《きとう》にいった僧侶《そうりよ》の話では、猛悪な霊が出てきて、取り殺してやると言ったそうな」

その猛霊というのは、藤原師輔《もろすけ》。つまり道隆、道長たちの祖父で、九条流の祖にあたる人物だ。実資の日記によれば、その霊はこう言ったという。

「我は生前から、仏道、陰陽道に頼って子孫の繁栄を願ってきて、その願いは今やほとんど達成された。それと同時に、わが願いは、小野宮流の子孫を滅亡させることで、六十年間にそれをやってのけようとしたが、この方も効果はかなりあがっている」

小野宮流の祖は、師輔の兄の実頼、その孫ながら、養子として、いまや小野宮流の中心的存在となっている実資にとっては聞きずてならない言葉である。

たしかに小野宮流には昔日のおもかげはない。その意味では師輔の呪《のろ》いは成就したわけだが、その怨霊《おんりょう》はさらにおそろしい言葉を吐いたというのだ。

「小野宮流を呪うと誓った六十年の期限もあますところごく僅《わず》か。今のうちにこの術を使わなければ効果がなくなる。東宮妃は小野宮流ではないが、まあ同じ血筋のうちだから、とりついてやるのだ」

と師輔の霊は言った。

東宮女御の娍子の祖父は師尹《もろただ》といって、師輔の弟である。彼女の家筋は小一条家と呼ばれている。小野宮とは別流だが、まず反九条流である。とすれば師輔のこの言葉にも思いあたるところがある。実資はうなずきながら、日記の終りに書きつけている。

「まったく、骨肉といっても油断はならない。用心が肝要だ」

こういう話は王朝社会にはよく出てくる。いかにもおどろおどろしいが、じつは祈禱にあたる僧侶や修験者たちも、それぞれの有力者間の長年にわたる確執の歴史は知りぬいているから、ぬけめなくそれを持ちだすのだ。神がかりの声色よろしく悪霊を出現させれば、相手も思いあたるところが多いから一も二もなく恐れいる。祈禱の結果が芳しくなくとも、頼まれるのが遅すぎて、猛霊の前には手おくれだったといえばいいし、成功すれば験力あらたかとばかり、御褒美がどっさりくる。しかけがものものしいから、頼む方もつい暗示にかかりやすくなるのだ。

もっとも師輔の怨霊話を、暗喩《あんゆ》のかたちで道隆の本心を語ったものと見れば、これはなかなか意味深長だ。このところ宮中では、

「関白はあせっておられる」

という噂がしきりなのだから。一条に皇子誕生を見ないうちに、東宮に皇子が生れたとあっては、気の早い連中は、

――次の次の皇位はその皇子か。

とばかり、済時たち小一条家に身をすりよせて行かないともかぎらない。

「だからよ、関白は、権大納言小一条済時どのを押えて伊周《これちか》どのを内大臣にされたのよ」

と、うがった見方をする者もいるくらいだ。

その噂を裏書きするように、翌年の正月早々道隆は次女の原子《げんし》を女御として東宮へ押

しこむ。生れて間もない皇子を抱いて宮廷に戻っていた娍子は、代って里邸に退出した。これは当時のしきたりで、主だったきさきは一人が宮中に入ると他は里邸にしりぞくことが多い。無用の摩擦を避けるためであろうか。

東宮居貞は、若いに似合わぬ子ぼんのうで、はじめて生れたわが子を抱いたりあやしたり、片時もそばから離したがらなかったが、原子の入内《じゅだい》によって、自然親子の間は割かれることになった。

原子が東宮の後宮にのりこんできたことによって、影の薄くなった女性はもう一人いた。

故兼家の娘、道長には異母妹《いもうと》にあたる綏子《すいし》である。

——あんなに華やかに東宮入りしたのにな。

道長はふと美しい異母妹のことを思いだす。まだ健在だった兼家を後楯《うしろだて》に、きらびやかに東宮入りしたあのころの綏子は、ちょうどいまの原子に似ていた。

しかし彼女が東宮女御として世の注目をあびた時期はごく短かった。父の兼家が亡くなると、出入りする貴族の数も次第に減ってきた。彼らが後宮の近くをうろつくのは、そこに何かの出世の手づるがありはしないかと思うからである。女房たちと親しくなり、きさきの耳に自分の噂を吹きこんで貰《もら》えば、それから天皇やきさきの父親へと、その噂も伝わるであろう。これはかなり効果的な出世のテクニックであった。

彼らは後宮の女房たちに歌を贈ったり、恋を装って近づく。優雅なたわむれに似ているが、内心はかなり計算ずくでもある。だからあまり役に立たない、とわかると、さっさと手を退《ひ》いてしまう。兼家の健在のころとうって変って綏子の身辺が寂しくなったのはそのためである。

——咲きかけてしぼんでしまった花のような……。

道長が、異母妹の不運に心をゆさぶられるのは、自分もまた志を得ない日々を過しているからであろう。

後から東宮入りした娍子には皇子が生れ、さらに関白道隆の娘まで割りこんできては、あたら美貌《びぼう》も寂しく朽ちてゆくよりほかはないのかもしれない。もちろん宮廷にいつづけるわけにもゆかず、いまは母の家に退《さが》っていることが多いらしい。

——ちょっと見舞ってやるか。

ある夜、宮廷から退出しかけて、ふとそう思ったのも、失意の者どうし、慰めあいたいような気持になったからかもしれない。

母の違うこの妹と、道長は幼いころよく遊んだ。いやかなり大きくなってからも、道長はよく異母妹の家にやってきた。たわむれのふりをして、もう大人になりかかったその手を握ったり、胸にさわってみたこともある。

——やわらかだったなあ、あの手。

馬上で思い出にふけりながら築地《ついじ》に沿って曲がり、門に近づいたとき、はっとして彼は馬をとめた。

あたりを窺《うかが》いながら、そっと中に入ろうとしている公達《きんだち》がいる……。

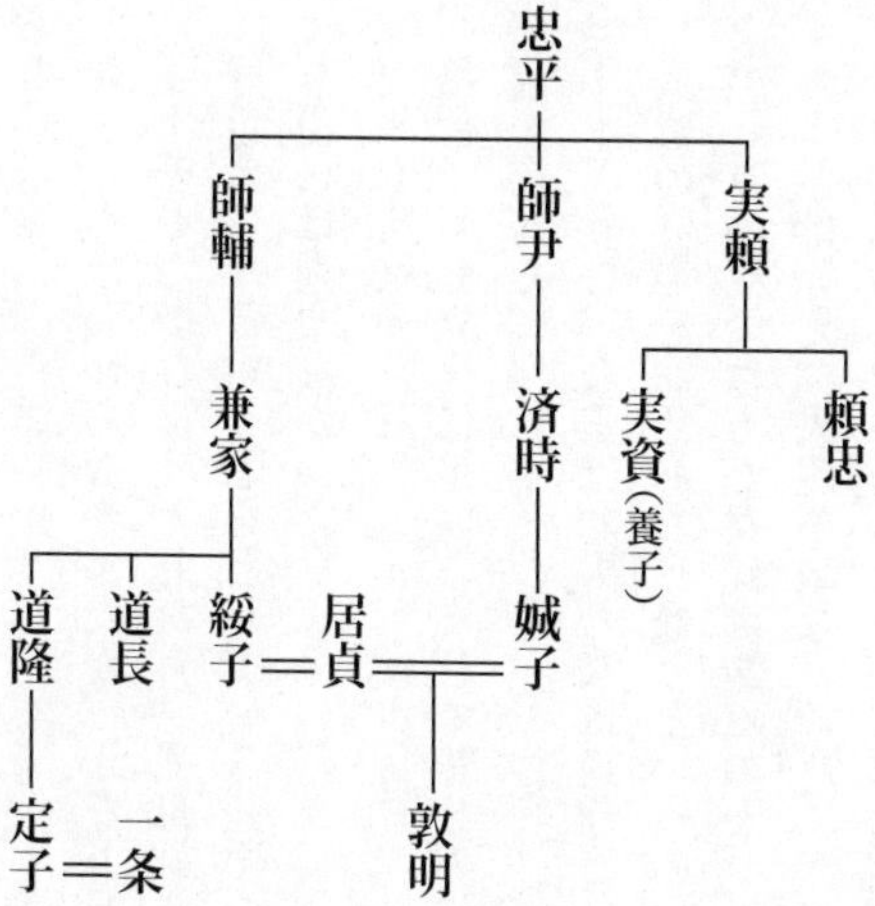

——や、や、やっ……。

月の晩《おそ》い夜、あたりの闇は辛うじて道長の姿をかくしてくれたようである。

それにしても、いま、門を入っていった男は何者なのか？　用心深い気の配り方を見ても、彼が、綏子の許《もと》に来てはならない人間だということはよくわかる。

それから先は男の勘だ。

——遊び人だな。

あたりに気を兼ねてはいるが、おどおどはしていない。門の中への溶けこみ方が、じつにしなやかでもの馴れている。

あちこちに通いどころを持ち、それも道ならぬ恋をたのしむすべを心得ている男らしい。

顔かたちはわからなかったが、かなり身分のいい貴公子のように思われる。

——若いな、ひょっとしたら、異母妹より年下かもしれぬ。

好色者《すきもの》——という名をとっている連中をあれこれ思いうかべたが、道長の想像はそれより先には進まなかった。

それにしても……。

後宮で辛《つら》い立場に追いこまれて悲しみに沈んでいるときめこんでいたのは、とんだお門違いだった。

——ふうむ、なるほど男と女は違うというわけか。

失意の立場を慰めあおうなどというのはむしろ甘い考えだった。それならそれなりのたのしみの見つけ方が女にはあるのか。

——とはいえ、大胆不敵な。

人に顧みられなくなったといっても、東宮の女御であることには変りがない。このみそかごとがばれたらどうするのか。口数も少なくおっとりした、おとなしいだけの女だと思ったが、案外見かけによらないところがあるらしい。

——そういえば、母親も相当なものだったらしいからな。

浮いた噂の絶えない女だった。正妻でもないところから兼家も黙認していた、というより、むしろそういう女であることを、おもしろがっていたふしもある。

──とすればあの女も……。俺が手を握ったり胸にさわったりしても、抗《あらが》いもしなかったのは、おとなしいからだけではなかったのかもしれん。

へんになまなましく、指の先に綏子のやわらかい肌のぬくもりがよみがえってきた。まさにおとなしさとしたたかさは紙一重のところにある。白いやわらかい指先からおずと思い描かれるむちむちとした乳房。いまごろはまぶしいほどのみのりを見せる白い裸体を男の眼の前にさらしているのかもしれない。

道長は胸の中で唸《うな》った。そしてそのとき、突然、脳裏をよぎるものがあった。

もう一人の妻、明子《めいし》のおもかげだった。口数の少ない、頼りなげな瞳《ひとみ》を向けてくる明子──。急に彼女をひとりにしておくことが不安になってきた。心の中では、いや、明子にかぎって、と呟《つぶや》きながら……。

蹄《ひづめ》の音をしのばせるようにして、綏子の邸の築地を離れると、しぜんに馬首は明子の住む高松邸に向っていた。

夜はすでにふけていたが、高松邸では明子はまだ寝ていなかった。黙って微笑をうかべて道長を迎える。これはいつものことだ。

もう一人の妻の倫子《りんし》は、彼が帰ると、どんなに遅くとも、立って出迎えにきて、

「お帰りなさいませ」

という。高松邸の明子も同じく妻である以上、挨拶は、

「お帰りなさいませ」

だが、それを口にするのは侍女たちであって、明子自身は切れ長の瞳でじっと道長をみつめ、それからかすかにほほえむ。

──風の精だ。

明子にめぐりあった夜の、あの思いがよみがえるのは、このときだ。

──つかまえないと、どこかへいってしまいそうな……。

子を産み、母となった今もそのとらえどころのなさは変らない。そして例のあどけない童女めいた声が耳もとに響くとき、この世ならぬふしぎな妖精《ようせい》と寄りそっているような感じさえする。

その夜の明子の微笑はいつもと変りなかった。むしろ、落ちつかない眼の色に不審をいだかれたのは道長の方である。

「ま、何かお探しでございますの?」

こう言ったのは、手早く酒の支度をととのえてやってきた侍女の小侍従だった。

「あ、いや、別に……」

「そうでございますか。御自分のお邸《やしき》なのに、何か珍しいものでもごらんになるようになさって……」

いいかけて小侍従は、うなずいた。

「そういえば、このところしばらくお帰りになりませんでしたから……」

「そ、そうだったな」

伊周に追いぬかれて以来、何となく足が重くて、明子の許を訪れることも途絶えがちだったのだ。

そのとき、はじめて明子が口を開いた。

「淋しうございました」

少女めいた、舌足らずにも聞える言葉だった。それだけ言って、明子はじっと道長をみつめた。

「悪かったなあ……」

手をとってそう言いながら、道長は心の中で例の口癖を呟いていた。

──ああ、何たること、何たること。

綏子のことから、明子の身辺に不安を感じるとは、何たることか。その眼をみつめ、その声を聞いたとき、そんな気の廻し方をした自分のおろかさに気づいたのである。

──心いやしい男だな、俺も……。

道長はひそかに顎《あご》を撫《な》でた。綏子の情事を見つけたとたん、

──さては、明子も。

と勘ぐる心ざまが、我ながらいやしい。考えてみれば、綏子と明子では生いたちが違う。一方は恋多い母親に育てられた女だし、一方は醍醐源氏の血をひく高貴の生れである。父の高明《たかあきら》は政治的には不遇に終ったが、醍醐天皇の子、朱雀《すざく》、村上両帝の兄だ。臣籍に降《くだ》らなければそのまま「親王」と呼ばれてもおかしくない人だった。

——それを何とまあ、俺はあわてふためいて……。

幸い、明子は、息せききってふいに駆けつけてきた道長の心情には気づかないらしい。いや、もともとそういう気の廻し方などはしないたちなのだ。時折り道長は、彼女を、

——まこと雲の上の人だな。

と思うことがある。

世俗的な配慮は彼女の心の外にあるらしい。賢く気をきかせて一家を切り盛りしようなどとは全く思っていない。子供のこともほとんど乳母まかせだし、母親らしく道長にあれこれ相談することもない。倫子がかいがいしく子供の面倒をみたり、道長の前でもよく話題にするのとは大違いだ。この浮世離れしたところが、明子の魅力でもあるのだが、それを放ってもおけず、ついつい世話を焼くのは道長のほうである。

寝乱れた髪をくしけずってやったり、肌着から一枚一枚着せてやったり……。そして明子はおとなしくされるままになっている。母となったいまも童女めいた声が以前のままであるように、彼女は永遠の妖精なのかもしれない。

しかしそれはただ無関心で鈍感だというのでは決してない。驚くほど繊細な神経の持主で、ひとりでひっそりと涙を浮かべているときもある。こんなときは、理由をたずねても語ろうとはしない。ただ、

「寂しいときは一人でいたいのです」

ぽつりと言うことがある。父の悲運の中で置きざりにされて以来、孤独はむしろ彼女のよき伴侶であるらしい。子供のことをかれこれ言わないのも無関心なのではなくて、人間の力ではどうにもならない運命のあることを味わいぬいた彼女の形を変えた愛情の表現であるのかもしれない。何かこの邸には、世俗の世界とは別のものさしが通用している。

――そういうところには、情事や不倫のとりつく手がかりもないのだ。

急に気がゆるんで、そのまましばらく高松邸にいつづけた。明子の髪を愛撫《あいぶ》したり、かれこれ世話を焼いてみると、かえって心の鬱屈《うつくつ》がはれてゆく。権謀も出世競争もないこの邸こそ、道長の心をやすめてくれる世界であった。

疫病続きで年が暮れ、やがて正暦六年を迎えた、その年の二月はじめ、宮廷に出仕したとき、道長は道隆が関白を辞めたいという上表文《じょうひょうもん》を提出したことを知った。しかし、そのことにさほど心が動かされなかったのは、高松邸で浮世の塵《ちり》を洗われたからばかり

ではない。

平安朝の高官たちは、ときどき、

「辞めたい」

というゼスチュアをする。なにごとも形式第一のそのころ、この意思表示にも名文句の上表文がつく。しかもこれを三度出し、そのたびごとに文章も変る。作るのは学識にたけた専門家で、そうした「名文」が『本朝文粋《ほんちょうもんずい》』という王朝漢詩文集に残っている。一度、二度、辞表が出されるごとに、天皇が拒否するのもお定まりのコースである。本気でやめたいときは三度目に「仕方なく受理」という形をとる。やめる気がないときは、またもや「拒否」だ。

道隆が辞表を提出したと聞いたとき、道長が即座に思い浮かべたのもそのことだった。

——自分は関白、息子は内大臣、娘が二人も入内して天皇と東宮のきさきになるなんて、運がよすぎるものな。このへんで一度辞表を出したくもなるだろうさ。

どうせ本気ではあるまい、と思われた。暮以来、道隆は多少体調を崩しているとも聞いている。恨みや祟りをうける前に手廻しよく予防線を張ったのだろう。それ以上、関心を払おうともしなかった道長が、宮中で顔を合わせた次兄の右大臣道兼に、

「ちょっと頼みがある」

さりげなく直廬《ちょくろ》に招じ入れられたのは、それから数日後のことだった。

すすめられて円座《わろうだ》に坐ると、

「わが家の息子のことだが」

例によって、ずばりと切りだした。

「今度元服させることになった。ついては」

髭面《ひげづら》を近づけて声を低めた。

「加冠の役をそなたに頼みたい」

「えっ？　この私に」

道長は耳を疑った。加冠というのは、元服する青年に冠をかぶせる役で、一族の長老がつとめる。

「いや、この私にはとうてい」

尻ごみしたが、道兼は諾《き》かない。

「俺としては、ぜひそなたに頼みたいのだ」

「でも、げんに道隆兄上が関白としておられます」

「いや、兄貴はもう辞表を出している」

「でも、あれは恰好《かっこう》だけのことでしょう。なあにお辞めになるものですか」

道兼はにやりと笑った。

「そう思っているのか、そなた」

薄い嗤《わら》いを洩らしてから、道兼は、思いがけないことをささやいた。

「兄貴は辞めるつもりだぞ、関白を」

「嘘《うそ》でしょう」

「いや、本気だ」

道長は狐《きつね》につままれたような感じがした。権力をこの上なく好み、権力の座を心ゆくまで楽しんでいるようにみえる兄が、突如として関白の座を投げだすということがあるだろうか。腑《ふ》に落ちない顔をしていると、道兼の眼が光り、口のあたりの髭がそよろと動いた。そしてその髭の動きが語ったのはただ一言、

「伊周を、な、後釜《あとがま》に据えようというのよ」

「えっ⁉」

「しいっ、声が高い」

だって、と言いかけて道長も言葉を呑んだ。

あの若造は、ついこの間内大臣になったばかりではないか。それが関白の後釜だって？　呼吸《いき》もとまり、血も逆流するようなこの思いを何といったらいいのか。道兼は、その狼《ろう》狽《ばい》ぶりを眺めながら、ゆっくりとうなずく。

「欲にはきりがないものさ。兄貴はこの栄華を自分の家だけで独占したいのだろう」

「なるほど」

道兼兄の読みの深さよ。それにしても、とんとそのことに気づかなかった自分は、何とうかつだったことか……。話しているうちに、さすがにのんびりやの道長も道兼の胸のうちが読めてきた。やっと右大臣まで上ってきた彼としては、ここが瀬戸際である。伊周に追いぬかれてしまっては、万事休すだ。

——道兼兄貴らしいな。ここで勝負に出ようというのだな。加冠の役に招くというのは、俺に手をさしのべようというわけか。よし！

たちまちにして腹はきまった。

「加冠の役、ふつつかながらつとめさせていただきます」

策士の兄がどのようなことを考えているのかはわからない。が、伊周に抜けがけされたくないという点では、二人の利害は一致している。

——追いぬかれるのは一度でいい。伊周にそうは甘い汁を吸わせるものか。

道長がこのとき道兼の誘いに乗ったのはせいぜい、伊周をこれ以上出世させまいという目先の利害からなのだが、しかし、後になってみれば、道隆よりも道兼という選択はかなり大きな意味を持つ。これをもし「運」というならば、失意の中にあって、彼は無意識のうちに「運」に手をのばしかけたことになる。

さて、道兼の息子の加冠は、この年の二月十七日に行われた。道長から冠を授けられた十一歳の少年は兼隆《かねたか》という名が与えられた。

道隆は、兼隆の加冠をめぐるいきさつに、このとき気がついていない。というのも、正月に次女の原子を東宮に送りこんで以来、その身辺の雑事に忙殺されていたからだ。とりわけ、入内した原子が、さきに一条帝の許に入っている姉の中宮定子《ていし》に対面するという華やかな行事が予定されていた。このときは自分も妻も、伊周も、その弟の隆家も、一家そろって、定子の常の御殿である登華殿《とうかでん》に集まることになっていた。その日のために、きさきとなった娘たちの許へ新しい衣裳《いしょう》を届けさせたり、一世一代の晴れの日のために凝りに凝った用意をととのえた。

しかも定子と原子の都合もあって、予定は二度三度と延期され、やっと実現にこぎつけたのがまさに兼隆元服の翌日——、ほかのことに気をとられる暇はなかったのだ。

この日道隆は、朝起きるなり、

「早く早く」

妻をせきたて、一緒の車で内裏へ向った。前夜のうちに、原子が定子の許を訪れた、という知らせがあったからだ。しかし道隆は、気がせくあまり、少し早く出かけすぎたようである。道隆が登華殿についたときは、まだやっと格子戸をあけたばかりのところだった。

「遅いなあ。みんなお寝坊さんで」

例によって、すぐ女房たちをからかいはじめると、女たちは慌てふためき、

「ちょっとお待ちくださいませ。中宮さまも東宮の女御さまも、いまお目ざめになったばかりで、これから御髪《おぐし》あげ、お手水《ちょうず》、お召しかえをなさいますので……」

申しわけなさそうに言う。

女房の中には、もちろん清少納言もまじっている。彼女は、はじめて中宮を訪れた原子にかなり興味を持っている。

——こちらの中宮さまに似ていらっしゃるかしらどうかしら。

身じまいをすませて、道隆たちに対面する様子を、物蔭からそっと見ている。中宮たちのいるのは殿舎の東庇《ひがしびさし》——明るい広間を屛風《びょうぶ》などで区切ってある。こっそり覗《のぞ》いていると、

「おや、あれは誰かな」

眼ざとく道隆に見つけられてしまった。

「清少納言でございます」

定子が言うと、

「いや、こりゃあ恥ずかしい。少納言は古なじみだが、きっとみっともない娘だなんて思いながら見てるんじゃないかな」

——また、御冗談ばかり……。

清少納言はうれしくなってしまう。原子はかわいらしく、定子はさすがに姉らしい貫

緑がある。両方とも美貌の上に、季節にふさわしい紅梅襲《こうばいがさね》の衣裳が輝くばかりだ。

――それをみっともないなんておっしゃるんだから。

が、じつをいえば、道隆ともあろうお方がそんな冗談を自分に言ってくれるのがうれしくてならないのだ。

やがて、蒔絵《まきえ》の高杯《たかつき》、銀《しろがね》の椀《まり》など、女房たちがうやうやしく捧げてきた食事が、定子や原子の前に並べられる。もっとも、豪華な衣裳に比して当時の食事は貧弱だ。主食の米は、甑《こしき》で蒸した現代のおこわのような強飯《こわいい》と、それをやわらかくしたひめがある。粥《かゆ》にもかたがゆとかゆがあり、かたがゆというのは現代の米飯のようなもの。このとき彼女たちに供されたのはひめであろう。

副食は菜、魚、貝、海草、鳥肉などが使われたようだが、衣裳については事細かに描写している古典も、料理については、ほとんど記すところがない。大体食べることをあれこれ言うのは卑しいとされていた。食生活の貧しさがなせるわざだったのかもしれないが、案外戦前までこの習慣は残っていた。大口をあけて人前で食べることは少なくとも優雅なふるまいとはされていなかった。

だから、残念なことに、登華殿における、定子たちのこの日のメニューはわからないのだが、集まっているのは彼女たちと両親だけだから、道隆も気楽に冗談をとばしたりしている。

「や、御膳も揃《そろ》いましたね。早く召しあがって、こちらへおさがりをくださいよ」

「あら、関白さまが、おさがりをですって」

女房たちは、またしても笑いころげる。

そこへ、息子の内大臣伊周、その弟の三位中将隆家も顔を見せた。伊周は四つになる息子の松君を連れてきている。これから閣議に臨もうという伊周は、袍《ほう》をつけ、下襲《したがさね》の裾《きよ》を長くひいている。裾長《すそなが》にひいた裾が身動きするごとに、あたり狭しとひきずられてものものしい。

女房たちは、憧《あこが》れの若き大臣《おとど》の入来に大騒ぎだが、

「会議に出なければなりませんので」

と彼はそそくさと座を起《た》った。

「松君はこちらで預かろう」

と道隆が手を出す。

「さ、おいで、こちらへ」

道隆は、この初孫がかわいくてならないのだ。

中宮大夫でもある道長が登華殿に挨拶にきたのは、伊周が座を起ってからまもなくのことだった。東宮女御も関白もいると聞いては、一応顔を出さねばならない。

「関白さまは随分早くおいでになりましたのでございますよ」

中宮付きの女房の一人がそっと耳打ちしてくれた。

「そうか、それは、それは」

言っているところに、御簾《みす》の狭間《はざま》から松君が定まらない足取りで出てきた。

「危ない、危ない。さ、こっちへおいで」

後を追う声がして、道隆が姿を現わした。

「あ、これは、お早うございます」

頭を下げた道長に、や、と軽く挨拶しただけで道隆は、ひょいと幼児を抱きあげた。

「このごろは足が早くなって、かなわん」

その顔を見たとき、思わず道長はぎょっとした。兄の顔色がひどく悪いのに気がついたのだ。危うく眼を逸《そ》らせたのは兄に驚愕《きょうがく》の色を読みとられたくなかったからである。上機嫌の道隆は、しかし、道長の眼の色に、まるきり気がつかなかったらしい。

「さ、中に入ろう」

軽々と抱きあげた孫を彼はあやしている。

「いやあよ。父上のところへ行くう」

腕の中で孫はだだをこねる。

「父上はお仕事だ。さ、祖父《じじ》と遊ぼう」

道長は眼を伏せている。

——あの顔色はどうだ。

つい、二、三日前会ったときは何とも思わなかったのに、これはどうしたことか。

——それまでの俺が、ぼんやりしていたということかな。

そうかもしれない。では、今日になって別の眼が開かれたのはなぜなのか。

まだはっきり自覚していなかったけれども、じつは昨日を境にして、彼は大きく変ったのだ。道兼に招かれて、兼隆の元服に加冠の役をつとめたことによって、彼は明らかに、一つの政治的位置を選びとった。

それまでの彼は水中にゆれ動く藻のような存在でしかなかった。状況の中で押し流されて一喜一憂し、兄の尻尾《しっぽ》にすがって出世もしたが、見放され、蹴落《けおと》されれば、そのまま泣き寝入りするよりほかはなかった。

が、昨夜、彼は、はっきりと道兼に加担する立場をとった。そしてそのことが、いままで絶対者だった道隆を、自分と同じ水準にひきおろして眺める眼力を備えさせたのだ。もっとも、当の彼はそこまで気づいていない。ただ自分の眼に驚き、かつ、周囲が少しも道隆の憔悴《しょうすい》を案じる気配もなく、その冗談に笑いころげていることに首をかしげている。

——のんきなものだなあ、みんな。

道隆の陽気な性格にまどわされて、誰も体の衰えに思い及ばないのか。

「おお、よしよし」

道隆は膝《ひざ》の上で孫を遊ばせている。

「柑子《こうじ》を食べぬか。それとも干柿がいいか」

言いながら、女房たちをかえりみる。

「ほら、どうだ。この若君、中宮さまのお子だといってもいいくらいだねえ」

「まことに」

女房たちは相槌《あいづち》を打つ。

「もう、とっくにこのくらいのおかわいらしい方がおいで遊ばしてもよろしうございますのに……」

「そうとも。中宮さま、みんながそう申しておりますよ。お聞きになりましたか」

おどけた調子の道隆の言葉に、また女房たちは笑いころげる。御簾の外にいる道長には人々の顔は見えない。多分中宮は扇に顔をかくして恥ずかしそうにしているに違いない。そして道隆は……。

そう思ったとき、道長はふと気づいた。

——そうだ、あの顔色は……。

兄の憔悴は、体調のためだけではない。明らかに兄は苛立《いらだ》っている。陽気に冗談を言って笑わせているものの、彼の本心はそれどころではないのだ。

定子が入内した年から数えて今年は六年め、最初は十四の少女と十一の少年のままごと結婚だったから仕方がないとして、いまだに一子にもめぐまれないとはどうしたことか……入内した定子が一条の子供を産み、その皇子が即位しなければ、道隆の権力は完《かん》璧《ぺき》なものとはならないではないか。さすがに道隆はそのことを十分知っている。

だから彼は用心深く一条の周辺から女性を退け、定子以外の入内を許していない。従って一条は、当時としては稀《まれ》にみるほどの「御清潔」な生活を余儀なくさせられている。逆にいえば、定子は、一条のすべての夜を独占しているともいえる。

そんなことを考えながら、道長はやや皮肉な気持になっている。

――ところが中宮に子供が生れない、ときているからな。世の中はうまくゆかぬものだて。

兄の苛立ちもわからないではない。苛立ちの結果、酒好きの兄貴はつい量をすごす。

――それよ。それが体を痛めるのよ。

そうなると別の心配が出てくる。もし自分が病気にでもなると、その間に、誰かが娘を一条に押しつけようとするかもしれない。そのためには一条のそばで眼を光らせている人物が必要になってくる。

――なあるほど、それで、伊周を……。

ただ権力を独占しようという以上に、さしせまった理由があることがわかってみると、

——らくではないな、兄貴も。

地獄だ。

権力もまた地獄だ。鉄壁の構えも、近づけば案外もろい実体を暴露している。そう思うと、少しゆとりが出てきた。

そこへ、天皇と東宮から使が手紙を持ってやってきた。同じ内裏の中ではあるが、少しでも離れていれば手紙をやるのが一種の礼儀である。そこへ道隆がいるとなればなおさらのことだ。

——おらくではないな、帝も東宮も……。

やめたくもないのに辞表を三度も書く時代である。王朝においては、恋愛もまた儀式であった。

だから、入内したきさきには、帝も東宮もしきりに恋の歌を贈る。日本の男性は、古来、愛の表現をしたがらない、などというのは大まちがいだ。表現は豊かであればあるほどいい。かといって、残された愛の歌のやりとりを真《ま》に受けて、二人が熱烈に愛しあっていたと思いこむのもゆきすぎである。ちょっと離れていれば、

「御使しきりに」

「御文ひまなし」

と言うくらいにしなければならないのだから、天皇もらくではない。とりわけ相手が

権力者の娘であればなおさらのことだ。

天皇からの使に、定子はすらすらと返事を書いた。原子の方は、まだ馴《な》れていないので、人々の眼を恥ずかしがったりしてなかなか書かない。そこでそばから母親の貴子《きし》がいろいろ手助けをしてやった。こんなとき文使いにくる官人には、りっぱな衣裳などが心づけとして与えられる。

一条帝の手紙には、

「いずれこちらから出向く」

というような意味のことがあったらしい。昼下りのころになると、さわやかな前触《さきぶ》れとともに、十六歳の帝は衣《きぬ》ずれの音をさせて登華殿に渡ってきた。

道隆以下が威儀を正して迎える。匂うような桜襲《さくらがさね》の直衣《のうし》を着た一条は、思いなしか頬もほんのり桜色に染めて、定子に一言か二言語りかけたかと思うと、女房に導かれて、そのまま奥の母屋《もや》に入った。

ちょっとためらうようにしてから、定子が後に続く。無言劇《パントマイム》にも似た動きに、わざと気づかぬふりをして、あたりの人々は全く無言だった。

母屋の中は昼でもほの暗い。帳《とばり》と簾《すだれ》をおろした御帳台《みちようだい》が据えてある。浜床《はまゆか》という台の上に畳をしいて一段高くし、四方に柱を立てて帳をおろす。休息の座でもあり、寝所でもある。桜襲の直衣を無造作に脱いで褥《しとね》にやすらう一条の姿は見えない。定子の紅梅襲の袿《うちき》が、まるで生きもののように、それに寄りそって置かれているほか、御帳台の中はひっそりしている。

――おしずかに。御寝《ぎょし》なられました。

とでもいうふうに、女房が出てきた。その顔は全く無表情である。

――儀式だ。

道長の頭にひらめいたのはそれだった。まさに儀式は無言で進行している。その無言劇の静寂を破ったのは、道隆の陽気な声だった。

「さ、南面《みなみおもて》へ。酒を飲もう。肴《さかな》や菓物《くだもの》の用意はできているか」

母屋の二人から人々を遠ざけようとの配慮である。一条帝の供をしてきた連中もぞろぞろと座を移した。

酒宴の席を楽しくすることにかけては、道隆は天才である。陽気に冗談を言いながら、たくみに一座を酔いつぶしてしまう。自分もしたたかに飲むのだが、いっこうに正気を失わないという特技もある。

その日の彼はとりわけ陽気にはしゃいでいたようだった。一座の人々もそれに応じて酒を飲んだり、女房たちをからかったり、春の宴にふさわしい乱れ方を見せた。

が、何というしらじらしさか。

誰も母屋の御帳台の中で何が行われているかを知っている。それでいて、何も気づかないように、ふざけたり、酔いつぶれたふりをしたり……。笑い声は昼下りの南面から絶えることはなかったが、しょせんそれは、形を変えた無言劇《パントマイム》ではなかったか……。

そういえば、道隆の瞳も……。

――兄貴は心からは笑っていない。

盃《さかずき》をふくみながら道長はそう思った。そのことが今日にかぎってよく見えるのが、われながらふしぎだった。それと同時に、

――ああいう眼にみつめられておいでとは、帝もおらくじゃないな。

という気がした。その眼を意識されての、今日の渡御だったのか？

いやそれだけではあるまい。十六歳といえば半ば大人で半ば少年である時代だ。単なる義務感で、一日も離れていられない、というゼスチュアを示すためにのみ訪れるほど、世故にはたけていないはずだ。

――しかも、あのさわやかな瞳はどうだ。

ほとんど何の会話もなく、御帳台に入ってしまわれるなどは大人にはできない芸当だ。

愛なのか？

そうかもしれぬ。

――帝は中宮の心を知っておられる。

道隆のあの眼でみつめられて、一番辛い思いをしているのは定子だ。華やかにかしず

かれながらも、ひどく孤独な思いでいる彼女が、心の安らぎを得られるのは、一条の胸に顔を埋めているときだけかもしれない。

年下の一条にすがりつきたい思いでいる定子――。

「明日は登華殿にいってあげよう」

前の日一条は定子にそうささやいていたかもしれない。そしてその約束と儀式のために、ほんのり頬を染めて、少年は定子の許を訪れたのではなかったか……。

しらじらしい宴はまだ続いている。

道長もいつか勾欄《こうらん》にもたれてうたたねをしたようだ。気がつくと、

「お起ちでございます」

女房の声がした。

日はすでにかげりはじめている。御帳台を出た一条は、人々に手伝わせて直衣姿をととのえ、供を従えて帰っていった。

春の昼下りの無言劇は、あっけなく幕が降りたようだ。道長も一条に従って登華殿を辞し、あとには道隆と息子たちだけが残った。

定子はもう一度化粧し直している。そこへ一条からの使が来た。使者は、馬典侍《うまのないしのすけ》という女官である。

「おや、お使か。今お帰りになったばかりなのに。これは驚いた」

わざとびっくりしたように言いながら、道隆は、しかし満足げである。

——今別れたばかりだけれど、なつかしくて……。

といわぬばかりに使者をよこすのも、儀式のうちなのだ。

「して、お使の趣きはなんと？」

馬典侍は、一礼して、うやうやしく言う。

「今宵、清涼殿にてお待ち遊ばされますゆえ、疾《と》く疾くおいで遊ばしますように、とのことでございます」

「まあ……」

定子の口から洩《も》れた小さな呟きを、

「やあ、やあ、それはそれは」

道隆の陽気な声が打ち消した。しかし、定子は扇で顔をかくしながら、かぶりを振り、

「とても、今宵は……」

やっとそれだけ言った。今しがた、そのひとと過したひとときを誰もが知っている。それなのに、そのすぐあとに、また清涼殿に上るなんて……。

それを見た道隆は、真顔で言った。

「いかん、いかん。帝の仰せには従うものですよ」

「そうですとも」

脇から貴子が口を出す。

「お断り申し上げてはいけません。わがままな女だと思われるようなことはなさらないことですね」

しぶしぶ定子はうなずく。

「では、帝によしなに」

後は道隆が引きとって返事をした。儀式は終始大まじめに進行した。しのび笑いのひとかけらもなく……。

一方の東宮も、負けずに使をよこし、原子の帰還を促してきた。その上、迎えの女房たちまでさしむけてきたので原子も早々に席を起った。

親子のつどいはあっけなく幕切れになったが、むしろ道隆は、そのことにひどく満足のていであった。

——そうだろうとも……。

まもなくそれを聞き知った道長は、ひとり呟く。儀式はほぼ道隆の思惑通りに進行したのだと見ていい。

その数日後の二十二日、正暦六年は改元されて長徳元年となった。悪疫流行を除くための改元である。が、それについて、

「縁起でもない年号をつけたな」

そっと文句をつけたのは、右大臣道兼である。

「長毒《ちょうどく》と音が似ているといって嫌われている言葉をわざわざ選ぶにも及ばんじゃないか。それに徳の字はいかん。さきに天徳という年号のとき悪疫が流行したのを忘れたとみえる」

いつの世にも、けちをつける人間はいる。が、このときの彼には、何やら鎌首をもたげた蛇に似た気配がある。

――ははあ、兄貴、やる気だな。

道長も決意を固めるときがきたようだ。

腥風《せいふう》の荒野

道隆が二回目の辞表を呈出したのは改元後四日目、二月二十六日のことであった。荘重な名文句で辞意を述べた上表文《しょうひょうもん》は、前回とさして変りばえがしているとも思えなかったが、しかし、一月足らずの間に、状況は大きく変化していた。急に衰えが目立って、宮中への出仕さえできなくなったのだ。

「え？　関白が御病気だって？」

「登華殿《とうかでん》では、あんなにお元気だったじゃないか」

人々は信じられない、という顔をしたが、中で、

――されぱよ。

ひそかにうなずきかえしていたのは道長であった。

――俺の眼には狂いがなかった。

今までは人の話をそのまま受けいれ、右往左往していたのが、今度ばかりは、誰も気がつかないうちに、彼は道隆の病気を見ぬいていたことになる。ふしぎに肚《はら》がすわって

きた。自信ができたのかもしれない。

そのころ、

「関白病む」

の噂《うわさ》は、貴族社会を駆けぬけていた。

「ひえっ、さては疫病《えやみ》か？」

早とちりする者もいたが、

「いや、そうではないらしい」

情報通らしく、声をひそめて言う者もいる。

「疫病なら、ころりといくが、そういうたちの病ではないらしいぞ。何やら体がだるく、ふらふらするとかで……。やたらに喉《のど》のかわきを訴えられて、水ばかりを飲まれるそうだ」

「つまり、飲水病だな」

飲水病というのは、糖尿病のことだ。甘いものが豊富でなかったにもかかわらず、当時の貴族の中には、案外この病にかかっているものが多い。道隆の場合は、おそらく酒の飲みすぎからきた発病であろう。

太って恰幅《かっぷく》のよかった彼は、その間にもみるみる痩《や》せ衰えていった。まさに糖尿病の末期的症状である。が、根が陽気な性格で、そんなふうになっても、まだ人を笑わせたりしているので、周囲はそれほど重症に陥ったとは思っていない。

道長には、しかしある予感がする。

――これはただごとでないぞ。

辞表呈出は、しきたりどおりの形式的なものであるにせよ、いまは意味が違ってきている。正常の執務ができないとすれば、道隆は、一気に伊周《これちか》の関白昇進を押しすすめるであろう。

とすれば、その時期はいつ？　三度目の辞表呈出がそのやま場になるだろう。

――もう、余り先のことではない。

道兼兄貴は、別の見方から、道隆の意図を見ぬいていたが、果して、残された時間で、伊周の関白就任を阻止する手が打てるだろうか。

しだいに切迫した気分になってきた。

――ここがむずかしいところだ……。

道長は宙を見すえる。

道隆の病状、そして辞表呈出の時期――。さまざまの要素が渦を巻いている。客観的に眺めれば、事態は伊周の関白就任実現に向って動いているかにみえる。

――それに、帝《みかど》が中宮に見せた、あの心づかいはどうだ。

登華殿のあの日のことを思えば、一条はまぎれもなく中宮に好意的だ。その口添えがあれば、伊周の関白就任を拒むことはあるまい。事態が切迫していることを感じながら、しかし、道長の眼は思いのほかに冷静である。肚がすわってきたためであろう。一つ一つ要素を検討し、可能性をたしかめてゆく余裕が出てきた。

そして、そこまで考えたとき、

――待てよ。

おぼろげに、一人の人物の顔が浮かぶ。そしてこのとき、まるで符節をあわせたように、ほかならぬその人物から、道長の許《もと》に使がもたらされたとは、何とふしぎなことか。

そのひとは東三条院詮子《せんし》――。

「疫病の流行が、気がかりでなりません。帝のおんために、かねてから考えていた石山詣《もう》でをしたいと思います。しかるべく準備をお願いします」

道長の土御門邸を居処としている姉の詮子は、何かにつけて、道長をまず頼りにする。石山詣でのことも、前からそういう話はもちだされていたので、例のとおりの申し入れに違いなかったのだが、なぜかこのとき、道長には、それが偶然とは思えなかった。

「かしこまりました」

力をこめて即座に返事した。

「私も、もちろんお供させていただきます」

ふしぎなことだが、人間は人生の途中で、何度かこうした瞬間を経験する。そしてそのときは、偶然という以上の何かが、自分に向って、力強い足どりで近づいてくるような気持になる……。

が、それは受け手の肚のすえ方の問題なのかもしれない。道長が、詮子の石山詣でを、

――機会《しお》だ！

と思ったのも、まさにそのようなことではなかったか。

ともあれ、彼は直ちに準備にとりかかる。出発は二月二十八日の昼下りときめられた。詮子の牛車に従ったのは道長はじめ、その異母兄の参議兼右中将の道綱。左大弁平惟仲《これなか》。伊周は父の病気が気がかりなのか、粟田口《あわたぐち》まで見送りに行き引返すと言ってきた。代りに石山まで行くのは伊周の異母兄の道頼《みちより》――道長より下座に坐る権大納言である。出発にやや手間どって、牛車が土御門邸を出たのは、未《ひつじ》（午後二時）をかなり廻ってからになってしまった。

牛車に先立って、馬乗姿の道長が、道頼と並ぶ。ゆるやかに動き出した女車から少し離れて、伊周の牛車が続く。若いくせに内大臣となってからの彼は仰々しい牛車での外出が好きなのだ。それをちらと見やって、道長は手綱をひきしめた。

梅は過ぎ、桜には少し間のあるそのころは、日が傾きかけると、にわかにあたりが冷えびえしてくる。

「急げ」

道長は供廻りの者に度々こう言った。

「女院がお風邪を召されるといけない。なるべく早く石山に着くように」

姉の身を気づかう気持は、いつわりではない。しかし、この日、とりわけ彼が先を急ぐ姿勢を見せたのは、牛車で詮子に従う伊周の、これ見よがしの態度が、かんにさわっていたからである。

――ふん、今日を何だと思っているんだ。

まるで自分が今日の石山詣での主役だというような顔をしている。車を磨きたて、牛飼童《わらわ》を着飾らせて都大路を練り歩かせれば、人々の視線はしぜんそこに集まる。

「あのきれいなお車は誰？」

「内大臣さまですって」

「まあ、すてき」

沿道に群がりはじめた女子供の叫びが耳に入ってくれれば、いよいよ道長としてはおもしろくない。しかも意識的に伊周の車の歩みはゆるやかになりつつある。

「中が見えないかしらねえ」

「ちょっとでもいいから……」

人々のささやきに、車の中で伊周はさぞいい気持でふんぞりかえっていることだろう。

「けしからん」

道長は業を煮やして叫んだ。

「急げ、日が暮れるぞ」

できることなら、伊周の牛飼童から鞭《むち》を取りあげ、思うさま牛の尻をひっぱたいてやりたい。いらいらしながら、道長は馬の足を早めた。強引に一行をひっぱってゆこうとすると、後から、

「お待ちを、お待ちを」

従者が飛んできた。

「女院さまの御車がお止《とど》まりになりました」

「なぜに」

「内大臣さまがお戻りになられますので、その御挨拶を申しあげられます」

「ふん」

やむを得ず、道長も馬をとめる。いつの間にか粟田口にきていたのである。が、いったんとまった行列はなかなか動き出さない。詮子の後に従う車から伊周が出てこないのだ。体裁を気にする彼は、身づくろいに暇がかかるのであろう。

道長は舌打ちした。

――ここで大げさに挨拶をして、沿道の者どもの眼を奪おうというのだな。

苦労しらずの伊周は、道隆以上に自分本位である。女院を長く待たすことの非礼に思い及ばぬらしい。道長の心を知るかのように、乗っていた鹿毛《かげ》が道を蹴った。そのうちやっと伊周が姿をあらわした。

道長の苛立ちにも気づかないのか、伊周はゆっくり詮子の車に近づく。だいたいが、この家の父子は常にスター気取りなのである。美男で押しだしも立派だから、常に衆目を浴びるし、自分たちもそれが当然だと思っているふしがある。それでも道隆は天性のユーモアがあるのでまだしも許されるのだが、伊周の方は、人に聞えるように漢詩を口ずさんだりするので、ますます嫌味になる。

若さのせいかもしれない。が、人々の眼を意識した気取った歩き方が、今日はひどく道長の気に障る。

それはなぜなのか。伊周の気障《きざ》は今始まったことではないのに……。

が、道長はあえてそれを自分に問いかけはしなかった。問いかけるより先に、彼は行動に踏みきっていた。馬首をめぐらすと詮子の牛車に近より、車副《くるまぞい》の従者に、

「早く出立せぬか」

力のこもった声で命じたのである。詮子の車に向ってうやうやしげに何か言いかけていた伊周が、咎《とが》めるような眼付でふりかえった。

――内大臣に馬上で近づくとは礼儀知らずな。

そう言いたげな瞳《ひとみ》を、道長はあえて無視して、さらに声を大きくした。

「女院をお待たせするとは何事か。急げ。ぐずぐずしていると日が暮れるぞ」

言いすてるようにして、たちまち馬を返した。見様《みよう》によっては、従者ではなく、伊周に向って言っているように、人々には見えたことであろう。

もちろん――。

それを計算にいれて、道長は馬を戻し、声を張りあげたのである。

――これまでの俺ならしないことだが。

が、あえて自分はやった、と思った。肚を据えてみると、いつ、何をやるべきか、覚悟がきまってくる。ふしぎなものである。そして道長の威に気おされるように、詮子の行列は動きはじめた。

しばらく行って後をふりかえると、一行から取りのこされた形で、伊周と牛車と供たちの群が、小さく見えた。道長は馬上で昂然《こうぜん》と胸を反らせた。

ふと、傍らにいた伊周の異母兄、道頼と眼があった。そのとき、道長は、はじめて彼の複雑な眼の色に気づく。批難の色は全くない。視線があった瞬間、微笑に似た翳《かげ》さえよぎったように見えた。

――ふむ、なるほど……。

同じ道隆の子といっても、異腹の彼の心は微妙なのだ。道隆は伊周を愛し、彼を内大臣に押しあげたが、道頼はまだ権大納言だ。才気煥発《かんぱつ》の異母弟に、彼は常に一歩おくれをとっている。

――おやりになりましたな、私のようせぬことを。

道頼はそう言っているかにみえる。その後に従う参議、平惟仲はほとんど無表情だ。

道長の父、兼家の懐ろ刀といわれた練達の能吏は、何事もなかったように、淡々と馬を進めている。

石山寺に着いたのは、かなり遅くなってからだった。僧たちの出迎えをうけて、車から降りた詮子は、宿所で一休みすると、

「ただちに、御読経を」

と申し出た。僧侶《そうりょ》も道長たちも、

「お疲れでございましょう。明日になされては」

と、その身を気づかったが、詮子は諾《き》かなかった。ぜひとも今宵のうちに、と請《こ》われて、僧侶たちが入堂し、読経が始まった。堂内に香が流れ、低く高く僧の声が響く。御簾《みす》を垂らした聴聞所の中の小暗い燭《しょく》が、詮子の姿をぼんやり浮きあがらせている。合掌したまま、彼女は身じろぎひとつしない。

法要が終って詮子が宿所に戻ったのは、夜が更けてからだった。

「お疲れになりましたでしょう」

道長が挨拶にゆくと、詮子は、

「いいえ、かねてお詣《まい》りしたいと思っていた願いがはたされたことですから」

にこやかにそう言い、むしろもっと道長と話しあいたいような様子を見せた。

「久しぶりですな、姉君とこうしてお話ができるのは」

女房たちを退《さが》らせて、二人きりになったとき、道長は、しばらく使わなかった「姉君」という言葉を口にした。

「もっと近くに」

道長をさし招いてから詮子は声を低くした。

「本当に心配なの、疫病のことが……。帝に万一のことがあったらと思うと夜も寝られません。だから本尊さまにお願いしたの。もし帝が疫病にかかられたら、この私の命を代りにお召しくださいって」

「めっそうもない」

道長はあわてて手を振った。

「帝は大丈夫です。おかかりになりません」

気休めにもそう言わねばならなかった。

「それに姉君も大事なお命です。姉君にいていただかなくては……」

詮子は眼でうなずいて、吐息を洩らした。

「道隆兄さまのお加減が悪くてはね」

「そうです。むしろ私が心配しているのはそのことなんですが」

「とにかく、ここはお元気になっていただかないと。帝もまだお若いことですし」

「しかし、姉君」

道長は膝を進めた。

「かなり兄上のお加減は悪いようですな」

「……そのように聞いております」

ぽつりと詮子は言った。

「本当に関白をおやめになりたいと思っているようですが」

「……」

「そうなりましたときは、どうしたらよいと姉君はお考えですか」

詮子はゆっくり眼をあげた。大きく見開かれているにもかかわらず、真意は汲《く》みとりにくい。やがて詮子は静かに言った。

「私は帝のおんためだけを考えております」

母だけが言える強さのこもった言葉だった。いざとなったら、自分の命とかえてもいというくらいに、わが子一条の身を案じている詮子である。それでいて、その言葉には、複雑な含みを残している。

さすが母后である。当時、帝に対して、絶大な発言力を持つ唯一の存在は母后であった。若いときから、宮廷政治の中を泳ぎぬいてきた彼女は、その重みをちゃんとわきまえている。政治の圏外にあって、ひたすらわが子の命だけを大切に思う盲愛の母ではないことを、言外に匂わせつつ、言葉はいよいよ慎重だ。

「なるほど」

うなずきながら、道長はさらに踏みこむ。それまでの彼だったら、そこまでの勇気はなかったかもしれないのだが……。しかし、この夜の彼は、中途半端ではすまされない気がしている。この機を逃しては、姉と二人で語る時はめったにないだろう。

「その帝のおんためということですが、万一道隆兄上が政務をとれないとなったら、内大臣がそれに代るのがふさわしいとお考えでしょうか」

詮子は無言だった。ややあって、

「伊周にその役がつとまりましょうか」

逆に聞きかえす形で語りかけてきた。

——ふうむ、なるほど。

意味深長な言い方だが、それは詮子が伊周の関白就任に必ずしも黙許を与えてないことをしめしている。かといって全く不賛成というのでもない。さし迫った事態ではありながら、多分に流動的ということか。

――やはり、きょうだい一の大物よ。

久しぶりに姉の真面目《しんめんもく》に触れた思いがする。この大物にうかつな答はできない。踏みこむのはそこまでであろう。道長は一礼して起《た》ちかけた。

「とにかく姉君は大切なおからだです。くれぐれも御無理をなさいませんよう」

「ありがとう、いつも一番私のことを気にかけてくれるのはそなたです」

粟田口での伊周との火花の散らしあいに暗黙の了解を与えてくれたと見るべきか。今夜はその言葉をひきだしただけでもよしとしなければならない。

自分の宿坊に入りかけて、ふと気がついた。暗がりに男が立っている。

「誰か？」

黒い影が一礼した。

「まだこのあたりには梅が咲きのこっておりますようで」

平惟仲であった。

「夜中の梅に誘われるとは雅《みや》びな」

入らぬか、と道長は宿坊に招じいれた。梅の香をたずねるほど、彼が風流な男でないことを知っているからである。惟仲の嗅《か》ぎつけたがっていることも、ほぼ察しがついた。

惟仲は鼻のきく男だ。政治の勘にかけてはまず抜群であろう。五十を僅《わず》かにすぎたいま、彼が参議の座を得ていることは異例の出世である。

第一、そのころ平氏出身の公卿《くぎょう》はほとんどいなかった。彼の父は中級官僚だし、母親にいたっては父の地方官在任中の任地の郡司の娘である。ふつうなら現地妻の子としてそのまま地方で朽ちはてるところを、父を頼って都に出てきて、きびしい試験を通って大学を卒業し、官吏社会に入った。以来、全くの実力で頭角をあらわし、道長の父兼家にみとめられたことが出世の緒となった。

同じく能吏だった藤原在国《ありくに》と並んで、兼家の左右の眼といわれたこともある彼は、在国が道隆に嫌われて、目下所を得ないでいるのに比して、道隆の信頼も厚く、異例の昇進をして参議になったのである。

いわば道隆べったりのこの男だ。

——その彼が、俺を待ちうけたのは？

意図は明白である。詮子との間でどんな会話が交わされたか、それを知りたくて来たのに違いない。

——めったなことは話せないぞ。

彼は道隆側の監視役のようなものだから。ところが道長の思惑に反し、惟仲は意外な話をしはじめた。

「故殿（兼家）も梅の香がお好きであられましたな」

「おお、そうか」

「とりわけ夜の梅の、どこからとも知れず匂ってくるのがとてもいいと仰《おお》せられて。若いころ、夜歩きのお供をいたしましたので、よく覚えております」

柄にもない風流話に時をすごし、

「や、これはおそくなりました」

それから彼は言ったのである。

「私の今日《こんにち》あるのは、ひとえに故殿のおかげでございます。そのことが、今夜の梅の香とともにしきりに思いだされまして」

「そうか、それはそれは」

「大納言さま」

「何か」

「御一家のためには、何でもさせていただきます。何なりとお申しつけくださいますように」

──ほう、これは何たること。

呟《つぶや》きかけた言葉を、道長は急いで呑《の》みこむ。あの粟田口の一件を見聞きしたこの男が、あえて、このようなことを口にするとは……。

驚くべく鼻のよくきく彼は、道隆の病臥《びょうが》以来の政情に、すでに何か変化の兆候を嗅ぎとっているのだろうか？

しかし、うかつなことは言えぬ。

「亡父《ちち》は、いつもそなたのことを褒めておった」

あたりさわりのないことを言っておいた。

それから数日後、都に戻った道長は、思いがけない人物から親しげに話しかけられる。例の意地悪評論家の藤原実資《さねすけ》である。平生は無愛想なこの男が閣議の終った後、さりげなく近よってきて、ささやいたのだ。

「粟田口では……」

数日のうちに、噂が公卿たちの間を駆けぬけているのを道長は知った。しかも、実資の眼は言っている。

──よくおやりになりましたな。

さすがに口には出さないが、その気配は、はっきり読みとれる。

──いや、なに、それほどでも……。

眼で答えながら、内心道長は反響の大きさに驚かざるを得ない。

──俺はただ、牛飼童を急がせただけのことなんだが……。

いささか腹のあたりがむずがゆいくらいである。それにしても実資は、どこからこの噂を聞きつけたのか、さりげなく聞くと、

「頭《とう》の弁《べん》から」

という答が返ってきた。頭の弁、つまり権左中弁《ごんのさちゅうべん》兼蔵人頭《くろうどのとう》の源俊賢《としかた》である。

が、その俊賢は、あの日、詮子の石山行に随《したが》ってはいなかった。そこまで考えたとき、道長の頭に浮かんだのは、惟仲のことだった。惟仲は俊賢の上席にいる左大弁だし、蔵人頭をつとめたことのある先輩だ。

――なるほど。

惟仲から俊賢へ。俊賢から実資へ。噂の流れとともに人脈が浮かびあがってきた感じである。さらに実資は言う。

「関白の御病状は、はかばかしくないようですな。やはり改元がいけなかったかもしれません。右府（道兼）は、長徳は長毒に通じるからいかんとおっしゃっておられましたが」

――ほほう、なるほど。

中立の評論家をきめこんでいる実資だが、してみると、道兼兄貴とは、かなり密着しているというわけか。

しかし、まだ油断はならない。嗅覚《きゆうかく》の鋭い惟仲は、早くも何かを感じはじめているようだが、俊賢はどうか？　彼は道隆に密着して、ここまでのしあがった男だし、とりわけ、蔵人頭という最高の機密を握って、関白と天皇の間を往復する地位にある。

――そのあたりの動きを見定めねばな。

腹の中でうなずきながら、さりげない挨拶を交わして実資と別れた。

それにしても、彼ら公卿たちが道長を見る眼はたしかに変ってきたようだ。粟田口の一件は、小ぜりあいというところまでいっていないにしても、たしかに、道長はあえて一歩を踏みだす構えを見せた。

しかも、時が時だけに、そのことが人々に少なからぬ反響を巻きおこした。これが道隆の病中でなかったら、たかが牛飼童を急がせたところで、誰の噂にもならなかったろう。

——その「時」を捉《とら》えるには……。

ある決定と行動が必要なことを知った道長には、いささか自信も身についたようである。

その間にも道隆の病状は悪化するばかりであった。しかし、まだ彼は三度目の辞表を出さない。そしてそれより前に、一つの手をうってきた。

政治の世界は、一種のルール社会である。よほど未開な独裁国でもないかぎり、政治は既定のルールの枠の中で運営されなければならない。その枠の中で、いかに悪知恵を働かせて合法的に拡大解釈をするか、あるいは既成事実を積みあげて法の骨抜きをはかるか、政治家の腕のみせどころはここにある。

糖尿病が悪化しつつある道隆は、生涯の狡智《こうち》を結集して、まず天皇に申し入れをした。

三月はじめのことである。

「私の病中は、内大臣伊周に文書《もんじょ》の内覧《ないらん》をさせていただきたい」

文書内覧というのは、天皇の許に提出される書類を下見することだが、実質的にはこれで行政全般を掌握することができる。つまり関白と権限は同じである。

文書内覧権を関白以外の人間に与えるという先例はすでにこれまでもあったことなので、道隆は、すかさずこれを利用し、伊周への実質的な権限委譲をはかったのだ。

天皇のこれに対する答はこうだった。

「よかろう、では関白の病中、まず万事を関白に伝えてから内大臣に披露し、その上で自分の所へ廻すように」

そこには微妙な言い廻しの差が感じられる。さすがに伊周もおろかではないから、その答を持って来た蔵人頭に、早速文句をつけた。

「それはおかしい……」

なんとなれば――。

「この事についての内意はすでに仄聞《そくぶん》しているが、関白に伝え、それから内大臣へというのでは話が違う。あくまでも内覧は内大臣ひとりのはずだ」

関白病中の代弁者ではなく、あくまでも自分に内覧権がある、と主張したのだ。ここで数回のやりとりがあった。これにもルールがあって、伊周は不満をぶちまけたくとも直接天皇に談じこむことはできない。

ふつうには現代の閣議にあたる左大臣以下の会議があり、それが関白（もしくは内覧）に披露され、そこでチェックをうけた後、天皇の裁決を得るが、その間を往復するのが蔵人である。今度のような閣議抜きの問題でも、天皇と伊周との間のやりとりは蔵人を通じて行わねばならない。このときの担当は、源俊賢と並んで蔵人頭をつとめていた近衛中将《このえのちゅうじょう》藤原斉信《ただのぶ》であった。

斉信が天皇の意向を聞いて戻ってくるのを、伊周は足踏みする思いで待っている。

やがて斉信が姿を現わした。彼は一礼するとしかつめらしく答えた。

「天皇の仰せられるには、もう一度関白の意見をたしかめるよう。その上で関白の申す旨に随うということでございました。これから私、関白殿下の御意向を伺ってまいります」

「そうか、では……」

斉信は道隆邸へ馬を飛ばせる。彼が帰るまで、またもや伊周は、おあずけを食った犬のように待たねばならなかった。

その結果、はじめて、「関白にまず触れ」という文句が除かれ、伊周の内覧が認められるが、そうときまっても口頭で始末がつくわけではなく、書記官の手で宣旨《せんじ》という天皇の命令書が作製される。

ところが、このとき、ちょろりと姿を現わした人物がいる。蔵人高階信順《たかしなのまさのぶ》――伊周の母の兄、つまり伊周や中宮定子《ていし》には伯父にあたる人物だ。定子の入内《じゅだい》後、蔵人に任じられた彼は、天皇や中宮に密着して、宮廷をわがもの顔に歩いている。その彼は左少弁《さしょうべん》――行政事務の中枢を握る弁官の一人として、書記官に口出しできる立場にある。いまや宣旨を書こうとしている書記官に近づいた彼は、いかにも天皇の意向を聞いてきたと言わぬばかりの顔付で言った。

「内大臣の文書内覧は、関白の病中の間ではないぞ。関白の病の替《かわり》と書くのだぞ」

書記官はすまして答えた。

「この件はすべて蔵人頭のお言いつけどおりにしておりますので、まず頭におっしゃってください。頭が直せということなら、書き直します」

信順の意図は不発に終ったが、どうやら彼は公文書偽造に近い手を使おうとしたのだ。病中の内覧では、あくまで臨時のものだが、関白の病につき交替ということになれば、これは本格的な任命である。

関白の代弁者でなく、臨時の任命でなく……。伊周の周囲は、一歩一歩既成事実を作りあげようとしている。信順のこの日の行動を耳にしたとき、

――さても、狡猾《こうかつ》な……。

道長は眼をむいた。信順のやろうとしたことは、宣旨改竄《かいざん》ではないか。そんな危い橋

を渡ってまで、伊周を権力の座に押しあげようとしている高階一族のすさまじさよ。

——何しろ、あの成忠《しげただ》入道の息子だからな。

積善寺《さくぜんじ》供養の日、のこのこと自分の上座に坐ってしまった老いぼれの、

「ふひゃ、ふわふわ」

笑いとも言葉ともつかぬあの声が、耳許に響いてきた。

成忠、信順らは道隆一族の親衛隊なのだ。

「ふひゃ、ふひゃ」

と言いながら成忠が自分の前を通りすぎたように、彼らは伊周をかついで、自分の前を通りすぎようとしている。粟田口の一撃は、彼らの前では結局何の役にも立たなかったのか。

酔がさめた、というべきか。このところいささか気をよくしていた道長は、いま、しわしわと肚の中が萎《な》えしぼんでゆくのを感じている。が、考えてみれば、自分は何をしたというのか？ 兄貴に頼まれて、息子の元服に加冠の役をつとめた。詮子の石山詣での時、内大臣伊周を尻目にかけて一行を急がせた。

——たったそれだけか。

どこかからそんな声がする。いや、自分の中のもう一人の自分が、からかいながらたずねているようでもある。

——そうだな、残念ながら。

意気のあがらなくなったほうの自分は小さな声で答えるよりほかはない。

——なんだ、だらしのない。

——ま、そう言わんでくれ。

——言いたくもなるな。それが政略か、権謀か……。まるで子供だましじゃないか。道隆のやり方を見ろ、政略というのはな、ああいうふうにやるんだ。じわじわ既成事実を作ったり、信順のような奴にケレンの手を使わせたり。その間に、そなた何をやった？

——いや、何も……。

眼に見える相手でないだけに始末が悪い。いい加減に切りあげて逃げだすわけにゆかないからだ。逃げようとすればするほど相手はしつこく追いかけてくる。

——いい気になるなよ、まだそなたなどは門の外だ。何の役にも立たぬ。

——わかった、わかった。

権謀のケレンのといったことには手の届かない平凡児であることを思い知らされればげんなりしてくる。その気配に気づいたのか、ある夜、倫子《りんし》は少し気づかわしげにたずねた。

「どうなさいました。お体の具合でもお悪くて？」

「いいや、別に……。ただ何となく」

かなりまじめな口調で言った。

「俺はだめな人間だと思っている」

が、倫子は、聞くなりおかしそうに口をおさえた。

「まあ、そんなこと」

「いや本気だ。第一、人間が小さい。才能もない。ろくなことはできん。われながら嫌になった」

と、慰めるどころか、倫子は、いよいよ笑いころげんばかりにした。

「また、いつものお癖で……」

「癖？」

「そうですわ。あなたって方は、ちょっといい事があるとうきうきなさるかわりに、ちょっとだめだとなると、しょげかえっておしまいになるんです」

「そうかな、この俺が？」

「ええ、この間あたりは、よい御機嫌でいらっしゃいましたから、もうそろそろ曇り空になるのではないかと思っておりましたら、案の定……」

思いがけないことだった。倫子は道長の心を見すかしているというのか。

「そうかなあ」

道長は妻の顔をまじまじとみつめた。

「そんなに俺は喜んだりがっくりしたりするかなあ」

「そうですとも、これまでも時々……」

——ふうむ。

道長は唸《うな》らざるを得ない。自分でも気づかないでいるような心の動きを、妻が読みとっていようとは……妻とはなかなか油断のならないもの、と思ったとき、それさえも見通したかのように、倫子は言ったものである。

「そりゃ、夫婦ですもの。御一緒にいれば、だんだんお心の動きがわかるようになります」

「む、む、それはそれは」

「でも」

すこしまじめな口調になって倫子は続けた。

「私、そういうあなたが好き」

「や、何だって」

「むりにていさいを作ったり、気持を押し隠したりなさらない方が、よろしいのですわ」

「そうかな。しかし、考えてみれば……」

道長は腕を組んだ。

「たしかに、俺はつまらんことに一喜一憂しすぎるかもしれないなあ、じつは」

道隆や伊周をめぐる今度のいきさつを、手短かに話して聞かせた。黙って聞いている倫子の薄茶色の丸い眼が時々夫をみつめ、それから聞いたことを反芻《はんすう》するように、ゆっくりまたたいた。むしろ無邪気に明るくさえみえるその眼が、その夜ほど考え深げな光を湛《たた》えたことはなかった。

その丸い瞳がふたたび道長の許に戻ってくると、やがて小さな唇が開かれた。

「風はいま、関白どのと内大臣どのを廻って吹いている、ということですね」

風か。なるほどうまいことを言う、と道長は思った。

「あなたに向って吹いていないんですもの。ここはどうにも動けませんわね」

「まあ、そういうことだが……」

「でも、がっかりなさるにも及びませんわ。もともとあなたって、諦《あきら》めのよすぎるたちでいらっしゃるの。だからがっかりするのもお早いのね」

おや、何か聞いたことのある文句だ、と思ったとき、薄茶色の丸い眼が、もう一度、考え深げにまたたいた。

「それにしても……。ふしぎなことですわね」

「何が？」

「帝は中宮さまをとてもいとしんでいらっしゃるのでしょう」

「まあそうだろうな。たった一人のおきさきだもの」

「それなら、伊周どのの関白をすぐお許しになるかと思ったら、そうでもないのですね」

「そりゃあ、政治とは別だから」

と言いながら、ふっと胸をよぎるものを、道長は感じていた。

──少し見落しをしていたな、俺は。

道隆側の執拗《しつよう》な攻勢だけに心を奪われていたが、少し冷静になって考えれば、彼らがごり押しに夢中になるのは、内大臣伊周をすんなり関白にさせない事情があるということではないか。

倫子の問いかけは、少なくともそのことの輪郭をはっきりさせてくれた。

中宮を愛する一条帝が、なぜ伊周の関白をすぐ許そうとしないのか。

いかにも女らしい発想だが、たしかに一種の盲点を衝《つ》いている。道長は、ついこの間の登華殿のことを思いだしていた。若い一条帝は、頰をほんのり染めて、あの日姿をあらわした。そしてほとんど無言劇《パントマイム》でも演じるように、中宮と褥《しとね》をともにして帰っていった。

──愛なのか、それは。

多分そうに違いないと自問自答した道長だったが、その思いが、いま揺れはじめている。あれはもしかすると、中宮の父、道隆への挨拶にすぎなかったのではあるまいか。

いや、それではあまりに若い帝の負わされた政治の軛《くびき》が重すぎる。第一、あの冴《さ》え冴えと澄んだ瞳は、そうした世俗への配慮の色を宿していなかった。

一条は明らかに中宮定子を愛している。そしておそらく定子はいま、一条に、伊周の関白就任を懇請しているに違いない。にもかかわらず、その実現が見られないということは？……

——なるほど、ふうむ。

一条の周辺には、愛する中宮の発言をも阻む一つの力が動いている、ということだ。

それは？　言うまでもあるまい。一条の母后、東三条院詮子。

——積善寺供養のあの日、高階一族の人もなげな振舞を、姉君は、複雑な眼差《まなざし》で眺めておられたというではないか。

日頃は、仏道三昧《ざんまい》の生活を続けているとはいえ、落飾するまでは、幼帝一条の後見役として、政治全般への眼配りを続けてきた彼女である。細かいことからは手をひいているが、いざというときの、ひと睨《にら》みは、無限の重みを持つ。関白道隆が病床にある今となっては、その力はより大きい。

これは詮子個人の力というよりも、日本の歴史を背負った重みでもある。おもしろいことに、日本には昔から天皇と母后が共同統治をしてきたという歴史がある。平安朝に入っても、天皇の母となった女性が特別敬意を払われるのはそのためだ。

——その光を背負って、いま姉君は立っている。

みるみる詮子そのひとの像が、倍くらいにふくれあがってゆくような気がした。

——大物だからなあ、姉君は。

その詮子の声が、改めて道長の耳に響く。

「私は帝のおんためだけを考えております」

そうだ、詮子はそう言いきった。その言葉の意味を考え直すべきときはきているようだ。

思うに詮子は、伊周が権力の座につくことを、「帝のおんため」になることとは考えていないのではあるまいか。

伊周はともかく、その取り巻きの高階一族が、どんなにいい気になってしたい放題をやらかすか……。姉はそれを警戒している。

道長がその話題にふれたとき、彼女は言っている。

「伊周にその役がつとまりましょうか」

意味深長な、賛成とも不賛成ともとれる言葉の奥にひそむものを、もっと引きだすべきだったと、今になって道長は顎《あご》を撫でている。

——そういうところが、俺の詰めの甘いところだ。ふうむ……。

そばから倫子が声をかけた。

「何を考えていらっしゃいますの」

「いや、なに……。つまり、俺は詰めが甘い人間だということよ」

「まだそんなことおっしゃってますのね」

丸ぽちゃな手が、軽く肩をこづいた。

「でも、さっきよりお元気そうですわ」

「ふむ、ふむ、そうか。それにしても、俺はそんなに一喜一憂するかなあ」

袖で口を覆い、ちょっと肩をすくめた倫子の薄茶色の瞳の動きに、道長は気づかなかったらしい。

——あら、ごめんあそばせ、あなた。

倫子はそう言いたいところだったのである。正直いって、それほど夫の性格を言いあてたつもりはなかった。のんびりやで、ときにうれしがったり、ときに自信喪失したりする傾向はある夫だが、それよりも、ここのところは、

——あなたの落ちこみはいつものこと。

そう言って慰め、力づけるにかぎる、と思ったまでのことなのだ。それが、かなりの効果があったとは……肩もすくめたくなるではないか。

もっとも彼女は、夫の元気の本当の源は、彼女のいささか幼稚な問いにあることには気づいていない。夫婦というものは、どうもそのくらいなずれがあるものらしい。それでいてどこかでふしぎに帳尻のあっているところが、夫婦なるものの奇妙なところであ

ろう。

そのうちに、桜の蕾《つぼみ》がふくらみはじめた。さて、道隆の病状はどうなったか。伊周の文書内覧を取りつけたことに安心してか、この所やや快方に向いはじめた、という噂《うわさ》も流れている。

――桜にかこつけて、ちょっと姉君の顔色を探ってくるか。

道長が思い立って土御門邸を訪れたのは、朧《おぼろ》月夜の下で、そろそろ桜も盛りに近づこうとしていた夜のことであった。

土御門邸の池の汀《みぎわ》には、桜の大木がある。

――あの花もそろそろ見ごろだろうな。

その姿を思いうかべながら邸《やしき》の近くにさしかかった道長は、ふと馬を停めた。今しも供を連れた騎乗の男が門を出てゆこうとしている。

馬乗の男は、やがて朧の闇《やみ》に吸われた。後に残ったのは蹄《ひづめ》の音だけ――。しかし道長はその音から、一人の男の姿を思い描く。

あわてて馬を飛ばせるでもなく、さりとてのどかに朧月夜を楽しむでもない。一定の速度を保ちながら遠ざかってゆくその響と、闇に吸われる寸前にたしかめ得た後姿からすれば、男はまさしく蔵人頭源俊賢。

一条帝、道隆、伊周、そして左大臣以下の公卿――彼らの間を多角的に動き廻る彼は、いま情報の極秘部分を握る人物である。

――なるほど、俊賢が来たのか。

詮子もまた、俊賢を通じて、その極秘部分とつながりを持っているのだ。

――しかし、あの蹄の音では……。

急使ではあるまい。とすれば一条からの何らかの意向打診か。そしらぬふりで道長は来意を告げた。

「ちょうどお呼びしたいと思っておりました」

女房の伝えた詮子の言葉はこうであった。

――さてこそ。

道長の廊を踏む足にも力が入る。詮子のいる寝殿は、まだ格子戸もおろしていなかった。

「夜桜が、今宵はとりわけ美しいので」

詮子はにこやかに道長を迎えると言った。

「一人で眺めてはもったいない。邸の持主であるそなたに見てもらいたかったのです」

なるほど、朧にかすむ月の夜に、いま視界にひろがるのは、ほの白い花の雲――。幹は闇に融《と》けて、ただ花のみが空にただようかのようにかすかに揺れる。

「今年はことのほかみごとですなあ。たしかに一人で眺めるのはもったいない」

それから、さりげなく道長はつけ加えた。

「この桜、拝見にくる人も多いのでは……」

扇で口を覆って、詮子はほほえむ。

「私のところなどには、誰も……」

「そうですか。いましがた、誰かが門を出ていったように見えましたが」

「おや、そうですか」

「私はまた誰かが、桜を拝見に上がったのかと思いました」

「いえ、いっこうに」

――さては、しらを切る気だな。

じっとみつめても詮子は動じる気配も見せない。

「それより、箏《こと》など一曲」

さらりと詮子は女房に命じた。待っていたように衣《きぬ》ずれの音をさせた女房たちが、盃《さかずき》や瓶子《へいし》を捧げて入ってきた。しのびやかに箏がかなでられた後、

「どうですか、一節《ふし》、お歌いになっては」

詮子にすすめられては、『白氏文集』でも口ずさむよりほかはない。

「燭《シヨク》ヲ背《ソム》ケテ共ニ憐《アハレ》ム深夜ノ月……」

「よいお声ですこと」

はためには、何とものどかな春の宴である。そののどかさに、じりじりしながら調子をあわせるのも王朝貴族のたしなみである。

——姉君もお人が悪い。俊賢のことを口にも出さぬおつもりか。

やきもきしている道長の心も知らぬげに、詮子はのどかにたずねる。

「高松殿の明子《めいし》姫は元気ですか」

「おかげさまで」

じつは明子はその前の年に二番めの男子を出産している。

「若君も元気で育っているようですね」

「はい、今度の方が大きく、泣きもせずに育っております」

「倫子姫の方は、今度は姫君でしたね」

明子の出産に先立って、倫子は女児を産んでいる。そう言ってから詮子はからかうような眼付になった。

「そなたを、大変まじめな方だと言う人がおりますよ」

「は？」

「倫子姫がみごもられると、すぐ明子姫が……。たいそう公平におはげみだって」

「いや、これは……」

道長は頸《くび》を撫でた。

「それはそのう……姉君の仰せのとおり、一条（倫子）と、高松（明子）をわけへだてなくしておりますので」

「けっこうです。これからも他には眼を移さずに、そう願いたいものです」

「それにしても、誰がそんなことを申しましたか」

「さあ、誰でしょう」

詮子はしらばくれてみせた。

「あてでみましょうか」

「あたるものなら」

「源俊賢朝臣《あそん》――。そうではありませんか」

「……」

「俊賢なら明子の兄弟ですし、そんなことを言いかねない男です」

「おや、そうですか」

網をかけた、と思ったとたん、するりと身をかわされた。

「じゃ、私もひとつ歌いましょうか」

女房を促して箏をかきならさせて、詮子は口ずさんだ。

「春はなほわれにて知りぬ花ざかり心のどけき人はあらじな」

壬生忠岑《みぶのただみね》の一首である。花ざかりはのどかにすごすどころか、花見に追われて何となく心せわしい、それは自分の心をふりかえってみれば知られることであって——という歌は、道長の「お忙しさ」を諷《ふう》したのか、それともさりげなく、自分の身辺を語ったのか……。

——かなわないなあ、大物には。

旗を巻いて帰るよりほかはなかった。それで十分楽しそうにして見せなければならないのが辛《つら》いところである。

が、それから間もなく、道長はさとったはずである。倹賢の詮子訪問の理由を……。

四月のはじめ、遂に関白道隆は三度目の辞表を呈出したのだ。

関白の健康が回復した、というのは、どうやら高階一族などが流した噂にすぎなかったようだ。道隆の症状は、一か月足らずのうちに、もうどうにもならないところまできてしまった。病床でうめきながら、遂に道隆は最後の決断をする。

「関白を辞めよう。そのかわり、条件がある」

道隆は関白辞退とともに、彼に付けられていた随身《ずいじん》を返上した。随身というのは護衛兵だが、ボディガードというより、特権として与えられる儀仗兵《ぎじようへい》的な存在であった。この特権を、道隆は、

「そのまま、内大臣伊周にお許しを」

と、伊周自身の口を通じて申し入れさせたのである。あからさまに権威の象徴を従え

て宮中に出入りすることによって、伊周は関白にさらに近づく。

——伊周が関白になれるか、それとも俺が先に死ぬか……。

生命の灯と執念が、死の床でせめぎあう。

「このことをしかと奏上するように」

伊周は蔵人頭源俊賢に念を押す。

さて、これからの俊賢の動きが微妙である。彼は道隆に自薦して蔵人頭の座をかちとった男だ。

——そのことを忘れてはいまいな。

伊周の凝視をうけて、彼は一条帝の許《もと》に伺候する。ややあって戻ってきたときの口上はこうだった。

「帝におかせられては、関白は随身辞退には及ばぬとのこと。辞任された後も、なお左右の番長《ばんちょう》と近衛《このえ》四人を賜わるということでありました。つまり近衛の府生《ふしょう》二人を除くのみにて後は従前どおりでありまして」

「わかった」

伊周は俊賢の言葉をさえぎる。

「それよりも、わが随身については？」

ほとんど無表情に俊賢は答えた。

「さあ、それは何とも……帝が仰せられましたのは、関白の御随身のことだけでございまして」

何を、というふうに伊周が俊賢の顔をみつめたのは一瞬のことであった。みるみる形相が変り、何ものかに摑《つか》みかかるかのように宙を蹴《け》った。

「あっ、内府！」

腰をうかせた俊賢を見向きもせず、伊周は清涼殿の一条の許に突進していたのである。入れかわりに蔵人が息せききって俊賢の許にやってくる。

「ただちに帝のおん前へ……」

俊賢が伺候すると、一条は、

「あ、先刻の申し渡しには言い違いがあったようだ。内府の随身について、先例があれば望みにまかせて与えるように」

短い言葉なのに、一条は何度も言い淀《よど》んだ。自分のいったん出した命令をむりやりに変更させられたという不快感はありありと見える。

たしかに伊周は随身をかちとった。しかし、そのごり押しで、すべてが終った、というのが、俊賢のひそかな観測だった。

一条帝は、最初はむしろ道隆一家に好意的だった。中宮定子の実家の人々には何といっても親近感がある。これに比べれば、髭面《ひげづら》の右大臣道兼などは、薄気味悪さが先に立つ。

だから母后の詮子が、ともすれば道隆周辺の高階一族の進出にきびしい眼を投げるのが煩わしいくらいだった。

が、道隆の病臥以来の、彼ら一族の強引さに、一条は少しずつ嫌気がさしてきている。慣例を無視して既成事実をつみあげ、何が何でも伊周を権力の座につかせようという意図が、あまりに露骨すぎる。

俊賢の鋭い眼は、すばやくそこを見ぬいていた。彼が、しきりと一条と詮子の間を往復したのはそのためであり、そこに彼自身の思惑も混っていなかったとはいえない。が、世間知らずの伊周は一条の心の動きにはまだ気づいていないようだ。

——しかし、おしまいだな、これで。

一条と伊周の顔を見くらべながら、俊賢は肚《はら》の中でうなずく。強引に宣旨を変更させたことで、伊周は一条の面目を潰《つぶ》したのである。一度表明した意向を、みずから誤りだったといって訂正せざるをえなかった一条は、口をきつく結んで、溢《あふ》れ出そうな怒りに耐えていた。

見たところは一条の全面敗北だ。しかし、頽勢《たいせい》の中で、一条は最後の抵抗を試みる。

「先例があれば随身を認めよう」

と、さりげなくつけ加えたのだ。そんな先例はありはしないことを、俊賢は百も承知である。ここまで押しこまれては、いずれ随身を許可せざるを得ないだろうが、すんなり認めたのではないことを一条は言外に匂わせたのだ。

——帝も大人になられたな。

が、伊周はほとんどその事に気づいていない。鼻の先にぶらさがってきた随身に眼がくらんでしまっている。

——押すだけが政治じゃないのにな。ここは一応退《ひ》いて、それから次の手に移ればいいのに、みすみす帝の信任を失ってしまった。

俊賢が肚の底でそう思っていることも、全く眼に入らない。

「では早く、この旨を関白にお伝えしてくるように」

せっかちに俊賢を促した。

「それでは……」

このあたりが歴史の廻《めぐ》りあわせのおもしろさであろう。おかげで冷徹な策士俊賢は、とっくりと病床にあえぐ道隆の姿を観察する機会を得たのである。

道隆の邸には読経と修法《ずほう》の声が満ちみちていた。その中を侍女に導かれて、俊賢は道隆の臥《ふ》す母屋《もや》の御簾《みす》に近づいた。

「帝の仰せをお伝えにまいりました。関白どのには御辞職の後も、しかじかの御随身を、かつ、内大臣には、先例の定むる所を考究して然《しか》るべき御随身を……」

御簾の中からは、しばらく返答がなかった。

俊賢は息を呑んで待っていた。

——さすがは関白。帝の意のあるところを読みとられたか……。

遠く近く、うねりながら伝わってくる読経の声を聞きながら、道隆の答を待っている間の、いかに長く感じられたことか……。

そのうちに、

「うっ……」

声ならぬ声を聞きつけた、と思った。

道隆は泣いていたのである。

「ありがたい……仰せ……で、ござ……」

語尾は聞きとれなかった。声というよりも息に近い呟きの中から、わずかに聞き得たのはそれだけだった。

ややあって、御簾の内側の影がゆらいだ。侍女たちに助け起された気配はあるものの、立ちあがる気力はさらにないのか、抱えられるようにして、ずるずる、と御簾の近くにその影は動いてきた。

「帝のありがたい仰せを、このような姿で承るのは申しわけないのだが……」

近づいた分だけ言葉は明瞭《めいりよう》になったが、やはり息にまぎれて押し出される言葉が痛々しい。やっとその半身が御簾の外にあらわれたとき、思わず俊賢は後退《あとしざ》りしそうになった。

着崩れた桜襲《さくらがさね》の直衣《のうし》――。着がえるどころか、その衣紋《えもん》を繕うこともできなくなっている。

――幽鬼だ！

血の気はすでにない。ふくよかだった頬はこけ、もう視線も定まらなくなっている。それでいて、ふしぎと病みおとろえた醜さはなかった。

――ほう、何と美しい幽鬼よ。

人を笑わせる陽気な性格、常に衆人の眼を意識した身のこなし――それらをすべて拭《ぬぐ》いおとしたいま、肉体の本源のあり方だけが、削《そ》げた形で現われている。その肉体も半ば生の機能を停止したとき、道隆は奇妙な幽界の美をわがものにし得たらしい。

気がつくと、道隆の肩には、あざやかな蘇枋《すおう》色の女の衣裳《いしよう》がかけられている。その衣《きぬ》を肩に、彼は廂《ひさし》の間《ま》に降りようとしているのだが、その僅《わず》かな高ささえも、いまの彼には降りることができないのだ。

「こ、こ、これを……」

苦しげに道隆は肩をさしだした。

型のとおり、この衣裳を俊賢にかずけものとして与えようというのである。

「あ、それは御無理です、なにとぞ、そのままに」

「では……」

力のない瞳《ひとみ》が、俊賢をさしまねいた。

「これへ……もそっと……お寄りを」

「はっ」

「頭の弁よ」

「は」

「頼みがある、これへ……」

俊賢はいざりよったとき、道隆は倒れかかるように、俊賢の方へ体を傾けた。そして、きれぎれの声で言ったのである。

「帝にお伝え願いたい。内大臣への御恩情まことにありがたいことでございます。なろうことなら、ここで一層の御恩恵を垂れて、内大臣に関白をお授けいただきたい。関白と御随身と二つながらお許しを得れば、この上なき光栄と存じ奉ります、とな。御苦労だが、そのように奏上してくれ」

切れぎれだが、かなりはっきりした口調で道隆は言った。

最後の力をふり絞っていることは明らかだった。言い終って、肩で大きく息をしながらも、道隆はまだ俊賢をみつめ続けている。すでに眼を逸《そ》らせる気力も失ってしまったかのように……。

——鬼火だ、鬼火が燃えている。

と俊賢は思った。執念の鬼火だけが、道隆の瞳の底で燃えていた。

うやうやしくかずけものを押し頂き、一礼した彼はしかし、その執念の焔《ほのお》に心をゆすぶられるほど甘い男ではなかった。

「たしかに帝にお伝え申し上げます」

言いながら、彼の眼は、

——終ったな。万事終りだ。

静かに道隆王朝の終焉《しゅうえん》を確認していた。

——関白は何もわからなくなってしまっている。

世間知らずの伊周ならともかく、ここまで王朝政治の波を切りぬけてきた道隆なら、一条の言葉の裏にあるものに気づかないはずはないのに……。病み衰えた彼にはもう判断力は残っていない。半ば譫言《うわごと》のように、伊周の関白就任を、とくりかえしているにすぎない。

もちろん宮中に帰った彼は、道隆の言葉どおりに復命はしたが、案の定、一条は、道隆の要請を一顧だにしなかった。

「帝はもともと、内大臣を関白になさるお気持は持っておられないのです」

俊賢は、その後で例の藤原実資《さねすけ》にそっと、こう言っている。このところ、彼はこの情報通の意地悪評論家ときわめて親密なのだ。

「ほう、ほう」

実資は満足げにうなずいた。

「そうでしょうな、ふむ、ふむ。して関白の御様子はいかがで？」

秘中の秘に、彼は異様なほど興味をしめす。

「左様……」

俊賢の言葉は慎重である。

「お苦しそうでしたが、しかし、お姿は御立派でした」

「ほう」

実資は意外な顔をする。

「美男でいらっしゃいますからな。こういうときに美男と醜男《ぶおとこ》の差が出るものなのですな」

道隆王朝の終焉を確認したことなどは、さらさら口にもしなかった。実資にすら秘中の秘は知らせる必要のないことだと思っている。俊賢はそういう男なのである。

俊賢の一言のおかげで、病中の道隆がいかに美しかったかは、宮中の語りぐさになった。というより俊賢はこのかくれみのを使って、巧妙に、道隆の病状の真相に触れるのを避けたのである。それよりも俊賢の伝えた情報の中で、とりわけ実資をうれしがらせたのは、例の随身の問題である。

「何と。内大臣に随身をと？　そのような前例は知らんなあ」

眉を寄せて、仔細《しさい》ありげに彼は首をかしげた。ちょっとつけ加えると、公式の随身、つまり儀仗兵がつくのは、まず近衛の左右の大将である。武官の最高位だから当然でもあり、この華やかさのために、左右大将の希望者が多いのだ。

文官では摂政、関白だけが、天皇の勅命によってつけられる。

——それを内大臣につけろというのか。何というもの知らずな。

憤慨するより先に、実資は、体がぞくぞくするほどうれしくなってしまう。こういう申し出は、無知をさらけだしているようなものだからだ。舌なめずりしたいくらいのよろこびを抑えて、わざとしかつめらしくしている実資の顔を見ると、俊賢はちょっとからかってみたくなった。

「内大臣は、何でも源融《とおる》公が左大臣だったときにその例があるとか言われましたが」

「え？　そ、そうか」

実資はとまどいを見せたが、ただちに立直った。

「そりゃ百年も前のことだ。第一融公は嵯峨《さが》の帝の皇子だから親王なみと言ってもいい。先例にはならん」

心配になった実資は邸に飛んで帰って、虎の巻である『公卿補任《くぎょうぶにん》』をひっぱりだして、融に随身のついてなかったことを確認して胸をなでおろす。

「ないぞ、ないぞ、どこにもないぞ」

それからこの話をあちこちに流しはじめる。

「ないぞ、ないぞ、どこにもない」

ひそかな合唱が公卿社会を駆け廻る。このころはすでに内大臣伊周に対して随身の許可は下りてしまっているのだが、実資たちは、伊周の無知を嘲《あざけ》ることでせめてもの鬱憤《うっぷん》をはらしたのである。

そのころ、実資は、さらに極秘の情報を手に入れる。

道隆がとうとう死んだというのだ。

——お、これは、これは。

が、これは誤報で出家入道したにすぎないことがわかった。その正式の通知を書きおくってきたのは、道長である。道隆の病がいよいよ重態に陥り、出家するという知らせを受けて、中宮定子と東宮女御原子は、急遽《きゆうきよ》内裏を退出して父の許へ急いだのだが、中《ちゆう》宮大夫《ぐうのだいぶ》でもある道長は、当然これに随行し、事の次第を実資に伝えたのだ。

知らせをうけた公卿たちは続々道隆の邸につめかけたが、すでに危篤に陥っている邸のあるじに会ったものは一人もなかった。

道隆の後を追って、妻の貴子《きし》も出家した。この間まで肩で風を切って歩いていた高階一族の顔にも、今や生色はない。

出家の四日後、僧侶たちの読経の中で道隆はこの世を去る。ときに四十三歳。実資の早とちりも、さほど的はずれではなかったことになる。

道長にとっては、血を分けた実の兄の死である。さすがに実資や俊賢のように冷静な気持にはなれない。今となっては明るく大らかだった印象だけがよみがえってくる。道隆にはたしかに人の頭《かしら》に立つだけの風格と、そばにいる人々すべてを陽気にする天賦の才能があった。それだけに、

——俺は何をやっても人には憎まれない。

と思いこんでいるところがあり、ときには人の気持を平気で踏みつけたりもした兄であったが、むしろ彼の明るさがなつかしい。それは、彼の明るさの裏にあったものが、いま、手にとるように伝わってくるからでもある。

積善寺供養の日、そして登華殿のあの日、王者のゆとりを見せて、人々を笑わせていたけれども、兄は遂に最も望んだものを手に入れることができずに死んだのだ……。

皇子の誕生、その即位——。

道隆が切に望んでいたのはそれだった。が、彼はその望みを果せなかったのだ。王朝における権力の掌握は、自分の娘の産んだ皇子が即位しなければ完璧《かんぺき》なものとはならない。道隆は「素腹のきさき」にすぎない定子を擁して、皇子誕生を待ち続けていたので

ある。

そう思うとき、あの陽気さ、華やかさが、ひどく浮きあがったものに見えてくる。自信家で運に恵まれ続けた道隆は、多分、

――定子は皇子を産む。

と信じて疑わなかったかもしれない。その明るさ、その自信が、何とも悲しい。あるじの死によって、むしろ奇妙に活気づいてきた道隆邸の簀子《すのこ》にひとり立ちつくして、道長はひどく滅入《めい》った気分になっている。

「困りましたな。賀茂祭や吉田祭の折も折」

「御葬送をのばすよりほかはありますまい」

人々のささやきにも道長は無関心だ。

だんだん体が震えてきた。人生の無常が悲しいというのではない。陽気に無常の中に巻きこまれて去っていった兄が、何とも道長を滅入らせる。道長はそういうところのある人間なのである。

そんな思いに道長が捉《とら》われている間に、外ではいまひとつの嵐《あらし》が吹きすさび始めていた。

道隆の病臥《びょうが》が世間の噂になっているころのことである。大納言藤原朝光が亡くなった。道隆の蔭《かげ》にかくれてそれほどに話題にならなかったが、病気の噂も立たないうちに急逝

したのは、例の流行病《はやりやまい》によるものらしかった。

それからほぼ一月後、つまり道隆の死をはさんで、今度は大納言左大将藤原済時が同じく流行病でぽっくり死んだ。

朝光、道隆、済時は、それぞれ政治的な利害は一致してはいなかったが、いい飲み仲間だった。

「関白も大納言も、あの世で仲よく酒を汲《く》みかわすおつもりか」

と、人々は眼を丸くしたものである。とりわけ、済時の死については、

「お気の毒に」

というささやきも聞かれた。済時の娘で、東宮の許へ入っている娍子《せいし》が、皇子を産んでいるからだ。いずれ東宮が即位したとき、その次の皇位を狙う有力候補であるからだ。意味で済時は、かなり権力に手の届くところにいたはずなのだ。もっとも、その
「そうはさせじと、関白が冥土《めいど》の道づれにしたのじゃあるまいか」

という話もある。

ともあれ、そんな噂をささやきあっていたころはまだよかった。彼らの死を皮切りに、その後、事態は急変を告げるのだ。あっという間に、疫病が貴族社会を襲いはじめるのである。

——疫病で死ぬのは下々の人間どもだ。俺たちはかかりっこない。

涼しい顔をしていた連中が、ばたばたと斃《たお》れだした。

――一昨日はなにがしの四位が、昨日はなにがしの五位と、なにがしの僧都《そうず》が……。

貴族たちは恐怖にとりつかれる。やれ祈禱《きとう》だ、読経だ、と騒ぎたてるが、猖獗《しょうけつ》はいっこうに熄《や》みそうもなく、遂には左大臣源重信の病臥が伝えられた。

「え？　関白が死に、左大臣も病気だって？　大納言も二人死んでるじゃないか。いったいこの先どうなるんだ」

まさにこの世の終りがきたような状態に陥った。政務はほとんど停止している。危うく病魔を免れている内大臣伊周も、父の喪に服しているから表立った動きはできない。

いや、それよりも……。

彼の立場は妙なものになってしまった。せっかくかちとった「文書内覧」だが、これには「関白病中の間」という条件がついている。その御本尊の関白が死んでしまったらどうなるのか……。

伊周や、それを取りまく高階一族は、当然関白の死後もこの権利は続くものと考えている。いや、それどころか、いよいよ正式に関白に任命されるものと期待していた。

外祖父高階成忠《しげただ》入道などは、

「そひゃ、ふひゃ」

坊主頭をふりたてて祈禱に余念がない。

伊周はしだいにいらいらしてきた。いつまでたっても、一条帝から「関白にする」という意向がしめされないからだ。あせりはじめた彼は、成忠入道にあたりちらす。

「祈禱が足りない。怠けてはいないでしょうな」

「そひゃ、もう、手をつくしまして」

効験のあるという僧や修験者を招いて四六時中祈りを絶やさないようにし、布施もたっぷりとばらまいた。

「これだけやっておりますでな。もう関白まちがいなしでございますわい。ふひゃ、ふひゃ」

しかし成忠の息子たち、高階明順《あきのぶ》やその弟の道順《みちのぶ》は、決して事態を楽観していない。

「何しろ相手が悪いからな」

彼らが手ごわいライバルと見ているのは、言わずとしれた藤原道兼――。

第一彼は、故道隆の弟だし、右大臣でもある。その上、道隆は死の直前、彼に藤原氏の長者の印を譲っている。氏の長者は藤原氏の総帥ともいうべき地位で、本来は一族中の最高位者が兼ねるべきものである。が、道隆は伊周の内覧をとりつけるために、妥協策として氏の長者の印を道兼に譲ってしまったのだ。

――今となっては、この失点は大きい。

――それにあのとき、内覧の宣旨《せんじ》は「関白の病中」ではなく「病の替」と書かせてしまうべきだった。

明順たちには、一つ一つが悔やまれてならない。その上、道兼は名うての業師である。人に探らせてみると、日ごとに道兼の家を訪れる客がふえているという。政治社会の人間は敏感である。落ち目のところへは絶対寄りつかないし、いける、と思ったところへは、わっとばかり押しかける。

いよいよ伊周は不安になってきた。そして遂に四月二十七日、彼は決定的な情報を知らされる。道兼に「萬機ヲ関白セヨ」との詔《みことのり》が下ったのだ。追いかけて翌日には正式に藤原氏の氏の長者になった。

万事休す、である。道隆という親鳥を失った伊周は手も足も出ぬまま、道兼に関白をさらわれてしまったのだ。

——策士め、どんな手で帝をたらしこんだのか。

さんざんに呪《のろ》ったり罵《ののし》ったりしたが、これは伊周の見解が甘すぎたのだ。当時は必ずしも直系相続優先ではない。それどころか天皇の系譜を見ても兄弟相続はしばしば行われている。

さらにもうひとつ——。彼は大きな見落しをしていた。

母后、詮子のわが子一条帝に対する発言力である。

道隆亡きあと、彼女の重みはぐんと加わっている。少し冷静に考えれば、亡き関白の遺言と、生ける母親の意見と、どちらが影響力を持つかは見ぬけるはずであったのに……。

妹の定子が一条を動かすことを、伊周は期待していたのかもしれない。しかし宮中での修羅を何度か切りぬけている母后の詮子と、年若い中宮定子とでは、もともと勝負にはならなかった。

それにもうひとつ、当時彼らの意識の中に根強く残っていた女系中心の考え方が、この際大きく働いたことも見逃せない。当時は父親中心よりも母親中心の結束が核になっている。つまり同母の兄弟姉妹の結びつきが強いのだ。詮子たちは藤原兼家の子供だが、時姫という母親を中心に結ばれており、異母兄弟である道綱とはやや疎遠である。

その意識をおし進めるならば、詮子にとって一番大切なのはわが子一条であり、次は道兼と道長だ。伊周や定子は甥《おい》や姪《めい》ではあるが、女系から見るなら、半ば高階系の人間でもある。とすれば、彼女が誰のために働くか、結論はおのずから明らかであろう。

この時代、官位の昇進に関しては父親の七光が大いに効果があるので、母系、女系の連帯感はつい見おとされがちだが、いわば水面下にたゆたうこの意識が、いざというときには案外力を発揮するのである。

道兼はむしろこのときは策を弄《ろう》さなかった。策士なるが故に、黙っていても出番がくることを見ぬいていた。そして早くも情勢の変化を嗅《か》ぎとって集まってくる連中に、しきりに愛想をふりまいていた。

いよいよ関白就任がきまると、道兼の町尻の二条邸への来客は、広い邸に溢《あふ》れんばかりになった。その応対やら、祝酒に疲れたのか、道兼は体に変調を来しはじめた。もっとも有頂天でいる道兼はさほど気にとめていなかったのだが、その顔色の悪さ、動作の鈍さは、いちはやく伊周のところへ伝わった。

伊周は手を拍《う》って喜んだ。

「そろそろ祈禱の効果が出てきたぞ」

成忠入道と顔を寄せあってにやりとした。道兼の身辺にも、少しずつその健康を気づかう者が出はじめて、陰陽師《おんみようじ》に占わせて、方違《かたたが》えをすすめたりした。

選ばれたのは、藤原相如《すけゆき》という中流貴族の家だった。相如は以前出雲守《いずものかみ》をつとめたという程度の、ぱっとしない男だが、どういうものか前から道兼べったりで、道隆の所へは足も踏みいれないという経歴の持主である。

が、そこでも道兼の体調は元へは戻らなかった。それに相如の家の造りはなかなか風流なものだったが、関白ともなれば人の出入りが多く、いかにも手狭である。

「やはり二条に戻ろう」

五月二日、関白就任の奏慶《よろこびもうし》に参内し、そのまま帰宅ときめた。

さて、その日、装束をととのえると、気分もきりっとひきしまった。

「さすが、御立派です。関白さま、私はこの日のくるのをお待ちしておりました」

相如は眼頭をおさえて、道兼の車を見送った。

道長はその日早めに出仕して、参内してくる兄を待ちうけていた。じつは彼は兄が関白になると同時に左近衛大将《さこんえのたいしょう》に任じられている。さきに左大将だった済時は死に、右大将を兼ねていた道兼が関白になったために、左右の大将に空席ができてしまった。

「では道長を左大将に」

これは道兼の意向であった。関白となった彼は、まず道長に手をさしのべてくれたのである。決定と同時に挨拶にはいったが、病中ということで会わずに帰ってきたので、ここでぜひ礼を言っておく必要がある。

直廬《ちょくろ》に姿を見せた道兼は、顔色は冴《さ》えなかったが、話し方には元気があった。

「この度は、いろいろ御配慮いただき」

礼を言いかけると、

「いやいや、これからはよろしく頼む」

愛想のよい答え方をした。いつもの無愛想な道兼とはうって変っている。

——出世すると、人間、まるくなるものだな。

あの辛辣《しんらつ》な兄貴がこれだ、と道長はいささか苦笑する思いである。

「お加減はいかがですか。まだお顔色がすぐれないようですが」

「大したことはない、大分元気になった」

やがて身づくろいをすると、道兼は静々と清涼殿に向った。出世の階段を昇りつめた者の風格が、早くもその背中に感じられた。

しかし……。

道兼が栄光にひたっていられたのはそれまでであった。清涼殿で奏慶をしたころから、容態が激変した。関白就任の挨拶も切れ切れに一礼すると、もう起《た》てなかった。ふつう公卿たちの詰める殿上の間から正式に退出することなどできそうもないので、這《は》うようにして裏側に廻り、供人に背負われたときは半ば意識を失っていた。

車の中でも、道兼は苦しげにあがき続けた。町尻の二条邸に着いたころは、だらしなく冠をゆがめ、袍《ほう》もはだけて、荒い呼吸をくりかえすばかりであった。が、祝宴は、しきたり通り行われた。この日の参内に随《したが》った随身や舎人《とねり》たちは振舞酒にうかれて大声でわめきはじめる。

「殿の御病気中だというのに何たること」

眉を寄せる者があると思えば、

「いやいや、そのままにしておかれた方が」

と声をひそめる者もいる。今が大事なときだ、関白の病気は、めったに気づかれない方がいい。それには連中の陽気な笑い声がいい煙幕だというのである。

「らくではないなあ、関白も。めったに病気にもなれんというわけか」

こっそり呟《つぶや》く者もあった。

その間にも祝の客はひっきりなしに押しかけてくる。その中には、参議藤原実資のしかつめらしい顔もあった。

「病中失礼だが、こちらへ。折入ってお話したい」

道兼はそう伝えてきた。

——新任の関白に特別扱いされるとは……。

実資はやおら身づくろいして、母屋に近づく。

「もそっとこれへ」

御簾の中の声はそう言ったようだったが、実資の耳を疑わせるほど、それはいつもと違ってしわがれていた。ためらっていると、

「もそっと」

力のない吐息とともに声はささやく。

「は、それでは」

「今日は何やら気分がすぐれないので、このままで失礼する」

「どうぞ、どうぞ。しかしそれはいけませぬな」

「なに大したことはないのだ」

「ともかく、今日はひとことお喜びが申しあげたくて参上いたしました」

「いたみいる。これまでの心づかいに、こちらも礼を言いたい。いよいよ時機到来だ。いずれ厚く報いるつもりだ」

「かたじけないことで」

実資の頭の中に、高官の一覧表がたちまち浮かぶ。

――大納言が二人死んでいるからな。一気にそこまでは無理だが、順送りで中納言はまちがいなしか。

御簾の中の声は、とぎれがちにまだ続いている。

「大小のことはすべて相談したい。よろしく頼むぞ」

息づかいが怪しくなって言葉がとだえた。おや、と思ったそのとき、実資の前の御簾を風が吹きぬけて、道兼の顔がちらりと見えた。それを見たとき、

――わっ、幽鬼だ。

実資は腰をぬかさんばかりに驚いた。

――あ、あの顔じゃあ、俺が中納言になるまで、関白の命は保つまい……。

道隆のときは俊賢が、そして道兼のときは実資が……。揃《そろ》って兄弟の終焉を確認したのが、当代のうるさ型だったというのも皮肉な構図である。慌てて挨拶もそこそこに退散した実資は、

——これでは中納言になれるかどうか。

糠《ぬか》よろこびだったかとがっかりしたが、むしろ彼はこのときの幸運を喜ぶべきではなかったか。流行病《はやりやまい》の末期的症状にある病人に近づきながら、その後も感染もせずに命長らえたのだから……。

病気の知識のないということはある意味ではしあわせである。もし、現代だったら道兼はとっくに入院、面会謝絶。関白どころの騒ぎではない。何も知らないおかげで道兼はともかく関白を手に入れた。が、奏慶後七日め、彼はすでにこの世にいなかった。後世七日関白といわれる所以《ゆえん》である。そして道兼に宿を提供した藤原相如も五月末には死んだ。まぎれもなく道兼からの感染である。

ちなみに道兼の死んだ五月八日、左大臣源重信、中納言源保光《やすみつ》、権少僧都《そうず》清胤《せいいん》が、同じく世を去った。いまや疫病は嵐のように貴族社会に襲いかかってきている。

道長はすでに兄の死を傷む気力もない。

疫病を予言し、俺だけは罹《かか》らぬとうそぶいた兄。長徳という年号を「長毒」だと嘲った兄までが、その毒にあたって死んでしまうとは……。とすればこの先はどうなる？

恐怖が道長の背にしのびよってくる。

何という変りようであろう。ここでその前年、つまり正暦五年の首脳部の顔ぶれを見てみよう。

関　白　　藤原道隆
左大臣　　源　重信
右大臣　　藤原道兼
内大臣　　藤原伊周
大納言　　藤原朝光
　　　　　藤原済時
権大納言　藤原道長
　　　　　藤原道頼

それから半年の間に、伊周を除く道長の上位者が、揃ってこの世から姿を消してしまうとは……。つけ加えておくと、伊周の異母兄の権大納言道頼も、六月十一日には同じく病死する。結局残っているのはこの中で伊周と道長の二人だけなのだ。もちろんこれより下位の公卿もばたばた死んでいる。しかも疫病の猖獗はいっこうにやみそうもない。

とすれば道長が、
――や、免れた。
とほっとするよりも、
――今度こそ、俺の番か。

いよいよ恐れおののいたとしても無理はない。日頃楽天的で落ちつきはらっている妻の倫子も、さすがに顔色を失っている。

「あなた……」

「何だ」

「私、この間、風は関白や伊周どのを廻って吹いていると言いましたね」

「うむ、そうだったかな」

「その風、思いがけない、恐ろしい風でした」

「う……うむ」

「こちらへ吹いてこなければいいのですけれど」

「しかし、吹いてこないという保証はないな」

「まあ、こわい。どうしたらいいのかしら。出世なさらなくてもいいから、生きていらして！」

身を震わせて飛びついてくるのをうけとめた道長も、じつはとほうにくれている。いまや虚勢の張りようもない。もっともこんなとき、妙に力んだりしないところが道長の正直なところなのだが。

たしかに屍臭《ししゆう》をただよわせて、風は多くの生命を薙《な》ぎ倒していった。惨たる荒野に僅かに残った道長は、震えながら、しかし一人で立っているよりほかはないのである。

「一声《イッセイ》ノ山鳥《サンチョウ》」

都じゅうが、いや畿内全体が疫病《えやみ》の恐怖にふるえあがっていたにもかかわらず、別世界のように、その渦から超然としているところがあった。

高松邸——道長のもう一人の妻、源明子《めいし》の住む邸《やしき》である。彼女はもともと世の中の動きには全く無関心なのだ。生れつきの育ちのよさがさせるわざなのか、彼女は俗事を知ろうとしない。二人の子供の母となった今も、道長をして、

——風の精だ！

と嘆ぜしめた、捉えどころのない妖精《ようせい》めいた魅力は全く失われていない。豊かに成熟した肉体にそむいて、彼女の雰囲気は常に頼りなげであり、ときとしてはあどけなくさえみえることがある。

子育ても乳母《めのと》にまかせきりだ。彼女が静かに眼を向けるのは、庭の草や花。そして音楽……。このところ都を総なめにしている疫病のことなど眼中にない。

「いや、このごろの都の有様は——」

訪れるごとに道長がそのことを話題にしても、黙っているか、

「そうでございますか」

ほとんど驚きもせず、そういうだけだった。はじめのうちは、いささか呆《あき》れもしたが、都じゅうが恐慌状態に陥ってしまったいまとなっては、心の安らぎを得られるのは、こしかないような気もする。

心のオアシス。永遠の恋人。

そんな便利な言葉を道長が知っていたら、たちまちそれを口にしたことだろう。この世ならぬ美しさを湛《たた》えた彼女の中にのめりこんでゆくひととき、わずかに彼は恐怖を忘れることができる。道兼の死の二日後、何はともあれこの邸に飛びこんでしまったのは、そのためである。

「恐ろしい疫病だぞ。えらいことになった」

道長の言葉にも、明子は答えなかった。

「道兼兄も死んだ。重信《しげのぶ》公、中納言保光も……」

そのときだけ、彼女はちょっと悲しそうな顔をした。

「この分では、俺もどうなるかわからんぞ」

明子はかすかに微笑して首を横に振った。

やわらかな掌に道長の手を包みこむようにしていたが、

「猫が迷いこんできましたの」

全くつながりのないことをぽつんと言った。

「え？　何だって」

「背中が黒くて、ほかはまっ白。私の好きな斑《ふ》。あなたはおきらい？」

「う……。そうでもないが」

「斑によって性質が変るっていうの、ほんとうでしょうか」

「さあ……知らんなあ」

しだいに道長は明子の世界にひきこまれていった。

——このどかさがほしかったんだ。

少し心がほぐれてきた。

童女のような声で、明子はゆっくり語りつづける。

「白と黒の猫はいたずらなんですって。ちょっと見てやってくださいますか」

侍女に言いつけて、その迷い猫というのを連れてこさせた。抱かれてきた猫は、片方の手のひらに載ってしまいそうに小さかった。

「まだほんの子猫じゃないか」

「捨てられたのですわ、きっと」

侍女の手から抱きとった子猫を、明子はそっと撫《な》でた。

「丸い眼をしてますでしょ。いたずらっ子のような」

「猫の眼は丸いものときまっているさ」

「あら、吊《つ》りあがったような意地悪な眼をした猫もおりますわよ」

「斑のせいでそう見えるのさ。これは眼のまわりが黒いから、丸く見えるのじゃないか」

「そうでしょうか」

いかにも重大なことを聞いたというふうに、眼をみはって明子はうなずく。

「捨てられて、ひもじかったらしいのです。連れてまいりましたときは、腰が抜けたような、よたよた歩きをしておりました。投げ捨てられて怪我でもしているのかと思いましたが、餌《えさ》をやりましたら、すぐ元気になって駆けまわりはじめました。ごらんなさいませ」

猫をそっと床におろし、侍女から渡された小さな鞠《まり》をそろそろと投げてやると、子猫はいかにも、

——わっ！

と驚いたように飛びあがった。小さな鞠も、子猫にしてみれば自分ほどの大きさだ。驚くのもあたりまえだが、その飛びあがりかたが、いかにも不器用だった。前肢《まえあし》を左右にひろげ、ぴょんと飛びあがると、腰でも抜けたようにその場にへたりこんだ姿に、思わず道長は噴きだした。傍らの明子は、ごく大まじめで言う。

「この子、ほんとに猫でございましょうかしらねえ」

「え？　何だって？」

道長はけげんそうに明子を見た。

「耳も眼も、尻尾《しっぽ》も、りっぱに猫じゃないか。猫以外の何だというのかね」

「あの……」

睫《まつげ》の長い黒い瞳《ひとみ》がじっと道長をみつめた。

「猫はこんなふうに前肢をひろげて飛びませんわ」

「なあるほど、なかなかよく見ているのだねえ」

これだから明子といると楽しくなるのだ、と思った。それでいて、何か胸を突かれるものがある。捨てられた不器用な子猫を、孤独に育った明子の眼がじっといつくしんでいる。眼をしばたたきたくなるような光景だ。

それでいて……。

子猫の丸い眼は、どこかもう一人の妻の倫子《りんし》のそれに似ている。

——おっと、これは失礼かな。

と思ったとき、廊を渡ってくる少し慌しげな衣《きぬ》ずれの音が聞え、顔なじみの小侍従が姿を現わした。

「権大納言さま、女院さまからの急なお使がおいででございます」

――例によって姉君の勘のいいことよ。

と道長は思った。

――高松邸にいることを、どうやって嗅ぎつけたのか？

それよりも、ここに一晩泊まったら、明日は姉の詮子《せんし》の所へ顔を出すつもりでいた。

その胸の中を読みとったかのように、姉は使をさしむけてきたのである。

「ちょうどよいところだった。使の趣きは？」

小侍従は一礼して言った。

「女院さまには、権大納言さまのお越しをお待ちしておられる由でございます」

「そうか、俺もお伺いしたいと思っていたところだ。では明朝早速、と伝えてくれ」

「殿さま……」

道長の言葉をさえぎって、小侍従は小声で言う。

「女院さまは、何やらお急ぎのようでございますが」

「そうか、明日ではまずいか」

このまま明子と別れてしまうのは、いかにも惜しい。ためらっていると、小侍従は言う。

「やはり、そのほうがおよろしいのでは……」

「ふむ、そうかな。ここで一夜と思ったのだが」

明子は黙って道長をみつめている。

——行っては嫌。

とも言わないのが明子らしいところである。そのゆえに、相手はかえってひどく悪いことをしたような気持にさせられる。何度かためらいながら、道長はとうとう、詮子の許《もと》に行く決心をつけた。

「すぐ参る、と使に言ってくれ」

小侍従はうなずいて姿を消したが、道長はなかなか座を起つ気になれない。

いいひとときを過したと思う。道隆の死以後、疫病の嵐に奔弄されて、身も心もくたくたになっていた。が、明子は、同じ都の中にも別世界のあることを知らせてくれた。

——そうだな。出世欲だの、生への執着に振りまわされるのが能《のう》じゃないな。

少し心のゆとりができた。

——それにしても、姫のあののどやかさ。あれなら疫病もしのび寄るまい。

良質の酒の酔に似た余韻を楽しむように、邸を出た後も、道長の馬の歩みは遅かった。そして、その余韻は、土御門の詮子のところへ着いてからも、まだ後をひいていた。

「いや、遅くなりまして、高松邸に久々に参りましたものですから」

明子のところにいたと言えば、母代りである詮子が悪い顔をしないことを道長は知っている。

「久しぶりで心がくつろぎました。いや、こんな思いをしたのは、はじめてです」

しぜん口が軽くなった。

「姫は私が面倒を見てやらねば何一つできないというたちでしたが、それが何と姉君……」

彼は御簾《みす》の中の気配には気づかない。

明子がいかに自分の心をのどかにさせてくれたか、彼女とのひとときによって、いかに救われたか……。道長の言葉ははずんでいた。

が、そのうち——。

彼は気づいたのである。御簾の中からは、何の返事もないことに。

——おや？

思ったとき、はじめて詮子の声がした。

「けっこうなことですこと」

「は？」

「高松の姫が浮世ばなれしていることは、今に始まったことではありません」

「……」

「それより」

いつか姉は厳しい口調に変っていた。

「そなたも姫に劣らぬ心のどかなお方」

「は……」

「今がどういうときなのか、ちっともおわかりでない様子。本来なら高松の姫などにかかずらっていないで、まっすぐ私のところへ飛んできているはず」

――これはいかん。

明子と過したひとときの陶酔は、一瞬にして醒《さ》めはてた。

「そ、それは全く申しわけないことで」

しかしこのくらいの謝り方では、姉の機嫌はなおりそうもない。道長の言葉をはねつけるような厳しい沈黙のひとときがあって、やおら、

「こちらへ」

短い返事があった。

「は、それでは」

御簾の中に体をすべりこませると、すでに人払いがしてあったとみえて、詮子ひとりが強い視線を向けてきた。

「道長」

「はっ」

「今が大事なときですよ。そなたが関白になるか、それとも伊周《これちか》に奪われるか」

おお……。と道長は嘆声を発する思いである。屍体の上にさらに屍体がつみかさねられていくような惨たる状況の中で、この女丈夫は早くも首をしゃんと立てて、次の時代をみつめようとしている。

しかも詮子は、道兼の死後、すぐさま具体的な動きをはじめていたのだった。

「じつはね、そのことについて、私はもう帝《みかど》に申し入れをしているのです。そういう私の気も知らないで、そなたは……」

いや、それは少し違う、と道長は思った。

「お言葉ではありますが……」

いわば政治の真空状態にある現在、

——もう一搔《か》き前へ。

と押しだしてやろうという姉の肩入れはありがたいが、それが道長には重荷なのだ。

「姉君、私はいま直ちにこれ以上の地位を望もうとは思っていないのです」

権力はいま、手をのばせば摑《つか》みとれるところにある。が、そうなったとき、

——無理をしたくない。

という思いが道長にはある。

が、詮子は彼の返事が思いがけなかったらしい。まじまじとみつめてから、

「わかりました」

不愉快を押えかねた口調で言った。

「こわいのですね、そなた」

「え？」

詮子の口許に妙な笑いが浮かんだ。そのくせ眼は笑っていない。それがふくよかな彼女の顔を、鬼女に似た凄味《すごみ》のある面差しに変えている。

その鬼女の口が、かっと開かれた。

「道隆兄さまも道兼兄さまも亡くなった。この次関白になれば、今度は自分が――と思っているのでしょう」

「いや、そうではありませんが」

全く恐ろしくないといえば嘘《うそ》になろう。医学的知識がなかっただけ、祟《たた》りや怨霊《おんりょう》をおそれたこの時代だ。ばたばたと高位高官が斃れるのを見ては、これは何かの呪いだ、と思わざるを得ない。

「しいて、その中に入らなくてもいい、と思っています。時機を見たいのです」

「ふ、ふ、ふ」

鬼女の口から無気味な笑い声が洩《も》れた。

「そんなのんきなことを言っていると、時機を逃しますよ。それでもいいの？」

改めて姉のしたたかさに触れる思いであった。自分だけは免れる、疫病には絶対かかりっこない、と信じている驚くべきお方がここにもいる。

――それが女だからよけい始末が悪い。こういう人種の前では、話しても通じないいや、女だからかえってしたたかなのか。こうなると、このぞの胸を去来する思いは、この女性に話し
題というものがある。たとえば、いま、道長の胸を去来する思いは、この女性に話しても、決して理解してはもらえないだろう。疫病の恐怖よりも何よりも、彼の心をしめているのは、実はそのことなのであったが……。

倫子は、

「出世なさらなくてもいいから、生きていらして!」

と言った。それと明子の心のどかさを重ねてみたとき、漠然と彼の心の底にあった思いは、しだいに明確な形をとりはじめている。

その思いを通してみれば、皇子の誕生を期待しつつ、陽気におどけながら死んでいった道隆も、執念深く権力を狙いつづけたものの、それを手にしたとたん死んでしまった道兼も、何か遠い存在に思えてならない。

――しょせんそんなものだ、人の世は。

無常を悲しむというのではない。どんなに望んでも得られないものもあるし、手にした雪のように消えてしまうものもある、ということだ。

――とすれば、この世を、何をあくせく……。な、そうではないか、道長。

どこかでそうささやく声がする。

二人の兄の死は、たしかに道長に一つの衝撃を与えた。三十にして身をもって感じとったひとつの原点である。いまも彼は、ひとり腥風《せいふう》の荒野に立ちつくす自分を感じている。この心の重さは、この先も生涯、彼につきまとうだろう。そして、この先、道長をして、道隆や道兼とは違ったタイプの人間に仕立てあげてゆくことであろう。

達観というには程遠い。が、人間道長にいま与えられたのは、人生そのものに対するある種のためらい、あるいはある種の羞恥《シャイ》であろうか。しかし、こういうことは、健康な、いや、あまりに健康すぎる精神の持主である詮子のあずかり知らぬところである。

詮子はやきもきしている。

——全くのんびりやで困った人。いつまでも末っ子気分がぬけないいんだから……。

——いつだって、私が面倒みてやらなければ何もできないいんだから……。

もっとも、ある意味では、それが彼女の生きがいだったかもしれないのだが。このあたりが人間の組みあわせのおもしろさでもあろう。

「さあ、行きましょう、道長」

気の早い詮子はもう立ちあがっている。

「どちらへ」

けげんな顔をする道長に、

「知れたこと」

ながし目をくれて姉は言う。

「内裏です。これからいっしょに行って帝にじかにお話しなければ……」

「ほう」

「頭《とう》の弁《べん》の俊賢《としかた》を通じてお話しているのですが、なかなか埒《らち》があきそうもありませんのでね」

詮子みずから内裏に乗りこみ、一条に直談判《じか》しようというのである。

「そうでもしなければ、あの小ずるい高階《たかしな》一族が何をしでかすかわかりませんからね」

伊周の母方の高階一族にこれまでも詮子はひどく神経を尖《とが》らせている。伊周や定子《ていし》には母方かもしれないが、高階一族は、詮子にとっては「わが一族」ではない。そういうとき、一家の大黒柱をもって任じる女性はまるで母鳥のように翼をひろげて一族をかばい、敵対するものには、猛然と闘志を燃やす。

宮廷の権謀の中に半生を過した詮子は、久々の出番に目を輝かせているのだ。

「さ、行きましょう。そなたには、何としてでも関白になってもらわねばなりませぬ」

――そうか。

詮子の眼の輝きはまぶしすぎる。しかしそのまぶしさから眼を逸《そ》らせながらも、

――そうか、やはり関白になるよりほかはないか。

道長は、心の中で呟く。

これがめぐりあわせというものかもしれない。

——ただし、この先どうなるかわからんぞ。

道隆や道兼にとりついた怨霊がいたとして、それまで引きうけるのは迷惑だが、もう残された道はない。詮子を載せた女車は、現実に土御門の邸を出てしまったのだから。

おそらく車中の詮子は、道長を引っかかえて宙を飛びたいほどの気持でいることだろう。鬼女の車はいまや権力をめざして走りだした。平凡児道長は否応《いやおう》なくそこに積みこまれた形である。

久々に宮中入りした詮子は、清涼殿《せいりょうでん》へ直行した。わが子一条の日常の居処であるこの一角に、藤壺《ふじつぼ》の上《うえ》の御局《つぼね》、弘徽殿《こきでん》の上の御局とよばれるところがある。詮子がひとまず落ちついたのは、その弘徽殿の上の御局であった。

ここは日頃後宮に住むきさきたちが、帝の召しをうけて上ってくる局である。もっとも定子のようにきさきがたった一人のときは、ここを常住に近い形で使っていたようだが、その定子はいま道隆邸から戻って、常の御殿である登華殿《とうかでん》にいる。そしてその中に割りこむようにして、詮子は弘徽殿の上の御局に入ってしまったのだ。

久々で母后が出向いてきたとあっては、一条も疎略にはできない。早速みずから挨拶にきた。道長は遠慮してその席ははずしていたが、詮子はただちに本題を持ちだしたようだった。

「今日はどうしてもお話申しあげたいことがあって参りました」

それから先は人を遠ざけ、小声の密談になって誰も聞くことができなかった。その間に、半刻《はんとき》、やがて一刻と時はすぎていった。

その密室の会談の中で、詮子は思いがけない事態に遭遇する。

わが子一条が、彼女の意見に難色をしめしたのだ。

「私といたしましては、只今はそのことを考えておりません」

やんわりとではあったが、一条は必ずしも道長の関白就任に賛成ではないことを表明したのである。

──まあ、これはどうしたこと。

十六歳に成長したわが子がはじめて見せた抵抗の姿勢に母はとまどう。

──こんなはずではなかった。私の言うことなら何でもきいてくれる子だったのに。げんに道兼のときは、言うことをきいてくれたのに。

道兼の関白がきまったのは先月の二十七日、それから十数日しか経っていないのに、この変りようはどうしたことか。詮子は一条が高階一族のごり押しを不快に思っていることを知っている。蔵人頭《くろうどのとう》の源俊賢を通じて、

「伊周を関白にするつもりはありません」

と言ってもきた。むしろ詮子の後楯《うしろだて》に力を得て、道兼の関白就任を断行したのだ。だから正直のところたかをくっていた。のんびりやの道長をあおりたてるために高階一族のことを持ちだしはしたが、心中では急いで事を運べば成功まちがいなしと思っていた。それが何という答を聞くのか。

詮子は自分の政治感覚に自信をもっている。長年その世界を泳ぎぬいた勘もあるし、蔵人頭俊賢を通じて、高階一族が一条との接触の機会を得ていないことも知っている。かんじんの伊周は、内覧を取りあげられて以来、すっかり気落ちしてひきこもりがちらしい。苦労知らずの若者は不遇にぶつかると弱さをさらけだす。今ひと押しして内覧なり関白なりを奪いとる気魄《きはく》がないのである。それを見て、

——今なら！

と思って意気ごんで乗りだしてきたのに、一条から意外な応対をうけた。このときになって彼女は、俊賢を通じてのやりとりに、何か歯ぎれの悪いものが多すぎたことに思いあたる。

——十数日の内にどうしてこの子は心変りしてしまったのか？　さては誰かが入智恵したに違いない。

が、このとき彼女は大きな誤解をしていた。いや「簡単な」誤解を、というべきかもしれない。世の母親なら、いつでも誰でも懐《いだ》きがちな誤解なのだから。

それは子供はいつまでも自分の子供だと思うことである。三つでも十でも二十でも、わが子はわが子、そして二人はいつでも一体で同じように考える、という錯覚、あるいは思い上がりといってもいい。

が、十七の子は三つの幼児ではない。すでに彼は彼自身の魂をもつ人間になっている。いま一条が母と異った意見を持つのは、その魂のなせるわざなのだ。心変り、入智恵などとはとんでもない。ただ彼女に声高に反駁《はんばく》しないのは、母后に対する礼儀と、すでに世界を異にしてしまった母への憐愍《れんびん》のためなのである。

いま一条が彼の魂の中で、はっきり育《はぐく》みはじめているもの――それは中宮定子への愛であった。

――今の思いにくらべれば、これまでの彼女に対する気持は愛ではなかったかもしれない。

今にして一条はそう思う。道隆生前の彼女は何といっても関白の娘だった。そこには政治がどうしても入ってくる。陰に陽に皇子の誕生を催促する父の前で辛《つら》い思いをしている姿は気の毒だったし、登華殿へ出むいて抱擁してみせたのは、その哀れさへの同情であったかもしれない。

が、道隆が死に、政治や権力の壁がとりのぞかれたとき、はじめて一条は裸の定子を見ることができたのだ。定子はひとりで悲しみに耐えていた。虚飾を取り去った、透明な魂を持つ女が、そこにはいた。

——このひとを守れるのは自分しかない。

しつこく伊周が関白就任を求めたときはすっかり嫌気がさしていたが、いまは違う。少なくとも定子に不利な状況が生れることは拒まなければならない。

が、そのことを母の前で口に出すわけにはゆかない。一条は、ひたすらひきのばしを策した。道長の関白就任を承諾しない姿勢をしめし、用心深く伊周の名は出さなかった。

詮子はだんだんじれてきた。と、そのとき、蔵人頭俊賢が遠慮がちに、戸の外から声をかけた。

渡りに舟、とはこのことであろう。俊賢は、

「御政務について、ちょっと」

と申し入れて、政務の座である昼《ひ》の御座《おまし》へと、一条を促したのだ。

「では、ちょっと失礼いたします」

一条はそそくさと座を起った。道長が詮子の許に呼ばれたのは、その直後である。

「行ってしまわれました」

詮子はがっくりしたように言った。それだけで道長は事態を察することができた。

「どうしてでしょうかねえ」

未練がましく詮子は呟く。

「道兼兄さまのときは、すなおに言うことを聞いてくれたのに……。あのときだって、私は道兼兄さまより、そなたに関白になってほしかったくらいなのよ。道兼兄さまはあのとおり癖のあるお方でしょ。それに帝もお小さいときはあの方のことはお嫌いだったの。それを関白にしてやりながら、そなたのときにかぎって……」

詮子の繰りごとは、はてしなく続く。道長はしだいに気の毒になってきた。こうまで自分に肩入れしてくれるとあっては、是が非でも関白にならねば申しわけないのではないか……。

「姉君」

道長はにじり寄った。

「もう一度、帝にお越し願っては？」

「そうですね」

弱気になりかけた姉を、今度は道長が励ます番であった。女官が呼ばれ、一条の許に詮子の申し入れが伝えられる。が一条の返事は、

「只今、政務に忙しいので後ほど」

ということだった。二度、三度、詮子の要請は、そのたびにぬらりくらりとかわされた。今となっては一条が詮子を敬遠していることは明らかである。

「まあ、何ということでしょう」

が、みずから一条のいる所へ乗りこんでいって、ここへひきずってくることは許されない。屈辱にまみれながら詮子は呟く。

「俊賢ですね」

「え？」

「そうです。俊賢です。あれは道隆兄さまのお蔭《かげ》で蔵人頭になれた男ですからね。高階家とも親しいのです。それで私から帝をひき離そうとしてやってきたのです。あれを使にしていたのはまちがいでした」

くやしそうに言った。

夜になって当然政務は終ってしまっても、一条は遂に姿を現わさなかった。刻一刻、弘徽殿の上の御局に重苦しい沈黙の時をきざみながら夜は更けていった。五月雨《さみだれ》がひそやかに屋根を濡らしはじめたのか、清涼殿の軒下を流れる御溝水《みかわみず》の音が高まってきたとき、唐突に詮子が顔をあげた。

「わかりました」

詮子は宙を睨《にら》んでいる。あたかも憎むべき敵がそこに姿を現わしたように……そしてもう一度言った。

「わかりました」

何かただならない雰囲気であった。いったい何が——と道長がたずねようとしたとき、

「中宮です」

空を裂くような声で詮子は叫んだのである。

「中宮が帝をそそのかしているのです。伊周や高階の人々に入智恵されて」

「しかし、中宮は、只今は御服喪中ですから、そう親しく帝の御身辺に上がってお話できないのでは……」

「お話できなくたって、お文をさしあげるとか、いろいろ手はあります」

詮子の勘は的中していたともいえるし、また全く見当はずれだったともいえる。一条が道長の関白就任を渋った原因が定子にあるのはたしかだが、それを定子のさしがねと見たのは大きな誤解である。

一条は本気で定子を愛しはじめていた。その愛の故に、母の申し入れを拒んだのだ。しかし、母親というものは、そのような事態を決して認めない。自分以上に息子に愛される存在などあるはずがない、と確信している。もしそういう女性がいたとすれば、それは息子をたぶらかす悪女にきまっている。

そう思ったとき、母は無限に強くなる。息子を悪女の餌食《えじき》にさせてなるものか……。

彼女は常識さえも忘れはてる。いまの詮子がまさにそうだった。

すっくと立ちあがった彼女は、

――あっ、どこへおいでで？

人々が尋ねる間もなく歩きだしていた。

「女院さまっ」

続いて立とうとした女房たちをじろりと見やって、

「ついてきてはなりませぬ」

ぴしりと言った、詮子の姿はたちまち消えたが、道長をはじめ宮中に馴《な》れた女房たちは、遠ざかってゆく衣ずれの音のゆくえをたしかめながら、すべてをさとったはずである。

詮子は夜の御殿《おとど》──つまり一条の寝所に乗りこんでいったのだ！

母が息子の寝所へ……。それも成人した天皇の寝所へ。ありうべからざることを彼女はやってのけた。

衣ずれの音が消えたとき、人々は息をつめた。

──さて、この先はどうなるか？

道長にも全く予測がつかない。きさきならぬ人に、夜中、寝所に乗りこまれた一条が何というか。

──まさに前代未聞のなされようだからな。

あのときは止めようがなかった、と鬼女めいた姉の顔を頭にうかべた。

五月雨はやや勢を強めたようである。それなり夜の御殿からは何の物音も聞えて来ない。一刻一刻が何と長く思われたことか……。

そして、まんじりともしない一夜が明けかけたとき、人々は遠くでかすかな物音がするのを聞いた。

異常な静寂の中で、人々は思わず体を固くする。聞き耳を立てる。まぎれもなく衣ずれの音だ！　やや足早に近づいてくる気配を感じとったとき、道長は思わず立ちあがっていた。

その瞬間を、おそらく彼は一生忘れないだろう。局の入口にすっと立った詮子は、おごそかにこう言ったのである。

「ただいま、宣旨《せんじ》が下りました」

平伏する道長の頭上に声は響く。

「権大納言道長に文書を内覧せよとの仰せです」

言い終ると、顔をくしゃくしゃに歪《ゆが》めた。

「やっと、やっと、言うことを聞いてくださいました」

頬をつたう涙をぬぐいもしない。が、よく見ると、その眼は泣いていない。いや口もどうやら笑みを含んでいる。例の奇妙な鬼女めいた面影をちらりと見ただけで道長は平伏した。

いかに一条の説得にてこずったか、詮子はくどくどと語り続けた。道兼を関白にし、道長をしないのは不公平だ、もし伊周をこれに任じ、高階一族をのさばらせたら、それこそ物笑いの種だ、と……。

語りながら、詮子は母の勝利、女の勝利を噛《か》みしめているらしい。が、またしても彼女は気づかなかったようである。この屈伏によって、一条の心が、ますます定子に傾いてしまったことを……。

――伊周が関白になれぬとなれば、定子を守ってやれるのは、いよいよ自分一人。いままでは年上の女人だったそのひとを、一条はしっかり抱きしめ、愛しぬいてゆこうと決心したのだ。

強気の母の勝利、世なれぬ息子の敗北。形の上ではまさにそうだ。これはしかし、それぞれの個性の責任であるよりも、むしろ古代から連綿と続いた母后の発言力のなせるわざと見るべきである。古代以来、日本では母后の権力はかなりのもので、しかもときとして爆発的な威力を発揮する。詮子の場合も王朝におけるその一つの現われだったのだ。

綿々と続く手柄話を、道長はあまり聞いていなかった。といって勝利の実感も湧《わ》いてこない。極度の緊張から解放されて、思考停止という趣きだったのかもしれない。しかし詮子がやや不満げに、

「でも関白はとうとうお許しになりませんでした。とりあえず文書内覧《もんじょないらん》だけですって」

と言ったとき、ぱっと顔を輝かせて、

「え、ほんとですか」

と聞きかえして、詮子を不審がらせた。

——助かった！

平凡児はほっとしたのである。

——関白にならなければ、死なずにすむだろう。

そのとき、曙《あけぼの》の空をほととぎすの声がかすめた。

「一声ノ山鳥曙雲《シヨウン》ノ外、か」

許渾《きよこん》の詩の一節がおのずと口に上った。否応なく道長の人生にも曙が訪れようとしている。

が、一方の伊周や高階一族はその知らせを聞いても、まだ望みを棄《す》てていなかった。

——七日で死んだ例もあるぞ。やれ拝め、祈れ！


（下巻に続く）

本書中には、今日では不適切と考えられる表現がありますが、
作品の時代背景、文学性を考慮して、そのままとしました。

この世《よ》をば　上
藤原《ふじわらの》道長《みちなが》と平安王朝《へいあんおうちよう》の時代《じだい》

朝日文庫

2023年11月30日　第1刷発行
2024年6月10日　第4刷発行

著　者　永井路子《ながいみちこ》

発行者　宇都宮健太朗
発行所　朝日新聞出版
〒104-8011　東京都中央区築地5-3-2
電話　03-5541-8832(編集)
03-5540-7793(販売)
印刷製本　大日本印刷株式会社

Published in Japan by Asahi Shimbun Publications Inc.
定価はカバーに表示してあります

ISBN978-4-02-265128-0
落丁・乱丁の場合は弊社業務部(電話 03-5540-7800)へご連絡ください。
送料弊社負担にてお取り替えいたします。